KB036856

이상한 나라의 과학

이상한 나라의 과학

근현대 아동문학과 과학문화사

한민주

도서출판 b

| 차 례 |

제1부 진화론과 상호부조론의 공존

제2부 전시체제기 동원과학

제3부 해방 이후 냉전체제기의 풍경

백 년 후의 상상

—불가능한 것을 상상하기, 불가능한 것과 함께 성장하기

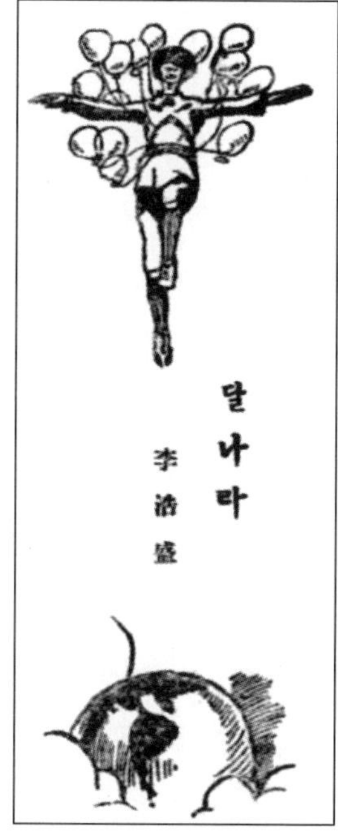

그림 1. 시라노, 이호성 역, 「달나라」, 『신소년』 3권 8호, 1925.8, 45쪽.

창공을 떠도는 새들을 바라보며 날기를 꿈꾸던 인류는 비행기를 발명하면서 새처럼 공중을 자유로이 날 수 있게 되었다. 그래도 또다시, 인류는 각 개인이 간단하게 사용할 수 있는 날개를 발명하여 새나 날개 달린 곤충처럼 자유자재로 비행할 수 있길 꿈꾼다. 어떤 과학자들은 "우익羽翼을 가진 적은 동물의 비상력飛翔力과 인간이 이것을 모방할 가능성"[1]에 대한 과학적 근거를 제시하며 신화 속 영웅처럼 공중을 자유롭게 날아다닐 날이 곧 올 것이라 예언하기도 했다. 이처럼 과학적 사고력과 상상력의 결합은 계속해서 다른 세상을 꿈꾸도록 해왔다. 1925년 아동잡지 『신소년』에는 1600년대 프랑스

1. 「사람도 새와가치 공중을 자유로 날수잇서」, <매일신보>, 1932.9.23.

작가인 시라노 드 베르주라크Savienne Cyrano de Bergerac의 SF소설 『달나라 여행』(1648)이 번역되어 소개된다. 달에 관한 지식이 빈약하던 시절, 밤하늘의 달을 바라보며 그를 정의하려는 친구들의 논쟁에서 시작하는 소설의 발단 부분이 매우 인상적이다. "하늘에 낸 들창인대 검은 그림자가 얼신얼신하는 것은 입분 선녀들이 그 안에서 춤들을 추고 있는"[2] 것이라는 둥, 술의 신 바쿠스라는 둥 신화적 상상력을 동원해 각기 다르게 정의하는 친구들과 달리 주인공은 "지구와 같은 세계"일 거로 추정한다. 그리고 그는 달에 갈 방법을 고안해 낸다. 풀잎에 맺힌 이슬방울을 작은 빈 병들에 가득 담아 몸에 장착한 그는 "아침 해가 병 속에 있는 이슬을 들입다 빨아들이는 통에" 몸이 가뿐하게 떠서 구름으로 들어간다. 사실, 주인공이 만든 비행 기계란 물질의 상태 변화에 이론적 근거를 두고 이슬의 기화 작용을 응용한 발명품이었음을 짐작할 수 있다. 이 소설은 지구처럼 다른 세계들이 존재할 가능성을 열어두고, 한 편으로 인간의 욕망이 반영된 '유토피아'를 재현하며 현 세계에 대한 풍자를 신랄하게 하고 있다. 만유인력이 지닌 힘의 세기를 극복할 수 있는 큰 대포를 만들어 그 대포알 속에 모험가들이 들어가 있게 한 뒤 어느 달 밝은 밤 높은 산에서 달을 향해 쏘는 1920년대의 상상 속에도 지구는 여전히 풍자 대상이다.[3] 이처럼 오랜 시간 과학은 유토피아를 꿈꾸는 동력으로 작용했다.

미래를 예견하는 SF적 상상력은 현실과 환상의 경계에서 상상의 제약이 어른보다 덜한 아동 과학문화의 장 안에서 더욱 활기를 띨 수 있다.

• • •

2. 시라노, 이호성 역, 「달나라」, 『신소년』 3권 8호, 1925.8, 45~48쪽. 국역본 시라노 드 베르주라크, 『다른 세상』, 장혜영 옮김, 에코리브르, 2004 참조.

3. 심형필, 「<소년과학> 月世界旅行, 萬有引力이약이」, 『어린이』 5권 6호, 1927.6, 53쪽.

지남철에 이끌리는 온 세상의 쇠붙이들처럼[4] 아이들의 세계에서 과학적 상상력은 가공할 힘을 발휘하며 이것저것 끌어모을 수 있다. '로봇제조공장'[5]이 생겨 인류를 노동에서 구원하고, 만유인력을 제거하는 물질의 발명으로 누구나 쉽게 "화성에 왔다 갔다"[6]하며, 전기를 이용한 "보행경기구步行輕氣球"를 몸에 부착하여 굳이 걷지 않고도 이동할 수 있게 될 것이라는 발명왕 에디슨의 예언까지, 믿기 어려운 불가능한 것들이 쉴 새 없이 제공되며 상상의 나래를 펼치도록 하였다. 근대 아동문화 속에 펼쳐진 백 년, 이백 년, 삼백 년 후의 세계에 대한 상상도想像圖는 당대 아이들을 경이롭게 만들고 그들의 과학적 호기심을 충분히 자극했을 것이다. 이같이 헛된 생각일지 예언이 될지 모르는 과학적 상상의 파편들이 미디어를 통해 제시되며 근대의 아이들을 이상한 나라wonderland[7]로

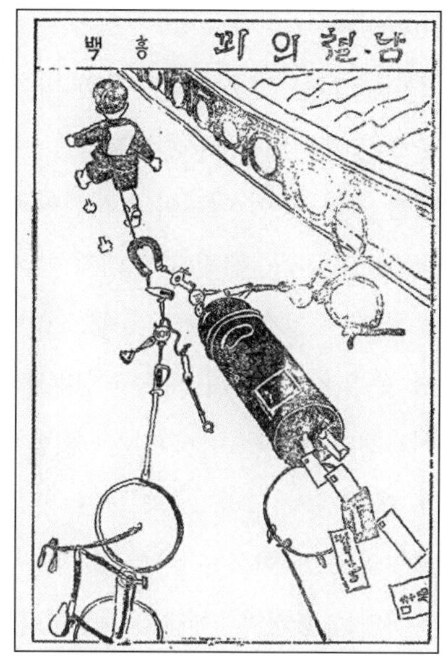

그림 2. 홍백, 「남철의 꾀」, 『소년』 1940.1.

4. 홍백, 「남철의 꾀」, 『소년』 1940.1, 14쪽.
5. 「백년후의 세계」, 『소년』 1권 1호, 1937.4, 64~67쪽.
6. 김학서, 「<지식> '에듸손'의 생각한 三百年後의 세계」, 『어린이』 3권 7호, 1925.7, 16쪽.
7. 이 책의 제목은 멜라니 킨(Melanie Keene)의 저서 *Science in Wonderland:The Scientific Fairy Tales of Victorian Britain*(Oxford UP, 2015)에서 영감받았음을 밝힌다. 멜라니 킨은 과학을 전달하기 위해 동화의 판타지를 두드러지게 사용한 빅토리아 시대의 특성을 탐구하고 동화 속에 등장하는 요정과 꼬마 도깨비, 용들이 과학과 기술을 포착하고 선전하는데 적합한 방법으로 선택되었다고 주장한다.

이끌었다.

이미 많은 연구자가 주목한 바이지만, 경이로움은 아동과학에 있어 중요한 개념이다. 아동잡지들은 이 경이로움의 감각을 동원하기 위해 애를 썼다. 굳이 어린이의 시선이 아니더라도 세상은 신기하고 이상한 사건으로 가득 차 있다. 도대체 이 세상은 어떻게 생겨난 것이며, 바닷속은 어떤 곳인가, 해와 달, 구름, 그리고 밤하늘의 반짝이는 별들은 무엇이고, 눈은 어째서 내리는 것이며 또 어째서 흰색일까, 잠자리와 매미는 어떻게 나서 죽으며, 단풍은 왜 빨갛게 물드나, 여름은 왜 덥고, 겨울은 또 왜 추운지, 그리고 무지개는 어떻게 생기는 것인지, 아이들의 세계에서 자연의 모든 현상은 '이상도 하다'. 게다가 죽은 척하는 독수리나[8] 새를 잡아먹는 왕거미,[9] 애완용 동물처럼 진딧물을 키우는 개미,[10] 카멜레온처럼 색깔이 변하는 원숭이,[11] 짝짓기 과정에서 수놈을 잡아먹는 독거미[12] 등등, 독특한 생태를 보여주는 경우처럼 일반적 원칙을 위반하는 변칙적 현상을 이해하는 과정은 더 수월하지 않다. 그런데 경이로움의 대상은

• • •

그녀가 사용한 과학 동화 속 'Wonderland'는 경이로움이 과학학습의 필수적인 부분임을 잘 드러낸다. 흔히, 우리말 '경이(驚異)'로 번역되는 'wonder'가 한국 근대 아동 과학문화의 세계에서는 '이상한'이라는 단어로 사용되었다. 이 단어에는 낯설고(strange), 변칙적이고(abnormal) 괴상하다(uncanny)는 뜻도 포함되어 있다. 또한, 신기하고 진기한 대상을 접했을 때 야기되는 놀랍고 궁금한 감정을 '놀궁'이라고 표현한 이성민의 견해에서 시사하듯이, 경이적 감각은 호기심과 궁금증을 수반한다. 따라서 그 어감을 살리기 위해 '이상한 나라'로 번역·차용하였다.(이성민, 「무지개를 볼 때 1회」, 『Littor』 37호, 2022.8·9, 60쪽 참조)

8. 염근수, 「<과학동화> 세계서 제일 이상야릇한 것(1)」, <조선일보>, 1930.6.3.
9. 염근수, 「<과학동화> 세계서 제일 이상야릇한 것(2)」, <조선일보>, 1930.6.4.
10. 염근수, 「<과학동화> 세계서 제일 이상야릇한 것(3)」, <조선일보>, 1930.6.6.
11. 염근수, 「<과학동화> 세계서 제일 이상야릇한 것(9)」, <조선일보>, 1930.6.18.
12. 염근수, 「<과학동화> 처녀가 시집을 가면 첫날밤에 신랑을 잡아먹는다」, <조선일보>, 1930.7.4.

여기에 그치지 않는다. 손수건이 비둘기로 변하여 날아가고, 베일에 싸인 금시계가 흰 재로 변하여 나오고, 젊은 여자가 공중에 떠 있고, 궤짝 속에 가두었던 여자가 남자로 바뀌어 나오고, 짚으로 만든 인형이 나팔을 불면서 걸어가고, 사람의 해골이 춤을 추는 등, 가지가지 신기한 요술이 펼쳐지는 마술의 세계는 보고도 믿기 어렵다.[13] 게다가 유령과 도깨비, 귀신, 영혼, UFO, 대괴수, 텔레파시, 심령과학처럼 이상하고 놀라운 현상들은 경악스럽기까지 하다.

그림 3. 「이상도하다」, 『소학생』 56호, 1948.4.

근대의 아동잡지를 살펴보면 과학을 소개할 때 아동의 호기심을 불러일으키기 위해 '이상한'이란 수사가 자주 사용된다. 과학 지식은 새로운 '경이'로 다가오는 산물임을 인지시켰다. 따라서 교육자들은 셀 수 없이 많은 경이의 대상을 제공하였으며, 그 "이상도 한 일들이 알고 보면 쉽다"라는 코멘트를 달아 아동 과학교육의 목표를 실현하려 하였다. 아이들은 불가사의하고 "이상야릇"해 보이는 현상들이 사실 알고 보면 쉽다는 원리를 인정하고 수용하는 순간 성장하게 되는 것이다. 아이들의 성장은 초자연적이고 마법적인 사고에서 벗어나 이성적이고 합리적인 사고로 전환해 가는 것이라고 여길 수 있다. 이러한 구조는 마치 비문명에서 문명으로, 전근대에서 근대에로의 이행을 주장하는

13. 몽견초, 「두팔업는 불상한 소년—'가마다' 마술단의 全判文씨—」, 『어린이』 3권 11호, 1925.11, 20쪽 참조.

진화론적 사유와 흡사해 보인다. 하지만 아동 과학문화의 세계는 그리 단선적으로 규정할 수 없는 부분이 있어 보인다.

과학은 이념에 따라 각기 다른 정의가 가능해지는 이데올로기적 산물로 이해할 수 있다. 객관적인 절대 진리로서의 과학이라기보다 문명의 빛을 전파하는 과학기술에 대한 경외와 숭배, 그에 대한 맹신이 빚어지고 국가나 집단의 윤리와 결합한 이데올로기의 방법론으로 차용되는 역사적 궤적을 더듬어 볼 수 있기 때문이다. 근대국가의 과학발전 프로젝트에 있어서 아동 과학교육은 가장 긴급한 사안으로 제시되었다. 따라서 미디어는 과학과 국가의 운명이 필연적으로 연결되어 있음을 선전하며 과학자 애국자형의 양성에 앞장섰다. 이러한 사명이 아동잡지에 부여되는 것은 당연한 일이었다. 1930년대 염근수가 주축이 되어 발간된 최초의 아동과학 잡지 『백두산』에서 마련한 '독자연구' 코너는 아이들이 관찰한 내용들을 수록하는 관찰 기록지 역할을 담당하고 있었다. 그리고 산업의 하나로 양계를 소개하며 닭 키우는 방법과 그 성공담을 실어 '민족갱생을 위한 실용과학' 모토를 실현하고 있었다.[14] 또, 전시체제하의 어린이들에게는 강력한 무기와 미래전들을 소개하며 모형 제작과 수공手工 등의 과학적 활동을 통해 발명의 주체가 되도록 촉구하였다.[15] 이러한 사례들은 과학교육과 이상적인 국민의 이미지를 연결했다. 매 순간 아이들은 합리적이고 창의적인 생활을 통해 국가의 부흥에 기여해야 할 이상적인 존재로 이미지화되었다. 조선의 낙후 원인을 밝히고 존망의 기로에 선 국가와 민족, 계급을 구제하기 위한 대안으로 제시했던

• • •

14. 전인용, 「<대성공담> 황금동의 닭둥우리」, 『백두산』 1권 1호, 1930.10, 18~19쪽.
15. 근대의 교육자들은 오락 기능을 통해 어린이 과학교육의 학습 효과를 높이는 방법으로 '과학수공(科學手工)'에 관심을 두고 모형 제작 삽화와 방법을 제공하는 데 심혈을 기울였다.(졸고, 「마술을 부리는 과학」, 황종연 편, 『문학과 과학Ⅱ:인종·마술·국가』, 소명, 2014, 563쪽 참조.)

지식인들의 과학 이미지는 아이들의 행동 강령으로 자리 잡았다. 따라서 아동이 접하는 이상한 것들은 간단한 과학 원리의 응용으로 가능한 것이 되면서 교육의 방편이 되고, 조선의 어린이도 "장차열심으로 연구만하면 못할것이 업다"[16]라는 신념을 키워주는 수단이 되었다.

그러나 근대 아동 과학문화의 세계가 실용과 전쟁 무기, 스파이 같은 국력 상승과 국방의 모토만 우세한 것은 아니다. 앞서, 과학이 다른 세계를 꿈꾸는 유토피아의 동력이 된다고 밝혔듯이, 국가나 계급 간의 충돌 없이 서로 돕는 이상적 세계를 구상하는 이론적 근거를 교육하기도 했기 때문이다.

> 느진겨울에 무섭게 눈보라가 치고 다시 꽃피는 오월말에도 때아닌 눈보라가 휘날닌다는 유우라시아 북부지방에서는 이러한 변화로 인하야 새나 버러지가 죽고만다. 또 조금 따뜻한 지방이면 느진 녀름에는 계절풍에 품겨오는 습기가 폭포처럼 쏘다지는 무서운 비로 변하야 그냥 펑펑 쏘다저 널따란 들을 물구렁으로 만든다. 이러한 무서운 대자연 아래에서 여러 동물은 서로 부조하며 자연과 싸워나간다. 떼를 지여 생활하는 새나 짐승은 무서운 풍토의 변화를 피하야 서로 힘을 모아 이주해간다. 그래서 북쪽 들판이 눈에 더필때쯤 되면 여기저기 흐터져잇든 제대로 크는 소, 말, 사슴이들이 여기저기서 모혀드러 떼를 지여가지고 흑룡강을 건너 남으로 내려가기 시작한다. (손성엽, 「<소년과학> 동물은 싸우기만 하는가」, 『어린이』 제10권 5호, 1932.5, 13쪽.)

• • •

16. 심형필, 「<소년과학> 月世界旅行, 萬有引力이약이」, 『어린이』 5권 6호, 1927.6, 53쪽.

생존에 적합한 환경을 찾아 떠나는 동물들의 대이동을 묘사하고 있는 이 글은 '상호부조론相互扶助論'으로 유명한 크로포트킨의 『만물은 서로 돕는다』(1902)에서 가져온 것이다. 1920~30년대 지식인들은 이 책의 일부 내용을 번역 소개하면서 적자생존의 상호경쟁이 아니라 상호부조의 이론을 어린이에게 전파하였다. 하나의 과학이론은 사회사상에 영향을 준다. 천동설과 지동설, 다윈의 진화론이 그러했고, 크로포트킨의 상호부조론 역시 인류가 살아나갈 삶의 방향을 제시하였다. 특히 적자생존과 약육강식의 논리에 맞서 사회적 협력과 연대를 강조하며 동정과 사랑을 동물심리학에 근거해 주장했던 크로포트킨의 사상은 미래의 아이들이 구상할 유토피아상에 지대한 영향을 끼쳤을 것이다.

경이로움을 수반하는 '이상한' 것들을 지식화하고 현대과학으로 해결할 수 없는 수수께끼들을 서사화해서 대중에게 제공하는 이유는 무엇일까. 이 책『이상한 나라의 과학』은 과학, 문학, 문화의 상관성에 주목하여 근대과학사 연구에서 배제되었던 과학과 이데올로기, 그리고 마술이나 미스터리처럼 초자연적인 영역의 문화·정치적 의미, 또 아동의 과학적 성장과 연결된 아동 과학문화의 역사적 탐구에 이르기까지 광범위한 접근을 시도하였다. 이 책은 1920년대에서 1970년대까지 신문기사를 비롯해 당대 대표적인 아동잡지 등 다양한 출판물에 실린 아동과학 담론을 통해 한국 근대 아동 과학문화사의 특징을 탐색하고 있다. 즉, 미디어가 '과학 하는 아이들'을 발명하면서 파생되는 현상과 마술 및 이상하고 기괴한 미스터리 문화 양식들의 의미를 파헤치고 있는 것이다.

1부는 미래의 희망인 아동에게 '과학적 교양'의 중요성을 부각하게 하며 투영된 민족과 계급 이데올로기의 의미를 탐색해 나갔다. 그리고 아동의 과학적 사고와 태도를 촉발하기 위한 과학적 유희 수단인 '마술

/ 요술'이 근대 아동에게 수용되는 과정과 그 의미를 살펴본다. 여기에는 근대 과학수사의 발전과 탐정소설의 상관성이 시대적 배경으로 제공된다.

2부는 근대 시기 과학으로 대표되는 새로운 지식이 출현하고 정착하는 과정에서 모색된 과학적 글쓰기와 전시체제기 아동의 정체성 형성 문제를 다루고 있다. 역사적으로, 각 시기 대중적인 과학교육 실천 이념과 미디어가 어떠한 동원 논리로 아동들을 포섭하고 배제하는 데 관여했는가를 파악한 것이다. 여기에는 식민지 시기 통계학과 인구정책이 국민과 비국민을 나누고 관리하는 시스템의 문화적 고찰을 배경으로 제공한다.

3부에서는 해방기 새 국민 교양프로그램으로서의 과학적 교양이 형성하는 아동상, 그리고 냉전체제기 과학주의와 미스터리담의 유행에 주목하였다. 따라서 해방기 아동의 심성에 더 견고하게 각인되는 애국적 과학주의의 풍경을 목격하고, 근현대 연구사에 있어서 조명받지 못했던 미스터리 문학뿐만 아니라 귀신이나 유령, 괴물, 외계인, UFO 등 신비하고 불가사의한 것들을 보는 대중의 경험을 둘러싼 미스터리 문화와 과학의 상관관계를 살폈다.

아동 과학문화 속에서 쉽게 접하는 이상한 사건들, 즉 자연현상, 초자연, 마술, 환상, 미스터리 등은 비합리에 대한 이성의 대체를 지속적으로 보여주며 과학의 재마법화再魔法化를 시도하려는 근대의 기획처럼 비친다. 그렇기 때문에 아동 과학문화는 경이의 감각을 동원하며 '이상한 나라wonderland' 속 '과학'에 관한 글쓰기에 총력을 기울였던 것이다. 그 속에서 아이들은 마법적 사고방식과 이성적 사고방식이 서로 경쟁하고 충돌하며 성장하고 있던 것이 아닐까. 아이들의 과학적 성장은 근대 과학 담론이 초자연적이고 기묘한 것들을 다루는 미스터리 담론의 대척점에 위치하는 것이 아니라 오히려 길항하는 가운데 그 권위가 창출·강화되었음을 유추할 수 있게 한다. 따라서 이 책 속에는 합리와 이성을 추구하는 근대 주체와 과학이 자신의 타자와 경합하며 정체성을 형성해 나가는 역동적인 노정이 담겨 있다.

제1부

진화론과 상호부조론의 공존

제1장

어린 혁명가들을 위한 과학

— 마르크시즘, 진화론, 프롤레타리아 아동문학(1920~30)

1. 아동출판의 모더니티와 정치성

프롤레타리아의 해방을 목적으로 하는 사회주의 사상이 근대 조선에서 빠르게 확산할 수 있었던 근본적 계기는 피억압 민족이라는 식민지 현실에 있었을 것이다. 비록 식민지 조선의 지식인 대부분이 일본을 경유하여 사회주의 사상을 수용하게 되었지만, 일본 마르크스주의자들과 달리 그들의 운동과 실천에 있어서 계급과 민족의 경계가 명확하지 않았던 것 또한 사실이다. 이처럼 식민지 조선의 지식인들이 민족과 계급의 경계를 모호하게 설정하여 민족적 사회주의 운동가로 활동할 수 있었던 이론적 토대에는 '과학'이 깊이 관련되어 있다. 근대적인 것으로 이입된 계급해방론으로서의 사회주의와 민족의 산업 부강을 약속하는 근대 과학, 그 둘의 혼종인 마르크스 사회주의(과학적 사회주의)의 선동성이 강렬하게 역사적 장면으로 부상했다. 근대 문명과 발전을 상징하는 과학은 전근대를 부정하는 근대의 이단적, 전위적인 지식인 동시에 가난의 해방을 꿈꿀 수 있는 과학이기도 하였다. 그러므로 사회주의가 하나의 '과학'이 될 수 있다는 마르크스 사상의 이론은 피식민지 조선인들에게 굉장한 판타지 효과를 산출할 만했다.

그러나 이러한 당대의 제반 사정에도 불구하고 계급주의라는 이데올로기적 성향으로 인해, 한국 근대 과학문화사를 규명함에 있어서, 마르크시스트 지식인들에 초점을 맞춘 '과학' 개념은 과학사 연구 영역과 별개의 것으로 취급되어 온 것이 사실이다. 물론 1920~30년대 문학사 한가운데 자리 잡고 있는 프로문학의 연구 사정 역시 이와 다르지 않다. 하지만 이에 대한 규명이 없다면 그것을 온전한 근대과학·문학·문화사라 할 수 있을까. 따라서 어떻게 과학기술과 문학예술이 결합하여 마르크스 사회주의 이데올로기 장場 안에서 화해하였는가에 대한 의문이 제대로 해소되는 길을 탐구해야 할 필요가 있다. 과학이 무엇인지 정의하는 것은 단순히 정의적인 실천이 아니라 정치적이고 이데올로기적인 것이다. 과학은 다양한 권력관계에 의해 매 순간 정의되는 관계성의 사회적 영역이기 때문에 과학개념을 정치적·상징적 권력을 위한 투쟁의 자리로서 바라볼 필요가 있다. 역사적으로, 각 권력자들은 자신의 위치에 따라 과학에 대한 다른 정의를 개발해왔다. 그렇다면 마르크시스트 지식인들의 관점에서 과학에 대한 정의는 어떻게 내려졌을까.

이 글은 오늘날 우리가 생각하는 '아동상像'이 어떤 역사적 과정을 거쳐 형성되었으며, 이 과정에서 '과학적 교양'이 부여하는 의미는 무엇인지에 대한 물음으로 시작한다. 근·현대의 과학적 지식을 수용하고 응용하는 행위는 개인의 교양을 가늠해주는 중요한 잣대가 되었다. 또한 과학적 교양의 표명은 개인을 넘어 민족, 국가, 계층 간의 공동체적 결속을 강화해주는 역할을 해왔다. 주지하듯이, 근대 민족국가의 발전을 모색하던 지식인들이 근대적 주체로 호출한 '소년'에게 요구했던 것은 '과학적 교양'이었다. 즉 다양한 정치적 노선에 따라 민족과 계급의 미래와 희망을 담지하고 있는 아동을 과학교육의 대상으로 바라보며 어른 세대의 열망을 투사했던 것이다. 사실 '과학'과 '과학자'는 그 시대의 이데올로기적 구성 아래 개념화된다고 할 수 있다. 그러한 방식으로 특정한 과학 서사와 이미지는 재현되고, 소년대중에게 '교양'의 명목으로 수용된다.

계급투쟁이 치열했던 1920~30년대는 무산계급의 혁명적 사상이 시대정신으로 자리 잡기 시작했고, 사상가들 사이에는 어린이들에게도 계급적 현실 인식이 필요하다는 생각이 대두했다. 따라서 "오랫동안 짓발피고 자각업든" 조선의 어린이들이 "힘을 합하고 정성을 쌓아 희망만흔 압길을 개척하려고" "소년모듬이 도처에 빗발치듯 일어남은 현저한 사실이오, 주목할 현상이엿다."[1] 근대 초기 민족주의와 사회주의 진영 모두는 어린이를 미래의 열쇠로 인식하였고, 이와 같은 어린이에 관한 관심은 어린이 교육 프로그램 개발뿐 아니라 아동문학을 필두로 한 아동 출판물의 발행과 보급으로 이어졌다. 조선의 낙후 원인을 밝히고 존망에 처한 국가와 민족, 계급을 구출하기 위한 대안으로 제시됐던 지식인들의 과학 이미지는 그와 같은 교육적 명령과 함께 아동도서 출판의 발전을 이끌어 왔다. '방정환'을 필두로 '어린이 해방'을 추진하던 '색동회', '소년운동' 단체들은 어린이를 위한 문학뿐 아니라 과학교육 개발에 관심을 두게 된 것이다. 따라서 근대 아동 출판물이 기획, 구성한 과학 이미지의 특성을 살피고 분석하는 것은 발간 주체인 편집인이 지향한 근대의 아동 기획 방향을 보여주는 동시에 근대성, 과학, 어린이에 대한 당대 사회의 인식을 살필 수 있게 한다. 계급주의 아동 출판물의 몇 가지 사례를 보면 "월간잡지로 『新少年』, 『별나라』가 잇고, 단행본으로 『불별』, 『소년소설육인집』, 『소년소설집』 외, 동화집 『어린 페-터』"[2]

1. 편집부, 「취미잇는 소년신문」, 『신소년』 4권 2호, 1926.4, 25쪽.
2. 정철, 「출판물에 대한 멋가지이야기」, 『신소년』 11권 5호, 1933.5, 24쪽.

가 있었다. 프롤레타리아 아동의 교육을 위해 이들 아동 출판물의 정치 선전과 선동의 기능은 매우 중요한 토대로 기능했다. 물론 야학과 강연, 집회에서의 대중 연설 등도 무산자 계급 운동에 큰 역할을 했으나 과학기술의 발전으로 보급된 책, 신문 같은 인쇄 미디어의 기능은 프로파간다를 선전하는데 효율적일 수밖에 없었다. 사회주의와 아동도서는 윤전기의 발명과 연관된 근대 산업 시대의 산물이다.[3] 즉, 사회주의는 운동의 실천성을 강조하는 측면에서 과학 기술적 토대를 의미하는 인쇄 기술의 연마가 선행되어야 했다.

앞서 언급한 사회주의 아동출판물 목록에서 확인할 수 있듯이, 1920년대 아동문학[4] 잡지 가운데 프롤레타리아 아동을 대상으로 식민지 시대 현실 인식에 치열했던 아동문학 잡지는 『신소년』(1923.10)과 『별나라』(1926.6)였다. 이 두 잡지는 조선 프롤레타리아 예술가 동맹KAPF, Korea Artista Proleta Federatio[5] 문인들을 필진으로 삼았기 때문에 그 영향 아래 있었다고 판단할 수 있다. 또한 「오월과 우리들」이라는 제목의

• • •

3. 레지 드브레, 「매체론으로 본 사회주의의 역사」, 최정우 옮김, 『뉴레프트리뷰』, 도서출판 길, 2009, 376~378쪽 참조. 사회주의의 출발은 1867년 인쇄에 10배의 성장을 가능케 한 마리노니의 윤전기 발명과 함께 시작되었다. 이때 '사회주의'라는 단어를 창안했던 사람이 인쇄공 피에르 르루(Pierre Leroux)였다는 사실은 의미심장하다. 그는 1848년 러시아 혁명에 참여했다.

4. 류덕제의 논의에 따르면, 식민지 시대 아동문학과 밀접한 관련이 있는 소년운동 단체들은 '소년'의 연령을 천도교소년회가 7세에서 16세까지, 조선소년연합회가 만18세까지, 조선소년총연맹은 12세에서 18세까지로 생각했다.(류덕제, 「『별나라』와 계급주의 아동문학의 의미」, 『국어교육연구』 46집, 2010, 307쪽 참조) 아동문학에 대해 유년을 만4세~7세, 아동을 만 8세~13세, 소년을 만 14세~17세로 나누며, 이를 통칭하는 이름으로 '아동'이라 하는 것이 적당하다는 주장(虎人, 「兒童藝術時評」, 『新少年』 9권 9호, 1932.9, 19~22쪽)을 고려해 이 글에서도 식민지 시대 '소년운동'과 함께한 문학 활동을 포함하여 '아동문학'의 범주로 삼겠다.

5. 이 동맹은 문학이 프롤레타리아 해방에 이바지해야 한다는 목적으로 조직된 문예운동 단체이다.

『별나라』 표지처럼 프롤레타리아 미술운동의 전위성을 보여주는 표지화의 특성이 두드러진다. 이처럼 아동문학이 일제 강점기 민족·사회주의운동의 중요한 일부였던 '소년운동'과 결합하여 전개된 것은 다른 나라에서 유례를 찾아보기 어려운 일이다.[6] 따라서 한국 아동문학은 이념적 정치 선동의 대상인 아동을 독립된 근대 민족국가 건설의 주역으로 성장하게 하고자 하는 목적의식을 강하게 띠고 있었다. 이들 계급주의 아동문학 잡지는 '소년소녀과학문예잡지'라는 표제에서도 확인할 수 있듯이, '과학'과 '문예'의 융합 관계를 보여준다. 자연히 잡지의 내용은 빈곤과 싸워나가야 하는 어린이들을 위한 정치, 과학, 프로문학 예술에 관한 것들이다. 계급주의 아동잡지는 특별히 가난한 아이들의 요구에 주의를 기울이기 때문에 프로파간다화된 어린이들의 목소리를 쉽게 접할 수 있다. 소년 소녀 필자뿐 아니라 지식인들에 의해 재현된 텍스트의 어린 주인공들은 계급투쟁에 대한 기본적 교훈을 이해할 수 있는 것처럼 보인다. 『신소년』 1931년 4월호 표지화에는 프롤레타리아 노동자 계급의 혁명적 도상인 '낫'과 '망치'를 든 소년들이 등장한다. 그림 속 소년들

그림 6. 『별나라』 1933년 5월 표지화

---

6. 원종찬, 「아동과 문학」, 『한국아동문학의 쟁점』, 창비, 2010, 16쪽.

그림 7. 『신소년』 1931년 4월 표지화

은 더 이상 보호 대상으로서의 아동이 아니라 혁명의 주체인 '소년대중'으로 호출되고 있다. 시각적 언어인 도상적 코드는 필수적으로 시각적 서사를 구성하며 나타난다. 따라서 잡지 표지화의 도상icon 작용 아래 해당 잡지 속 과학지식과 마르크스를 필두로 한 사회과학 지식은 교묘한 이접과 혼종성을 발휘하며 서로 결합하고 작동하게 된다. 이로써 잡지 속의 모든 지식은 사회주의 과학의 도구가 되고 만다. 현대의 우리가 보기에 완전히 과학과 무관해 보이는 이미지들이 과학적인 것으로 현현되는 순간이다.

이처럼 프로파간다화된 아이들에게 주입된 과학적 교양 담론이란 아이들이 발전할 수 있는 장으로서의 과학으로 외장外裝 한 채 어른 세계의 유토피아상을 재현하는 것으로 귀결된다. 1930년 8월의 『신소년』 표지화는 더 나은 세상을 위해 투쟁하는 마르크시스트 운동가들이 제시하는 진보적인 교육의 정치성을 잘 드러내 준다. 같은 호에는 산촌의 60여 명 되는 가난한 학생들과 세 명의 교사를 둔 학교의 한 교실에 대한 묘사에서 시작하는 이동규의 '소년소설' 「두가지 정의正義」가 실려 있다.[7] 교사는 수신修身 시간에 학생들이 생각하는 '정의'에 대해 발표하도록 요청한다. 이에 마을 지주를 대신하고 있는 마름의 아들인 박남석은

그림 8. 『신소년』 1930년 8월 표지화

"큰 재산가가 되어서 공장을 둘씩이나 가지고 땅을 몟백석직이나 갓게" 되어 "그 공장안에 일하는 수만흔 직공들을 먹여살니는" "서울잇는 이 동리 지주地主 갓흔 사람들이 참된 정의의 사람"이라고 말한다. 그에 비하여 최영호라는 소년은 "가난한 사람들을 위하야" 목숨까지 내놓겠다는 각오로 중학교를 중퇴한 채 청년회를 조직하고 조합을 만들어 활동하는 "사회주의자" 형을 정의로운 사람이라 주장한다. 두 가지 정의의 대조를 통해 지은이는 어린 무산 소년소녀들이 계급투쟁을 위해 싸우는 청년 지도자로 성장하기를 바라는 염원을 드러내고 있다. 그림에서 소년대중 앞에 서 있는 교사나 지도자는 다리와 손처럼 몸의 일부만 재현되어 있는 존재이다. 따라서 그림의 초점은 뒷모습의 교사가 아니라 정면을 주시注視하고 있는 무산 소년대중에게 맞춰져 있다는 것을 알 수 있다. 이는 소년대중을 교육시키는 교사들의 행위가 미래에 대한 사회주의적 희망을 투사하는 것임을 의미한다. 그를 바라보고 열광하는 소년대중은 미래의 시간성을 담지하고 있는 상징적 존재일 뿐만 아니라 머지않아 현 지도층의 머리 역할을 맡게 되고 정의 실현의

7. 이동규, 「두가지 正義」, 『신소년』 8권 8호, 1930.8, 22쪽.

실천적 주체가 될 것이다. 이는 어른 세대의 유토피아적 비전이 소년대중에게 전달되는 형국을 재현하고 있다고 이해해도 무방하다. 반자본주의 정치 이념 아래 교육적 명령에 사로잡힌 사회주의와 아동도서의 긴밀한 연결 관계가 드러나는 지점이 아닐 수 없다. 이때 사회주의 지식인들에게 어린이 교육을 위한 대중적인 주제는 물론 과학이었다.

이 글은 『신소년』을 중심으로 프롤레타리아 아동문학의 의미를 살피며 근대 자본주의, 산업주의 체제에 의해 발견된 '아동'이 계급과 민족의 '프로파간다 주체'로 호출되면서, '소년대중'으로 재구축되어 가는 과정에 당대 과학적 교양의 파급력이 컸음을 밝히고자 한다. 이는 곧, 아동문학에 대한 기존의 동심주의적 이해를 재검토하고,[8] 아동에게 주입되는 과학적 교양을 통해 주조되는 근대적 · 계급적 주체상과 세계상이 체제나 지식인이 실현하고자 하는 유토피아상(욕망)의 재현이자, 타자(계급, 젠더, 인종)들에 대한 과학적인 주조 방식과 그에 대한 인식을 반영하고 있음을 이해하는 시간이 될 것이다.

2. 객관성의 칼날, 근대 과학의 신화 창조와 프롤레타리아 아동의 탄생

근대 지식의 결핍은 열악한 조선의 현실을 가장 노골적으로 선명하게 부각하여 주었다. 따라서 1919년 이후 급격하게 늘어나는 취학아동 인구는 신교육에 대한 열망을 잘 반영하고 있다.[9] 근대적 과학 문명에

• • •

8. 근대 아동문학 연구는 어린이의 순수성을 의미하는 '동심(童心)'의 발견에 초점을 맞춰 방정환류의 '동심주의'로 편향된 결과를 끌어내고 있다. 이러한 기존 논의에 대한 문제의식에서 박지영은 방정환의 동심주의가 '신민화의 논리'로 작용하고 있음을 분석하기도 하였다. 박지영, 「'천사동심주의'의 본질－잡지 『어린이』를 중심으로」, 『대동문화연구』 51권, 2005, 141쪽 참조.

9. 오성철, 「식민지기 초등교육 팽창의 사회사」, 『초등교육연구』, 13권 1호, 1999,

대한 사회적 열망은 식민화된 조선의 현실을 타개할 수 있는 새로운 시대적 과제로 '과학교육'의 필요성을 토로할 수밖에 없었던 것이다. 이러한 시대정신에 부합하여 『신소년』은 과학, 이학理學 혹은 수학으로 대변되는 신학문을 '이과', '산술', '지리', '소년과학' 등의 표제 아래 연재하기 시작했다. 그 같은 내용은 조선의 소년들이 근대 지식으로 무장하여 현실의 문제를 극복해 나가도록 하고자 하는 『신소년』의 편집 방향을 충분히 보여준다. 편집인들은 소년 독자에게 잡지 내의 지식을 습득하여 동무나 소년 단체 같은 공동체의 구성원에게 전파하도록 촉구하였다. 일본 동경에서 유학생 주도하에 만들어진 '색동회'는 "우리 조선의 색동옷 입은 삼백만 소년소녀를 교양하고 지도하는데 참된 방식을 연구하기 위하야 생겨난 모둠"[10]이었다. 마찬가지로 소년운동 역시 "조긔早起라든지 독서라든지 운동이라든지 노동가튼 이따위 쉬운 과목을 작정하야 노코 서로 권하고 깨우쳐 가면서 날마다 날마다 한가지씩 실행하기를 게을이 하지"[11] 말자는 강령을 내세우고 있었다. 방정환은 무산 소년들이 계급적 · 민족적 차원에서 '지식'으로 무장하고 싸워나가야 함을 훈화하였다.[12]

그렇다면 가난한 노동자의 아이들은 그 모임에서 어떤 지식교육을 받았던 것인가. "그들은 엇던 교육을 밧고 잇느냐고 하면 일요일에는 부잣집아해들이 교회에 가서 기도를 드리고 동화를 듯는 대신에 그들은 근처의 로동학교의 방을 비러가지고 우주의 이야기라든지 생물의 이야기가튼 것을 드르며 사회에 이러나는 여러 가지 사건들을 아저씨들에게

• • •

107쪽 참조.

10. 일기자, 「신년벽두에 '색동회'를 축복합시다」, 『신소년』 5권 1호, 1927.1, 17쪽.
11. 편집부, 「취미잇는 소년신문」, 『신소년』 4권 2호, 1926.4, 25쪽.
12. 방정환, 「<훈화> 새해를 마즈면서」, 『신소년』 5권 1호, 1927.1, 21쪽.

이야기하여 달라고 하야 드릅니다. 그 외에 여러 가지 유익한 이야기를 드르며 배홉니다. 그러고 교회당에서 찬미가를 부르는 대신에 그들은 씩씩한 노래를 힘잇게 부릅니다. 그리고 때때로 연극가튼 것을 연습하여 보기도 합니다."[13] 소년들이 습득한 "우주의 이야기라든지 생물의 이야기" 같은 과학지식과 "사회에서 이러나는 여러 가지 사건"들에 대한 사회지식은 프롤레타리아 운동의 실천성과 결합하여 교육되었던 것이다. 교육가들에게 어린이와 과학은 동시에 사회적 재생을 위한 희망으로 인식되었다.

근대 아동잡지에는 어린이 대상의 과학 지식이 산재해 있다. 『신소년』의 경우, 문답 형식으로 과학 지식을 전달하는 '소년연구실', 단편적인 과학지식이나 세계 상식을 전달하는 '토막지식'과 '세게긔문', 각종 실험과 제작 원리를 알려주는 '자미잇는 과학실험,' 계산 능력 향상을 위한 '산술유희' 등의 코너가 마련되었으며, '과학', '생리', '이과理科' 등의 표제를 통해 매호 과학지식을 전달하는 데 주력하였다. 이와 같은 과학 지식은 대개 환상적 기제를 활용하며 재현되었다. 「벌나라」의 경우 소년 필자가 시골에 놀러 갔다가 벌의 세계로 가 그들의 삶을 전해 듣는다.[14] 이같이 어린 독자를 염두에 두며 환상적 기제를 가미하여 과학 지식을 전달하고 있다. 또 「사막沙漠의 선船」처럼 낙타의 생태 특성을 설명하는 글도 '동화'로 표기되어 있다.[15] 「개암이궁전宮殿의동화회童話會」는 개미들의 세계를 사실적으로 형상화해 내고 있는가 하면,[16] 「개고리의가정家庭」은 연못에 사는 개구리의 생태를 동화적으로 형상화

• • •

13. 권환, 「미국의 영·파이오니아」, 『신소년』 10권 6호, 1932.7, 2쪽.
14. 김두성, 「벌나라」, 『신소년』 7권 12호, 1929.12, 17쪽.
15. 이필문, 「沙漠의 船」, 『신소년』 6권 6호, 1928.6, 55쪽.
16. 맹주천, 「개암이宮殿의童話會」, 『신소년』 4권 11호, 1926.11, 21쪽.

하였다.[17] 이처럼 동화의 요체인 '환상성'과 과학 정신을 결합해 텍스트를 구축하려는 노력이 지배적이다. 아동 과학지식의 전달 방식에 있어서 환상성의 실험이나 의인擬人 동화의 수용은 주목해 볼 필요가 있다. 어린 소년·소녀 독자들은 이러한 전달 방식을 통해 과학을 꿈의 기제로 받아들일 수 있기 때문이다. 그것은 어린이 자신이 맞이할 미래를 꿈꿀 수 있게 하는 기능도 하였을 것이다.

그렇다면 아이들은 어떻게 과학적 정신과 태도를 키워나가야 할까. 아래의 인용문은 아동에게 요구되었던 과학적 사유 방식을 잘 설명해 준다.

> 사과 떨어지는 대에 의심을 가진 뉴-톤이나 주전자의 끌는 물이 뚜겅여는 대에 의심을 가진 와트와 종달새 나는대에 의심을 가진 서경덕 어른의 공부는 다 책밧게 잇는 공부인 것을 알어라. 공부는 오히려 책보다도 우리가 날마다 듯고보는 여러 가지일 가온대에 잇는 줄을 알어라. 예로부터 훌륭한 공부를 한사람 무엇을 발명하고 발견한 사람은 조고만 일이라도 이상한 일이 잇스면 그것을 심상이 보지안코 의심을 가지는 까닭으로 공을 일우는 것이다. 우리 조선소년 소녀들아! 글을 부지런히 일글 것은 물론이어니와 그대들도 책밧게서 의심공부를 좀 하여보아라.[18]

만유인력을 발견한 '뉴튼'과 증기기관차를 발명한 '와트'의 예화를 통해 인용문에서 강조하고 있는 '의심공부'란 "들에를 나가서 먼 산을 바라보면 저산 넘어가 엇더케 생겻는지 거기가 궁금해서 누구든지 한번

17. 이병화, 「개고리의家庭」, 『신소년』 5권 5호, 1927.5, 21쪽.
18. 雲齊學人, 「공부에 의심을 가지라」, 『신소년』 3권 12호, 1925.12, 2~3쪽

가보고 십흔 생각이 날것이올시다. 컬넘버스가 아메리카를 발견하고 새나라를 열어노흔것이나 모든 과학이 오날처럼 진보된 것은 그것이 다 이 궁금한 생각에서 나온 것이올시다. 이 궁금한 생각이야말로 얼마나 귀중한 것입닛가. 사람은 이 궁금한 생각으로 해서 행복을 엇는 것이올시다”[19]와 같이 의문과 회의를 품은 과학적 태도를 의미한다. 이러한 연구 태도는 에디슨이나 뉴턴 같은 발명가, 과학자들의 전기傳記를 소개하는 가운데서도 드러난다. 과학자 위인전기는 식사 시간과 취침 시간, 더 나아가 제 이름까지도 잊고 연구에 몰두하는 과학자와 발명가의 태도에 집중하여 교훈을 이끌어 냈다.[20]

사회적 차별과 고통의 악순환 속에 던져진 무산 소년에게 중요한 일은 자신이 놓인 계급 현실을 뚜렷하게 깨닫고 투철한 계급의식으로 무장하는 일이었다. 따라서 사회주의 지식인들은 아이들에게 과학을 제공할 수 있는 교훈적 이야기를 창작할 뿐 아니라 자본주의를 비판하는 글을 소개해야 했다. 프롤레타리아 아동잡지는 과학지식과 계급의식의 동시적 교육을 목표로 삼았던 것이다. 그것은 과학주의를 표방하면서 동시에 또 다른 사회주의 이데올로기의 신화를 창조하려는 정치적 목적이 분명하게 드러나는 지점이었다. 계급투쟁의 역사를 과학화하기 위해 과학의 역사를 이끌어 오는 형국이었다고 할 수 있다.

식민지 조선에서 서구 유럽의 기술과 더불어 도입하고자 했던 과학은 객관적인 관찰을 통해 세계를 지식체계로 만들어 낼 수 있는 유용한 도구로 이해됐다. 1920년부터 1945년 해방 전까지 근대 통계지식의 대중적 보급 및 수용의 역사적 경로를 살펴보면 ‘과학적 방법’, ‘실증적

19. 주산, 「<壯快實話> 남극탐험기」, 『신소년』 4권 8호, 1926.8, 35쪽.
20. 이병화, 「<전기> 제일홈을 몰른 에듸손」, 『신소년』 4권 6호, 1926.6, 22쪽. 백천, 「<史譚> 시계를 삶은 뉴-톤」, 『신소년』 6권 4호, 1928.4, 46쪽.

연구'에 대한 근대 지식인들의 열망을 확인할 수 있다. 1925년 민족주의, 사회주의 학술단체인 <조선사정조사연구회>는 "조선의 사회사정을 과학적 수자적으로 연구"[21]하자는 취지로 결성된다. 이 단체가 조사 수집한 통계수치들은 조선의 열악한 형편을 보여주었기 때문에 민중을 대상으로 한 '수자적 관념' 교육이 긴급한 문제로 제기되었다. 민족주의자들과 사회주의자들의 입장에서 민중에게 심어주고자 한 '수자적 관념'은 차별과 불공정을 판단하고 저항할 수 있는 합리적 수단이었다. 새로운 사회를 향한 유토피아적 희망과 사회 문제를 이성적으로 해결하기 위한 도구로서의 과학적 방법에 대한 마르크시스트 지식인들의 신념은 어린이에게 비평적 사고, 권위에 대한 불신을 심어주는 데 적용되었다. 과학적인 사유가 세계에 관한 비평적 조망을 고무할 수 있다고 믿었던 것이다. 그것은 세계를 대하는 데 있어서 전근대적인 방식과의 결별을 의미했다. 과학은 비이성적인 사회 현상을 이성적으로 평가할 수 있는 능력으로 인식됐고, 과학의 외면적인 객관성은 그것을 매력적이게 만들었다.

『신소년』은 전근대적이고 비이성적인 것들을 타파하는 도구로서의 과학을 정의하는 데 심혈을 기울였다. 따라서 자신의 심리작용에 의한 것임을 인식지 못하고 귀신을 보았다고 떠드는 사람들[22]이나 전기 작용으로 일어나는 번개 현상을 신이 죄지은 사람을 벌하는 것[23]으로 믿는 사람들의 재현이 많다. 이들의 비과학적인 사유는 아무 근거도 없이 제 맘대로 지어내거나 황당무계한 것으로 평가절하되었다. 그렇다면 혁신적인 프롤레타리아 아동은 "예전사람이 옥황상제의 딸로 미인으로

• • •

21. 「사회사정조사연구사. 이옥 이원혁외 제씨가 창설, 조선의 사회사정을 과학적 수자적으로 연구, 기관지로 사회사정을 간행」, <조선일보>, 1927.6.3.
22. 푸로메스, 「귀신이란 잇는 것이냐」, 『신소년』 10권 6호, 1932.6, 15쪽.
23. 안호, 「벼락, 번개이약이」, 『신소년』 11권 7호, 1933.7, 12쪽.

알든 이 달을 과학적으로 냉정하게 관칙하여"[24] 보는 비판력을 갖추어야 할 것이다. 그런데 이 비판 과학적 인식은 "뜻하지안은 그놈의 불경기바람에 우리네 아저씨 누나들은 품팔랴 품팔곳이업서 실업자가 되엿다. 따라 가난한 살림은 더욱 비참한 구렁이에 빠저 우리는 단배를 주리며 굶을때가 만케되엿다. 그럼 불경기는 엇재 생겨나서 이 세상 가난한 무리는 굶어죽게되고 또 지금도 수만흔 대중은 굶어죽겟다고 아우성소리를 치게되엿나? 우리는 다가치 이 무서운 병이 어데서부터 생겨진것인가?"라는 의문으로 향하게 된다. 그리고 현상에 대한 비판력을 통해 "이 딱하고 기맥힌 세상형편이야기를 똑바로 아러보잔"[25] 욕망은 경제학 지식을 요구하게 된다. 이처럼 유물사관적 입장에서 자본주의 논리에 의해 지배되는 현실을 폭로하려는 정치적 이념은 마르크스 과학과 경제학을 아동에게 교육하는 것으로 이어졌다. 따라서 『신소년』에는 무산소년대중을 끌어내기 위한 경제학 지식이 상당수 소개되고 있다.[26]

민족주의자와 마르크스 사회주의자, 민족적 사회주의자들은 모두 과학지식이 어린 세대에게 힘을 부여할 수 있다고 믿었다. 따라서 민족주의 계열과 사회주의 계열에게 동시적으로 호출되었던 과학은 비록 이념적 · 방법론적 차이를 보이지만 근대성에 대한 강한 긍정이라는 점에서 공통점이 많았다. 이러한 사정은 『신소년』의 1920년대 초와 30년대 편집 방향의 변화를 이해하는 데 도움이 된다. 『신소년』은 창간 초기부터

24. 김병제, 「<紙上天文臺> 월세계관측」, 『신소년』 8권 11호, 1930.11, 1쪽.
25. 현동염, 「<강좌> 불경기이약이」, 『신소년』 10권 7호, 1932.8, 4쪽.
26. 『신소년』은 불경기와 공황에 대한 이해에서부터(이민, 「불경기와 공황」, 『신소년』 10권 10호, 1932.10, 18쪽), 노동과 노동력의 차이(철아, 「賃金이약이」, 『신소년』 10권 1호, 1932.1, 4~5쪽), 노동자는 잉여가치를 생산하는 물건이란 것(철아, 「잉여로동(剩餘勞動)」, 『신소년』 10권 2호, 1932.2, 4~5쪽), 왜 노동자가 상품화 했는가(철아, 「상품의 가치」, 『신소년』 10권 4호, 1932.4, 4쪽) 등의 경제학적 지식을 교육하고 있다.

그림 7. 『신소년』 1926년 6월 표지화

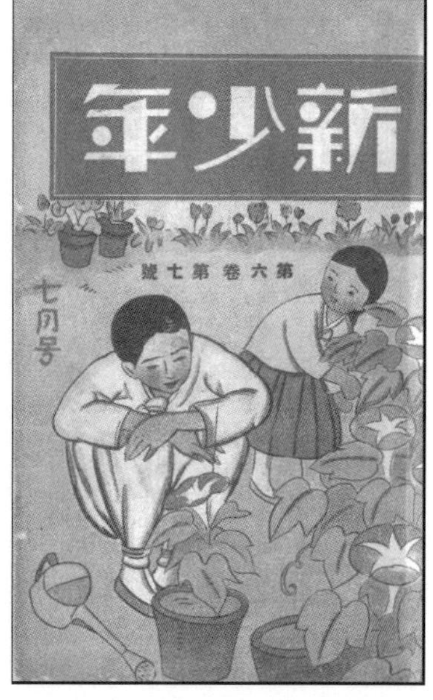

그림 8. 『신소년』 1928년 6월 표지화

중기까지 절충적이고 온건한 편집 방향을 보였으나 1920년대 말부터 1930년을 전후로 일정한 변화가 일어나는데, 기존 연구에서는 그 변화의 원인을 카프 작가들의 강력한 영향력 정도로만 이해해 왔다.[27] 그런데 이러한 편집 방향의 변화에 발맞춰 과학적 태도의 성격 변화가 수반되고 있음을 주목할 필요가 있다.

『신소년』 4권 6호(1926.6)와 6권 7호(1928.6)의 표지화에는 자연을 관찰하는 소년·소녀들이 재현되어 있다. 두 표지화에서는 자연과 어린이의 친연성을 강조하며 두 대상을 낭만적 이상으로 밀접하게 묶어내려는 경향을 읽어낼 수 있다. 과학적 탐구대상으로서의 민족적 자연과 그에 대한 관찰 태도는 자연과학 일반에 관심을 둔 민족주의적 '신소년'

27. 장만호, 「민족주의 아동잡지 『신소년』연구 — 동심주의와 계급주의의 경계를 넘어서」, 『한국학연구』 43집, 2012.12, 210쪽 참조.

그림 11. 『신소년』 1929년 12월 표지화

창조를 위한 기획으로 적절했던 것이다. 따라서 해당 잡지의 기사 내용은 맹주천이 쓴 동화 「애국소년」과 정열모의 동요 「자라는 나라」(『신소년』 4권 6호), 고장환이 쓴 「참의 애국자 외 3편愛國者 外 三篇」(『신소년』 6권 7호)같이 민족주의적 성향이 두드러진다.

『신소년』이 1930년대로 가면서 보여주는 프롤레타리아 계급성은 이주홍이 그린 표지화 「농촌소년」(『신소년』 7권 12호, 1929.12)과 「박귀」(『신소년』 8권 3호, 1930.3)에 재현된 소년 노동자의 도상이 잘 드러내 주고 있다. 노농소년勞農少年들은 새날을 상징하는 태양과 함께 '빛나는 건설'(「빛나는 건설」, 『신소년』 8권 2호, 1930.2)을 위한 농기구와 바퀴를 돌리는 생산력의 주체로 등장하고 있다. 이때 산업 자본주의 체제 아래 무산 소년들이 들고 있는 철제기구들은 산업 건설을 이루기 위한 과학적 · 합리적 도구로 의미화되면서 사회주의 과학의 은유와 결합한다. 괭이와 나사 바퀴는 계급투쟁의 기계적 도구성뿐만 아니라 객관적인 비판성을 환기시키는 유물론적 역할을 하기 때문이다. 1920년대 초반 『신소년』에 실린 과학의 성격과 1930년대 과학의 성격이 공통점을 유지하면서 동시에 분화되는 지점이라 할 수 있겠다. 앞선 시기의 경우 자연의 조화에서 낭만화된 과학적 태도를 발견했던 것처럼, 마르크스주의자들은 세계의 냉혹함에서 이데올로기화된 과학적 태도를 발견했던 것이다.

1920년대 인간관계와 사회제도의 변화를 촉구하는 개조론은 '민족', '민중', '부인', '노동자', '농민', '청년' 등의 어휘와 결합하여 새로운 주체상을 탄생시켰다. 새롭게 등장한 주체 가운데 '노동자' 집단의 대두와 더불어 '어린이'가 중요한 의제로 떠오르게 된 것은 당연한 순차로 보인다. 이때 노동문제를 정치적 · 문화적 투쟁의 새로운 영역으로 담론화했던 것은 사회주의 지식인들이었다. 이들에 의해 부르주아 아동관과 분리된 프롤레타리아 아동의 계급성이 더욱 현저해지던 시기가 『신소년』의 편집 방향 변화를 논의하던 그 시점과 맞물리고 있음은 결코 우연이 아니다.

그림 12. 『신소년』 1930년 3월 표지화

3. 진화론을 넘어, 사랑의 과학으로: 『신소년』의 진화론

1920년대 초 사회진화론의 영향력이 한풀 꺾였을 무렵, 한국의 지식체계 속에 새로운 과학적 세계관으로 등장한 것이 바로 '사회주의', 특히 마르크스의 사회사상이다.[28] 자본주의 사회가 진화하게 되면 붕괴할 수밖에 없다는 마르크스의 유물사관은 생물계에서 진화법칙을 발견한

28. 송민호, 「카프 초기 문예론의 전개와 과학적 이상주의의 영향— 회월 박영희의 사상적 전회 과정과 그 의미」, 황종연 편, 『문학과 과학 I:자연·문명·전쟁』, 소명출판, 2013, 214쪽 참조.

다윈의 이론을 응용한 것이었다. 다윈의 진화론에 기대어 사회진화의 필연성을 과학적으로 증명하는 가운데 마르크시즘은 '과학'으로 조명될 수 있었다. 이러한 시대 풍조와 더불어 『신소년』은 매호 라마르크와 다윈, '진화론'과 '종자 이야기', '유전학' 등에 관한 이론 소개로 상당수의 지면을 할애하였다.

『신소년』이 진화론을 설명하기 위해 사용한 방법은 진화의 사실을 부정하는 종교적 근본주의자들의 인식에 대한 비판이었다. 이향파의 동화 「천당」에는 인간들처럼 예배당에서 천당을 꿈꾸며 기도로 생활하고 있는 쥐 부부가 등장한다.[29] 이 쥐 부부가 따라간 소년들의 천국이 어떤 곳인가를 형상화하는 것이 이 소설의 주요 테마라 할 수 있다. 사실, 소년들이 예배당에 참석하지 않고 새롭게 발견한 천국이란 다름 아닌 사회주의운동을 도모하는 청년회관이었다. 이 작품은 종교적인 세계관을 비판하면서 유물론을 이론적 근거로 내세웠던 마르크스의 사상이 반영되어 있다. 애당초 과학의 존립 근거는 종교적 믿음이 지배적인 세계에 균열을 내면서 마련되었던 것이 주지의 사실이다. 인간이 신의 형상대로 창조되었음을 주장하는 기독교와 자연적 과정에 의하여 다른 동물로부터 진화되었다고 말하는 진화론의 대립은 과학과 종교 사이의 오랜 사상적 투쟁을 의미한다. 『신소년』은 "진화론을 처음 주장할 때에는 예수교인들이 한업시 반대를 하엿다"[30]는 사실을 반복적으로 제시한다. 또한 창조론의 진리를 깨고 그 주장이 틀렸다는 증거를 제시하며 25년 동안 심혈을 기울여 저술한 다윈의 "책이 출판된지 몃칠만에 곳 아홉나라 말로 번역이 되어서 따-뷘 진화론은 전세계에 퍼지게"[31]

29. 이향파, 「천당」, 『신소년』 11권 5호, 1933.5, 12~15쪽.
30. 이상대, 「진화론이야기(속)」, 『신소년』 8권 5호, 1930.5, 16쪽.
31. 이병화, 「<傳記> 따-뷘이 略傳」, 『신소년』 8권 8호, 1930.8, 45쪽.

되었음을 높이 평가한다. 진화론을 소개하는 필자들은 다윈이 진화에 대한 역사적 증거를 과학적으로 다루었다는 데서 그 의의를 찾고 있었다.[32] 이처럼 『신소년』에는 진화론을 위시爲始하여 자연과학에 대한 종교계의 반론을 재반박하는 형식의 글들을 상당수 실었다.

창조론과 진화론의 오랜 반목反目과 대립은 『신소년』에서도 그대로 드러난다. 하지만 『신소년』은 철저히 진화론의 입장에 서 있었고, 인류 창조론에 대한 비판적 근거로 작용하는 자연과학적 논의들을 실었다. 신이 인류를 창조했다는 설은 "동물이나 식물의 화석을 증거로"[33]하여 비판되고, "이모든 어리석은 생각을 깨트리는 것은 근대의 자연과학"[34]의 힘임을 강조하였다. 한 발 더 나가 "소위 하나님이란 그거야말로 우리인류의 조상 미개한 그들이 만드러 내인 것에 지나지 안는다"라는 주장을 펼친다. 미개한 사람들은 자연현상에 대한 공포의 차단막으로 신을 창조해 낸 것에 불과하다는 1차 진실의 폭로. 그리하여 누군가에 의해 인위적으로 가공된 신의 사상은 "인간의 복이라든지 불행까지를 다 하나님이 마타가지고 잇는 것이라는 생각을 나앗고, 못 살든지 불행가튼 것은 전생에 죄를 지엿다든지 또는 엇던 일이 잇서 날 때부터 복을 못 밧고 태여 나서 그러한 것이라고 하는 생각까지 만들어내엿다"라는 2차 진실의 폭로. 이러한 이중 진실의 폭로는 창조론에서 비롯되는 계급론을 문제화하고 있는 것이다. 왜냐하면 "하나님을 이용하야가지고 사람들의 마음을 잡으랴는"[35] 행위는 야심가들의 것이 틀림없기 때문이다. 이 지점에서 주목할 점은 사실을 폭로하는 진실의 도구로 과학적

• • •

32. 이상대, 「<과학> 생물의 진화」, 『신소년』 8권 8호, 1930.8, 46쪽.
33. 이상대, 「<과학> 조물주의 정체」, 『신소년』 8권 3호, 1930.3, 12쪽.
34. 구직회, 「조물주란 무엇이냐?」, 『신소년』 10권 2호, 1932.2, 14쪽.
35. 이민, 「<강좌> 사람이 만든 하나님」, 『신소년』 11권 7호, 1933.7, 2~4쪽.

비판력이 활용되면서 사회주의 과학을 새로운 과학으로 등장시키는 동시에 종교적 믿음의 체계를 변화시켜 사회주의를 마법화 하는 형식이 가능해진다는 것이다.

『신소년』에서 재현하는 진화론의 특징적인 면은 생존경쟁을 둘러싼 약육강식의 진화론에 대한 회의를 강하게 드러낸다는 점이다. 1919년 3·1운동의 실패로 제국주의의 이론적 토대가 되었던 사회진화론에 대한 회의와 반발이 다양하게 재현되었다. 권경완의 동화 「세상구경」은 약육강식의 진화론적 세계관이 지배적인 세계의 모습을 종말론적으로 바라보고 있다.[36] 어느 날 옥황상제의 어린 딸이 망원경으로 바라본 지구의 정경은 "사람들이 쓸 때 업는 일홈과 돈의 욕심을 제각기 채우랴고 서로 죽이고 달코하는 것이다. 그러다가 그중에 꾀잇고 힘잇는 놈이 약하고 열숙한 놈을 잡아먹는 것이다." 약육강식으로 인해 살아남은 최적자의 생존 광경은 폭력적이고 그로테스크하기 짝이 없다.

> 상제는 한숨을 쉬시면서 "먼저 말한것과갓치 몃치남어잇서 가튼사람들을 잡아먹고 잇는 사람들은 곳 억세고 영리한 사람들이요 잡아먹힌 사람들은 약하고 열숙한 사람들이다."
>
> "그러면 지금 남아잇는 저 사람들만 살가요?"
>
> "그런 법이 업나니라. 물론 그 사람들도 좀 지나면 다 죽고 말 것이다. 제 동무를 잡아먹고 저혼자 살 수 잇니? 저 사람들은 다 저러케하야 스사로 망ㄷ하고 죽는 것이다."[37]

위의 인용문에서 확인할 수 있듯이, 약육강식을 기조로 한 사회진화론

36. 권경완, 「세상구경」, 『신소년』 3권 11호, 1925.11, 32쪽.
37. 권경완, 같은 글, 35쪽.

의 종국終局은 최적자의 승리가 아니다. "제 동무를 잡아먹고 저혼자 살 수" 없는 인간이란 동물은 "스사로 망하고 죽는 것"이 옥황상제가 말하는 생존의 법칙이다. 이와 같은 인류의 종말을 막을 수 있는 유일한 방법으로 옥황상제가 '사랑'을 제시하고 있다는 것은 주목할 필요가 있다. 그리고 이 대목에서 1920년대 '생존경쟁'의 세계에서 '상호부조'의 세계로 시대 윤리를 구축하려 한 움직임을 떠올려 보아야 한다. 크로포트킨에서 기원한 상호부조론은 사회주의자에게뿐 아니라 사회적으로 큰 영향력을 발휘하고 있었다. 동물의 세계에서 상호부조의 현상을 발견한 크로포트킨의 비판 대상은 다윈의 생존경쟁과 적자생존 개념이었기 때문이다. "상호부조론은 생존경쟁 논리에 대한 반박과 그 대안으로 제안되었다. 크로포트킨은 진화와 진보에 대한 과학적 믿음을 신봉하고 있었으며, 경쟁을 통한 적자생존이 아니라 상호부조와 연대를 통한 진화의 가능성"[38]을 믿었던 것이다. 권경완의 동화 역시 약육강식의 종말론적 세계에서 벗어날 수 있는 방도로 '사랑'을 통한 인류의 융화를 제안하고 그 희망의 불씨를 "지구의 동쪽에도 좀 북쪽 산만코 바다만코 마른 무궁화입사귀들이 어름판에 훌훌날러다니는"[39] 조선에서 발견하는 것으로 결말을 장식한다. 이처럼 『신소년』에서 구현하는 프롤레타리아 아동의 과학적 사유는 인류애적 사랑으로의 이념적 확장을 함의한다고 볼 수 있다.

신이 세계를 관장한다는 자연 신학자들의 논리와 달리 인간이 다른 생명 형태들과 동등하다는 다윈의 주장은 인간중심주의 세계관이 지배적이었던 당대에 신선한 충격을 안겨주었다. 다윈은 자연 질서 내의 유비를 강조하고, 인간과 다른 생명 형태들이 동등한 친족 관계에 있음을

38. 소영현, 「아나키즘과 1920년대 문화지리학」, 『현대문학의 연구』 36집, 2008, 360쪽.
39. 권경완, 같은 글, 36쪽.

과학적으로 증명하였다.[40] 동물과 식물의 지리적 분포 및 역사적 변이에 관한 지식을 심화시키며, 관찰자가 되어 식물의 수정과 교배 실험에 심혈을 기울였던 다윈의 연구 경향을 반영하듯이, 『신소년』에서 「화분花粉이약이」(편집국, 『신소년』 8권 4호, 1930.4)와 「종자種子이약이」(이병화, 『신소년』 8권 5호, 1930.5, 44쪽) 등 식물과 동물 이야기에 중점을 두고 있었던 점은 '과학' 필자인 김정구의 고백에서도 짐작할 수 있다.[41] 이 가운데 '동식물의 일치'와 '종자이야기'처럼 종의 기원을 탐구하는 글들의 의미를 조명해 볼 필요가 있다. 나팔꽃과 벌의 일치를 주장하기 위해 그 시초를 찾아 수정 난세포의 기원까지 거슬러 올라가는 과학 섹션 필진의 노력[42]은 종 간의 차이를 지우고 인류애와 세계보편주의를 꿈꾸는 마르크시스트의 사상에 기초하고 있던 것이다. 이 점은 손진태의 '과학동화' 「흑인종과 백인종의 말다툼」을 참고할 수 있다. "우리가 얼는 생각하면 사람가운대는 우량한 인종과 열등한 인종이 잇는 것갓치 생각됩니다. 쉽게말하면 서양사람들은 한울님이맨드실 때 붓허 제일 훌륭한 인종으로 점지하고 흑인종갓치 못생긴 사람들은 처음붓허 못생긴 인종으로 맨들녀진 것 갓습니다. 서양사람들은 지금 비행기와 군함을 타고 다니며 전화와 전보로 말하는 이 세상에 흑인종들은 아즉도 벌거숭이로 원숭이와 갓흔 생활을 하고 잇습니다. 흑인종은 그것을 아모리 가러치드래도 서양사람과 갓치 훌륭한 인종이 되지못하리라고 하는

• • •

40. 질리언 비어, 『다윈의 플롯』, 남경태 옮김, 휴머니스트, 2008, 144~145쪽 참조.
41. 김정구, 「<과학> 칠요이약이」, 『신소년』 4권 3호, 1926.3, 17쪽. "신소년여러분께 이과 그 중에도 동물과 식물에 대한 이야기를 하여드리고 십헛스나 3월달은 그 상당한 이야기가 업기에 七曜이야기나 조곰말슴하겟습니다"와 같은 김정구의 서술은 아동 대상의 과학 주제가 주로 동·식물 이야기에 편향되어 있었음을 알 수 있게 한다.
42. 김병호, 「<이과> 동식물의 一致」, 『신소년』 8권 5호, 1930.5, 22쪽.

것이 우리들의 얼는 생각되는 바입니다. 그러나 정말 흑인종은 아모리 가리치드래도 훌륭한 인종이 되지 못하겟습니까? 인종에는 정말 우등인종과 열등인종의 차별이 잇겟습닛가? 이것을 한번 흑인종과 백인종의 말다툼으로 이약이하여보겟습니다."[43] 이렇게 시작하는 이 동화는 서로 다른 인종 간의 말다툼 끝에 "원숭이와 갓혼점이 잇다업다하야 내가 제일조흔 인종이니 네가 제일 조흔 인종이니 하는 것이 쓸데업는"[44] 행동임을 깨닫는 결말에 도달한다. 그러한 어리석은 싸움보다 훌륭한 문화 창조를 위해 선의의 경쟁을 하자는 취지에서 등장인물 서로가 나누는 악수는 인종의 우열을 제거하고 인류 평등주의를 실천하려는 의식의 표명이다. 이는 조선의 소년운동이 세계 평화를 궁극의 목적으로 삼아 "국경을 초월하야 서로 단합하며 서로 사랑하며 서로 도아서 끗끗내 한덩어리가 되자"[45]는 국제적 사회주의 단체인 '인터내셔널'과 뜻을 함께하는 맥락과 닿아 있다. 전 세계 노동자의 연대를 꾀하며 인종이나 민족을 초월한 인터내셔널리즘은 제국주의와 민족주의에 결합하지 않고 새로운 사회 개조의 원리로 등장할 수 있던 것이다.

4. 다른 세상을 꿈꾸는 변혁의 과학, 유토피아의 과학

사회주의 지식인들은 독점자본주의 아래 인간성이 상품화되는 것을 우려하며 보편적인 인간성 확보를 위해 인간 해방의 도구로서 기능하는 과학의 권력을 지속적으로 강조했다. 마르크스는 현 사회가 계급의 대립으로 이루어진 사회이며 또한 계급적 사회에 있어서 사회조직의

43. 손진태, 「흑인종과 백인종의 말다툼」, 『신소년』 5권 1호, 1927.1, 26쪽.
44. 손진태, 같은 글, 29쪽.
45. 심두섭, 「少年斥候團友에게」, 『신소년』 3권 8호, 1925.8, 18쪽.

변혁은 항상 계급투쟁의 방법에 따라 실현된다는 계급투쟁설을 주장했다. 마르크스에 따르면, 동일한 사회에서 이해를 달리하는 두 개 이상의 계급이 존재하여 "그 엇던 계급은 현상유지가 자기를 위하야는 이익이라고 사유함으로부터 현상타파에 반대하고 이와 반反하야 다른 계급은 현상유지가 자기를 위하야는 불이익이라고 사유함으로부터 현상타파를 주장한 결과 차등계급간此等階級間에 소위 계급투쟁이 기起하야 그 계급투쟁상 만일 현상타파를 요구하는 계급이 승리를 엇게되면 그때에 처음으로 사회조직의 변혁이 실현"[46]되는 것이다. 따라서 『신소년』은 어린 독자를 사회적 약자인 프롤레타리아(적 사고를 지닌 아동)로 만들기 위한 목적 아래, 그 수단으로 과학에 깊이 관련된 서사를 동원하여 생존 투쟁과 같은 이념을 주입하려 했다.

동화 「개고리와 둑겁이」는 항상 힘센 개구리에게 착취당하던 약한 개구리들의 봉기가 승리를 거두고, 쫓겨난 힘센 개구리들은 두꺼비로 퇴화한다는 이야기이다.[47] 창작동화 「꼿나라싸홈과 두소녀」에서도 이와 같은 계급투쟁의 이야기를 식물계에 비유하여 전달하고 있다.[48] 어느 봄날 꽃동산에서 모란꽃처럼 굵고 예쁜 꽃들만 흥겹게 놀고, 할미꽃, 개나리, 진달래같이 작은 꽃들은 모두 다 고개를 틀어박고 앉아 있을 뿐이었다. 억압받는 작은 꽃들은 큰 불만을 품고 큰 꽃들을 미워하지만 그뿐이었다. 그러던 어느 날 억눌려 살아가던 작은 꽃들은 '단결'하여 싸우고 봉기에 성공한다. 이 이야기는 전후반부로 나뉘어 꽃동산에 나물을 캐러 온 소녀 복순과 꽃구경을 나온 소녀 귀옥의 이야기가 다시 전개된다. 프롤레타리아와 부르주아라는 계급 차이로 두 소녀의 행동과

46. 이순탁, 「'말크쓰'의 유물사관(1)」, <동아일보>, 1922.4.18.
47. 이향파, 「개고리와 둑겁이」, 『신소년』 3권 5호, 1930.5, 36~42쪽.
48. 김명겸, 「꼿나라싸홈과 두소녀」, 『신소년』 9권 7호, 1931.7, 26~29쪽.

인식이 비교되는 가운데 "복순이는 냉이죽을 먹고 꿈속에 헤매여다니며 식물계植物界를 꿈속에 보고 큰 암시暗示"를 받는다. 이 두 동화에서 약육강식과 적자생존의 진화론은 전복되고 있다. 게다가 개구리나 작은 꽃들의 계급투쟁은 사회조직의 변혁을 실현한다.

앞서 밝혔듯이 근대 아동문학과 아동잡지는 어린 세대를 통해 미래에 영향을 미치고 싶은 지식인들과 교육자의 열망이 반영되어 있다. 이때 더 나은 세상을 꿈꾸는 지식인들의 유토피아적 비전은 '진보' 이데올로기와 결합한다. 따라서 지식인들은 과학 서사를 통해 진보의 개념을 소생시키는 전략을 취할 수밖에 없다. 서구에서 이입된 과학은 근대 조선인들에게 있어서 결핍으로 작용했기 때문에, 과학에 대한 열망은 집단 무의식으로 자리 잡았다. 그러한 차원에서 무산계급 어린이에게 결핍된 것은 '밥'뿐만 아니라 '지식'으로 표출된다. "세상에는 얼마나 가련하고 불상한 동무들이 '밥'의 주림과 '배움'(지식)의 주림을 당하는지 알아야 하오."[49] 이때의 지식은 사회를 변혁시키고 인간의 해방을 가져올 수 있는 도구로서의 과학지식일 것이다. 따라서 과학으로 무장한 신소년들에게는 계급에 대한 비판력이 생길 수 있다. 이 같은 프롤레타리아 소년들의 비판적 성격이 반영된 것은 '벽소설'이나 <우리들의 레포> 같은 르포 형식의 편지글, 어린 프롤레타리아 노농 소년 소녀들의 생활을 재현한 '소년소설'과 '소녀소설', 소년 소녀 직공의 '수기手記'처럼 혁명적 장르로 등장하여 프롤레타리아 아동문학의 세계에 자리 잡았다.

그러나 "악마갓흔 돈이 업서지기 전에는 우리들은 언제나 언제나 이꼬락숭이를 끌고갈거야!!"[50]라는 소년들의 현실 인식이나 부르주아 집안의 아이들과 다른 처지에 놓여 있는 프롤레타리아 소녀들의 계급적

• • •

49. 노양근, 「<감상> 신소년은 이러해야 하오」, 『신소년』 9권 7호, 1931.7, 11쪽.
50. 안평원, 「<소년소설> 少年職工手記」, 『신소년』, 7권 12호, 1929.12, 38쪽.

인식[51]이 도달하는 지점은 '미래'라는 유토피아적 비전의 세계이다.

> 금순아 우리는 아러야 한다. 미래의 우리들의 행복된 세상이 한거름 더 갓가워 온다는 것을 우리는 배워 아러야 한다.
>
> 나는 어젯밤 아젓씨들한테 압날에 잘 살수잇다는 이야기를 또 들엇서…… 참 엇저면 그러케 자미잇고 유익하냐?
>
> 천하고 가난한 우리에게도 행복된 살님을 차즐수잇는 방법이 숨어 잇다는 것을 나는 아젓씨들에게 철저히 깨달앗단다. 그래 압날의 희망된 생활을 눈에 그리며 공장길을 것는다. 걸으며 생각하고 생각하면서 것고…… 하다가 심심푸리로 휘파람을 불며 나는 지금 공장문압해 닥어왓다.[52]

인용문의 여공이 노동자 아저씨들의 교육을 통해 상상할 수 있는 "미래의 우리들의 행복된 세상"은 사회주의가 건설하려는 '대중 유토피아'의 세계이다. "대중유토피아를 향한 집합적인 꿈은 우리로 하여금 개인의 행복과 함께하는 사회와 세계를 감히 상상하게 했으며, 그 사회와 세계가 실현되면 우리 모두에게 부족한 것들이 다 충족될 것이라는 것을 약속했다."[53] 이러한 판타지 때문에 앞날에 대한 희망을 약속하는 대중 유토피아는 무산자 아동이 세계를 바꿀 강력한 힘이 될 수 있다.

미래를 향해 열려 있는 문학 장르로서 과학소설Science fiction, 이하 SF이 있다. 근대 초기 과학적 지반이 약했던 조선의 현실 때문에 과학기술의

• • •

51. 오경호, 「<소녀소설> 불상한 소녀」, 『신소년』, 8권 5호, 1930.5, 30~33쪽.
52. 현동주, 「공장과 우리들— ××女工의 편지글」, 『신소년』 9권 8호, 1931.8·9, 9쪽.
53. 수잔 벅-모스, 『꿈의 세계와 파국— 대중 유토피아의 소멸』, 윤일성·김주영 옮김, 경성대출판부, 2008, 11~13쪽 참조.

계몽 수단으로써 활용되었던 SF는 개인 창작보다 번역에 의지할 수밖에 없었다. 1910년 신소설의 개척자 중 하나인 이해조에 의해 최초로 번안된 서구의 SF는 쥘 베른Jules Verne의 작품들이었다.[54] 그리고 1920년대에 이르러 프로문학의 대표인 박영희는 카렐 차펙Karel Capek의 SF 『로보트 R. U. RRossum's Universal Robots』(1921)을 『인조노동자』(1925)로 번역하여, 계급적으로 하위를 점유했던 로봇이 인간 세상을 지배하는 디스토피아적 세계를 조선의 독자에게 소개했다.[55] 같은 시기 『신소년』에는 프랑스 작가 시라노 드 베르주라크의 『달나라 여행』(1656)이 과학 필진이었던 이호성에 의해 「달나라」로 축약 번역되어 실린다.[56] 당대의 종교적 · 과학적 신념을 풍자하고 있는 시라노의 작품은 한 과학도의 달나라 여행기이다. 주인공은 자신이 발명한 비행기를 이용해 달나라에 도착한다. 그가 도착한 달나라는 귀족이 쓰는 말과 평민이 쓰는 말로 나뉘어 있고, 지구에

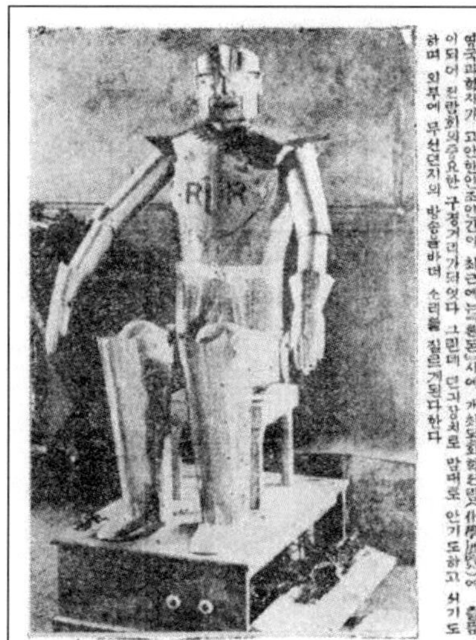

英國의 人造人間

그림 13. 「영국의 인조인간」, <동아일보> 1928.10.20.

54. 김창식, 「서양 과학소설의 국내 수용 과정에 대하여」, 대중문화연구회편, 『과학소설이란 무엇인가』, 국학자료원, 2000, 55쪽 참조.

55. 졸고, 「인조인간의 출현과 근대 SF문학의 테크노크라시—『인조노동자』를 중심으로」, 『한국근대문학연구』 25호, 2012.4, 417쪽 참조.

56. 이호성이 번역한 「달나라」는 『신소년』 3권 8호(1925.8)부터 3권 10호(1925.10)까지 3회 연재되었다.

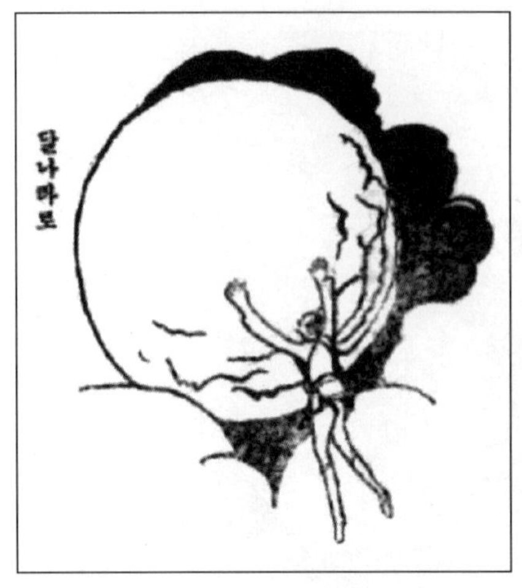

그림 14. 시라노, 이호성 역, 「달나라」, 『신소년』 3권 9호, 1925.9, 44쪽.

비하여 진보된 모습으로 형상화된다. 그는 달나라 학자들의 심사를 거쳐 열등한 동물로 판정된 뒤 새장에 갇혀 지내다가 거짓이나 속임수가 통용되는 달나라에 염증을 느껴 다시 지구로 돌아온다. 시라노는 이 작품을 통해 인간이 정주하는 세계의 범위를 더 이상 한정 짓지 않고 자기 세계가 다양한 세계 가운데 하나라는 인식을 성취시켰다. 또한 과학과 대립항에 놓여 있는 종교적 세계관을 신랄하게 비판하고 있는 시라노의 인식은 유심론을 지배계급의 철학으로 비판하고 있는 1920~30년대 마르크스 사회주의 사상과 겹쳐진다.[57] 물질이 이 세계의 근본이라고 주장하는 마르크스의 유물론은 "인간 이전에 이 세계가 잇섯고 정신 이전에 물질이 잇섯다"는 자연과학적 입장에서 있었다.[58] 따라서 종교적 회의와 인간중심주의를 비판했던 시라노의 작품은 『신소년』의 과학관과 잘 부합했던 것으로 보인다.

5. 프롤레타리아의 밤, 불일치를 생산하는 문학과 과학

여기서는 근대 프롤레타리아 아동문학 잡지 『신소년』에 구현된 과학적 교양의 성격을 규명하고자 하였다. 이는 근대 무산 소년 · 소녀들이

57. 박태양, 「<강좌> 唯心論은 엇재서 생겻나」, 『신소년』 10권 10호, 1932.11, 9~12쪽.
58. 박태양, 「철학상의 두가지 견해」, 『신소년』 10권 9호, 1932.9, 6~7쪽.

그들에게 교육된 과학적 교양의 성격과 결부되어 주체상과 세계상을 어떻게 형성해 갔는가를 도상해석학적 차원에서 살펴보고자 하는 것이기도 하다. 즉 근대 아동을 대상으로 교육된 '과학성'은 어떻게 시각적·서사적으로 구축되었으며, 그것의 '정치성'은 무엇이었는가, 그리고 과학을 통해 근대 아동이 자기 및 타자 인식을 어떻게 규정하였는가 하는 문제를 규명하고자 한다.

근대 아동에게 함양되었던 과학적 교양의 역사는 한국의 근대 과학기술사 연구와 근대 문화 연구의 접목을 통해 연구 대상을 각종 미디어에 재현된 과학 서사와 과학 이미지들에까지 전폭적으로 확대해 나갈 필요가 있다. 특히나 과학의 공적 이미지를 구성하는데 근대 시각문화의 발달이 기여한 바를 간과해서는 안 된다고 생각한다. 과학의 이미지는 과학자 같은 전문가에 의해 생산되지만, 비전문가에게 도달되도록 다시 설계될 수밖에 없다. 게다가 대중문화는 과학에 대한 민족적 열망과 아동을 연결 지었다. 따라서 근대 한국 문화가 생산한 과학 이미지들과 그 문화적 표현을 수집하고, 그것들이 아동의 과학적 교양 형성에 기여한 메커니즘을 규명해 나가는 연구는 그 무엇보다 시급한 일이다. 지식 생산 수단으로서 과학이 지닌 이미지는 본질적으로 공적 담론장의 미디어를 통해 보충됐었다. 과학 대중화의 역사와 시각화의 역사가 결합해 왔던 것이다.

근대 대중문화에 있어서 과학지식의 보급과 교육은 어른보다 민족의 미래와 희망을 담지하고 있는 어린이를 대상으로 삼고 있다. 그럼에도 불구하고 지금까지 아동과학 담론을 통해 다양한 층위에서의 기술적 실천이 아동의 삶을 조직하는 측면을 분석하고, 이데올로기적 체제 내에서 재구축되는 양상이 깊이 있게 논의되지 않았다. 따라서 한국의 근대 문화 속에서 과학교육의 주요 대상으로 상정되었던 아동의 과학적 교양이 각 시기의 문화와 이데올로기의 요청에 따라 어떻게 반복적으로, 혹은 변용되어 형성되었는가 하는 경로를 살피는 작업은 반드시 이루어져야 할 과업이다. 이러한 연구의 첫출발로 이 글은 1920~30년대를 대상 시기로 삼아, 근대 자본주의의 발달과 함께 발견된 근대 '아동'이 계급과 민족의 '프로파간다 주체'로 호출되면서, '소년대중'으로 재구축되어 가던 역사적 현장 탐색에 집중하였다. 그런 측면에서 『신소년』은 그 입장이 "절대 노농소년勞農少年들 층에 잇"[59]기에 사회주의라는 이데올로기적 강령하에 '프로파간다 주체'로 호출된 '소년대중'의 과학적 교양이 지닌 특성을 매우 잘 보여주는 텍스트라 하겠다.

프롤레타리아 아동잡지에 소개된 사회주의 과학이론과 문학 방법론은 '계급성'에 대한 인식과 교육을 조성하고자 하는 목적성이 강하게 드러나 있다. 『신소년』 9권 7호(1931.7)의 표지화는 이의를 제기하고 변혁을 꿈꾸는 자들에게 쥐어진 해방의 도구로서 문학과 과학을 재현하고 있다. 신소년은 노동자의 도상인 '낫'과 '망치'로 자본주의의 사슬을 끊고 앞으로 진군할 미래적 존재이다. 이들에게 문학과 사회주의의 이론적 토대가 되는 것은 앞서 밝혔듯이 '과학'이다. 과학으로 무장한 프로문학 가운데는 "동무들 중에는 돈모아 이 다음에 잘 살녀는 욕심에 그게에 충실한 로예"가 되는 이를 비판하며 "멍텅구리 모양으로 저들에게 그냥 빼앗기면서도 그저 눈물만짜고 잇는 못난이가 되어서는 안된다"[60]고 저항을 다짐하는 프롤레타리아 아동들의 목소리가 담겨 있다. 이 목소리의 주인공들이 모인 '소년문학써-클'은 "잡지에 대한 비판회"나 "동화회, 연극회 가튼 것을 열며 동시에 등사판잡지가튼 것을 맨들어내는 것이

• • •

59. 신소년사, 「아동예술연구회의 탄생과 우리들의 태도」, 『신소년』 9권 11호, 1931.11, 19쪽.

60. 현동주, 앞의 글, 9쪽.

다.”[61] 1931년에는 아동예술의 연구와 제작 및 보급을 목적으로 ‘신흥아동예술연구회’가 창립되었다. 그리고 프롤레타리아 아동예술의 비약적 발전을 보여주듯이 “소설시평이나 동요 월평이 『신소년』, 『별나라』”[62]에 많아진다. 이러한 문단적 시류 속에 동심을 표현하는 동요를 ‘부르’와 ‘프로’라는 계급성으로 나누어 이론화하기 시작했다. “‘동심은 순결무구純潔無垢한 것이다’, ‘아동은 천진난만한 것이다’, ‘아동은 천사이다’, ‘아동은 신성하다’는 말소리는 과거의 뿔조아적 아동관이엿다”라는 비판과 더불어 동요를 “뿌르조아 동요와 푸로동요로 난우와서 동심에도 계급성이 잇다”[63]는 것을 주장했다. 당대의 프로 동요론을 살펴보면 한 가지

그림 15. 『신소년』 1931년 7월 표지화

61. 정청산, 「소년문학써-클 이약이」, 『신소년』 11권 8호, 1933.8, 2~5쪽.
62 호인, 「兒童藝術時評」, 『신소년』 10권 7호, 1932.3, 13~16쪽.
63. 김병호, 「동요강화」, 『신소년』 8권 11호, 1930.11, 18쪽.

사물을 볼 때 부르주아 아동과 프롤레타리아 아동은 각각 그 동심에 있어서 다른 감정을 가질 것이라는 믿음이 강했음을 알 수 있다. 따라서 "동요을 쓸 때 자기가 소속되여잇는 입장 즉 토대土臺를 떠날수는 업다"라는 인식이 동요 창작론의 이론적 틀로 자리 잡아 갔다. 표현에 있어서 창작자의 계급적 환경을 우위에 두었던 것이다. 결과적으로, 진정한 프롤레타리아 동요는 "자기의 실감實感"[64]에서 우러나오는 리얼리즘적 문학관으로 정초될 수밖에 없었다.

문학적 재현과 과학적 사유의 형식은 상호 교호하며 역사적 장면들을 개인의 표현 영역으로 이끌어 온다. 1920~30년대에 프롤레타리아 과학과 문학·예술이 혁명에 대한 책임과 독립적일 수 없다는 신념은 프롤레타리아 소년 소녀에게 글을 쓰도록 요청했다. 무산자 아동이 글을 쓰는 행위는 개인이 체험한 경험을 집단화하며 동시에 역사적 감각을 일깨워 줄 수 있다. "밤늦도록 공장서 일을하다가 / 꼬불꼬불 산꼴길 거러오면은 / 파란달을 동모로 돌아옵니다"[65]라는 동요의 구절을 통해 자크 랑시에르가 언급했던 '프롤레타리아의 밤'을 떠올리지 않을 수 없다. 프롤레타리아의 밤이란 말 그대로 "밤의 시간, 프롤레타리아트가 낮 동안의 노동을 마친 후 자신의 정체성을 형성 / 이탈하고 주체화 과정을 감행하는 한에서의 '밤'이라는 시간"[66]을 뜻한다. 따라서 그 밤이란 어떤 의미에서 체제와 이데올로기에 저항하며 불일치를 생산하는 문학과 사회주의 과학을 결행할 수 있는 '해방'의 시간이기도 하다.

64. 이동규, 「동요를 쓰려는 동무들에게」, 『신소년』 9권 11호, 1931.11, 14~18쪽.
65. 김병순, 「<동요> 품파리 소년」, 『신소년』 9권 1호, 1931.1, 23쪽.
66. 최정우, 「자크 랑시에르: 감성적 / 미학적 전복으로서의 정치와 해방」, 홍태영 외, 『현대 정치철학의 모험』, 난장, 2010, 85쪽.

제2장

공감의 과학, 스펙터클한 마술의 정치, 1920~30년대 『어린이』

1. 조선 민족과 어린이의 탄생

사회 · 정치적 변혁의 급물살을 탄 근대 조선에서 주목받기 시작한 '어린이'는 과연 어떤 의미였을까. 역사적으로 볼 때 아동기의 개념과 아동문학의 특성은 시대와 국가의 상황에 따라 다르게 형성되어 왔다. 이 말은 곧 아동문학을 포함한 아동문화 전반이 매우 정치적이라는 의미를 내포한다. 따라서 이 글은 혁신적인 근대국가 건설과 아동기, 아동의 인권 발명 사이의 얽힌 관계에 '과학'이 이데올로기적으로 깊이 관여하며 근대 아동의 정체성과 문화 형성에 기여한 바를 살펴보려 한다. 특히 1920~30년대 근대 아동잡지 『어린이』에 집중하여, 근대 조선의 어린이를 대상으로 한 아동 과학교육의 특징을 밝힌다. 그것은 곧 주술적인 전근대의 속성을 벗어나 탈마법화를 추구하는 근대 과학의 세계 속에 여전히 잔존하는 마술의 문화적 의미를 탐구하는 과정이 될 것이며, 또 당대 아동문화와 교육제도가 어떻게 마술을 통합하고 생산했는지 파악할 수 있을 것이다.

1923년 소파 방정환의 주도로 개벽사에서 간행된 『어린이』는 당대 조선 어린이들의 문화를 들여다볼 수 있는 중요한 자료이다. 월간잡지 『어린이』는 1923년 3월에 창간하여 1935년까지 122호를 발행했고, 해방 후 복간 15호가 더 발행되었다. 이 가운데 이글의 연구 대상은 1923년 3월 창간부터 1935년 3월까지 일제강점기에 발행되었던 것들이다. 그동안 『어린이』에 대한 기존 연구는 서지적 고찰,[1] 방정환의 아동관과 교육관,[2] 근대 소년 운동사 연구,[3] 당대 아동상像과 아동문학의 연구,[4] 매체적 특징과 독자층 연구[5] 등으로 활발히 진행되어 온 편이다. 하지만 근대 아동문화 형성의 핵심 동력이 '과학'이었다는 점을 대전제로 인정할 뿐 천착하지 않는 경향이다. 아동문화는 근대 아동의 성장 모멘트로 과학을 상정하고 상상 속의 존재에 대한 아이들의 사유 및 마술, 초자연적인 현상에 대한 향유 기반을 마련하였기 때문에 그 문화적 특수성을 이해하기 위해서라도 해당 영역의 연구들이 필요해 보인다.

조선 민족의 근대국가 형성과 근대 어린이의 발명은 밀접한 관계에

• • •

1. 정용서, 「일제하 『어린이』 발행과 편집자의 변화」, 『근대서지』 12호, 2015; 장정희, 「『어린이』 부록 『어린이세상』의 아동문화사적 의미」, 『근대서지』 16호, 2017; 이혜영, 「『어린이』 표지의 변천 소고」, 『근대서지』 12호, 2015.
2. 장정희, 「방정환과 어린이 문학 · 문화의 국제적 교류 — 1920년대 『어린이』지를 중심으로 – 」, 『방정환연구』 1호, 2019.
3. 이정희, 「천도교 개벽사상을 기반으로 한 방정환 어린이교육운동의 현재적 함의」, 『방정환연구』 5권, 2021.
4. 서희경, 「『어린이』에 발표된 동요 · 동시 · 소년시 연구」, 『근대서지』 12호, 2015; 정선희, 「『어린이』 소재 전래동화를 통해 본 소파 방정환의 이념적 지향과 성격」, 고려대 석사논문, 2014; 박지영, 「방정환의 "천사동심주의"의 본질 — 잡지 『어린이』를 중심으로」, 『대동문화연구』 51호, 2005.
5. 김미미, 「일제 강점기 학생 잡지 『어린이』의 국어교육적 연구」, 고려대 박사논문, 2020; 박현수, 「잡지 미디어로서 『어린이』의 성격과 의미」, 『대동문화연구』 50호, 2005; 이기훈, 「1920년대 『어린이』지 독자 공동체의 형성과 변화」, 『역사와 현실』 102호, 2016; 최배은, 「근대 소년 잡지 『어린이』의 '독자담화실' 연구: '세대 간 소통 양상과 기능'을 중심으로」, 『세계한국어문학』 2권, 2009.

놓여 있다. 근대국가 건설 프로젝트에서 아동의 발견은 이념, 문화, 그리고 정치에도 큰 변혁을 일으켰다.『어린이』같은 아동잡지와 어린이날 행사를 통해 어린이의 인격을 존중하고 그 양육 방식에 변화를 주도록 선전하고 가르치기 시작했다. 그 효과로, 아동기에 대한 인식조차 없이 그 독자성을 부여받지 못했던 시기에서 점차 아동의 인격을 존중하는 모습이 나타났다. 이처럼 근대 지식인들의 노력으로 어린이날이 제정되고 어린이의 인권과 권리를 주장하게 된 것은 아동문화사에 있어서 혁신적인 일이었다.

한편,『어린이』는 '조선자랑'같은 기획을 통해 어린 독자들에게 조선민족에 대한 자긍심과 애국심을 고취시키려 지속적으로 노력했으며 민족주의 소년운동의 교두보 역할을 담당하였다. 이런 핵심적인 역할이 가능했던 것은『어린이』라는 미디어 매체가 조선 소년 소녀 공동체를 상상하도록 도왔기 때문이라 할 수 있다. 국가의 본질은 존재하지 않고 오로지 그 구성원들의 상상으로 구성된 '상상된 정치 공동체'[6]라는 베네딕트 앤더슨의 개념을 떠올려 볼 때, 어린이들은 '소년회'나 '색동회'의 구성원들을 대부분 알지 못하고, 만나지 못하지만 잡지를 통해 공동체의 이미지를 형성하며 일제의 검열 속에서도 민족주의를 전파할 수 있었다.

『어린이』는 창간부터 '독자투고란'과 '독자담화실' 등을 통해 독자참여를 유도하며 아동 독자 공동체를 형성하였다. "원고검렬하는 절차가 어떠케 까달아운지 여긔저긔 왓다갓다하는 동안에 어느듯 이십여일이 훽 지내가고 인쇄하는 동안에 또 며칠이 걸리고하야 이제야 비롯오 변변치 못한 면목을 내어 놋습니다. 그런가운대도 내용긔사중에 짭짭한 구절은 원고검렬 할 적에 꼭꼭 삭제를 당하야 마치 꼬리뺀 쪽저비모양이

6. 베네딕트 앤더슨,『상상된 공동체 — 민족주의의 기원과 보급에 대한 고찰』, 서지원 옮김, 길, 2018.

되엇습니다"[7]라며 『어린이』 편집실에서 내놓은 사고謝告는 일제 검열의 위기에서 민족의 위기로 전이되며 조선의 소년 소녀 독자공동체가 민족주의를 형성하도록 도왔던 것이다. 1920년대 『어린이』지의 독자 집단은 다른 어떤 매체보다 더 충성도가 높고 강력한 유대감을 가지고 있었다는 이기훈의 지적처럼 독자 공동체의 형성은 민족주의와 계급주의 같은 이데올로기를 고양하는 매개 역할을 분명히 하였다.[8]

방정환을 비롯한 당대 지식인들이 『어린이』를 통해 구축하고자 한 어린이 공동체의 이미지는 근대 '어린이'의 개념 형성과 맞닿아 있다. 아동기나 국가 정체성은 자연적이거나 필연적으로 발전해 가는 것이 아니라 이데올로기에 의해 새롭게 구성되는 산물이다. 따라서 아동기나 민족주의를 구성하는 데는 상상적인 개념화가 필요하다. 『어린이』 창간사에는 아이들이 "턴진란만하게 부르는 노래"를 "자연의 자태"이자 "한울의 그림자"로 비유하며, '어린이의 나라'에는 "어른들과 가튼 욕심도 잇지아니하고 욕심스런 계획도 잇지 아니"하다고 정의한다.[9] 이같이 "죄업고 허물업는 평화롭고 자유로운" 어린이의 나라를 만들기 위해 어린이들에게는 "이 한울나라를 더럽히지 말아야 할 것이며 이 세상에 사는 사람사람이 모다, 이 깨끗한 나라에서 살게 되도록 우리의 나라를 넓펴가야 할 것"이 요청되었다. 그 어떤 결점도 없는 순결을 지향하는 순수의 정치학은 아동기와 새로운 민족국가 건설 사이의 유사 관계를 만들어낸다. 이미 퇴색한 어른의 세계와 철저히 구분되는 어린이의 세계가 무한한 가능성을 지닌 흰 도화지의 순수함을 표상하듯이, 근대국

7. 「사고(謝告)」, 『어린이』 1권 1호, 1923.3, 12쪽.
8. 이기훈, 「1920년대 『어린이』지 독자 공동체의 형성과 변화」, 『역사와 현실』 102호, 2016, 292쪽.
9. 「처음에」, 『어린이』 1권 1호, 1923.3, 1쪽.

가나 집단은 이전의 형태와 달리 완전히 새롭게 채색되고 구축되어야 할 사명을 지녔던 것이다.

이처럼 새로운 시대에 적합한 '아동' 개념의 형성은 과거의 전통 관념 위에 구축되었다. 젊은 조선 민족을 상상하는 진보적 지식인들은 서구의 선진적인 문화, 정치, 과학지식을 차용하여 조선을 전근대 사회에서 근대국가로 변화시키려는 문화혁명을 꾀하였다. 따라서 신생 조선 국가와 어린이는 전근대적 질서와 구세대의 세계관에서 벗어나기 위한 운동을 한다. 이는 흔히 어른이 얌전한 어린이들을 칭찬할 때 썼던 '점잖다'라는 말의 이중적 의미를 비판하는 내용에서 파악할 수 있다. "우리나라에서는 녯날부터 나희만흔 사람은 잘 존경하고 우러러 보면서 어린이는 너무 학대하고 아모것도 아닌 것처럼 등한하게 녁이는 못된 버릇이 잇서서 부형들은 항상 자기의 자제가 어서 나희만하지고 모든 행동을 나만흔 이들과 가티 하기를 바라는 까닭에 '참늙엇다'(참점잔타) '늙어야 한다'(점잔어야 한다)는 말로 자기네 자제의 압길을 인도하려고 하얏든 것"[10]이라는 비판은 구체제가 현상 유지를 위해 억압해 왔던 것들의 문제점을 지적하고 있다. 이러한 인습의 계승으로 인해 "다른 나라에서는 '이 세상은 젊은이의 차지다! 어린이의 세상이다!'하고 젊은 기운으로 배우고 일들을 하는 데 우리 나라에서는 작고 '늙어라' '늙은이 행동을 하여라' 하고 늙은 마음으로, 살아가자닛까 오늘날와서 늙기는 고사하고 아주 핏기와 힘줄이 말라 빠진 뼈다귀 세상이 되고 말앗"다는 것이다. 이러한 담론들은 노인들이 과거에 탐닉하고, 보수적인 반면, 젊은이들은 미래지향적이고, 진보적이라는 이항 대립을 형성한다. 지식인들은 "늙은 마음 늙은 행동"에서 벗어난 젊은이가 새로운 조선 국가를

10. 설의식, 「빗조흔 개살구 '점잔타'」, 『어린이』 3권 3호, 1925.3, 16쪽.

위한 “귀한 보배”로 존중받아야 한다며 신생국가 정립과 근대성 구현의 핵심 주체로 어린이를 호출하였다. 그리고 이들은 교육이 조선의 국민성을 변화시키기 위한 근본적인 수단이라 주장하며 아이들의 교육을 근대국가의 형성·발전과 분명히 연관시켰다. 따라서 근대 어린이의 교육과 국가의 운명이 하나로 연결되며 ‘조선의 미래’로 의미화되기 시작했다.

2. ‘어린이 나라’, 민족주의와 계급주의 사이, 과학자 위인전기

이상적인 어린이 상은 어떻게 창조되는가. 시대적, 사상적 전환에 발맞춰 각각의 이데올로기적 기조에 따라 이상적인 어린이 상이 구축되어왔다. 새로운 시대에 걸맞은 어린이의 이미지는 민족주의 운동의 새로운 시작을 표현하기 위해 차용되었다. 성장기 어린이처럼 신흥국도 발전 초기 단계임을 유추할 때, 아이들은 새로 건국된 민족국가의 강력한 상징이 되었다. 따라서 어린이와 아동문학에 등장하는 모범적 인물은 근대 조선의 민족주의적, 정치·사회적 상상력에 없어서는 안 될 역할을 한다. 『어린이』의 필진들은 후고구려의 궁예나 나폴레옹처럼 “세상에서 큰일을 한 사람들의 소년시대를 살펴보면 대개 팔구세때부터 패기가 발발하야 결코 남에게 눌리어 지내지를 아니하엿”[11]다며 조선의 소년·소녀에게 이 ‘패기’를 지닌 “상무적 소년尙武的少年”이 되라 요청하였다. 또한 『어린이』는 민족계열 잡지로 평가되면서도 러시아 사회주의 소년단 피오네르의 활약에 관한 글을 계속 발표하면서 사회주의에 대해 열린 태도를 지니고 있었다.[12] 『어린이』에서 엄마와 아이가 설계하는

---

11. 김동환, 「<새해 새부탁> 尙武的少年이 되라」, 『어린이』 6권 1호, 1928.1, 29쪽.
12. 심경순, 「『어린이』와 『선봉』에 실린 사회주의 국가 피오넬 활약을 그린 소년소설 비교」, 『아동청소년문학연구』 25호, 2019, 183쪽.

'어린이나라'의 모습은 해당 잡지에서 꿈꾸는 이상적인 국가의 모습을 파악할 수 있게 한다. 온갖 복지시설을 갖춘 이 나라에서는 "다가티 일하고 다가티 가튼 것을 먹는 나라가 되게하자,"[13] "큰집에서 산다구 훌륭한 것이고 적은집에서 산다구 납부게생각하는 일가튼 것은 이 나라에는 업다구하자"라며 유토피아적인 국가의 모습을 상상하는 것이 어머니와 길동이의 놀이로 재현되어 있다. 두 모자가 설계한 어린이나라는 계급도, 차별도 없이 공정한 분배가 이루어지는 나라로서 사회주의 국가 이념에 토대를 두고 있다.

그림 16. 『어린이』 1932년 6월 표지화

『어린이』(10권 6호, 1932.6)에는 프롤레타리아 계급을 상징하는 망치 든 소년공少年工을 표지화의 이미지로 제시하며 노동계급으로서의 어린이를 부각시키고 있다. 그리고 '소년생활전선특집호'로 기획된 이 잡지의 수록 내용 가운데 특별독물로 '공장소년순방기'가 연재된다. "이것은 단순히 그들의 공장생활을 들여다보고 엇더한 비판과 동정을 갓는다는 것보다도 그들의 생활— 그들의 사정을 통하야 지금 세상의 살어 움즉이는 일부분 일부분(현사회의 국면국면)의 산지식을 배호게되고 알게되는 데 더 큰 의의가 잇는 것을 알어야합니다"[14]라는 해당 기획물의 취지와 더불어 기사들을 살펴보면 당대 소년 직공들의 열악한 근로환경과 복지

• • •

13. 백추, 「어린이나라(王國)」, 『어린이』 6권 7호, 1928.12, 28쪽.

14. 「<공장소년순방기> 별표고무공장(1)」, 『어린이』 8권 7호, 1930.8, 24쪽.

수준을 짐작할 수 있다. 이런 종류의 기사는 학령기에 도달했지만 학교에 가지 못하고 어른도 하기 힘든 노동을 하며 생계를 책임져야 하는 '소년 직공'의 비참한 생활을 다룬 창작물과 함께 게재됐다.[15] 소년들의 생활전선에 얽힌 기사와 이야기들은 조선 아동의 계급성을 환기시키고 있던 것이다.

또한 사회주의 국가의 소년단 '피오네르'에 관한 특별기사들이 자주 번역 연재되며 주목받고 있었다. 러시아의 어느 곳에서나 "붉은 넥타이를 매고 분주히 압뒤로 날치는 소년소녀들"을 자주 만나볼 수 있게 되는데, 그들이 바로 군인과 사상단체의 특성이 합성되어 있는 "소년탐험군(로시아말로 삐오네르)"[16]이라는 것이다. 보통 11~15세를 대상으로 조직된 이 단체가 하는 사업은 "어른들의 일반으로 하는 사회적 사업을 극력으로 도으며, 탐험대에 들지 안은 소년들을 입대 되게 하는 일과 자기의 신체 건강 및 지식발달에 힘쓰는 일입니다. 이러한 여러 가지 일을 하면서 삐오네르는 탐험대에 잇는 동안에 아조 단정하고 의무를 잘 감당하고 시간 잘 직히고 위생 잘 하고 사회사업을 잘하는 사람이 되도록 훈련을 바다 장래에 아조 건전한 일군이 될 준비를 하"는 것이다. 이러한 기사는 한 소년단원의 희생과 노력으로 마을이나 국가를 위기에서 구한 창작물들을 통해 구체화 되었다.[17] 그리고 "쾌활하게 자라고 커가는"[18] 러시아 소년들은 곧 "세계적으로 큰 인물이" 될 씨앗으로 상징화되었다. 따라서 장래 사회와 국가에 보탬이 될 일꾼을 키우는 것은 '피오네르'라는 러시아 소년단의 목적일 뿐만 아니라 『어린이』가

• • •

15. 김영팔, 「少年職工」, 『어린이』 7권 4호, 1929.5, 36쪽.
16. 「<소년탐험군이약이> 길동무」, 『어린이』 4권 6호, 1926.6, 56쪽.
17. 송영, 「옷자락은 旗빨가티」, 『어린이』 7권 4호, 1929.5, 30쪽.
18. 「<소년세계> 눈오는 북쪽나라 아라사의 어린이 — 제비와 가티 날아다닌다 —」, 『어린이』 1권 1호, 1923.3, 4쪽.

도달해야 할 목표이기도 하였던 것이다.

개벽사에서 발행된 『어린이』는 '천도교소년회'의 기관지 성격을 띠며 소년운동의 기반이 되었기 때문에 러시아의 피오네르는 조선 소년단 활동의 역할 모델이 되었을 것이다. 따라서 『어린이』는 천도교소년회의 활동을 자주 소개하고 "회원마다 꼿고다니는 '색동회' 마크"[19]를 통해 색동회의 연대성을 강화했으며, 외국의 소년단 활동을 수시로 소개하여 소년들의 집단화된 운동성을 지향하는 경향을 보인다. 소년회에 들어온 어린이들은 "어려서부터 단체생활이 어떠한 것을 알고 이에따라 책임관념이 깁허지며 이러한 소년이 만하질사록 우리는 만흔 소망을 가질 것이다"[20]라며 민족운동을 목표로 하여 결집 된 자세로 연대성을 강화하였다. 따라서 각국의 소년 애국자들과 '애국미담'들이 소개되며 희생정신과 애국심을 강조하였다.[21]

"장차 조선의 일꾼"이 될 소년들의 운동은 "몹시도 빈약하야 남에게 떨어지기도 넘우 떨어젓고 조흔 생활을 하려도 할 수 업는 처지에 잇"는 조선사회를 "다시 사는", "다시 살되 잘 사는"[22] 나라로 만드는 데 목표를 두었다. 따라서 『어린이』는 민족과 계급의 이데올로기에 부합한 장래의 일꾼을 교육하기 위해 '위인전기'에 주목한다. 위인들의 성공 신화는 아동의 성장에 중요한 요소로 작용하기 때문이다. 『어린이』에 소개된 위인들은 민족의 미래를 짊어진 어린이들의 역할 모델로 제시되고 있었다. 덴마크가 "농업에 잇서서 세계에 우수한 나라이요 또 국민 일반이

• • •

19. 「소년문제연구[색동회]여러분」, 『어린이』 1권 8호, 1923.9.
20. 유광렬, 「'어린이날'이 생기기 이전과 지금과 또 장래」, 『어린이』 7권 4호, 1929.5, 4쪽.
21. 정리경, 「파듀아의 소년애국자」, 『어린이』 5권 6호, 1927.6, 7쪽.
22. 이기룡, 「소년운동의 뜻을 알자」, 『어린이』 1권 8호, 1923.9, 9쪽.

풍족한 생활을 하게 된 것은"[23] 그룬트 비히 같은 애국자가 농민을 가르치고 지도했기 때문이라고 평가한다. 또 "세계에서도 제일 먼저 거북배龜船를 발명"[24]하여 나라를 외세에서 구한 애국자 발명가인 이순신의 전기에 집중한다. 이순신은 뛰어난 발명 못지않게 "처음부터 끝까지 한결가튼 마음 지극한 정성으로 자기 몸의 죽고 사는 것을 돌보지 안코 오직 나라를 위하야 동포를 위하야 애써준 그것이 자랑"[25]으로 칭송된다. 이처럼 한 국가와 민족에 있어 민족 지도자이자 애국자인 위인들의 피나는 노력과 희생정신을 치하하며 어린이에게 애국심을 교육하였다.

그리고 『어린이』는 과학자들의 위인전기를 많이 소개했다. 천동설이 지배적인 세계에서 지동설을 주장했던 갈릴레오의 '의기意氣'[26] 같은 것들이 과학자 위인의 미덕으로 칭송되었다. 또한 『어린이』는 과학자 위인들의 '어린 시절' 조명에 집중하였다. 에디슨이 "어렷슬때부터 학교에도 다니지못하고 고생고생하면서 틈틈이 연구하기에 엇더케 애를 썻든 것을", 기차를 발명한 스티븐슨 역시 "구차하되 구차한 집에 태여나서 학교에도 다니지 못하고 남의집 고용사리나하든 불상한 신세"[27]였다는 것을 소개하며 가난한 집안의 자녀로 출생한 과학자와 발명가들은 짧은 학력과 어린 나이에도 불구하고 "모든 유혹을 물리치고 오직 연구할 맘만이 가득"[28]하였다는 점이 부각 되었다. 그리고 외국의 '위인일화집'

• • •

23. 최경화, 「<세계위인소개> '그룬트 위-ㄱ'이약이 — 丁抹復興의 大恩人 –」, 『어린이』 7권 7호, 1929.9, 30쪽.
24. 신영철, 「<조선위인> 거북배를 만드신 이충무공이약이」, 『어린이』 3권 2호, 1925.2, 12쪽.
25. 신영철, 「<조선의 자랑> 이충무공과 龜船」, 『어린이』 5권 3호, 1927.3, 6쪽.
26. 「아모나 못할일」, 『어린이』 8권 1호, 1930.1, 33쪽.
27. 安先生, 「긔차를 발명한 스틔분손 선생이약이」, 『어린이』 2권 1호, 1924.1, 18쪽.
28. 최경화, 「<세계위인소개> 기차 발명자 쬬-지 스틔븐손」, 『어린이』 8권 8호, 1930.9, 30쪽.

에서 발췌한 일화들을 소개하면서 과학자들의 연구 태도를 보여주었다. "능금나무에서 능금한개 떨어지는 것을 보고 이 지구에 인력이 잇는 것을 발견하야 이 세상 모든 문명의 첫길을 열어 노은 대학자 뉴-톤선생은 자긔연구 하는 일에 엇지 정신을 쏘으난지 다른 일에 쓸 나머지 정신이 업서서"[29] 자기가 식사를 했는지 안 했는지도 모를 정도로 "연구에 일심정력을" 드렸다는 것이다. 또 에디슨은 발명에 대한 고안의 아이디어가 떠오르자 결혼식장에서 뛰쳐나와 "잇흘낫 잇흘밤을 먹지도 자지도 안코 열심히 연구한 결과 크듸큰 발명을 또하나 하게 되엿"[30]다는 일화들이 소개된다.

이처럼 과학자와 발명가 위인전기는 위인들이 하나같이 가난한 집안에서 태어나 피나는 노력 끝에 성공을 거뒀다는 점과 연구에 집중하는 성격을 강조하였다. 일반적으로 위인전기는 이야기의 전달이 '~되기까지' 식으로 진행되며 성공에 목표를 부여하고 있었다. 이런 측면에서 1930년 '소년진군호少年進軍號'에 실린 '입지성공미담立志成功美談'의 내용을 주의 깊게 살필 필요가 있다. 에디슨이 "기차 '뽀이'로 출세하야 발명대왕이 되기까지"[31], 그리고 미국의 산업자본가 카네기가 "가난한 이주민의 아들노 철강대왕이 되기까지"[32]의 인생 성공담을 소개하며 그들의 성공 요인으로 근면과 성실[33]함뿐만 아니라 연구의 실패를 두려

• • •

29. 「뉴-톤 선생의 우슨 이약이」, 『어린이』 1권 10호, 1923.11, 9쪽.
30. 「발명가의 苦心」, 『어린이』 8권 2호, 1930.2, 1쪽.
31. 「기차'뽀이'로 출세하야 발명대왕이 되기까지 — 인류의 대은인 '에듸손'이약이 –」, 『어린이』 8권 1호, 1930.1, 20쪽.
32. 「가난한 이주민의 아들노 철강대왕이 되기까지 — 세계제일 큰부자 '가-네키'이약이」, 『어린이』 8권 1호, 1930.1, 23쪽.
33. 「신용과 근면으로 석유대왕이 되기까지 — '럭크펠너'이약이 –」, 『어린이』 8권 1호, 1930.1, 28쪽.

워하지 않는 강한 의지력을 강조하고 있던 것이다.[34] 어린이에게 제공된 과학자 위인들의 성공 신화는 가난과 고된 역경에 처해있는 조선 소년 소녀들 역시 노력만 한다면 성공 신화의 주인공이 될 수 있다는 희망을 선사하였다. 더 나아가 『어린이』는 자기개발서의 역할을 담당했다. 가난한 소년의 서울 상경과 유명한 고등보통학교 입학시험에 합격하는 과정이 재현된 '입지소설立志小說'을 게재하였다.[35] 그리고 멘토링하는 조언자처럼, '태양보다도 일즉이 니러납시다', '자기일은 자기손으로 합시다', '무엇이나 생각하는 사람이 됩시다'[36] 같은 행동 강령을 어린이들에게 제시하며 성공의 비법을 알려주었다.

3. 이과요술과 구경꾼, 세속화된 실험 주체

근대 아동 청소년에게 과학을 교육하고자 하는 취지는 이런 식으로 밝혀진다. "여러분! 우리가 지금 살고잇는 이 세계에서 문명국이라는 나라는 다 자연을 사랑하고 또 잘 살펴보고 연구하야 이것을 과학을 만들고 또 한거름 나아가서 우리살님사리에 직접 리용하는 나라입니다. 우리 조선은 아직도 무엇보다 귀중한 이 과학이 참으로 유치합니다"라며 먼저, 문명국과 조선의 격차는 '과학'의 유무에 있음을 어린이에게 인지시킨다. 그리고 어린이 "여러분이 충실히 잘자람에 따러 우리 조선은 과학도 잘 자라며, 남에 나라에 압잽이가 될 장래를 생각하면"[37] 더욱

• • •

34. 「職工으로 奮鬪하야 자동차대왕이 되기까지 — 미국의 '헨리 포드'이약이 — 」, 『어린이』 8권 1호, 1930.1, 25쪽.
35. 이태준, 「<立志小說> 눈물의 입학」, 『어린이』 8권 1호, 1930.1, 52쪽.
36. 「꼭 성공하는 법」, 『어린이』 8권 1호, 1930.1, 32쪽.
37. 천응규, 「가을마다 열니는 버레나라의 음악회」, 『어린이』 6권 5호, 1928.9, 22쪽.

긴박한 문제가 아닐 수 없다고 선전하여, 과학과 민족주의를 결합시킨다. 과학적 민족주의는 이렇게 점화되었다. 1930년대 '학교소설'로 <조선일보>에 게재된 「실험하는 소년」[38]은 이웃 초등학교 학예회를 구경 갔던 한 소년 화자가 느낀 바를 재현하고 있다. 이 학생이 가장 재미있고 유익하게 본 것은 제1부에 있는 '열의 실험'이었다. 무대 위 테이블에는 유리시험관과 쇠고리, 고무공, 고무풍선, 알코올이 담긴 플라스크 등 실험기구들이 놓여 있었다. 해당 학교의 학생은 무대 위에서 이를 이용해 준비한 실험을 보여주고 그 각각의 까닭을 설명한 뒤 구경꾼들의 박수 세례를 받는다. 이 광경을 목격한 소년은 그 실험이 "유익하고 자미잇는 것을 알게" 되면서 "우리 실생활의 필요치안은 동화童話로 허비하는 때가" 많았던 자신을 반성한다. 소년은 이제 그러한 시간이 있으면 선생님께 "물리, 화학에 대한 자미잇는 이약이를 들녀줍시사고 청하기"로 결심하면서 이과 선호 현상을 드러낸다. 이 경험은 평소에 소년이 듣던 선생님의 훈화訓化, 즉 "조선사람은 과학적 지식이 부족한데다가 연구하는 사람조차 만치가 못하다. 너희들은 장내 과학을 연구하는 사람들이 되어야 한다. 문학도 좃코 음악, 미술도 연구하여야 하겟지만 먼저 조선사람에게 가장 하로가 급한 것은 무어니 무어니 하야도 과학이다"라는 말의 의미를 깨닫고 실용적 학문인 '이과 시간'의 중요성을 체감하게 한다. 과학적 기술력의 결핍감을 절감하고 있던 근대 조선에서 '실험하는 소년'이 당대 '이상적인 어린이 상'으로 부각되었음을 알 수 있는 부분이다.

『어린이』는 '소년과학',[39] '일상과학'[40]의 범주에 속하는 글들을 계속

38. 최병화, 「<학교소설> 실험하는 소년」, <조선일보>, 1933.11.30.
39. 微笑, 「<소년과학> 구름은 엇던 것인가」, 『어린이』 3권 4호, 1925.4, 38쪽.
40. 윤주복, 「<일상과학> 기차가 되기까지」, 『어린이』 9권 5호, 1931.6, 46쪽.

게재하면서 근대 아동의 과학적 교양 형성에 영향을 끼쳤다. 그리고 과학과 지식을 전달하는 상식 코너로 「이건참 자미잇고나」같은 란欄을 기획 연재하였다. 하마의 눈은 작아서 사물을 잘 볼 수 없지만 그 대신 십 리 밖의 냄새도 맡을 수 있을 정도로 후각이 발달 되었다는 것이나 미국의 남부지방에는 칠 년 동안 비가 오지 않는 곳이 있다는 식의 단편적인 정보를 제공하는 것들이었다.[41] 그리고 소금과 설탕에 관한 지식을 동화 형식으로 전달하는 방식의 과학기사들이 정기적으로 게재되었다.[42] 이러한 단편 지식과 과학 동화들은 '새지식',[43] '이과이야기'[44]로 분류하여 소개되고 있었다. 그뿐만 아니라 상식 문답식의 '십자말풀이'나 '수수께끼'를 매회 출제하여 어린이의 논리적 사고와 문제해결 능력을 훈련시켰다. 그리고 '궁금푸리' 코너를 만들어 "한사람 한가지씩 간단하게 무르시오, 한번 읽고 또 읽으시오"[45]라며 정기적으로 문답을 진행하여 아동 독자의 호기심을 충족시켜주었다. 또, '소년수공', '수공유희',[46] '과학수공',[47] '이과유희',[48] '이과실험'[49]난은 '수공手工' 실험에 관한 글과 그림을 제공하며[50] "당신도 이러케 맨들어 가지십시오"[51]라는

• • •

41. 「이건참 자미잇고나」, 『어린이』 2권 1호, 1924.1, 9쪽.
42. 정병기, 「<과학설명> 단이약이·짠이약이」, 『어린이』 1권 8호, 1923.9, 22쪽.
43. 三山人, 「<새지식> 생선알(理科)」, 『어린이』 1권 9호, 1923.10, 10쪽.
44. 최인순, 「<理科이약기> 가을이되면 나무닙이 왜 붉어지나」, 『어린이』 1권 9호, 1923.10, 6쪽.
45. 「<일상과학> 궁금푸리, 課外 신지식」, 『어린이』 2권 12호, 1924.12, 22쪽.
46. 일기자, 「<수공유희> 자미잇는 인형만들기」, 『어린이』 7권 3호, 1929.3, 26쪽.
47. 「<科學手工> 쉬웁고 간단한 작란감, 활동사진기계맨드는 법」, 『어린이』 3권 12호, 1925.12, 32쪽.
48. 三山人, 「<이과> 자미잇고 유익한 유희 몃가지」, 『어린이』 7권 2호, 1929.2, 48쪽.
49. 손성엽, 「<이과실험> 종지위에의 자세기 — 중력과 중심관계 -」, 『어린이』 9권 7호, 1931.8, 42쪽.
50. 「소년소녀 발명품 네가지, 이렇케 만드시오」, 『어린이』 3권 3호, 1925.3, 40쪽.

그림 17.「끌른물속에서 금붕어가 노라」, <조선일보> 1937.10.3.

코멘트를 덧붙여 어린이들의 실험과 공작 능력을 배양하도록 도왔다. 그리고 『어린이』는 타고 있는 양초에 물을 부어도 꺼지지 않는 이상한 촛불 실험이나[52] 나팔꽃의 색깔을 변화시키는[53] 등의 이상하고 신기한 실험 방법들을 제공하며 "당신도 해보십시오"라고 어린이들에게 실험 실습행위를 촉구하였다.

그런데 '이과작난', '물리유희物理遊戲', '이과실험'으로 소개되고 있는 이러한 종류의 글들을 보면 '마술', '요술'로 실험을 소개하고 있는 것이 확인된다. 식민지 시기에 발행된 일간 신문의 <아동란>에서도 구경꾼들을 깜짝 놀라게 할 "이상스럽고 재미잇는 리과요술"[54]을 하나 가르쳐 주겠다며 '이과요술'로 이과실험을 소개하는 경우는 흔히 있는 일이었다.[55] 이 지점에서 과학과 마술의 상관관계를 생각해 보지 않을 수 없다.

• • •

51. 「<少年手工> 최신식 팽이맨드는 법」, 『어린이』 4권 2호, 1926.2, 46쪽.
52. 백월, 「少女理科遊戲」, 『어린이』 6권 5호, 1928.9, 42쪽.
53. 「신긔하고 자미잇난 꽃빛 실험」, 『어린이』 3권 4호, 1925.4, 13쪽.
54. 「끌른물속에서 금붕어가 노라」, <조선일보> 1937.10.3.

근대에 이르러 아동에게 전통 관념을 깨고 새로운 상식을 교육시키는 일은 무엇보다 중요해졌다. 전근대와 근대의 이분법적 사유 속에서 마술적 세계를 믿는다는 것은 전근대적인 세계에 갇혀 있는 것을 의미했기 때문이다. 따라서 '미신 타파' 같은 당대의 프로파간다에서 볼 수 있듯이, 비합리적인 전근대의 주술적 세계관에서 벗어나기는 근대 과학교육의 모토가 되었다. 사정이 이랬기 때문에 합리적인 세계 인식을 위한 '탈마법화'의 전략은 아동의 동화적 상상력의 세계에도 적용되었다. 둥근 "달 속에 계수나무처럼 보이는 것은 나무가 안이라 실상은 깁흔 구렁"[56]이라는 것, 그리고 비 온 뒤 뜨는 무지개는 선녀가 타고 내려오는 다리가 아니라 물방울 입자들의 프리즘 현상이라는 것, 등등이 밝혀졌다.[57] 이처럼 비합리적인 사유 속에서 생산된 담론들은 "헛말"로 규정됐다. 마찬가지로 "녯날사람들은 구름이란 것은 한울과 땅을 맛허서 다스리는 신령님이라고도 하엿고, 번개와 벼락이 살고 잇는 집인고로 각금각금 몹쓸바람과 비를 나리는 곳이라고도 하여서 몹시도 구름을 두렵게 생각"[58]하곤 했음이 사례로 제시된다. 이러한 사례들은 "지금 세상에는 그럿케 까지 어리석고 틀린 생각을 하고 잇는 사람은 하나도 업슬 것"이라는 단언과 더불어 기존의 인식을 파괴하고 과학으로 증명된 새로운 지식체를 구성케 한다. 전근대적인 것의 전복과 파괴에서 형성되는 '지知'의 깨달음은 경이의 감각을 수반하면서 아동 독자에게 앎의 쾌락을 선사하는 것이다.

• • •

55. 졸고, 「마술을 부리는 과학 : 일제시기 아동과학잡지에 나타난 과학의 권위와 그 창출방식」, 황종연 편, 『문학과 과학 II : 인종 · 마술 · 국가』, 소명출판, 2014, 551~561쪽.

56. 「<科學新智識> 아름다운 가을달, 계수나무 이약이」, 『어린이』 3권 10호, 1925.10, 12쪽.

57. 「<일상과학> 이과교실」, 『어린이』 3권 9호, 1925.9, 42쪽.

58. 微笑, 「<소년과학> 구름은 엇던 것인가」, 『어린이』 3권 4호, 1925.4, 38쪽.

마술과 근대성의 상관관계에 대한 인류학적, 민족지학적 연구를 참고해 보면, 다양한 영역의 근대성 담론들은 마술을 그들의 대립항으로 설정하고 그 과정에서 마술을 재창조하는 방식을 취하며 서로를 보완하는 특수한 관계에 놓여 있다. 그래서 피터 펠스는 마법이 '모더니티 프로젝트 자체의 유령 같은 산물'이라고 주장한다.[59] 즉 마술은 현대 시대에도 지속되고 있을 뿐만 아니라 각 시대에 맞는 변형을 취하며 고유한 특성의 마술을 생산한다고 볼 수 있다.

1920년대부터는 조선에도 일본 마술단의 순회뿐 아니라 조선 기술단들의 배양이 이루어졌고, 특정 마술사에 대한 팬덤을 형성할 정도로 새로운 공연예술인 마술쇼가 흥행하였다.[60] 특히 일본의 최고 인기 곡마단인 덴가쓰天勝 일행과 '소천승小天勝'이라 불리던 조선인 무용가 배구자의 공연은 인기가 높았다.[61] 그렇다면 근대 조선의 대중은 마술을 어떻게 인식하고 있었던 것일까. 1926년 4월 4일 <매일신보>에 이효석이 게재한 짧은 콩트 「가로街路의 요술사妖術師」에서는 모여든 군중의 무리 가운데서 동전을 옮기는 기술을 보여주는 한 남자가 결국에는 법률책을 파는 사원으로 판명난다. 자신의 마술을 구경하는 군중에게 그는 "스리는 주의하세요. 암만 똑똑한 체하여도 한눈만 팔면 코 떼먹을 세상이니가요. 사람은 똑똑만해도 이 세상에 사러 가기 어려워요. 저 혼자는 똑똑하고 약고 꾀잇고 잘 생기고 영리한 체하여도 한 발만 삐끗하면 일조일석에 엇더케될는지 모르지요"라며 사기에 걸리지 않도록 주의를 해야 한다고 경고한다. 그리고 "사람에게는 무엇이든지 아는 것 밧게 필요한 것은

59. Birgit Meyer and Peter Pels, *Magic and Modernity*, Stanford UP, 2003, pp. 4~5.
60. 신근영, 「1920년대 마술의 유행과 그 여파」, 『공연문화연구』 35집, 2017.8, 198쪽.
61. 「朝鮮劇場에 天勝」, <동아일보>, 1923.6.11.
「<一時新聞놉든 女性의 最近消息> 花形俳優로 世界를 遍踏, 舞臺를 떠나 家庭속으로」, <조선일보>, 1928.1.3.

업지요. 상식이 잇서야"한다 라며 법률책을 꺼내 든다. 이 이야기는 '요술사=사기'의 관계를 설정해 놓고 있다. 실제로 당대에 요술을 구경하다가 발생하는 범죄사건과 마술 응용의 사기들이 점차 증가하였고, 마술을 응용한 사기꾼들은 "교묘한 요술쟁이,"[62] "마술사"이자 '사기' 범죄와 연루된 사람들로 지시되었다. 과학적 기술로 스펙터클을 선사하는 마술은 근대성의 산물로 수용되었으며, 그에서 빚어지는 사기와 거짓 역시 근대성의 부산물로 이해되었던 것으로 보인다. 과학적 측면에서, 마술은 이치에 맞지 않으며 거짓이거나 실패한 의사과학疑似科學으로 규정한다. 피터 펠스는 이러한 원칙에 따르면 마술적 사고는 전근대적이고 비서구적인 지표로 간주될 수 있고, 제국주의와 식민주의를 지원하는 중요한 이념적 도구로써 이용될 수 있다고 말한다. 흔히 마술은 미신처럼 통치권자의 입장에서 이방인의, 이상하고, 위협적이며, 거짓인 것을 말하기 위해 사용되면서 비근대적이고 비서구적인 사람들의 정신적 과정이 미신적이라고 주장했고, 유럽제국의 문명화 과정에 정당성을 부여하며 식민지 프로젝트의 주요 도구로 활용되었다는 것이다.[63] 이처럼 마술은 계몽의 수단으로 사용되면서 근대의 문화정치에 개입해 있었다고 볼 수 있다.

그렇다면 근대에 이르러 신기한 공연예술로 등장한 마술쇼가 아동문화의 영역에서는 어떻게 전개되었는가를 살펴보지 않을 수 없다. 1920년대 조선의 한 아이가 요술한다며 친구들 앞에서 바늘을 삼키는 사건이 발생해 부모들의 주의를 요하는 신문기사가 실린 것을 볼 때, 아동문화의 세계에도 미쳤을 마술쇼의 영향력을 짐작할 수 있다.[64] 아동에게 장난과

62. 「마술응용의 사기」, <동아일보>, 1923.5.27.

63. Birgit Meyer and Peter Pels, *Magic and Modernity*, Stanford UP, 2003, pp. 129~130.

64. 「요술한다고 바늘을 삼켜」, <중외일보>, 1927.6.19.

오락 같은 '여흥餘興'의 한 가지로 소개되는 신기하고 재미있는 요술은 '과외이과課外理科' '이과담理科談' '이과기술理科奇術'로 분류되었다. 이 요술은 "허풍선이 약장사나 협잡군들이 남의 눈을 속히는 잡술雜術"이 아니라 "리과 물리상 유익한 지식을 알게 되는 것"[65]으로 정의된다. 이성적이고 합리적인 존재를 그렇지 않은 존재와 가장 근본적으로 구분할 수 있는 방편은 합리적 지식을 제공하는 과학이다. 따라서 마술은 과학의 권위를 증명해 주는 탁월한 방법이기도 하다. 사실, 미디어에서 소개하고 있는 신기한 요술들은 당대 아동들이 학교 이과 시간에 배우는 지식이다. 게다가 과학적 원리를 터득한다면 그를 응용해 더욱 신기한 요술을 할 수도 있다. 그럼에도 불구하고 이과요술담들은 "어름으로 물을 끄린다하면 여러분은 멀정한 거즛말이라하거나 사람을 속히는 요술쟁이의 말이라 할 것입니다. 그러나 이것은 결코 거짓말이 아닙니다"[66]라며 진위眞僞로 마술과 과학의 경계를 구분하려 애쓴다. 아이들은 "금시잇든 것이 감쪽가티업서저"[67] 모두를 경악케 하

요술

금시잇든것이
감쪽가티업서저

권연ㅅ갑은 요술쟁이가 나
오기전에 책상우에 미리노하
두어도조코 또 요술쟁이가주
머니ㅅ속에너코 나오더라도조
코 어째ㅅ거나 권연한갑이필
요합니다。요술쟁이는 그권연
ㅅ갑을 집어들고서
『여러분 이것은 여러분이보
시다시피 보통과 조곰도다름
이업는 권연ㅅ갑입니다。그뿐
이아니라 이속에는 크레온이
들어잇습니다。』
하고 갑을 열어서 한번 죽
보인뒤 다시
『그런데 이상하게도 내가하
낫둘셋하며 호령을 한즉은이
크레온이 다 업서지고 오죽 빈
갑만 남습니다。자보십시요』
하고 그말과가티 하낫、둘、셋

그림 18. 「금시잇든 것이 감쪽가티업서저」, <조선일보> 1937.8.15.

65. 최선생, 「<理科談> 신긔한 요술」, 『어린이』 2권 3호, 1924.3, 34쪽.
66. 미소, 「<녀름 理科> 어름으로 물을 끄리는 법(이과)」, 『어린이』 2권 8호, 1924.8, 37쪽.

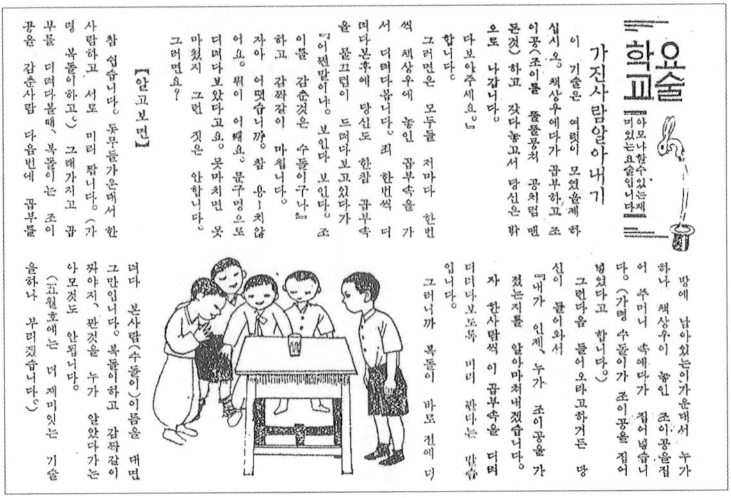

요술학교

아모나할수있는재미있는요술입니다

가진사람알아내기

이 기술은 여럿이 모였을제 하십시오. 책상우에다가 곱부하고 조이공(조이를 뭉뚱뭉처 공처럼 맨든것) 하고 갓다놓고서 당신은 밖오로 나갑니다.

방에 남아있는이가운대서 누가 하나 책상우이 놓인 조이공을집어 주머니 속에다가 집어넣습니다. (가령 수돌이가 조이공을 집어넣었다고 합니다.)

그런다음 들어오라고하거든 당신이 들어와서

「내가 인제, 누가 조이공을 가졌는지를 알아마쳐내겠습니다. 자 한사람씩 이 곱부속을 더려다보아주세요.」 합니다.

그러면은 모두들 저마다 한번씩 책상우에 놓인 곱부속을 가서 더려다봅니다. 좌 한번씩 더려다본후에 당신도 한참 곱부속을 뭉끄럼이 드려다보고있다가

「어쩐말이냐. 보인다 보인다. 조이를 감춘것은 수돌이구나」

하고 감짝갈이 마칩니다.

자아 어떻습니까. 참 용-치않어요. 뭐이 어때요. 문구멍으로 더려다보았다고요. 못마치면 못마쳤지 그런 짓은 안합니다. 그러면요?

【알고보면】

참 쉽습니다. 동무들가운데서 한사람하고 서로 미리 짭니다. (가령 복돌이하고.) 그래가지고 곱부를 더려다볼때, 복돌이는 조이공은 감춘사람 다음번에 곱부를 더려다보도록 미리 짜다는 말슴입니다.

그러니까 복돌이 바로 전에 더려다 본사람(수돌이)이름을 대면 그만입니다. 복돌이하고 감짝갈이 짜야지, 짠것을 누가 알았다가는 아모것도 안됩니다.

(五월호에는 더 제미잇는 기술을하나 부러겠습니다.)

그림 19. 「요술학교」, 『소년』 1권 1호, 1937.4, 42~43쪽.

는, '거짓말 같은' 요술의 세계에 매료될 수밖에 없었을 것이다.

마술과 요술이라는 용어를 차용한 이과 실험담들은 '이과유희理科遊戲'[68]나 '화학취미化學趣味'[69]로 분류되면서 '재미'와 '유익'을 동시에 추구해야 한다는 당대의 아동교육 방법과 부합했다. 『어린이』는 "아모리 유익한 공부라도 엥간히 자미가 업서서는 잘배워지지 아니합니다. 그래 우리 『어린이』에는 특별히 녀름동안에만 자미잇는 학교 <요술학교>를 설시하고 아모리 더웁고 아모리 졸리운때에라도 자미잇게 유익하게 물리나 화학 갓흔 어려운 공부를 쉬웁게 저절로 되게 하여드리기로 하엿습니다. 남이보면 신기한 요술, 알고보면 물리학 공부, 신기하고 자미잇는 중에 어려운 공부가 저절로 됩니다"[70]라며 이과요술 교육에

• • •

67. 「금시잇든 것이 감쪽가티업서저」, <조선일보>, 1937.8.15.
68. 백월, 「녀름철 자미잇슬 理科遊戲 몃가지」, 『어린이』 6권 4호, 1928.7, 50쪽.
69. 「<化學趣味> 사이다와 라므네 맨드는 법」, 『어린이』 3권 7호, 1925.7, 28쪽.
70. 「<夏期講習> 요술학교, 물리, 화학」, 『어린이』 4권 6호, 1926.6, 46쪽.

심혈을 기울였다. 신기한 이과실험을 접하고 “여러분 가운데서 이러한 일이 잇다하면 도저히 되지 못할 일이라고 처음부터 고지듯지 아니하오리다. 그러나 그것은 아모에게나 손쉽게 되는 것이니 자미잇는 일이”[71] 라며, 이과요술에서 소개하는 믿기지 않는 사건이 사실은 매우 쉬운 원리로 이루어지고 있음을 시사한다. 최면술에 걸린 것처럼 호령에 맞춰 손이 움직이도록 하거나 실에 꿰인 동전의 회전수를 맞추는 마술적 실험은 “이상하게 생각하겟지만 실상은 모도다 지극히 간단한 물리학의 원리로 그러케 되는 것”[72]임이 재차 강조되었다. 따라서 이과요술담은 과학적 원리에 바탕을 둔 방법과 까닭을 아동이 터득해 나가도록 구성될 필요가 있었다. 이 요술 실험 이야기의 구성은 다음 예문과 같다.

> 편지쓰는 엽서 종의로 접어서 남비를 맨들어 숫불 우에 놋코 거긔다 물을 끄린다하면 여러분은 당장에 거짓말이라하시겟지요.
>
> 엽서도 종의닛가 숫불우에노으면 불에 타버릴 것이닛가요.
>
> 그러나 실상은 그럿치 안습니다. 자미나고 유익한 일이니 해보십시오. 타나— 안타나. 물이 끌나— 안끌나.
>
> (준비) 헌 엽서한장을 반동강에 잘러서 고 한쪽을 가지고 네귀를 접어서 물이 새이지안토록 풀로 붓치면 그것이 남비가 됩니다. 그 종의남비에 튼튼한 실을 꾀여 손에 들고 거긔다 물을 부읍니다.
>
> (실험) 그래서 그 종의남비에 물분 것을 번적들어다가 활활 타는 숫불우에 얏흐막하게 (그림가티) 들고잇습니다.
>
> 그러면 희한하게도 종의남비는 타지안코 그 속에 물이 펄펄 끌습니다.

71. 최인순, 「<理科 이약이> 과실껍질에 사진을 나타내는 법」, 『어린이』 2권 7호, 1924.7, 14쪽.

72. 심형필, 「녀름에 자미잇는 物理遊戱멧가지」, 『어린이』 7권 6호, 1929.7·8, 54쪽.

(리유) 대개 엇던 종의던지 숫불에 갓다대이지 안트래도 타는 불 갓갑게만 가면 껌엇케 누룻다가 제절로 불이 붓터바리는 것인대 엽서종의로 남비를 맨들어 물어부으면 너머뜨거워서 물은 끌을망정 종의에는 불이 붓지아니합니다. 즉 음 누릿하게 누룻기는 할망정 불에타지는 아니함니다. 그 리유는 종의가 뜨거워지면 그 뜨거운 열이 금방 물로 옴겨가서 물이 뜨거워지는고로 종의는 그럿케 몹시 뜨거워지지안는 까닭입니다. 그러면 불우에 넘어 오래두면 기어코 종의에도 불이 붓겟지하고 생각할른지도 모르지만 오래두면 뜨거워 질스록 물만 끌어서 김蒸氣이 되야 날러가버리는고로 종의는 결코 더 뜨거워지지아니하고 항상 고대로 잇습니다. 만일 종의남비에 물이 한방울도 안남고 다 업서지면 종의의 뜨거운 열이 어대로 옴겨갈대가 업스닛가 종의가 뜨거워저서 나종에는 타버리고 말겟지요. 그러나 물이 조음이라고 잇기만잇스면 뜨거운 열은 그리로 옴겨가버리고 종의는 그대로 잇는고로 결코 타지아니합니다.

거짓말인가— 정말인가 꼭 한번씩 해보십시오. 그리고 그 리치理致를 잘 알아두십시오. 다—잘 아신후라야 또 새것을 요다음에 아르켜드리겟습니다.[73]

인용문에서 확인할 수 있듯이, 아동에게 제공된 이과실험담의 구조는 [호기심 유발]-[준비물]-[실험방법]-[원리설명]-[실험 실연 당부]의 구성으로 이루어져 있다. 이처럼 독자에게 단순히 호기심에 그치지 말고 반드시 실연 행위를 실천하도록 당부하는 것이 일반 형식이지만, '[희망希望]'을 구조적으로 덧붙여, "이 점을 더 잘 생각하야 더 새로운

73. 최선생, 「<理科奇術> 종의남비」, 『어린이』 2권 4호, 1924.4, 27쪽.

리치를 발견할 수 업슬가요"[74]라는 첨언을 포함하기도 한다. 알고 보면 조금도 이상한 일이 아닌 과학 원리의 탐구와 학습은 응용과 발명으로 이어져야 한다는 교육적 지침이 제시되고 있던 것이다.

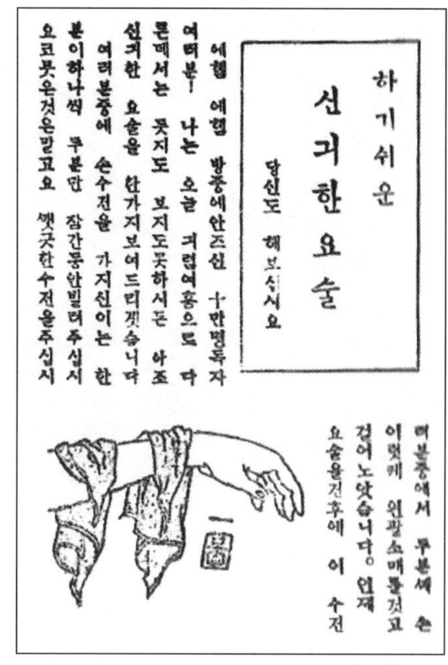
하기쉬운

신긔한요술

당신도 해보시시요

에헴 에헴 방중에안즈신 十만명독자 여러분! 나는 오늘 커렴여홍으로 다른데서는 듯지도 보지도못하시든 아조 신긔한 요술을 한가지보여드리겟슴니다 여러분중에 손수전을 가지신이는 한분이하나씩 두분만 잠간동안빌려주십시요코못은것은말고요 깻긋한수전을주십시

려분중에서 두분새 손 이럿케 왼팔소매를것고 걷어노앗슴니다。 언재 요술을긴후에 이 수전

그림 20. 「하기 쉬운 신기한 요술」, 『어린이』 4권 3호, 1926.3, 54쪽.

그런데 '기술奇術'로 지시되듯이, 너무 신기해서 거짓말 같고, 요술 같은 이과요술법의 구조는 일련의 해설도와 더불어 구경꾼들에 대한 반응까지 첨가한다.[75] 『어린이』를 비롯한 당대 대중매체의 아동과학란에 실린 요술, 마술 방법들은 구경꾼의 반응을 유도하는 등 세부적인 마술 장치와 기법들을 삽입하며 마술의 시각적 재현과 퍼포먼스에 집중하였다. 구경꾼들의 시각적 경험과 마술의 경이로움이 밀접하게 연관되어 있음을 알 수 있다. 근대의 시각 중심주의적 사유는 마술을 통한 과학의 전시와 홍보에도 그대로 녹아 있던 것이다. 여자 마술사가 주축이 된 텐까天華단은 "마기술魔奇術과 자스딴스의 풍부한 프로그램과 스피드의 무대회전"[76] 등, 마술과 기술, 레뷰revue로 유명했다.

74. 「신긔한 요술, 이과실험 두가지」, 『어린이』 3권 2호, 1925.2, 23쪽.
75. 安先生, 「<奇術> 기기묘묘 요술딱지(어린이딱지)」, 『어린이』 4권 5호, 1926.5, 48쪽.

天華一行名物
인科學的奇術

이기술은 삼십만「볼트」
의 뎐력이 인톄를통하야
도사람에게는 관계가업
다는것을 실험하는것인바 진공관에서 자색광선의 나오는
것과 방뎐(放電)되는것과 기타여러가지의 진긔하고 황홀
한뎜이 재래의 기술과는 다가티 보기어려운 것이라하겟다

그림 21. 「天華一行名物인 科學的 奇術」, <동아일보>, 1929.5.12.

특히 삼십만 볼트의 전력이 인체를 통과하여도 사람에게 아무 이상이 없다는 신기한 실험을 보여주는 마술단의 이미지는 "진공관에서 자색광선이 나오는 것과 방뎐放電되는 것과 기타 여러 가지의 진긔하고 황홀한 점이 재래의 기술과는 다가티 보기 어려운 것"[77]들임을 부각시킨다. 그리고 "조선극장에서 대만원으로 대성황"[78]을 거뒀다며 관중과 무대 일부의 사진을 공개하여 구경꾼들의 반응을 전달하고 있다. 시각적 쾌락을 경험의 중심에 두기 시작한 근대인들의 인식체계는 그대로 아동과학에도 적용되었다. 아동문화 속에서 과학이라 불리는 구경거리의 시각적 기획에 관심을 기울이기 시작했던 것이다. 미즈노 히로미는 근대 과학의 대중화에 두드러진 점으로 경이로움과 보고 행하는 감각을 지적하고 있다.[79] 보는 것과 경이의 감각은 밀접하게 관련되어 있기

76. 「天華一行開演」, <동아일보>, 1931.6.13.
77. 「天華一行名物인 科學的 奇術」, <동아일보>, 1929.5.12.
78. 「대만원일운텬화 일행공연회첫날」, <동아일보>, 1929.5.15.

대만원일운텬화、
일행공연회첫날

그림 22. 「대만원일운텬화 일행공연회첫날」, <동아일보>, 1929.5.15.

때문에 과학교육의 방편으로 '보기'의 중요성이 강조되었던 것이다.

사회자의 진행 아래 등장하는 마술사들은 '칼로 찔러도 죽지 안는 사람', '물 속에 불켜기', '부터서 떠러지지안는 수건', '맨손에 불붓치는 법' 등 자극적이고 흥미로운 경이적 사건들을 실연한다. 그리고 서술자는 "자! 여러분이 보시는바와가티 여기 손수건하나가 잇습니다. 이 수건에는 아모것도 달려잇지 안습니다. 자! 똑똑이 보십시오.(하면서 수건 안팟글 보인다)"[80]라며 마술 행위 중간에 청중의 동의를 살피고, "하나— 둘— 셋!?"[81] 호령과 함께 '박수' 표지도 지시하여 구경꾼들의 반응까지 유도한다. 마술쇼는 시각적인 기술 장치의 효과와 더불어 항상 청중의 반응을 간청하여 극의 효과를 살린다. 구경꾼들이 "신기해하면서 손뼉을

• • •

79. Hiromi Mizuno, *Science for the Empire: Scientific Nationalism in Modern Japan*, Standford UP, 2009, p. 147.

80. 「아모나하기쉬운 요술, 奇術! 奇術!」, 『어린이』 7권 1호, 1929.1, 67쪽.

81. 「하기쉬운 신기한 요술(奇術)」, 『어린이』 4권 3호, 1926.3, 54쪽.

치면서 떠들고 야단"을 쳐야 극적 효과가 극대화되기 때문이다.

또한, "알고보면 우습기 짝이 없"는 기술법들은 하는 방법과 과학적 원리의 설명에만 그치지 않고 구경꾼을 속이는 방법까지 상세하게 전달하고 있다. "남이 눈치채지 못하게 손빠르게" 움직이는 마술사의 현란한 손동작은 속임수를 은폐하는 마술사의 고유한 자질이라 할 수 있다. 요술담들은 "자조자조 이손 저손 가러대이면 보는 사람은 속도 모르고 더욱 신통하게"[82] 알도록 능숙한 손놀림으로 구경꾼의 눈을 속이는 방법을 가르친다. 뜨겁게 불에 달군 화젓가락을 손에 쥐어 들고 다시, "자아 인제 물이 흘러나올터인데 내손에나 젓가락에 협잡이잇는줄 알면 안되게 쓰닛가 화젓가락을 당신손으로 쥐여보십시오. 그러고 내 손과 손가락을 자세 조사해 보십시오"[83]라고 한 뒤 화젓가락을 구경하는 이의 손에 쥐여주고 손과 손가락을 활짝 활짝 펴서 보이고 "아모 협잡도 업지요?" 하고 동의를 얻은 뒤에 다시, "화젓가락을 바다서 쥐여들고 저고리 소매를 거더올"린 뒤 신기한 마술쇼를 펼치라는 서술에서 주의할 점은 '협잡', 즉 사기나 거짓, 속임수의 '의혹'을 제거하라는 것이다. 문제는 마술사의 그 가장假裝 행위조차 속임수이다. 마술사는 이 같은 속임수를 미리 계획한 뒤 쇼를 진행해야 한다. 처음부터 속일 작정을 하는 것이다. 결코 구경꾼들은 알아차릴 수 없는 속임수에 대한 공모가 마술사와 어린 독자 사이에 형성된다. 그리고 "감안히 들고만 섯스면 구경꾼이 고무줄에 눈치채기 쉬웁습니다. 또 오래휘젓고 섯서도 탈로되기 쉬우니 '이럿케 둘이 달러붓헛습니다'하면서 잠간 휘둘으다가 얼른 풀어서 손수건을 임자에게 돌려보내야 합니다. (물론 맨처음부터 구경군 갓갑게 서지안는 것이 조흡니다.)"[84]라며 구경꾼에게 발각될지 모르는

82. 김학서, 「<課外理科> 신기한 요술」, 『어린이』 3권 4호, 1925.4, 36쪽.
83. 「아모나하기쉬운 신기한 요술」, 『어린이』 5권 1호, 1927.1, 57쪽.

점을 언급하여 주의사항을 전달하기까지 한다. 이렇게 마술담들은 사람의 눈을 속이는 속임수를 알려주는 점에 공을 들였다.

이처럼 근대 이과요술담들은 능청스럽게 구경꾼을 속여 놀라게 하는 목적 달성에 이르도록 어린이에게 구경꾼과의 상호작용을 가르치고, 경이적 사건의 이면을 알려주어 궁금증을 해소해 준다. 이 과정에서 경이감을 불러일으키는 신기한 마술은 "알고보면 누구나 하기 쉬운 속임수"[85]라며 탈마법화된다. 게다가 요술, 마술, '기술奇術'로 소개되는 현상들이 사실 원리만 알고 나면 누구나 쉽게 할 수 있는 '기술技術'이라는 점이 강조된다.[86] 스펙터클한 마술쇼를 통해 전근대적, 초자연적인 마술은 탈주술화 된 채 하나의 기술로 자리 잡게 되었던 것이다. 과학기술이 생산한 시각적 기계장치로 인해 신비롭고 초자연적 마술은 세속화되었다고도 할 수 있다. 또한, 속임수가 아님을 가장假裝하고 강조해야 하는 마술의 특성상 마술사들은 초월적 경이를 보여주는 신적 권능자가 더 이상 아니었다. 게다가 마술이 근대 미디어의 취미란과 오락란에 배치된 점도 대중화와 세속화의 증거라 할 수 있다.[87] 따라서 『어린이』는 "이 기술은 하기가 좀 어려운 것 갓습니다만은 작구작구 연습하면 쉬워"진다는 마술의 기술적 측면을 강조하며 아동에게 열심히 연습해 학예회 같은 때 많은 관중 앞에서 시연하도록 촉구하였다. 타자를 감쪽같이 속이는 기술인 마술을 활용한 실험과학 담론은 아동에게 '구경꾼을 속이는 속임수의 주체가 되라'라는 명령을 하며 실험 주체를 근대의 일상 속으로 안착시켰다고 볼 수 있다. 근대의 아동이 마술적 실험

• • •

84. 「하기쉬운 신기한 요술(奇術)」, 『어린이』 4권 3호, 1926.3, 54쪽.
85. 「신기한 奇術 닭알 요술, 옷둑이」, 『어린이』 6권 1호, 1928.1, 51쪽.
86. 「아모나하기쉬운 요술, 奇術! 奇術!」, 『어린이』 7권 1호, 1929.1, 67쪽.
87. 일기자, 「<취미> 신기한 요술敎授」, 『어린이』 5권 2호, 1927.2, 57쪽.

행위를 통해 근대성을 구현하는 근대적 주체이자 세속화된 실험 주체로 거듭나기 위해서는 '"알고 보면 쉬우니 꾸준히 연습해서" 쇼의 주체가 되라'는 강령을 실천해야 했던 것이다.

4. 곡마단과 소년 탐정소설의 의미

근대 조선에서도 마술 공연은 산업 박람회장이나 단체 기념행사의 연예와 오락으로 제공되면서 상업적인 여가 소비문화로 안착하였다. 마술은 그 가치를 하찮게 여기는 대중의 인식 때문에 다른 문화보다 훨씬 쉽게 국경을 넘나들며 전 세계를 순회하는 이동성을 지녔다. 1910년 9월 바로프스키 곡마단이 상해를 지나 만주에서 일본으로 향하던 중 조선에 들러 공연을 하였는데 이것이 조선 최초의 유입이라고 한다. 그리고 3·1 운동 이후 대규모 외국 곡마단이 조선에 물밀듯이 들어오면서 전국적으로 순회공연을 하기 시작했다.[88] 따라서 신기한 볼거리를 제공한 외국 곡마단의 흥행 성공은 신문 지면에서 자주 접할 수 있었다. 박람회나 공진회에서 여흥으로 미국과 중국 등지의 유명한 마술사를 초빙하여 마술쇼와 기계 인형, 희귀한 동물들을 관람케 하였기 때문에 조선 대중에게 최신식 곡마단은 근대적인 것으로 인식되었다.[89] 신문 광고 지면에는 사람들을 놀라게 하는 비상한 재주와 묘기 등 일련의 다양한 볼거리들을 제공하는 곡마단 공연 홍보가 활발히 진행됐고 조선 각지의 순회공연 소식도 지속적으로 전해졌다.

그런데 상업 광고들이 근대 오락인 곡마단의 스펙터클한 특성에 주목하는 것과 달리 『어린이』는 곡마단 소년 소녀들의 애화哀話를 자주

88. 신근영, 「일제 강점기 곡마단 연구」, 고려대 박사논문, 2013, 48쪽.
89. 「최신식의 곡마단과 이름모르는 동물을 구경시켜」, <매일신보>, 1923.9.29.

게재하였다. 방정환이 그의 시골 고향에서 목격한 곡마단을 향한 마을 사람들의 반응은 예사롭지 않다. 볼거리 하나 제공되지 않은 채 심심하고 권태롭기만 한 피식민지의 일상에 "괴짝 속에 처녀를 넣코 칼로 찌"[90]르는 희한한 구경거리의 등장은 시골 사람들의 마음을 요동치게 한다. 서커스의 기본요소인 '놀라움'을 야기시키기 위해서는 일상성을 초월하는 '극한성'을 가지고 있어야 한다. 곡마단에서 보여주는, 누구도 쉽사리 할 수 없는 행위들은 일상성을 벗어나 있다. 곡예사들은 아슬아슬하게 위태로운 장면을 연출하여 관객들이 고도의 긴장을 느끼도록 만든다.[91] 스펙터클한 광경을 보며 즐기는 근대 조선의 구경꾼들이 탄생하는 순간이다. 계급 구분 없이 입장표의 구매만으로 즐길 수 있는 대중오락의 등장은 조선인들에게 근대 소비문화가 형성되고 있음을 의미하기도 한다. 명절이라고 "시내에는 활동사진, 곡마단 별별 구경거리가 그뜩 벌렷고 대만원이며"[92] "관람객에 걸려 길 못 다닐 지경이다. 흉년들고 돈업다는 것도 멀정한 거짓말!"이라는 미디어의 비판적 어조는 이러한 시대상을 충분히 반영하고 있다.

근대 조선에서 '기술단奇術團', '곡마단', '서커스단'으로 혼용되어 쓰였던 서커스의 어원에는 구경꾼들이 둥글게 빙 둘러앉도록 자리를 마련한다는 의미가 포함되어 있다. 따라서 이 용어는 '볼거리' 쪽을 강조한 것이 아니라 '구경꾼' 쪽에 강조점을 둔 것으로 이해할 수 있다.[93] 즉, 서커스는 마련된 볼거리 주위에 둘러앉아 전시된 것을 구경하는 사람들의 시각적

• • •

90. 몽견초, 「두팔업는 불상한 소년 — '가마다' 마술단의 全判文씨 —」, 『어린이』 3권 11호, 1925.11, 20쪽.

91. 허정주, 『호모 서커스: 곡예사와 21세기 인류문화』, 광대와 바다, 2019, 83~84쪽.

92. 「雜信」, <동아일보>, 1928.10.6.

93. 허정주, 앞의 책, 39쪽.

쾌락에 의미를 부여하고 있다. 화려한 볼거리를 관람하는 관람 주체로서의 구경꾼이 상품을 대상화하고 소비하는 근대적 주체로 인식된 것이다. 그런데 방정환은 시각적 소비의 대상이 되는 어린이들 때문에 이 대중오락의 소비에 문제가 있음을 지적한다. 그가 시골에서 만난 곡마단의 팔 없는 소년이 펼치는 곡예 무대가 바로 그 대표적인 사례다. 14살의 "팔업는 불상한 소년"은 부모에게 버림받고 범죄에 이용당하다가 친척 집에서도 구박에 못 이겨 자살을 시도하는 등 기구한 삶의 굴레에서 벗어날 수 없는 존재이다. 굶주림에 못 이겨 일본 가마다蒲田 마술단에 입단하지만, 그 역시 "구경거리"로 전락하고 마는 선택이었다. 방정환이 1925년 목격했던 이 곡마단의 소년은 1932년 <동아일보>의 기사에서도 사진과 함께 확인된다. 동아일보사 경상북도 의성지국에서 개최한 독자위안회에서 기획한 곡마단 쇼에 등장했던 전판문은 "생래로 두팔이 업서 발을 가지고 손에 대신하야 왼갓 정교한 일까지 다하며 글씨는 물론 색기꼬기 통메기를 일수 잘하는"[94] 기묘한 재주꾼으로 소개되고 있다. 해당 위안회가 대성황을 이루었다는 광고성 동정 기사는 시각적 쾌락의 대상물에 대한 구경꾼의 위치만 염두하고 있음을 확인할 수 있다.

게다가 부모에게 버림받고 이 시골 저 시골 끌려다니며 구슬픈 음악소리에 맞춰 재주를 부리는 곡마단 소년의 불쌍하고 기구한 운명은 식민지화된 조선의 운명과 겹쳐진다. "곡마단曲馬團(말광대) 구경을 하엿슬 때 거기서 말타고 재조부리는 가여운 소년! 그가 일본 사람이 아니고 조선소년이 어릴때부터 곡마단에 팔려다니는 것인대 주인이 조선사람이라는 말을 못하게 한다는 말을 듯고 마음에 몹시 불상하고 가엽게 생각한 일이 잇섯습니다"라는 발언은 일본인으로 대표되는 곡마단과

94. 「天生의 兩手업시 가진 才操가 非常」, <동아일보>, 1932.12.6.

학대받는 조선 곡예사라는 이분법적 대립항을 설정한다. 이 이항 대립의 구조는 당대 미디어 속에서 민족의 현실을 드러내는 은유로 반복 사용되었다. 곡마단에 얽힌 사건 사고는 외세의 침투를 의미했다. 또한, 전 세계를 정처 없이 떠돌며 위험한 재주를 부려야 하는 곡마단의 조선 어린이들은 돈과 권력에 팔려 떠돌아다니는 조선 민족의 현실과 별반 다르지 않았다. 따라서 곡마단의 "가여운 소년"은 곧 조선 소년 전체에 대한 상징이 되었다. 『어린이』를 통해서 고국故國에 있는 여러 동무에게 보낸다는 곡마단 소녀 이옥희의 편지를 보면, "아아 내 고국 '조선' 땅에 계신 어린이 동모여러분! 외롭고 외롭고 더할수업시 외로운 이몸을 불상히 녁여주십시오"[95]라며 독자에게 동포애를 호소한다. 12살에 고국을 떠나 베니스로 간 이옥희는 부모 형제도 없이 일가친척에게 학대당하고 일본에서 건너온 곡마단에 팔려 간다. "나는 그때부터 나를 사간 그 일본 사람 곡마단에서 아츰부터 밤까지 사쓰(얇은 속옷) 한조각을 몸에 걸치고 걱구로 스는 재조와 가느른 철줄을 타고 건느는 재조며 길다란 대통 꼭대이에 원숭이 처럼 걱구로 매여달니는 광대색기의 공부를 하게되엿습니다"라는 이옥희의 사연은 '고국동모'들을 호출하여 '조선'이라는 민족 연대를 형성한다.

곡마단의 조선 소녀들에 대한 세태 비평은 1920~30년대 미디어 속에서 계속 진행되었다. 부모에게 팔려 곡마단에 들어간 금선이는 "밤마다 여러 사람 압헤서 말 우에서 재조 부리며 여러사람의 칭찬하는 박수소리가 나팔소리에 석기어서 들이는 것이 유일한 위안거리엇다. 그러나 그 반면에는 자서이 알지 못하는 쓰라린 생애를 게속하게 되엿스니—반다시 새로운 기술을 배홀 때마다 잘 못하면 무지한 챗죽으로 수업시

95. 이옥희, 「<異國哀話> 流浪의 小鳥, 베늬쓰에서 이옥희」, 『어린이』 3권 11호, 1925.11, 48쪽.

맞게 되엇다. 더구나 임자조차 업는 조선아이라고 가진 학대와 구박을 더하게 되엇다."[96] 평생 곡마단에서 갖은 고생을 다 하느니 "굴머 죽으나 비러먹으나 간에 조선사람 잇는 곳에 가서 살니라 하고" 평양에서 흥행할 때 곡마단을 탈출한다. 그러나 곡마단을 벗어나서도 금선이의 삶은 평탄치 못하다. 하지만 『어린이』에 게재된 「곡마단의 두 소녀」[97]는 행복스러운 결말을 맞는다. 가난한 형편으로 남의 집에 맡겨졌다가 곡마단에 팔려 가게 된 두 소녀는 무서운 단장에게 혹독한 매를 맞아가면서 위태로운 줄타기를 하지만 서로를 의지하며 이 상황을 견디고 있었다. 두 소녀는 때마침 곡마단 구경을 온 돈 많고 인품 좋은 김 씨 부부의 양녀가 되어 함께 행복을 맞는다. 이처럼 미디어는 곡마단에서 탈출하는 소녀들의 사연을 다룬 '곡마단 애화'를 집중 조명하였다.

이 밖에도 1920~30년대 가시화된 곡마단 세태풍자는 구경의 대상이 되는 조선의 소년 소녀들을 관람하는 구경꾼의 태도를 문제 삼는다. "어머니와 아버지를 / 떠러저와서 / 억제로다 재조하는 / 곡마단들이 / 그게무어 그다지도 / 우습습니까 // 몇푼돈에 팔려와서 / 고생을하며 / 매맛고서 배운재조 / 또한 일본말 / 어듸어듸 자미나요 / 애처럽지요 // 구경군들 자미난다 / 조와하지만 / 팔린동무 아슬아슬 / 재조하는 것 / 나는나는 참아보기 애처러워요"[98]라는 시에서도 확인할 수 있듯이 시각적 쾌락의 대상으로 구경꾼들이 바라보고 있는 구경거리는 애처롭고 불쌍한 희생자, 곧 조선의 아이들이라는 것이다. 따라서 동포와 동무의 처지에서 재미를 즐기는 구경꾼으로서의 반응은 온당치 않다는 비판이 담겨 있다. 게다가 부모가 곡마단

• • •

96. 이태운, 「二八美女 金錦仙哀話, 曲馬團 花形女로 路頭 彷徨」, 『별건곤』 38호, 1931.3.1, 26~27쪽.
97. 백시라, 「<小女小說> 곡마단의 두 소녀」, 『어린이』 6권 7호, 1928.12, 43~47쪽.
98. 방효파(方曉波), 「곡마단」, <조선일보>, 1930.10.1.

단장에게 팔았던 남매가 단장의 학대에 못 이겨 탈출한 사건이 당대의 신문마다 "육십원 돈으로 곡마단에 팔린 남매"[99]로 이슈화되었고, "자식을 나서 팔어먹는다는 것이 원래 인도가 아니다"[100]라며 겨우 아홉 살 된 딸자식을 곡마단에 파는 비윤리적 행위를 비판했다. 이런 담론의 결과 곡마단은 인신매매, 절도 등 범죄의 온상지로 표상되었다.

방정환의 탐정소설에서도 곡마단은 자주 등장한다. 『어린이』에 연재된 탐정소설 「칠칠단의 비밀七七團의 秘密」(1926)에서는 일본과 중국을 순회하던 일본인 단장의 곡마단이 서울 명동 진고개에서 공연하게 된다. 이 곡마단에서 인기 있는 오누이 상호와 순자는 부모도 고향도 모른 채 어릴 때부터 곡마단의 단장에게 학대당하면서 재주를 배워온 가여운 신세였다. 그러다가 상호와 순자는 조선에서 출생의 비밀을 알고 있는 이상한 노인을 만나 혈육을 찾게 되고 어린 시절 칠칠단 단장 내외에게 납치되어 곡마단 단원으로 키워졌다는 사실을 알게 되어 탈출을 시도한다. 그러나 탈출에 성공한 성호는 곡마단에 홀로 남겨진 동생 순자를 구출해야 하는 위기에 처한다. 상호는 조력자들과 함께 순자를 구하기 위해 중국 봉천까지 곡마단 단장 일당을 추적하고 곡마단이 국제적인 범죄 집단 칠칠단과 연루되었음을 알게 된다. 이때 상호는 조력자들과 더불어 암흑가 범죄와 연루된 곡마단의 비밀을 기지와 꾀로 헤쳐나간다. 조선 소년들은 "힘으로보다 꾀로"[101]라는 모토 아래 변장을 하고, 재치와 기지를 발휘하여 암호를 알아내는 등의 탐정 활동을 통해 순자를 구해낸 것이다. 이처럼 국제적인 범죄 조직 칠칠단의 비밀을 밝히고, 순자를 구해내는 것은 이들의 기묘한 꾀("계교"), "귀신같은 계책"[102]을 통해서이

• • •

99. 「육십원 돈으로 곡마단에 팔린 남매」, <조선일보>, 1927.10.23.

100. 「九歲에 몸팔려」, <동아일보>, 1927.10.22.

101. 북극성, 「칠칠단의 비밀」, 『어린이』 4권 8호, 1926.8, 42쪽.

다. 방정환의 탐정소설은 비밀스럽고 위험한 사건을 해결하기 위해 모험에 나서는 용감한 소년 소녀 탐정들의 '꾀'[103]로 문제가 해결된다. "마귀보다 더 흉악스러운 곡마단"을 이기는 방법은 다름 아닌 어린이들의 '꾀'인 것이다.

사실 『어린이』는 바로 이 '꾀'를 내는 능력을 키우도록 기획되어 있다고 봐도 무방하다. "소문만복래笑門萬福來"[104]라는 신조 아래 "기담재담奇談才談깔깔대회大會"처럼 우스운 이야기들을 지속적으로 창작하여 소개하였다. 이 이야기들은 위기를 재치로 모면하는 동화들로서 지혜로운 일화들을 소개하고[105] 세계적으로 유명한 이솝이야기를 연재하여 "낡을스록 자미로와서 웃난중에 사람이 약어진다는 것"[106]을 교육하고자 하였다. 또한 싸우지 않고 이기는 "터문이 업는 꾀를 낸 때문"[107]에 이웃 나라의 침략을 재주와 꾀로 이긴 이야기처럼, '어린이의 꾀'를 통해 위기에 처한 국가를 구하는 이야기들이 창작되면서[108] '꾀'가 더욱 중요하게 강조되고 있었다. 따라서 <우슴꺼리>[109]처럼 유머를 통해 지혜와 꾀를 터득할 수 있는 코너가 마련되었다. 어른들도 해결하지 못하는 문제를 영리한 소년 소녀들의 '꾀'로 해결하는 이야기들은 "여러분 이 귀신도 행하지 못할 어려운 문뎨를 열세살 먹은 소녀가 엇더케 해결하엿겟슴닛가"[110]라며 어린 독자들의 반응을 끌어냈다. '꾀'를 강조하는 방정

• • •

102. 북극성, 「칠칠단의 비밀」, 『어린이』 5권 7호, 1927.10, 55쪽.
103. 연성흠, 「<소년탐정소설> 勇吉의 奇功」, 『어린이』 9권 8호, 1931.9, 47쪽.
104. 몽중인, 「<우스운 이약이> 호랑이 형님」, 『어린이』 4권 1호, 1926.1, 41쪽.
105. 박영희, 「지혜만흔 솔노몬왕 이야기」, 『어린이』 4권 1호, 1926.1, 44쪽.
106. ㅈㅎ生, 「<이소프이약이> 당나귀와 개」, 『어린이』 1권 10호, 1923.11, 15쪽.
107. 최영주, 「<우스운 이약이> 미련이 나라」, 『어린이』 8권 2호, 1930.2, 50쪽.
108. 권영희, 「<자미잇난 이약이> 어린이의 꾀」, 『어린이』 1권 10호, 1923.11, 10쪽.
109. 「우슴꺼리」, 『어린이』 2권 6호, 1924.6.1, 40쪽.
110. 소파, 「<자미잇난 이약이> 선물아닌 선물」, 『어린이』 2권 2호, 1924.2, 2쪽.

환의 탐정소설에서 자주 사용되는 '귀신가튼'이라는 수식어는 '남들이 눈치채지 못할 만큼 기발한'[111]의 의미와 동일한 것으로 이해할 수 있다. '변장' 같은 위장 전술은 마술의 속임수 기술과 멀리 있지 않음을 의미한다. 마술의 속임수 기술을 동반한 꾀는 과학과 이성에 기반한 합리적 추론의 세계에 해당한다. 따라서 어린이의 '꾀'는 '귀신'을 넘어선다.

그런데, 방정환의 탐정소설 속 "귀신같은 계책"들은 그가 창작한 '귀신이야기'들과 함께 『어린이』에 배치되어 공존하고 있다. 귀신같은 꾀는 미스터리한 귀신 이야기들과 충돌하면서 의미를 형성하는 것이다. 그렇기 때문에 『어린이』는 과학의 탈마법화와 재마법화가 혼종되어 있는 장으로 이해할 수 있다. 방정환의 창작동화 「귀신을 먹은 사람」은 미신 같은 비과학적 세계관에 함몰되어 있는 사람들을 풍자하고 있다. 오랜만에 친척 집에 가던 성칠이가 그물에 걸린 꿩을 보고 생선과 바꿔치기한 사건이 발단이 되어 산골 마을 사람들은 이를 "독갑이의 작란"[112]으로 여기고 무당에게 도움을 요청한다. 마을 사람들은 신령님의 노기를 풀고 이 동네의 큰 재변을 막기 위해 노파의 지휘대로 제사를 지낸다. 때마침 친척 집에 갔던 성칠이가 되돌아가는 길에 마을을 방문하여 이 광경을 목격한다. 상황을 파악한 성칠이는 마을 사람들에게 자신이 문제를 해결해 주겠다며 생선을 먹어버린다. 그런데 신기하게도 성칠이가 그 생선을 먹고 간 지 얼마 안 되어 계속 내리던 비가 그치고 마을에 변고도 생기지 않았다. 방정환은 이 대목에 참 "이상도하지요"라는 말을 첨가한다. 어쨌든 성칠이는 귀신을 먹고 한 마을의 재변을 없애주었다는 신기한 소문이 전국에 퍼져서 "귀신먹는 성칠이"로 유명해진다. 미스터리한 이 소문의 진상은 사실 거짓임이 동화의 발단부터 드러나

111. 최애순, 「방정환의 탐정소설 연구」, 『우리어문연구』 30집, 2008, 426쪽.
112. 몽중인, 「<동화> 귀신을 먹은 사람」, 『어린이』 2권 9호, 1924.9, 2쪽.

있으므로 풍자의 효과를 거둔다. 근대 조선의 지식인들은 귀신을 상대하는 판수와 무당을 신봉하는 문화를 적극적으로 비판하고 나섰다. "녯날 사람들 또는 지금이라도 몽매한 사람들은 생명을 빼앗는 무서운 질병은 다 귀신의 발동이라고 생각하며 까닭업시 집안이 쇠망하여가며 일신에 괴로운 액이 작고 생기게 되면 그것은 모도 선조先祖의 뫼를 잘못 쓰거나 가택家宅의 향방向方이 잘못되여 산신山神이나 지기地祇의 뜻을 엇지못한 까닭이라고 생각"[113]한다며 귀신에 대한 잘못된 믿음을 지적한다.

따라서 『어린이』는 귀신의 정체를 해부하기 위해 노력한다. 방정환이 '실화'라고 소개하는 외국의 미스터리물은 북아메리카 캐나다에 있는 철도회사의 한 정거장에서 일어난 유령 소동이 실은 "괴상한 헛게비의 실상"[114]이었음을 밝히는 이야기이다. 그리고 『어린이』 필진의 도깨비 경험담이 소개되기도 한다. 박달성은 자신이 도깨비를 직접 잡았던 경험을 이야기한다. 서울에서 공부하던 그가 20대 초반 시골집에 내려갔을 때, 연이어 계속되는 불난리에 마을 사람 모두 도깨비의 장난이라고 생각하였다. 그래서 장정 몇몇이 귀신을 잡으려고 진을 쳤는데 결국 잡아 놓고 보니 귀신이 아닌 사람이었다. 방화범은 정신병에 걸린 여자로서 무당이 시키는 대로 행동하였다는 자백을 한다. 이 경험을 통해 박달성은 "세상에는 이런일이 만습니다. 독각이란 본래 업습니다. 모다 사람의 작란이랍니다"[115]라는 메시지를 어린이에게 전달하고 있다. 한편, 사람들이 귀신을 발명하는 이유를 해명하려 한다. 사람에게는 무슨 사건이 발생하면 그 까닭을 알고 싶어하는 '지식욕知識慾'이 있기 때문에

• • •

113. 심형필, 「자미잇고 유익한 鬼神이약이」, 『어린이』 8권 2호, 1930.2, 28쪽.

114. 소파, 「<實話> 다라나는 급행열차압헤, 공중의 귀신 신호」, 『어린이』 4권 6호, 1926.6, 38쪽.

115. 박달성, 「<실화> 독각이 잡든 니약이」, 『어린이』 4권 2호, 1926.2, 36쪽.

그 이유를 알 수 없는 사건에 맞부딪쳤을 때 인간은 불안과 공포에 휩싸인다는 것이다. 그래서 "아모도 설명을 못할 사변이면 그것은 귀신의 작난이라고 단정하여버리"고, 미스터리한 사건에 부딪쳤을 때 인간은 "기괴한 사변에 까닭을 붓치기 위하야 귀신이라는 것을 생각하게 되엿"[116]다고 분석한다. 그리고 사람들이 소위 귀신의 장난이라고 말하는 것이 사실은 귀신의 소행이 아닐 수 있으며, 또 현재의 지식수준으로는 설명할 수 없는 것일 수도 있어 지식의 발달에 따라 충분히 해명될 수 있는 사건일 수 있다는 주장을 펼친다. 결국 귀신의 발명은 지식의 부족에서 비롯된 것이기 때문에, "모든 일에 대한 까닭을 잘 배오가지고야 그 일을 할 수도 잇고 안할수도 잇는 것입니다. 까닭을 모르는 가운데 불안이 생겨서 그 불안을 피하기 위하야 별별 미신의 짓을 다하게 되는 것이니 여러분은 모쪼록 과학科學을 잘배와서 이 세상 모든 일의 까닭을 잘 아러야 합니다. 그것이 미신을 업새는 유일한 길이며 조선을 개척하는 길인줄 아러야 합니다"라며 과학교육의 중요성을 깨닫고 사명감을 지니도록 분위기를 조성한다. 이처럼 귀신과 도깨비의 정체에 대한 합리적 분석과 설명은 과학의 권위를 드러내는 것으로 귀결된다. 방정환이 그토록 강조했던 '귀신같은 꾀'는 합리적 추론의 세계에 해당하는 '꾀'의 권위를 더 강화하기 위한 재마법화를 의미한다. 따라서 소년 탐정소설은 합리적 사유로의 전환을 훈련시키며 경이적인 감각 속에 과학을 배우도록 하는 훌륭한 방법일 수밖에 없었다. "암만해도 힘으로는 당할수 업스닛가 꾀로 구해야 한다. 꾀로해야지 별수가 업다"[117]는 자조 아래 어린이들에게 요구되었던 꾀는 현란한 속임수의 기술을 동반한 마술적 권능과 이성적 과학의 하이브리드였다고 볼 수 있겠다.

116. 심형필, 「자미잇고 유익한 鬼神이약이」, 『어린이』 8권 2호, 1930.2, 28쪽.
117. 북극성, 「칠칠단의 비밀」, 『어린이』 4권 8호, 1926.8, 42쪽.

5. 인류애의 과학: 만물은 서로 돕는다[118]

지금까지 1920~30년대 『어린이』 잡지에서 아동의 과학교육 일환으로 진행되었던 문화적 현상들을 살펴보았다. 과학자와 발명가들을 역할 모델로 삼아 연구 태도를 가르치고, 신기한 이과요술들을 알려주어 실험을 훈련시켰고, 귀신같은 탐정 활동을 재현한 탐정소설과 귀신·도깨비 이야기들을 통해 합리적 사유를 배우도록 도왔다. 특히 과학을 응용한 속임수 기술인 마술의 탈마법화와 재마법화는 과학의 권위를 더 강화하였던 것으로 확인된다. 하지만 어린이의 세계에서 마술과 과학은 단순히 진화론적 방식으로 진행되며 어린이의 성장에 관여하지 않은 것으로 보인다. 아이들은 이 서로 다른 영역의 충돌과 융합을 동시적으로 경험하며 성장하고 있었던 것이 아닐까. 신흥민족주의 지식인들이 근대를 표상하고 있는 과학에 조선의 운명을 내걸었지만 쉬운 일은 아니었다. 조선의 미래를 담당한 당대의 아동 청소년들에게 그 무엇보다 시급한 과학교육 문제는 기존의 터전을 완전히 새로운 방식으로 경작해 나가는 혁신적인 일이었기 때문이다. 따라서 가장 급선무는 하나로 모일 수 있는 공통의 이념을 형성하는 것이었다. 당시 소년운동의 토대인 『어린이』를 통해 한자리에 모인 조선의 소년·소녀 공동체에 강조되었던 것은 서로를 불쌍하게 여기는 '동정'과 '공감'의 형성이었다.

방정환은 그가 연재한 「어린이 독본」에서 "적은 힘도 합치면" 어떤 난관도 헤쳐나갈 수 있다는 교훈이 담긴 예화를 제공하면서 어린이들 간의 협력과 단합을 강조한다. 곰의 횡포에 맞서는 작고 약한 동물들은

118. 이 소제목은 국역본 크로포트킨, 『만물은 서로 돕는다: 크로포트킨의 상호부조론』, 김영범 옮김, 르네상스, 2005에서 차용한 것임을 밝힌다.

"모다 몸이 적고 힘이 약하지만 동모들이 잇스닛가 동모들이 서로 도아서 힘을 합치면 곰이 아모리 크드래도 여럿은 당하지 못"한다며 한데 모인다. "여럿이 모이면 업든 꾀도 잘 생겨서 당장 조흔 꾀를 내엿습니다"[119]라는 이 독본의 논리는 그의 탐정소설에도 그대로 적용된다. 동생과 친구를 구출하는 모험담의 구조를 띤 방정환의 탐정소설은 "아슬아슬하고 자미잇는 중에도 한줄기 눈물나게 따뜻한 인정이 엉키여 움즉여서 읽는 사람의 가슴을 더욱더욱 곱게"[120] 동화시키려 했다. 또한 "한기호라는 학생이 따러나스는데라던지 봉천조선인 단체에서 나팔을 불어 회원을 모아가지고 몰켜 나스는데라던지 모다 더할수업시 곱고도 굿센 힘을 길러준 것"이었다. 방정환은 "탐정소설의 아슬아슬하고 자미잇는 그것을 리용하야 어린사람들에게 주는 유익을 더 힘잇게 주어야 한다"라는 교육관이 분명했다. 따라서 "남남끼리면서 어린네동무가 못된 사람들의 한떼와 어우러저서 번개불가튼 활동을 하면서 깨긋한 우정과 굿센의리를 세워나가는 이약이"를 읽고 어린 독자들이 탐정소설 속에 등장하는 소년 소녀들과 같이 "씩씩하고도 날쎄고 밋을만한 일꾼이 되어야"한다는 목적의식이 그의 탐정소설에 분명히 드러났다. 따라서 학교나 소년회 동무들은 힘을 모아 실종된 동생이나 친구를 찾아 나서고 일본인 곡마단장이나 범죄 집단을 귀신같은 계책과 '꾀'로 제압한다.

작은 동물들과 어린이들이 힘을 합쳐 위기를 극복하는 이야기들은 크로포트킨의 '상호부조론'이 동시적으로 관통하고 있다. 서양의 동물학자들은 동물들의 생태 관찰을 통해 "여러 가지 동물이 서로 싸우며 살아가느니보다 서로 도아가며 살아나가는 것이 훨신 유리하고 종족의 진보적 진화를 위하야서도 얼마나 큰뜻이 잇다는 것"[121]을 밝혔다. 크로포

---

119. 방정환 편, 「어린이 독본」, 『어린이』 7권 5호, 1929.6, 4쪽.
120. 북극성, 「<新探偵小說> 少年四天王」, 『어린이』 제7권 7호, 1929.9, 34쪽.

트킨은 이러한 동물학자들의 관찰 결과를 이론으로 내세워, 약육강식보다는 동족 간의 상호부조에 주목한 러시아의 사회학자였다. 『어린이』에 크로포트킨의 '상호부조론'에 관한 담론이 형성된 것은 결코 우연이 아니다. '소년과학' 코너에서 전달하는 "서로도읍는 것은 동물의 본능이다"라는 주장은 동물의 생존 법칙인 '약육강식弱肉強食'을 지배적 세계관으로 수용한 부류와 배치된다. 그런데 『어린이』 필진은 이러한 지배적 관념과 반대로 "강한 놈, 남을 잡아먹는 놈들이 억지로 꿈여서 속이는 억설이고 동물에는 도리혀 서로 붓들고 서로 도아가고 서로 사랑해가는 것이 더 많"[122]다는 점을 부각시킨다. 오히려 약육강식의 논리가 "강한놈은 약한놈을 강한민족은 약한 민족을 돈만흔 놈은 돈업는 사람을 물어뜻고 빨어먹고 멸시하고 학대"하기 위한 구실거리밖에 되지 않는다는 것이다. 그들은 꿀벌이나 개미, 기러기 같은 동물들이나 악어와 악어새의 생태학적 관계를 예로 들며 "사람도 서로서로 도와가기를 배와야" 된다는 주장에 도달한다.

그리고 오랜 자연과학적 연구 결과 "종족이 다른 동물끼리도 정말 공동생활은 이와가치 서로 도아가며 부족한 것을 보충해가며 서로 안전한 생활을 해가는 경우가 잇는 것을 볼 때 소위 영장이라는 인물들이 조그만 감정으로 서로 싸우고 또는 커다란 전쟁을 일으키어 죽이고 뺏고하는 것을 보면 참말 가탄할 일이 여간 만흔 것이 아니"[123]라는 반성이 뒤따랐다. '화성소설火星小說'로 분류한 SF 「천공天空의 용소년勇少年」은 화성에 사는 '한달' 소년과 별 박사의 지구 여행기이다. 화성은

• • •

121. 손성업, 「<소년과학> 동물은 싸우기만 하는가」, 『어린이』 10권 5호, 1932.5, 13쪽.

122. 김한, 「<理科談> 악어와 악어새 이약이」, 『어린이』 6권 2호, 1928.2, 26쪽.

123. 신영철, 「동물의 互相扶助 — 새이조흔 악어와 좀새 —」, 『어린이』 10권 6호, 1932.6, 60쪽.

"벌서 몃백년전부터 이상한 날개를 발명해서 쓰는데 그것을 겨드랑이에 붓치면 제비보다도 더 빠르게"[124] 날 정도로 과학기술이 발전한 곳이다. 우주여행을 감행할 정도의 지적 능력을 갖춘 이 화성인들이 우주여행 도중 목격한 지구의 모습은 매우 풍자적이다. 우주선에서 '한달' 소년이 망원경으로 지켜보는 지구의 모습은 "총으로 사람사람끼리 서로 쏘아죽이"[125]는 끔찍한 장면이었다. 이를 본 별 박사는 "가튼 화성나라에 사람끼리 서로 네나라이라 내나라이라는 편을 갈나가지고 전쟁을 하엿단다. 임금을 위해서, 또는 돈만흔 사람을 위해서 돈업고 일잘하는 백성은 모다 뽑혀나가서 피를 흘니고 죽곤했"던 700년 전의 미개한 전쟁을 현재의 지구인들이 하고 있다고 비판한다. 이는 서로 평화롭게 협력하며 살아가지 않고 전쟁과 자본, 권력의 탐욕으로 피 흘리는 지구를 풍자하고 있다. 이처럼 크로포트킨의 상호부조론은 자본주의나 제국주의 원리를 비판하고자 했던 세력에게 유용한 이론으로 적극 수용되었다.[126] 김성연은 크로포트킨이 "생물학적 연구를 통해 얻은 곤충의 도덕을 인간의 도덕에 적용시키며 이타주의 · 동정 · 사랑에 기반을 둔 상호부조라는 도덕을 내세워, 다윈의 진화론적 세계 이해가 전제로 하는 적자생존의 한계를 보완하고자 했다"[127]고 높이 평가한다.

이처럼 민족과 계급의 협동과 단결을 환기시키는 상호부조론은 1910년대 중반부터 주목받은 '동정'이라는 개념과 연결되어 상호성의 원리에 기반을 둔 공감의 과학으로 변용되면서 공동체와의 연대의식을 강조하

• • •

124. 허문일, 「<火星小說> 天空의 勇少年」, 『어린이』 8권 8호, 1930.9, 58쪽.

125. 허문일, 「<화성소설> 천공의 용소년(속)」, 『어린이』 8권 9호, 1930.11, 24쪽.

126. 이만영, 「1920년대 초 사회주의 비평 담론과 진화론 인식」, 『현대소설연구』 78호, 2020.6, 244쪽.

127. 김성연, 「"나는 살아 있는 것을 연구한다" — 파브르 『곤충기』의 근대 초기 동아시아 수용과 근대 지식의 형성」, 『한국문학연구』 44집, 2013, 150쪽.

는데 중요한 사상으로 자리매김하였다. 방정환이 쓴 <어린이독본>에는 '동정同情' 역시 강조되고 있다. "책보를 든채 배곱흐고 치운것도 니저버리고 어린 학생 세사람은 어른들 틈에서 튀여나와 가엽슨 상여의 뒤를 따라 먼 산중에까지 가주엇"[128]다는 이야기의 핵심 단어는 '가엽슨'이다. 근대에 강조되었던 '동정' 담론에 대한 논의들을 참고할 때, '불쌍하다'는 감정을 유발시키는 동정은 공동운명체임을 자각하고 공감하는 데서 비롯된다.[129] 방정환은 어린이들이 서로에 대한 처지를 이해하고 동정심을 가짐으로써 공동의 운명을 맞이하고 있다는 공감 속에 계급적, 민족적 유대가 공고해지길 바랐을 것이다.

방정환의 탐정소설 「동생을 차즈러」의 인천 소년회나 「칠칠단의 비밀」에서 악랄한 일본인 곡마단 단장과 악의 소굴에 대결하는 조선인단체가 보여주는 집단적 단결력을 반복적으로 강조한 것 역시 어린 독자들에게 민족적 공감과 단결력을 환기시키고자 하는 의도가 컸다고 할 수 있다. 우정과 의리로 뭉친 소년 소녀 탐정들은 사건을 해결해 나가며 생각과 감정을 공유하는 동지이자 같은 민족이라는 이념적 집단으로 구성되었다. "무능한 경찰들"[130]로 상징되는 공권력의 무력화 속에서 오직 조선인으로서 서로를 동정하고 의지하는 민족적 유대와 공감을 창출했던 것이다. '만물은 서로 돕는다'는 크로포트킨의 이론이 정립한 '인류애人類愛의 과학'[131]은 근대 초기 조선 민족과 어린이가 살아가는 생존 법칙의 이론적 근거가 되고 있었다.

• • •

128. 방정환 편, 「<자학자습> 어린이독본」, 『어린이』 7권 2호, 1929.2, 5쪽.
129. 박숙자, 「근대국가의 파토스, '공감'의 (불)가능성 :『검둥의 설움』에서 『무정』까지」, 『서강인문논총』 32호, 2011, 75쪽.
130. 북극성, 「<탐정소설> 동생을 차즈려」, 『어린이』 3권 6호, 1925.6, 28쪽.
131. 兪鎭熙, 「勞動運動의 社會主義的 考察」, 『공제』 2호, 1920.10, 19쪽

제3장

근대 과학수사와 탐정소설의 정치학

1. '형사이화학실'의 등장

'문학'과 '과학'은 전혀 성격이 다른 이질적 영역의 학문으로만 치부할 수 있을까. 한국 근대 문화사 연구에 있어서 '문학'과 '과학'의 상관성에 주목하는 이유는 근대적 인식의 전환을 도왔던 과학이 문학 장르의 형성과 성립에도 영향을 미쳤기 때문이다. 1930년대 김기림이나 이상 같은 시인과 소설가들이 과학적 방법에 의거한 시학을 정립했던 것이 그 단적인 예이겠다. 이처럼 서로 다른 학문 영역 간의 상호 영향 관계에 대한 조명을 통해 근대인이 지녔을 인식 구조의 근원을 보다 면밀히 탐구할 수 있다고 본다. 실제로 근대적 산물인 과학, 문학, 그리고 법학은 공조 관계를 이루며 한국의 근·현대사에서 근대성을 추동하는 주요 형성 인자로 기능해왔다. 그럼에도 불구하고 한국 근·현대사에 대한 논의는 학제 간의 상호 공조 체계를 염두에 두지 않고 각개 전투식으로 진행되어 온 것이 사실이다. 다양한 학문과 법체계가 스크럼을 짜고 진행된 근대를 이해하는 길은 그 공조적인 작동 방식을 탐구하는 데서부터 시작되어야 할 것이다. 식민지 조선인들이 근대성을 추구하며 동시에 규율을 내면화하는 문제도 근대 '과학'과 '법학,' 그리고 '문학'의 상관관계 속에서 조명될 필요가 있다. 이 글이 '법의학'과 근대 문학의 한 장르인 '탐정소설'에 주목하는 이유는 여기에 있다.

1930년대의 범죄사건 보도를 살펴보면, 과학을 이용한 '신범죄'의 등장에 주목하고 있다.[1] 근대 과학문화의 발달은 범죄 방법과 유형의 발전까지 초래했다. 따라서 "사람의 사회생활이 복잡하여감에 따라 특히 지능범죄가 증가하여감으로 범죄수사에도 근대 과학의 첨예한 무긔를 리용하는 소위 과학적 수사가 필요"[2]하게 되었다. 아이러니하게도 근대국가의 발전을 표상하는 '과학'의 발달은 과학적인 범죄까지 양산하였다. 따라서 국가는 지능범죄를 제압할 더 우수한 과학적 수사 방법을 모색할 수밖에 없었다. 조선은 1930년대에 비로소 근대국가와 지능범죄 간에 펼쳐지는 과학전의 시대로 돌입했다. 그런데, 사실 1920~30년대의 언론에 보도되는 사건들의 상당수는 미궁의 상태에 빠져 있었다. 이런 현상이 배태된 근본적인 원인은 조선 형사과의 범죄 수사 방식에 있었다. 조선 형사과의 범죄 수색이 지닌 문제점은 과학적 시설 미비와 사법 관계 방면을 무시하고 사상적 방면에만 전력을 기울였던 수사의 방향에 있었다. 따라서 사법 관계 방면에 대한 경찰의 무능력을 비난하는 민중의 원성은 점점 높아졌고, 범죄수사과의 체면도 이만저만이 아닌 형편이었다.[3]

조선 형사과는 범죄 건수가 나날이 증가하고, 그 방법 또한 더욱 교묘해져 기존의 범죄수색 방법으로는 도저히 범인을 체포할 수 없는

• • •

1. 「칠십팔만원사건 후문, 사십회 조은행평양지점에 침입, 수월간 금고 파괴, 떨어지는 쇠는 자석으로 무처가고 과학을 이용한 신범죄」, <동아일보>, 1932.1.22.
2. 「범죄수사 위해 과학설비 확충, 경기도형사과서」, <조선일보>, 1934.1.18.
3. 「부내 부외의 제사건, 범인 전부 오리무중, 영아 단두 사건을 위시하여, 신당리 안암리 양처 검거도 불능」, 『조선중앙일보』, 1933.5.29.

한계에 부딪혔으므로 과학적 수색 방침을 모색하였다.[4] 당시 조선의 사법계는 근대적인 법의학의 권위를 절대적으로 신봉하였기에, 시체 해부와 화학분석 기타 이화학 일체의 필요성에 절감하고 있었다. 지문실과 사진실의 증축 및 형사 이화학실의 건축은 조선 범죄 과학수사의 발전을 의미하였다. 따라서 지속적인 기구의 정비가 요구될 수밖에 없었다. 그런데 1931년 당시 조선의 감식시설은 지문조사실, 법의학 실험실, 사진실 등의 기초적인 시설만을 갖추고 있었다. 조선의 형사과는 "전조선 범인의 지문, 사진, 범행 동기에 관한 카드를 수집함으로써 유일한 과학적 범죄수사의 기초가 되어 잇는 형편"[5]이었던 것이다. 따라서 "현대과학을 필요로 하는 범죄는 모다 적발치 못하고 미궁에 빠져 잇는 것이다. 이러한 까닭에 경기도 이촌 형사과장은 보다 근대과학화된 감식시설의 필요를 통감하고 총독부에 예산 신청을 하고 실현코저" 지속적으로 노력하였다.

한편, 근대적인 과학 수사론이 미디어를 통해 직접 유포되며 법의학 지식의 대중화를 꾀하는 문화적 현상이 발생한다. 언론은 과학수사에 대한 조선 대중의 관심을 조성하기 위해 여러 가지 수사 정보들을 '가정 과학 지식'의 범주에서 전달하였다. 1933년 9월에는 전경덕의 「범죄과학, 혈액검사에 의한 범죄수사법」이 <조선중앙일보>에 6회에 걸쳐 연재되고, 해외의 '범죄과학연구소'가 소개되기도 한다. 뿐만 아니라 당시 대중매체에서 '탐정야담'이나 『진기탐정실화집珍奇探偵實話集』(『제일선』 3권 3호, 1933), 그리고 "탐정소설가튼"[6] 범죄사건 기사를

• • •

4. 「경기도형사과확장, 과학수사에 치중, 형사 리화학실 기타도 신설, 범죄 경향도 교묘화」, <동아일보>, 1931.3.12.
5. 「사상적 방면에만 편중 과학적 기능은 蔑如, 酸鼻의 괴범죄는 대개 미궁에, 응급으로 형사리화실 설치계획, 폭로된 조선 경찰의 병폐」, <동아일보>, 1933.5.30.
6. 「密偵과 前衛의 경쟁, 僞電치는 경찰과 別動하는 삐유로단, 경시청에 보내던 교묘한

접하는 일은 그리 어렵지 않았다. 그런데 국내외에서 '실제'로 일어난 사건이라는 전제하에 소개되는 범죄 사례들은 사건 그 자체보다 과학수사가 진행되는 과정에 더 초점이 맞춰지면서, 과학적인 범죄 기술을 알려주는 창구 역할을 했다. 미디어는 과학수사에 대한 대중의 관심을 조성하는 동시에 경찰행정부의 우려처럼 '범죄의 모방 심리'를 부추기는 이중적인 역할을 담당했던 것이다. 이 같은 미디어의 이중적인 기능은 경찰 당국이 더욱 근대적인 과학수사 방법을 모색할 수밖에 없는 계기로 작용했다.

경찰잡지인 『경무휘보警務彙報』와 1934년의 『자계自啓』를 통해 '과학적 범죄수사'와 '법의학'에 관련한 글들이 끊이지 않고 연재된다. 그리고 총독부 경무국에서는 수사 방침이 비과학적이라는 반성과 함께 1934년부터 범죄수색을 과학적으로 하기 위하여 "제일선 경관과 공의公醫에게 지문 지식을 보급코저" 이에 관한 강습회를 개최할 뿐 아니라, "범죄수색상 필요한 지식을 제일선 경관에게 넣어주기 위한 제반시설"[7]을 강구한다. 이러한 과학수사 방법 정립 가운데서도 조선 형사과가 다년간의 노력 끝에 이룬 쾌거는 '형사이화학실'의 신설이었다.

> 종래 범죄수사에 잇어서 범인의 지문 혈액 등에 좇아 검거를 진행하고 잇던바 최근에는 범인의 남긴 타액과 성적 분비물의 검출감정으로 초속도적으로 범인의 검거에 사용하게되리라는 것은 한 개의 이상이 엇지마는 경기도형사과에서는 이 세가지를 다 채용하야 검거진을

• • •

전보와 극동 삐유로단원의 눈부시는 활동, 탐정소설가튼 佐野學檢擧經路」(<중외일보>, 1929.11.6). 이 기사의 제목처럼 근대의 범죄기사 제목들은 상당수가 '탐정소설가튼'이라는 수식어를 사용하여 대중의 관심을 사로잡으려 하였다.

7. 「금후의 각종범죄는 과학적 수색으로, 公醫와 巡査게도 지문지식 교수」, <동아일보>, 1934.5.18.

폐게되어 금년도부터 형사리화학실 해부실을 신설하고 범죄사상에 가장 리상적으로 이용되는 물리학, 법의학 등의 감식진을 치게 되엇다 한다.

즉 경기도 경찰부에서는 현재 모집된 전조선 전과자의 지문원부가 삼십오만매에 달하고 이것을 이용하야 경기도 관계사건으로 소화9년도에 삼만삼천 육백팔십건의 검거를 보앗는데 이 중 9할이 경찰과 형사과의 과학적 감식으로 말미암아 된것이라고 한다.

그러고 혈액에 대해서보면 원래사람의 혈액이 A, B, C, O의 4종이 잇는 것과 같이 타액도 혈액과 동형으로 A, B, C, O의 4종이 잇으므로 이것을 재료로 수사망의 축소와 검거시간의 단축을 할 수 잇다.

뿐만 아니라 지문채취의 불가능한 경우에는 범인이 남긴 담배 그러태기, 또는 성적 분비물 등을 검출하야 용의자의 그것과 대조하야 과학적으로 진범인을 결정하게 되엇다 한다.

그러고 금후에 발생한 범인의 지문원부에는 새로히 범인의 타액, 혈액 기타의 형型을 첨부하야 지문, 혈액, 타액 등 三단적 검거진을 폐게되어 실로 동형사과 금후실적 여하는 범죄검거사상 주목되는 바이라한다.[8]

위의 인용문에서도 확인할 수 있듯이, 지문 수집에 이어 혈액, 타액 등의 검사 방식까지 확대한 1935년 이화학실의 신설은 조선의 사법체계가 더욱 과학화된 수사 방법을 확보하였음을 의미하는 것이었다.[9] "아직

• • •

8. 「여기에도 과학의 위력, 血痰으로 범죄수색, 경기도에서 三段으로 수색진치고, 理化室과 해부실신설」, <동아일보>, 1935.1.28.

9. 「감식진을 확충하여 수사방법 과학화, 지문 혈액 타액 등을 검사하여, 검거의 신속을 기도」, <조선중앙일보>, 1935.1.13.

「경기도 형사과의 감식조직을 충실, 범죄수사 완벽코자」, <조선중앙일보>,

까지 조선에서 시행치 아니하든 범죄수색 상 직접 감식에 필요한 형사리화학실은 범인이 남기고 간 혈액과 대소변을 검사하는 것으로 조선에서 최초의 시설"[10]이었다. 이처럼 범인을 색출하는 과정에서 큰 힘을 발휘하는 과학의 위력은 개인의 신체 내부에 있는 혈액이나 분비물의 검사를 통해 국민 개개인을 정보화하는 데도 그 위력을 발휘하며 근대국가 통치권의 성립에 기여하였다.

1931년부터 조선은 과학수사에 필요한 기계 설비 마련에 주목한다. 과학적 수사 설비에 대한 당대의 관심은 진범인지 아닌지의 여부를 판독하고, 인종 구별도 가능한 "자외선"[11]이나 우편물의 내용을 봉투에서 꺼내지 않고도 투사하는 "적외선 사진"[12] 등의 발명에 대한 소개로 드러난다. 이러한 대중적 관심에 부응하도록 과학수사 설비 마련에 열중했던 형사과는 이화학실을 신설하는 동시에 지문이 나타나는 형립체 인신기型立體引伸器와 지문감정기, 지문촬영기, 수은등, 감정용 태양등, 환등, 검미경檢微鏡, 전기 체포기 등을 마련한다.[13] 뿐만 아니라 "각도 경찰부에 대하야 지문원지를 철저히 수집케하는 동시에 피의자의 유루품遺漏品을 완전히 수집하야 이를 각도 경찰부에 비치하야 범죄수사상 안전을 기하고 다시 전문적 감정은 경긔도 경찰부의 과학적 시설의 긔계에 비추어

• • •

1934.2.16.
「법의학적 연구로 감식과 확충계획」, <조선중앙일보>, 1934.10.31.

10. 「경기도형사과확장, 과학수사에 치중, 형사 리화학실 기타도 신설, 범죄 경향도 교묘화」, <동아일보>, 1931.3.12.
11. 「자외선을 탐정계에서 이용」, <중앙일보>, 1931.12.29. 미국의 탐정계에서는 자외선을 이용하여 범인 수색에 어려움이 없고 인종구별도 가능해진다고 소개하고 있다.
12. 「연애와 군사탐정에 위협, 개봉하지 않고도 친전편지를 볼 수 잇다, 적외선 사진의 신발명」, <동아일보>, 1933.7.8.
13. 「범죄의 발달을 따라 수색에도 과학응용, 지문 촬영기 등 異化기계 비치, 모던화한 경기형사과」, <동아일보>, 1934.2.16.

시간의 지체가 업시 초고속적으로 범인을 수사"[14]케 하려 했다. 경기도 형사과의 이와 같은 과학적·종합적 감식설비의 마련은 다른 도 경찰부에서 수집한 지문과 사건 전부를 경기도 경찰부 산하로 귀속시켜 범죄수색 상 중앙집중형 관리체제의 원활하고 신속한 처리를 가능하게 할 뿐만 아니라, "동경경시청에도 아직 업슨 것"을 구비하는 "경긔도 경찰부 형사과는 동경경시청의 감식과와 동일한 직능을 발휘하게"[15] 될 민족적 자부심과 연결되었다. 그러나 조선 각도 경찰부에서 각기 채취하고 있던 각종 범죄자의 지문과 사진은 경기도 형사과로 귀속되는 것에 그치지 않고, 이를 다시 총독부 경무국과 협력하도록 하는 제도가 세워지면서, 식민지에 대한 제국의 합리적 관리체계로 기능하게 된다.[16]

갑오 개혁기부터 근대화의 일환으로서 혁신된 경찰제도는 독일과 일본식 제도를 그 모형으로 한 중앙집중적 정치 규율체제로 이루어진 것이었다.[17] 형사이화학실의 경우, "일홈은 비록 경기도 형사과 소속으로 되어 잇스나 이는 전조선에서 유일한 과학적 범죄수사의 보조기관이여서 각도와도 연락을 취하기로하여 사실은 전조선적인 기관이다."[18] 근대적 범죄검거의 방식은 "전조선적 형사뻘력진을 구성할 의향을 가지고 소위 감식, 지문, 카드, 조회 사진 등 검거에 요할 각부의 자료를 정비하야"[19] 전조선적으로 통일을 꾀하고 합리적, 경제적인 방식으로 경찰력을 움직여서 신속한 범죄검거를 달성할 계획에서 마련된 것이었다. 따라서

14. 「지능 범죄 격증으로 과학적 수사 설비」, <조선중앙일보>, 1934.2.20.
15. 「범죄수사 위해 과학설비 확충, 경기도형사과서」, <조선일보>, 1934.1.18.
16. 「범인의 지문사진 총독부에서 통일」, <동아일보>, 1934.11.23.
17. 임준태, 「한국 근대경찰사 소고」, 『한국공안행정학회보』 41호, 2010.
18. 「犯罪搜査上 새武器 法醫刑事化學室」, <조선일보>, 1934.10.28.
19. 「범죄검거 스피드화, 전조선 형사뻘력陣, 감식, 지문, 카트, 사진자료 정비, 경무과에 防犯係 신설」, <동아일보>, 1935.4.9.

경기도 형사과 이화학실의 설립은 "전조선적 과학 수사진 정비"를 의미하였던 것이다.[20] 이처럼 경기도 형사과는 과학적 설비의 힘을 빌려 전조선적 통제 기관의 자리에 오를 수 있었다. 또한 1930년대 형사이화학실의 등장으로 조선의 사법부는 개인의 지문에서 더 나아가 혈액, 성적 분비물 등 신체의 내밀한 부분까지 수집과 분석이 가능해졌다. 이처럼 형사이화학실의 등장이란 근대 과학과 정치의 결합을 통해 개인의 신체에 밀착된 과학적 · 합리적 통제 방식이 가능해졌음을 의미한다. 그렇다면 이 과정에서 문학, 즉 식민지 조선의 탐정소설은 어떤 의미를 담고 있는가.

이 글은 근대 식민지 조선의 법의학 발전과 탐정소설이라는 문학 장르의 형성 · 정착 사이의 관계를 밝히려 한다. 1910년대부터 서구 탐정소설 작품들이 번역, 번안의 과정을 거쳐 독자들에게 꾸준히 읽혔다. 그런데 근대 조선에서 탐정소설의 창작은 1930년대 초반부터 시작한다. 이러한 사정으로 인하여 한국의 탐정소설 연구는 주로 개별 작품과 작가를 대상으로 '근대성'을 검증하는 작업에서부터 시작하여 사회문화적 맥락을 살피는 방향으로 진행되었다. 그런데 기존 논의들은 서구 탐정소설의 기준에 맞춰 근대 탐정소설에서 탐정이 사용하는 추리 방법의 정밀성을 문제 삼으며 과학적, 합리적 추리가 이루어졌는가의 문제에만 집중할 뿐, 그것이 왜 식민지 대중의 문화적 향유에 핵심 요소가 되었는가에 대한 근본적인 의문을 해결하지는 못하고 있다.[21]

• • •

20. 「침과 콧물 '펲'으로 범죄수사에 이용, 경기도 형사과 이화법의실을 총본부로」, <조선일보>, 1935.3.31.

21. 이러한 기존 연구의 흐름 속에서도 서구의 탐정소설과 상반되게 "감정적이고 육감적인 사건 전개, 혹은 우연적 요소의 개입"이 1930년대 탐정소설의 정체성이라고 주장하며 식민지 조선의 탐정소설이 지닌 독자성을 밝혀 보려 한 최애순의 논의는 주목할 필요가 있다. 최애순, 「1930년대 탐정의 의미 규명과 탐정소설의

이 글의 문제의식은 여기에서 출발한다. 근대 탐정소설을 단순히 대중오락물로만 치부할 수 없다는 것이 필자의 생각이다. 근대적 주체 형성에 기여했던 감시와 처벌, 규율, 훈육 등 일상적 권력의 경험과 그것을 뒷받침하는 과학적 '장치'를 통한 주체화 과정이 탐정소설에 내재해 있기 때문이다. 진실을 발견하고 정체성을 규정하는 과학적 장치를 통해 문화적 권위를 획득하는 탐정소설의 역사는 법의학 기술의 역사와 깊이 얽혀 있다. 그럼에도 불구하고 근대의 핵심 기제가 되었던 과학과 과학적 교양의 수단으로서의 탐정소설이 식민지 조선에서 어떠한 영향을 미쳐가며 근대 개인의 창조와 감시 기능을 했는가에 관한 연구는 이뤄지지 않았다. 따라서 이 글은 초기 근대성에 직면한 대중의 사회관계 및 정치, 과학, 문학 장르 상의 상호 협력 관계를 이해하는 데 기여할 수 있을 것이다. 이글은 그러한 과정을 『별건곤』과 『삼천리』라는 대중잡지의 기사와 탐정소설, 그리고 1920~30년대 신문의 범죄 관련 기사, 1934년 발표된 채만식의 탐정소설 『염마』를 대상으로 삼아 살펴보려 한다.

2. 지문: 개인의 감별과 사회적 범죄의 지도화

식민지 조선에 형사이화학실이 등장하던 1934년 채만식이 <조선일보>에 『염마艷魔』(1934.5.16.~11.5.)를 연재했다. 자신의 집안에 응용화학과 전기 실험실을 구비하고 있는 탐정 '영호'의 이야기를 다루고 있는 이 소설은 정체 모를 '손가락 한 토막'에서 사건이 시작된다. 탐정소설에 재현된 신체는 어떠한 근대적 시선과 논리에 의해 탄생하고, 유형화되었

특성 연구」, 『동양학』 42집, 2007.8, 23쪽.

던 것일까. 근대 과학수사는 범죄자 색출을 위한 합리화의 수단으로 신체 정보를 수집, 분류하기 시작했다. 1930년대 당시 지문 감식은 범인을 수사하는 수단과 방법에 있어서 가장 대표적인 과학적 방법으로 평가받고 있었다. "근래에 범죄수사犯罪搜查하는 근거는 지문에 의하는 점이 만습니다"라는 N경부의 회고는 "실로 지문이 아니엇더면 그 사건은 더 깁흔 미궁으로 흘러가 버리고 말엇슬는지 누가 아나뇨"[22]라는 진술로 이어지면서 미궁에 빠진 사건들을 해결할 수 있는 과학적 수사 방법으로 지문의 탁월함을 예찬하고 있다. 『염마』의 영호가 범인을 추리해가는 과정에서 '지문'이 과학적인 탐정 기술로 계속 환기되는 것도 같은 맥락에 놓여 있던 것이다. 1930년대 당시 전 세계적으로 "지문에 의한 범죄수사법은 거위 상식화하엿다고 해도 괴언이 아닐만큼 완비한 발달을 보엿고 또한 범죄수사상의 공헌한 바도 막대"[23]하다고 평가한다. 이같이 세계에서 통용되는 근대 지문학의 발달은 조선에서도 범죄자 검거율을 높여 주는 데 기여하기 시작했다.[24] 따라서 당대 언론은 개인감별법의 고안자인 영국의 프랜시스 갈톤[25]을 소개하고, 지문법에 대한 상세한 정보를 제공한다. 그 기사들은 누군가 한 개인을 사칭하는 사기범

• • •

22. N警部 口述, 「名探偵秘話, 殺人事件과 指紋」, 『삼천리』 1929.6, 31쪽.

23. 서병갑, 「<가정소과학지식> 범죄수사상 신기축을 지은 지문법 공로자는 '가르톤'」(하), <매일신보>, 1936.12.1.

24. 1934년 조선 경기도 경찰부 형사과에서 작성한 통계표에 의하면, 조선 13도와 해외 유학이나 이주인의 지문 감식의뢰를 받은 통계는 1년에 19,495건인데 이 가운데서 전과자를 발견한 것이 6,675건이어서 접수한 건수의 비율을 따지면 34%로 지문의 범죄수사 효과가 상당히 컸음을 알 수 있다.(「예상이상 효과잇는 과학적 범죄수사, 지문 한 장으로 전과 유무를 알어, 통계로 본 범죄수사」, <매일신보>, 1935.11.22 참조)

25. 서병갑, 「<가정소과학지식> 범죄수사상 신기축을 지은 지문법 공로자는 '가르톤'」(상), <매일신보>, 1936.11.29.
「사람마다 지문은 형상이 다르다」, <조선일보>, 1934.12.23.

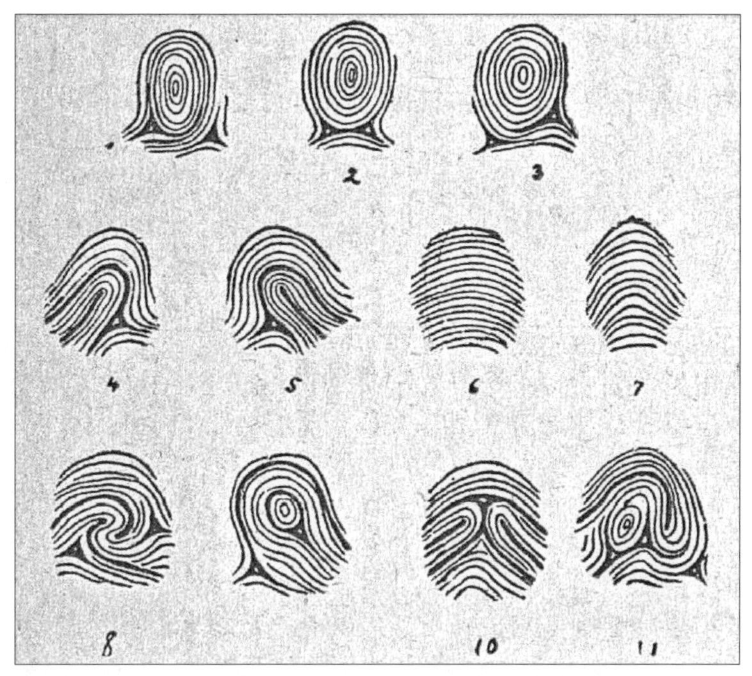

그림 23. 서병갑, 「家庭小科學智識 : 범죄수사상 신기축을 지은 지문(指紋)법 공로자는 『가르톤』」 <매일신보>, 1936.11.29.

죄가 발생했을 때 개인을 과학적으로 증명하고 판단할 방법의 부재가 빚을 결과를 사건화하며 공포를 조성했다. 사실, 전근대적인 세계 속에서 이러한 상황들의 진실은 밝혀지지 않았다. 따라서 지문 감식은 전근대와 근대를 나누는 기준이 될 뿐 아니라 진실을 판명하는 방법으로 자리 잡게 된다. 하지만 이러한 미디어의 보도 효과와 달리 지문법이 식민지 조선에서 보편화되는 데는 더 오랜 시간이 소요됐다.

당시 조선의 경우, 지문법은 전과자에게만 한정되어 있었기 때문에 언론은 이 지문법을 일반 대중에게도 확산시키려 노력하였다. 지문 보존을 주장하는 여러 글은 대부분 사적 재산과 개인의 안전 도모를 주장의 근거로 제시하고 있다. 단적인 사례로, 미국에서는 이미 "만흔

그림 24. 서병갑, 「범죄수사상 신기축을 지은 지문법 공로자는 '가르톤'(하)」, <매일신보>, 1936.12.1.

부호들 사이에 아이들의 지문을 백여 보존하는 것이 류행"이라는 기사를 들 수 있다. 지문보존은 "아이를 빼앗기엇다가 즉 아이를 일헛다가 량친이 몃해 뒤에 찻게될 때 과연 자긔 아이인지 아닌지를 알기에 가장 조흔 증거가 된다"[26]는 것이다. 이처럼 지문법은 사적 소유의 관념을 부각시키며 범죄예방의 차원으로 소개되고 있었다. 모든 지문기록은 사법체계와 개인이 맺는 사회계약의 기능을 하고 있던 것이다.

그러나 전과자가 아닐 경우에는 그 긔록이 업슴으로 지문을 찍어도 누구인지를 알수가 업습니다. 그런고로 호적을 하는 외에 일정한

26. 「어린아기의 지문보존을 미국탐정이 력설」, <동아일보>, 1932.6.15.

년령에도 달하면 사람마다 전부 지문을 긔록해두는 것이 조타고 주장하는 사람도 잇습니다. 만일 그러케 된다하면 어데사는 누군지 모를 변사자가 생겻슬때에 지문의 긔록만 잇스면 신분이 즉시 판명될 것입니다. 범죄현장에다 남겨노흔 범인의 지문은 피의자의 지문과 비교하여보아 진범인인가 아닌가를 즉시알수가 잇습니다. 그런고로 범죄현장에 남겨노흔 범인의 지문은 범죄수사상 극히 중요한 것입니다. 손으로 무엇을 쥐일때에는 피지皮脂와 땀에 의해서 반듯이 지문의 형상이 물체에 박혀진 것으로 유리그릇 도자기 칠기 갓흔 표면이 밋끄러운 물체에는 지문이 더욱 잘 남는 법입니다. 그런고로 만일 도적의 습격을 당햇슬경우에는 이 지문을 잘 보전해 두도록 노력할 것입니다.[27]

위의 인용문에서 확인할 수 있듯이 개인의 정체성을 확정 지을 수 있는 과학적 방편인 지문은 사실 범죄의 지도가 되고 있다. 개인의 증표인 지문의 채취는 개인의 보호를 위한 방편으로 소개되는 동시에 해부학적 시선에 의한 억압을 수용하는 것으로서 이중적인 기능을 하였던 것이다. 지문을 감식하고 사진 찍는 행위는 사람을 감시하고 처벌하기 위해 고안된 것이나 마찬가지가 됐다. 19세기 사진기술의 발달은 '범죄적 신체'라는 새로운 정의가 내려졌고, 그 결과로 보다 광범위한 '사회적 신체'가 만들어진다. 따라서 '영예와 억압'이라는 두 방향으로 동시에 기능하는 표현기법이 등장했던 것이다.[28] 급기야 "지금까지에는 지문을

27. 서병갑, 「<가정소과학지식> 범죄수사상 신기축을 지은 지문법 공로자는 '가르톤'」(하), <매일신보>, 1936.12.1.

28. 앨런 세큘러, 「몸과 아카이브」(리차드 볼턴 편, 『의미의 경쟁』, 김우룡 옮김, 눈빛, 2001), 391~394쪽 참조.

범죄자에게서만 채택하야 왓스나 압호로는 구미와 가티 범죄자가 아닌 사람에게도 만일의 재난을 염려하야 지문을 희망흔대로 바더두리라"[29]는 고육지책의 수사修辭와 함께 1937년에 이르면 지문은 전국적으로 수집되기 시작한다.

과학적 수사 방식에 대한 믿음은 사법체계와 범죄에 대한 조선인의 이해방식이 달라지도록 하였다. 식민지 시대에 총독부 산하 경무국은 조선인의 일상생활을 규율하는 핵심적인 권력 기구였다. 이러한 제국의 경찰 권력이 일반 민중에게는 공포의 대상으로 인식되었다.[30] 경찰의 자질 부족으로 식민지 민중에 대한 규율의 내면화에 실패했다는 논의[31]에서도 볼 수 있듯이 경찰에 대한 조선 민중의 불신은 상당하였던 것으로 짐작된다. 그런데 과학수사의 발달은 경찰에 대한 불신이 '과학'에 대한 '믿음'으로 대체되는 효과를 산출한다. 과학으로 전이된 규율체계에 대한 인식은 사법체계를 통한 세계상을 자연스럽게 수용하도록 만드는 것이다.

또한 과학적 수사 방식에 대한 믿음은 비과학/반과학적인 내용들로 범죄자를 설명하는 데 있어 합리적인 판단을 차단한다. 이와 같은 연장선에서 치과학의 범죄과학적 의의를 탐구한 정보라의 '치과범죄학적 고찰'

• • •

29. 「경찰기밀실을 통해 본 과학과 범죄의 쓰름, 지능적 범죄 急追하는 수사진 과연 상상외의 勞苦」, <매일신보>, 1937.11.6.

30. 판사, 검사 중에서 조선인의 차지하는 비율은 미미하였다. 조선인은 대개 재판소 서기에 대한 특별전형에 합격하여 사법관 시보를 거쳐 판검사로 임용되었는데, 1930년대 후반부터는 조선인 고등문관사법과 합격자 수가 늘면서, 재판소 서기 특별전형제도가 폐지되었다. 1940년의 시점에서 조선인의 법조인 수는, 판사, 검사, 사법관 시보, 변호사를 합쳐서, 300명이 채 되지 않았다.(문준영, 「한국검찰의 역사적 형성에 관한 연구」, 서울대 법학과 박사논문, 2004, 125쪽.)

31. 장신, 「경찰제도의 확립과 식민지 국가권력의 일상 침투」(연세대학교 국학연구원 편, 『일제의 식민지배와 일상생활』, 혜안, 2004), 555~584쪽 참조.

을 살펴볼 수 있다. 치과범죄학적 수사는 구강 기관의 상태를 보아 그 사람의 개인성, 연령, 직업, 습관, 생활상태, 정신상태 등을 측정할 수 있고, 또 범죄의 방법, 범죄자, 흉기 등을 식별할 수 있다고 보고 진행됐다. 정보라는 인상학, 관상학으로 치과학과 범죄의 연관성을 설명하고 있다. "서양의 인상학, 동양의 관상술은 그 개인의 신체 중에서 특히 두부와 안면의 각 부분의 선악을 표준하야 지적한 것이다. 그 중에서 악상惡相이라 함은 범죄인류학 상의 변질징후가 되는 것이다. 이제 구강 치아의 악상, 환언하면 그 사람의 구강과 치아를 가지고 그 사람이 범죄를 감행할 소질이 잇는지 없는지 그 관찰법을 소개하면 특히 구강부근의 전돌출前突出한 사람의 성질은 야만성이 풍부하다. 즉 차此는 동물적 우又는 하등의 야만질적 동물욕과 열렬한 용기가 잇다는 표현으로 투쟁을 즐겨하며 식욕과 색욕이 왕성하야 때때로 살인, 강간 등의 야수적 범죄를 감행할 유적이 잇는 상"[32]이라는 식으로 구순의 돌출 여부로 사람의 성격과 범죄 소질 여부를 판가름하고 있다. 일반적으로 인상학, 특히 골상학은 비전문가적 경험을 심성 연구의 의학적이고 전문적인 연구와 연계시키게 된다. 정보라는 비과학적인 심성에 기반을 둔 채 치아를 통한 개인의 성격감별과 범죄의 밀접한 연관성을 주장하고 있던 것이다.

근대국가가 치안 유지를 위해 사진을 찍어 범죄자의 모든 것을 자료 수집하고, 지문과 같은 인체측정 방법을 도입했던 것은 전 세계적 신원조회 체계 속에 개인의 신체를 텍스트로 변형시켜 놓았다. 이렇게 근대 개인의 인체를 측정하고 감별하려는 사법체계의 권력은 당대의 지배담론인 과학적 검증과 결합하여 대중에게 영향을 미쳤다. 유순하게

32. 정보라, 「<치아와 범죄> 범죄수사학적 의의(1)」, <동아일보>, 1937.6.24.

전환된 사법과 형벌 제도의 틀 안에서, 지문법 같은 과학적 수사 장치의 탄생은 본질적으로 개인의 자아를 억압하는 기제로 작용함에도 불구하고 인간을 개인화하려는 목적을 가진 것으로 선전되었다. 아래의 인용문에서 정보라는 발치를 통한 변장술의 예와 실제 의치를 이용한 범죄 사례들을 소개하며 치과학과 범죄와의 긴밀한 상관관계를 살핀다.

> 근년범죄방법은 극히 복잡하며 증거소멸에 최상 수단으로 변장술이 발달되어간다. 변장이라는 것은 범죄자나 수사관 등이 종종 응용하는 수단으로 변장술의 연구는 범죄수사학 상에 특수한 지위를 점령하엿다. 유명한 탐정가든가 현명한 범죄자는 교묘하게 과학적으로 배우가 될랴고 고심하는 것이다. 변장의 목적은 원래 외견상의 개인적 及○象적 특징을 뜻하므로 타자의 구별을 곤란하게 하는 수단이다. 치과학과 변장술과의 관계는 주로 ○○의 분장적 變更이다.[33]

인용문에서 볼 수 있듯이 치아나 지문은 타자와의 구별을 위한 개인의 감별 방법인 것이다. 이러한 과학수사의 방법은 근대 개인의 존재감을 인정 · 보호하는 것에 주목적을 두고 있는 것처럼 보인다. 그러나 동시에 근대의 인체측정 방법은 개인에게서 범죄의 특징을 찾아 분류하고 유형화하는 것이라는 인상을 지울 수 없다. 개인을 감추는 비밀의 방식으로써의 과학적인 '변장술'은 타자와의 구별을 곤란하게 하는 수단이 된다. 치과학의 발달은 개인을 드러내는 만족감을 선사하면서 동시에 타자와의 구별을 곤란하게 하는 속임수로 기능할 수 있던 것이다. 개인을 인정하고 보호하기 위한 장치가 오히려 비개인적인 것이 되는 아이러니한 장면이다. 게다가 범죄자를 응징하려는 근대 과학수사가 범죄의

33. 정보라, 「<치아와 범죄> 범죄수사학적 의의(3)」, <동아일보>, 1937.6.27.

확정과 식별을 빌미로 인민의 신체를 감시하고 처벌하는 생체권력의 기제가 되는 장면이기도 하다.

3. 인권과 프라이버시의 발명

과학적인 범죄 조사의 기술이 사건의 실상을 추리하고 해결하는데 매우 중요하게 기능하는 것은 탐정소설의 일반적인 특징이다. 그런데, 식민지 조선에서 범죄수사 방식과 탐정소설의 과학화를 추동했던 것은 다름 아닌 인민의 '인권' 선언이었다. 당시 조선 사법 경찰계의 비과학적 검거 방식은 무죄한 인민을 원죄인冤罪人으로 만드는 일이 다반사였기에 문제적이었다. "칠인七人의 유죄자有罪者를 검거檢擧하기 위하야 백인百人을 검거하는 무능과 가혹은 조선사회가 아니면 보기 어려운 기괴한 현상"[34]이었던 것이다. 최류범의 탐정소설 「K박사의 명안名案」에서 "예전에는 미신적迷信的 방법을 써서 범인을 자백식혓지만 현대에 더욱이 교육밧은 지식계급은 과학적 방법을 사용치 안흐면 안된다는 것을 절실히 깨닷게 되엿습니다"[35]라는 법의학자 K박사의 발언은 이러한 사회적 현상을 반영하고 있는 것이다. 이 법의학자의 말대로라면 '자백'은 미신적 방법에 가까울 뿐 과학적 수사 방법은 아니다. 조선 경찰계의 비과학적 수사 방법과 인민의 억울한 고통을 다룬 당대의 기사들은 한결같이 비과학적 검거 방식으로 채택된 용의자의 '자백'형식이 문제적임을 지적하고 있다. 따라서 "범죄犯罪의 수사搜査는 단연斷然히 자백주의自白主義를 버리고 증거주의證據主義를 취取하여야할 것이다"[36]라는 주장이 빗발

34. 「비과학적 검거」, <동아일보>, 1929.12.6.
35. 최류범, 「K박사의 명안」, 『별건곤』, 1933.4, 57쪽.
36. 「수사방법과 인민의 고통」, <동아일보>, 1930.12.16.

쳤다. '자백주의'와 '증거주의'의 대조는 비과학적 수사와 과학적 수사, 봉건시대와 이십 세기 문명의 시대, 비인권과 인권으로 대립항이 전이되면서, '과학적 검거방법'을 사용하는 것이 '인권존중'의 기점이라는 결론으로 귀결된다. 이는 곧 비과학적 수사 시절이 "피의자의 인권유린 가튼 폐단"[37]을 끊임없이 자행한 것과 달리, 지문수집 같은 과학적 수사법을 채용한 현재가 인민의 인권마저 보호할 수 있게 만든다는 논리를 성립시킨다.

1920년대 후반에서 1930년대 초반은 탐정소설과 범죄기사 같은 범죄서사물이 왕성하게 번역, 창작되었다. 그런데 당시 대중잡지와 신문기사에서 이러한 사건들을 바라보는 시각은 "흥미 백 퍼센트의 한막 탐정극"의 연출이거나, "수수꺽기의 이야기"[38]와 같이 대중오락물을 향유하는 방식과 닮았다. 그뿐만 아니라 1930년대 탐정물에 대한 흥미는 탐정을 하나의 문화적 아이콘으로 만들기까지 한다.[39] 근대 대중매체는 탐정 욕망을 형성시키는 중요한 장으로 기능했던 것이다.[40] 이종명은 "현대는 탐정소설의 시대"이며, 그것이 현대인의 삶의 조건에 적합한 소설 양식이라 평가했다.[41] 그것은 1920~30년대 탐정소설이라는 장르가 근대성이

• • •

37. 「법무국에 수집된 지문 卄萬五千枚」, <동아일보>, 1930.2.17.
38. 「朝鮮初有의 大疑獄, 박석산상의 살인사건」, 『별건곤』, 1931.1.1, 124쪽.
39. 1930년대 문화적 표상임을 증명할만한 사례로는 정주 운전시 단오행사에 '변장탐정'이 여흥거리로 기획되어 있었던 것을 들 수 있다. (「각지단오놀이」, <동아일보>, 1933.5.27. 참조) 그리고 1920년대 중반에서 1930년대 초반까지 <동아일보>와 <중외일보>가 주최한 '變裝記者 찾기'라는 독자 이벤트는 중요 행사일에 전국적으로 기자들을 변장 출동시켜 변장 기자를 발견하면 신문사지국에서 상금을 주는 행사였다.(「文山鐵道開通視賀會餘興프로인 시대 조선 동아 三支局 변장기자 찾기, 其規程 발견하야 명함바든 자에겐 상금 오원」, <동아일보> 1925.6.14. 참조) 또한 『별건곤』과 『삼천리』는 '변장기자'의 정탐기를 연재했다.
40. 이용희, 「1920~30년대 단편 탐정소설과 탐보적 주체 형성과정 연구」, 성균관대 석사논문, 2009 참조.

안고 있는 문제 속에서 배태된 것으로 이해되었기 때문이다. "인구의 증가, 문화의 발달, 사회조직의 복잡화함을 따라 사회의 사태는 점점 복잡다단하여 가며 인지人智가 진취進就하면할수록 그 반면反面에는 결함缺陷의 생산이 또한 불소不少하다. 문화가 압박함에 따라 감소하여야할 범죄는 역행적으로 증가하는"[42] 현상을 낳았다. 근대 도시화 · 산업화 과정에서 "생존경쟁은 더욱 첨예화하고 인심은 더욱 유박하여지는 경향에서 사회의 암흑가에서는 문화발달에 정비례로 범죄수가 증가하여 경성장안에서 일일 범죄피해가 팔십오건"[43]에 달하는 병폐가 속출하였다. 대도시에서 발생하는 범죄사건들은 탐정소설과 신문의 탐정 실화, 야담류에서 '에로', '그로', '난센스'적인 것으로 재현되었다. 따라서 염상섭은 탐정소설을 기괴하고 엽기적인 취미를 채워주는 대중문학으로 분류하였다.[44]

인류의 과학 문명이 발전하는 동시에 도시의 암흑면이 성장하는 것은 현대 사회가 처한 상황이다. 그 사회는 범죄사건이 "비밀리에 이러나서 비밀리에 매장되는 세계"[45]이다. 비밀은 대도시에 기반한 사생활을 통해 발생하는 도시의 산물이다.[46] "비밀과 사회적 환경의 크기의 관계에서 보면, 비밀은 매우 넓은 범위에서 사회의 발전 단계를 뚜렷하게 보여주는 열쇠이다. 작고 폐쇄적으로 제한된 사회 영역에서는 비밀의

• • •

41. 이종명, 「탐정문예소고(1)」, <중외일보>, 1928.6.5.
42. 정보라, 「<치아와 범죄> 범죄수사학적 의의(1)」, <동아일보>, 1937.6.24.
43. 정보라, 「<치아와 범죄> 범죄수사학적 의의(2)」, <동아일보>, 1937.6.26.
44. 염상섭, 「통속 · 대중 · 탐정」, <매일신보>, 1934.8.17.
45. 「현대 탐정실화집, <怪眼奇影>, 백랑생 번안, 28일부터 본지 삼면에 연재」, <조선일보>, 1933.2.25.
46. 필립 아리에스 · 조르주 뒤비 편, 『사생활의 역사』 제5권, 김기림 옮김, 새물결, 2006, 111~114쪽 참조.

형성과 유지가 이미 기술적으로 곤란해진다."[47] 그래서 당시 대중매체는 '변장기자'를 동원해 독자의 '비밀명령'을 환영하며 개인과 사건의 비밀을 폭로하고자 하는 욕망에 휩싸이게 된다.[48] 근대 개인이 내밀한 영역을 확보한 것에 비례하여 폭로의 위협도 커진 것이다. 자연히 근대 개인의 사생활 보호에 대한 인식이 강하게 자리 잡는다. 비밀의 발명은 타자의 정체불명성에서 기인하는 공포 심리가 내재해 있다. 각종 괴기실화와 범죄사건이 조장하는 공포와 불안은 이러한 비밀 문화의 형성과 같은 맥락 안에 있다. 『별건곤』이나 『삼천리』 잡지의 범죄 서사물들은 에로, 그로, 엽기 등의 유희를 환기시키며 근대 개인의 감시에 대한 욕망과 관음의 욕망이 동시적으로 작용했던 당대의 대중문화를 이해하게 한다. 그런 의미에서 탐정소설은 잠재된 적에 대한 공포를 불러일으켜 국민의 일상생활 전체를 규율하고 주체화하는 과정과 관련되어 있다고 할 수 있다.

경성 대도시의 발달과 근대 '부르주아'라는 새로운 중간 계급의 발흥은 경찰과 사법제도의 변화에도 영향을 미쳤다. 근대 개인의 형성과 함께 중요해진 사생활을 보장하는 쪽으로 사법체계의 방향이 결정되었던 것이다. 에르네스트 만델은 경찰력에 대한 대중들의 관심이 시작된 것은 빈곤에 맞서는 노동자 계급의 봉기가 최초로 발생한 때라고 지적한다. 19세기 초만 해도 중산층과 인텔리 계급 대부분은 경찰이 개인의 권리와 자유, 자유주의적 시장 법칙을 침해하는 공권력의 필요악이라고 치부했다. 그러나 계급의 권위를 넘어서 물리적인 폭력과 저항을 하는 대중들을 보며 부르주아지는 처음으로 두려움을 느꼈고, 보다 강력한

47. 게오르그 짐멜, 『짐멜의 모더니티 읽기』, 김덕영 · 윤미애 옮김, 새물결, 2005, 244~245쪽.

48. 「秘密命令歡迎」, 『별건곤』 제16 · 17호 1928.12, 47쪽.

공권력이 '범죄자 계층'을 감시하고 격리해주어야 할 필요성을 느꼈다.[49] 따라서 과학과 경제의 발전에 발맞춰 치안상의 감시 수단과 철저한 경비망과 감시, 체포, 정보 수집에 관해 한층 훌륭하게 정비된 기술을 마련하게 된다. 게다가 개인의 프라이버시 침해를 막으려는 노력은 타자의 개인성을 폭로하는 방식으로 이루어질 수밖에 없었다. 평양에서는 개인의 안전과 사유재산의 보호를 위해 일부 유지 간에 사립탐정 사업 협의가 진행되기도 한다.[50] 근대의 기획 속에서 급속하게 증가한 범죄를 통제하기 위해 권력과 과학의 긴밀한 공조가 이루어지기 시작했다.

과학적 지식을 둘러싼 지능경쟁 시대를 목도케 하는 탐정소설과 과학수사의 상호관계는 서로를 보충하는 관계에 있을 수밖에 없었다. 나날이 근대 도시화해 가는 식민지 조선의 범죄 경향을 보면 "르팡의 과학적 탐정소설과 가티 지능적 색채가 농후"[51]하여 갔기 때문이다. 그런데 이 당시는 탐정소설을 읽고 모방범죄를 저지르는 사건들이 사회적 문제로 부상하고 있었다. 대중매체는 신문사의 이익을 극대화하기 위하여 보도 기사를 자극적으로 쓸 뿐만 아니라 과학적 범죄수단을 알려주는 역기능도 했다.[52] 그래서 근대 도시화의 세계 속에서 절도나 강도 같은 범죄행위를 영화나 탐정소설에서 모방하였다는 자백은 쉽게 접할 수 있는 일이 되었다. 경시청에서는 이러한 현상이 단지 식민지

• • •

49. 에르네스트 만델, 『즐거운 살인 — 범죄소설의 사회사』, 이동연 옮김, 이후, 2001, 35쪽.

50. 「평양에 사립탐정사 창립협의진행」, <중앙일보>, 1932.11.15.

51. 「범죄자와 경찰, 지능경쟁시대, 비행기이용도주할 범인예상과 그 대책, 현대의 범죄가 탐뎡소설화함으로 비행긔로 도주하는 범인잡을 공부, 항공계의 目下협의」, <중외일보>, 1929.11.8

52. 秋山彌助, 「犯罪の捜査と新聞紙」, 『警務彙報』 1936.4, 87~88쪽 참조.

조선에서의 현상이 아니라 근대화된 전 세계적 추세임을 인정하며, "대부분의 범죄인이 과학상의 발명 공부를 교묘히 이용하고 있다는 사실은 인구조밀의 도시 경찰조직을 고심하게 만든다. 마침내 경찰 측에서도 최신과학이 제공하는 지식과 수단을 현명하게 적용하는데 범죄수사 방침을 세우며" "홈즈의 과학적 수사 같은 경우는 실제로 각국 경찰의 과학실험소에서 채용하여 쓰고 있다"라고 밝힌다.[53] 서구 탐정소설과 영화의 영향으로 1937년 식민지 조선에 출현한 사복 경찰 'G맨'의 경우는 탐정소설과 같은 대중 서사물이 사법체계에 영향을 미친 대표적 사례라 할 수 있다.

> 그런데 최근 부내외에는 강력범의 발생도 만흐려니와 지능범의 수효도 갑작스럽게 증가되고 잇서 각 경찰서 사법 형사대 만으로는 도저히 손이 부족되고 잇는 것은 물론 각 경찰서에 돌발사건이 발생될 때의 도경찰부로부터 응원을 나가는 형사의 수로도 현재에는 단지 8명에 불과함으로 위선 경찰부 형사과에다 활동사진에서 보는 'G맨' 다운 자격을 가지고 활동할 수 잇는 형사를 증원하야 부내 각 경찰서 사법계에 나아가 몸이 파뭇치게 하는 것은 물론 민중의 그속에까지 파고들어가 사법형사로서의 사찰과 방범에 로력케 하리라 한다.[54]

갈수록 높아가는 조선인의 범죄율[55]은 'G맨'의 활동 범위를 넓히도록

• • •

53. 安東禾村, 「探偵小說と實際上の犯罪搜查」, 『警務彙報』, 1936.4, 75~83쪽 참조.(인용자 번역)

54. 「형사경찰진의 강화로 경성에도 "G맨" 출현」, <매일신보>, 1937.2.14.

55. 식민지 기간, 조선의 인구는 1910년 12,313,017명에서 1942년 26,361,401명으로, 2배가 증가하였다. 경찰이 집계한 범죄 발생 건수는 1912년 43,297건에서 1940년 181,195건으로 약 4배가 증가하였다.(문준영, 「한국검찰의 역사적 형성에 관한

하였으며, 지문은 'G맨' 활동의 유일한 단서가 되고 활동 근거가 되었기 때문에 전국적으로 수집할 계획안이 세워졌다.[56] 사법체계의 내밀한 침투는 탐정소설과 영화의 방식을 차용하여 민중 속으로 파고들어 갔던 것이다.

식민지 당시 '탐정술'은 과학적인 수사 방법과 같은 의미로 쓰이고 있었다. 세계 각국의 범죄자를 찾는 방법으로서의 '지문'과 그 지문을 대신하는 귀 모양의 발견[57]을 탐정술로 이해하는 것이나, 세계적으로 유행하는 범죄를 해부하고 그에 대한 대항책으로 각국의 탐정술을 비교 소개하는 글들이 그 예가 될 수 있다.[58] 이때 한 국가가 지닌 탐정술의 우월함을 가늠하는 기준은 "현미경과 화학약품과 저명著名의 학자로서 성成, 실험실" 같은 '과학적 장치'의 설비 여부이다. "여사如斯히 과학적으로 범죄를 발견함과 여如한 사事는 공恐컨대 오태리墺太利가 세계에 제일이라 사思하겟다."[59] 이러한 과학적 탐정술의 발달은 한 국가의 세계적 위상과 직결되는 것이다. 그런데 1930년대 초반 미궁에 빠진 범죄사건들은 근대 조선 범죄수사의 한계를 드러내는 지점이기도 하였다. 비록 시체를 해부하고, 신원을 파악하였으며 심문을 통해 수사를 진행하지만, 그 과정들은 물적 증거의 미흡과 실수 연발로 재현된다. 따라서 과학적 지식과 합리적 추리로 무장한 탐정의 사건 해결에서 재미를 발생시키는 서구적 의미의 탐정소설과 달리 1920~30년대 초반 조선의 탐정소설은 범죄수사를 위한 과학기술의 미비로 과학적·합리적 사건 해결방법이

연구」, 서울대 법학과 박사논문, 2004, 124쪽 참조)

56. 「경찰기밀실을 통해 본 과학과 범죄의 쓰름」, <매일신보>, 1937.11.6.

57. 「지문대신 귀모양이 새탐정술에 응용」, <동아일보>, 1934.3.6.

58. 「<열국탐정술의 발달> 전쟁과 범죄(1)」, <조선일보>, 1921.7.22.

59. 「<열국탐정술의 발달> 墺太利는 과학(4)」, <조선일보>, 1921.7.25.

적용되지 못하였다. 그러므로 전근대적인 성격의 '의혹'과 '의문사'에 대한 원한과 복수의 방식으로 근대 식민지 조선의 탐정소설은 과학적 해결방법을 욕망할 수밖에 없었다.

비록 당시 조선의 과학 수준은 낮았지만, 1930년대 창작된 탐정소설들은 다양한 과학기술을 동원하여 "범인 수색법"으로 사용하기 시작한다. 『별건곤』의 망막에 비친 영상을 사진으로 현상하는 기술(「K박사의 명안」), 주입 후 2시간 후에야 독성이 발효되는 독물 '크라노테'(「질투하는 악마」), 의수 의족 제조기술(「기차에서 맛난 사람」), 시체 검시법(「질투하는 악마」)이나 『염마』의 지문 감식과 변장술, 확대경擴大鏡, 현미경, 독와사 펌프, 몽혼마취약 등이 그 예가 된다. "우리가 현대의 우수한 탐정소설 작가의 작품을 읽을 때 약물학, 화학, 전기학, 심리학 등 최신 과학들이 재미스러운 가운데에서 스스로 배워지는 것은 필자 하나만이 경험한 바가 아닐 것이다"[60]라는 발언처럼, 탐정소설에서 사용하고 있던 과학적 장치들은 과학에 대한 문화적 권위를 강화하면서 당시 대중들이 근대 기술 문화를 이해하는 데 도움을 주었다.

4. 진실—기계로서의 과학적 장치, 그리고 탐정에 대한 식민지적 환상

근대 문화 속에서 사적 영역의 중요성은 비밀의 은폐와 폭로를 통해 재강화 되었다. 이러한 문화적 현상 가운데 탐정소설은 인간의 욕망을 근대적, 자본주의적 동기인 합리적 추론과 과학적 수사를 통해 체계적으로 분석하려 한다. 그 과정에서 개인의 신체는 해석과 법적 집행의 자리로서 범죄적 신체가 되었다. 또한, 치안 권력은 개인의 프라이버시를

• • •

60. 송인정, 「탐정소설 소고」, 『신동아』, 1933.4, 131쪽.

보호될 수 있는 영역으로 강조하며 사적 영역에 공적인 통제가 가해지도록 하였다. 개인에게 제시된 투명한 사회에 대한 환상은 치안과 감시를 합리적으로 받아들이게 했기 때문이다.

이 글은 근대 탐정소설이 법의학의 발달과 상호 영향을 주고받으며 진실을 발견하고 개인의 정체성을 규정하는 과학적 장치를 통해 문화적 권위를 어떻게 얻었는가에 대해 밝혀 보려 하였다. 식민지 조선의 탐정소설은 근대 개인의 창조와 감시 과정에서 중요한 역할을 하고 있었다. 또한, 근대 과학수사의 발전과 함께 형성된 식민지 조선의 탐정소설은 과학적 지식에 대한 대중들의 인식 변화에 지대한 영향을 미쳤다. 그 과정에서 과학은 범죄에 대한 합리적 응징의 수단이 되었던 것이다. 이와 같은 과학적 인식은 치안과 감시를 합리적으로 수용케 하는 정치적 효과를 낳았다. 일반적으로, 현대 정치 권력의 발전과 관료국가의 창조 시기와 일치하는 탐정소설 형식은 19세기의 발명품으로 인식되어왔다. 탐정소설 형식은 민주주의 개혁, 도시 성장, 민족적 팽창, 그리고 제국적 계약으로 혼란해진 무정부적 상황을 통제하는데 체계적으로 집중하는 사회에서 수행된다.[61] 이러한 맥락 가운데, 범죄 신체와 법의학 기술, 탐정소설은 상호 긴밀한 공조 관계 속에서 근대국가와 문화를 형성했다. 탐정소설 작가들은 법의 강화를 위한 동시대 과학이론을 반영하고 대중화할 뿐 아니라, 김내성의 『백가면』(『소년』, 1940년 연재)에서 발명된 신무기처럼 과학적 정치 실천에 실제로 생산될 것들을 예견하였다.

탐정의 문화적 권위는 어떻게 부여되는가. 근대 조선의 탐정소설은 추리의 과정보다, 다양한 과학지식과 기술을 통해 전문성을 확립하고

• • •

61. Ronald R. Thomas, *Detective Fiction and the Rise of Forensic science*, Cambridge UP, 1999, 15~17쪽 참조. 노날드 토마스의 논의는 이 글을 집필하는 데 많은 영감을 주었다.

권위를 얻었다. "과연 현대의 탐정소설가는 열정에 끓는 예술가인 동시에 또 냉엄한 과학자이며 그 과학을 마음대로 이용하여 이상스러운 트릭을 지어내어 독자의 애를 말리는 상상력이 풍부한 마술사이기도 한 것이다."[62] 작가가 재현하는 탐정의 권위는 그가 진실을 발견하고 전문성을 확립하는 과학적 장치의 통제와 이용에서 얻어지는 것이다. 탐정 서사에서 탐정 영웅은 사건 해결을 위하여 진실을 말하는 목소리로 기능한다. 해석적 권력을 지닌 탐정은 법의학 장치에 부여된 권력에 의존하며 희생자와 범죄자의 신체에서 과거의 비밀스러운 진실을 읽어내기 위해 장치의 능력을 설명하고 창조한다. 따라서 전근대적인 복수나 범죄를 조사하기 위해 탐정이 사용하는 근대 법의학 기술은 진실의 장치로 기능하게 된다. 근대의 범죄에 대한 공적인 상상력 속에서 탐정은 법의 제한 내에서 작동하면서, 법의 공적 정책의 대행자로서 독립적으로 임무를 수행하는 위치를 배정받았다.

그런데 식민지 조선의 탐정소설에서 재현되는 탐정은 경찰을 비롯한 공권력과 거리를 두고 독자적으로 행보하며 사건을 해결하려 한다. 1930년대 '탐정'의 의미는 1920년대와 마찬가지로 '군사탐정', '국제탐정'처럼 정탐의 개념과 함께 혼용해서 쓰이고 있었다. 즉, 탐정은 '스파이'의 역할도 하는 비밀스러운 이중적 존재이다.[63] 김동인의 『수평선을 넘어서』(<매일신보>, 1934)에는 조선총독부 고등계 형사인 이필호의 비과학적 사건 해결 방식을 비웃는 조선인 '범죄과학자' 서인준이 등장한다. 또한 채만식의 『염마』에서 탐정 영호는 자신의 수사 과정에 경찰을 이용할 뿐이다. 이런 영호가 직접 설계한 양옥집의 구조는 비밀스럽다. 아무도 모르는 지하실은 "마치 감옥 같다. 더욱이 이 '1'과 '2'의 두

• • •

62. 송인정, 앞의 글, 133쪽.

63. 「오해군항에 묘령의 여탐정」, <동아일보>, 1937.6.20.

방의 철문에는 밖으로 쇠빗장이 걸리고 자물쇠가 잠기어 있다. 누구든지 이 지하실을 한번 들어와 보면 먼저 영호를 수상한 인물로 점찍지 아니할 수가 없이 되었다."(445쪽) 사설 '감옥'의 주인인 영호의 탐정 수사는 경찰로 대표되는 국가의 공권력과 무관하게 진행되고 있다. 식민지 근대에 있어서 이 '불온한' 인물인 조선인 탐정의 등장은 '과학'에 대한 민족의 열망을 담고 있는 것이다.

왜 피식민지 조선인들은 탐정소설에 열광했던 것일까. 탐정소설은 범죄인을 잡는 실감을 느끼도록 해서 마치 적을 타파하는 만족감을 독자에게 안겨주며, 이에 따르는 유쾌함에는 "적자생존의 자연법칙이 강력히 표현"[64]되어 있다는 당대의 시각을 참고해 볼 필요가 있다. 즉 탐정소설은 힘없고 약한 존재에게 추적자의 힘을 부여하여 환상과 대리 만족감을 부여하는 기능을 할 수 있다는 것이다. 당시 제국주의의 우월함을 상기시켰던 식민지 근대는 우승열패優勝劣敗의 인식이 강하게 자리 잡고 있었다. 이러한 사회구조를 변혁할 수 있는 방법이 '과학'에 있다는 조선 대중의 인식은 1934년 '과학데이' 개최를 비롯한 '조선과학발명학회'의 과학대중화운동으로 이어졌다. 아래의 인용문은 근대 지식인의 사건 해결 욕망이 잘 반영되어 있다.

> '사람에게서 생겨진 문제는 그 어떠한 것이고 간에 사람이 해결할 수 잇다.' <벤슨살인사건>이라는 탐정소설 속에 잇는말인대 근래 내가 읽은 서책중 이만치 나를 충동시킨 말을 쓴것은 업다. 생하면 사람은 절대로 과오를 범하지말어야 하는 것이다. 무의식적으로 부지중 행하게되는 이것은 오히려 자기의 각오를 가지고 의식적으로

64. 安東禾村, 앞의 책, 84쪽 참조.

죄를 짓는 것보다도 더욱 조치못하다는 것이다. 또 우리는 범죄, 가령 살인사건만 하드라도(조선에서) 영영 미궁으로 들어가고만 마리아 살해사건이나, 나무장사 살인사건을 생각 하게 되지만 사람으로 하야 일케된 문제는 무엇이든 그것을 해결 할 수 잇다고 한 그 潑剌하고 씩씩한 말은 우리에게 여간한 매력을 주는 것이 아니다. 코난 도일과 에쓰 에쓰 반다인의 탐정소설을 읽으면 耽讀 할사록 그 주인공인 샤록크 홈스와 후이로 반쓰의 인격 학식 재능 담력 용기에 여간 감복하여지는 것이 아니다. 물론 소설 속의 인격이고 실제로는 어렵다 하지마는 수양으로써 그만한 레벨에 도달할 수가 업는 것이 아닐가. 그래서 나는 마치 霧中에서 무엇을 찾고 잇는 양으로 범죄과학과 탐정소설에 대단한 관심으로써 열중하고 잇는 것이다.[65]

조선에서 미궁에 빠져버린 사건들을 해결하려는 지식인의 욕망은 '범죄과학'과 '탐정소설'에 대한 열광으로 이어지고 있다. 식민지 조선의 지식인에게 있어서 탐정소설은 근대적 지식에 대한 열망의 표현이다. 셜록 홈스와 같은 서구 탐정소설 주인공이 지녔던 지식은 사실, 근대 식민지 조선의 지식인들이 소유하고 싶은 것들이었다. "탐정소설을 쓸려면은 심리학, 법의학, 범죄학 등은 물론 철학, 과학, 사학, 천문학, 정치예술에 이르기까지 모든 방면에 어느 정도의 수련이 잇서야 하는 것이다."[66] 따라서 "천하의 지식을 모두 자기의 것으로 만들어 일좌초시一座超視한 경지에 앉아서 사회의 일체 범죄를 해결하고 타인의 직업, 지위, 비밀 등을 한번 보아 알아낼 정도"[67]의 경지에 오르고자 하는 식민지

• • •

65. 안회남, 「<나의 관심사> 탐정소설」, <조선일보>, 1936.9.2.
66. 안회남, 「탐정소설(2)」, <조선일보>, 1937.7.14.
67. 안회남, 「탐정소설(3)」, <조선일보>, 1937.7.15.

지식인의 동경과 열망은 탐정소설을 "가장 두뇌적인 현대인의 수양독본修養讀本"[68]으로 생각하기에 이른다. 근대 탐정소설은 "과학적 지식과 이성의 힘으로써 세계를 해석하고 인간의 삶과 역사를 보다 나은 방향으로 발전시킬 수 있다는 이성 중심주의 내지 계몽주의"[69]를 드러내면서 근대성과 대중성을 동시에 다져나갔다. 그러나 그러한 과정은 제국으로 대표되는 공권력에 대한 조선인의 불신을 진실에 다가갈 수 있는 과학적 합리성에 대한 믿음으로 대체시키며 과학적 합리로 위장한 공권력을 재수용하는 식민지 근대의 아이러니한 상황을 낳게 한다.

68. 안회남, 「탐정소설(4)」, <조선일보>, 1937.7.16.
69. 슬라보예 지젝, 『삐딱하게 보기』, 김소연 옮김, 시각과 언어, 1995, 106쪽.

제2부

전시체제기 동원 과학

제1장

이상한 나라의 과학적 글쓰기, 불량소년·소녀 길들이기, 그리고 마법사의 책

—1930년 후반 아동잡지 『소년』

1. 용은 있다: 괴물의 시대, 지질학과 상상력

서양을 통해 이입된 근대 과학은 조선인들에게 문명의 힘을 상징했을 뿐만 아니라 지식의 보편적 체계로 받아들여졌다. 따라서 근대 지식인들이 '과학의 대중화'를 목표로 삼아 조선 민중에게 과학지식을 보급하는 것은 민족의 진보를 위해 매우 중요한 일이 되었다. 그렇다면 새로운 과학은 조선의 대중에게 어떻게 소개되었던가. 과학은 근대인이라면 누구나 배워야 할 것으로 선전되면서 가장 흥미로운 주제로 부상했다. 또한 근대 미디어의 발달은 대중의 경이적인 감각을 일깨우며 과학의 대중화에 박차를 가했다. 대중잡지인 『별건곤』 1932년 12월호 표지화에 나타나 있듯이, 미디어는 시각적 기획 아래 과학을 경이로 바라보게 했다. 그것은 구경꾼 앞에서 과학을 하나의 스펙터클한 볼거리로 만드는 것이기도 하였다. 독자에게 과학은 경이롭고 이상한 세계로 보였다. 그들에게 과학은 근대가 생산한, '별건곤別乾坤'이란 낯설고 이상한 세계에서 단연 돋보이는 대상을 의미했다. 그렇다면 그 대상은 어떻게 실체화되었는가. 『별건곤』 그림 하단에 명시된 "닭의 역사강화歷史講話"

그림 27. 『별건곤』 1932년 12월호 표지화

란 제목처럼, 고생물학을 비롯해 지구의 진화 과정을 밝히는 지질학에 관한 관심으로 이어지고 있었음을 확인할 수 있다.

새로운 과학의 한 분과인 지질학은 선사시대의 풍경과 생물을 조사하기 시작했다. 세계 여러 나라에서 오랜 세월 수많은 신화와 전설의 소재가 되었기에 민속학적 차원에서 주요 연구 대상으로 분류된 '용'에 얽힌 새로운 과학 이야기를 살펴보자. 1926년 9월 13일 <동아일보>에는 광학 렌즈를 이용한 과학적 관찰로 발견된 태양의 흑점이 옛날부터 전해져 온 용의 그림과 유사하다는 기사와 사진이 게재된다. 미국의 한 과학자가 촬영한 태양 사진은 "몃천년동안 한낫 공상 미신"으로 치부되었던 용이 "태양의 불바다에서 놀뛰는 흑점이라는" 새로운 가설을 성립시켰다. 물론 그 이전부터 과학자들은 각국의 전설에 등장하는 용이 어디서 생긴 것일까에 대한 근대인들의 궁금증을 해결하기 위해 "돌개바람의 심한 놈이 룡 올라가는 현상"이라는 "과학적 설명"을 내놓기도 했다. 그렇다면 서술자의 말처럼 "룡의 형상을 그린 화가의 공상"은 어떻게 된 것인가. "역사시대 전에 지구에 살던 거대한 동물의 뼈라던가 실물의 전설을 듯고 그린 것"이라는 기존의 가설과 달리 "태양에 나타나는 흑점黑點을 보고 숭내낸 것"이라는 미국학자의 가설은 고대 중국의 천문학적 지식이 매우 진보했음을 보여주는 증거가 될 뿐만 아니라 "태양에 나타난 흑점을 그때의 중국 과학자가 보앗다고 상상"할 수 있게 한다. 그러니까 태양에 나타난 흑점을 본 고대 중국 과학자의 경험과 지식이 맨 처음 "룡의 형상을 그린 화가의 공상"에 영향을 미쳤을 거라 상상 못 할 것도 아니다. 결국, 이 기사는 과학과 신화가 상상력을 매개로 상호작용하고 있음을 보여주고 있다. 분명, 용은 신화시대의 전설로 남은 채 근대에서 추방될 것 중 하나였다. 그런데 지질학이라 불리는 새로운 과학에 따라 '용학dragonology'으로 분류되면서, 체계적으로 분석 · 재구성되기 시작했다. 멜라니 킨Melanie Keene은 지질학 형성기에 발견자와 분석가들이 과학적 열정을 얻고 관리하는 한 가지 방법이란 민속학과 동화의 비교를 통해 통찰력을 얻어내는 것이었다고 말한다.[2] 민속학적 생물과 전래동화를 비교하는 데는 과학자들의 상상력이 수반되었다.

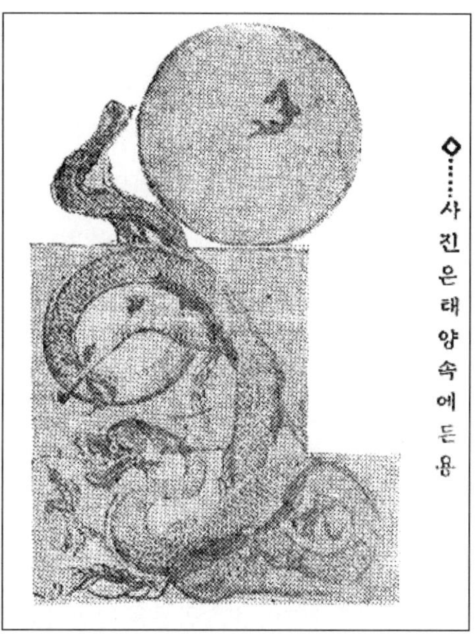

그림 28. 「승텬한 룡이 태양 속에 산다」, <동아일보>, 1926.9.13.

이처럼 지질학이 전설이나 동화와 밀접한 관계를 맺으면서 상상력은

1. 「승텬한 룡이 태양 속에 산다」, <동아일보>, 1926.9.13.
2. Melanie Keene, *Science in Wonderland ; The scientific fairy tales of Victorian Britain*, Oxford : Oxford University Press, 2015, p.52.

지질학의 '부활 작업'에 핵심 인자가 되었다. "맨처음에는 이 텬디天地가 엇더하엿슬가?" 이 세상의 발생과 기원에 대한 어린이들의 호기심은 지질학적 지식과 연결되기 시작했다. 그러한 글과 그림은 이전에 이 지구에 거주했던 생물들을 독자에게 소개하며 경악하게 만들었다. "사람의 종자라고는 한아도 구경할수업"던 "수십억만년전" 무서운 바람과 뜨거운 수증기가 지구를 둘러싸고, 무시무시한 생물들, 즉 "니齒빨가진 무서운 새와 두발가진 커다란 장지배암가튼 것들이 세상의 임자"[3]가 되었던 역사적인 풍경 속에서 괴물들은 흔히 볼 수 있는 광경이었다. 괴물은 근대 과학에 의해 밝혀지고 명명되며 지속해서 발굴되기 시작했다. "아주 오랜 옛날 바다에 살던 괴상한 동물인 '뮤-제' 도마뱀 해골의 발견"[4]처럼 고고학과 고생물학적 발굴은 '소년과학'이라는 표지 아래 "옛날에 괴물怪物"이었던 공룡을 부활시켰다. 그것은 전근대적인 것들로 추방되었던 것들이 모두 괴물로 지칭되며 다시 소환되는 형식을 취했다. "대체 이 공룡이란 동물은 어떻게 생겼을까"라는 궁금증은 고고학적으로 발굴된 "공룡의 뼈다귀만 가지고서, 대강 이러했으리라고 상상해 그린 그림"을 통해서나 해소될 수 있었다. 이처럼 지구의 역사와 구성에 의문을 제기한 고생물학 및 광물학 같은 지질학적 지식은 어린 독자의 '상상력'을 요구했다. 그래서 "여러분은 번개불이 떨어지면 산에 불이 붙는 수가 있는 것을 아시겠지오. 몇십만년전인지 아주 오랜 옛날 어느 여름날에도 그러한 수가 있었다는 것을 상상해보십시오"[5]라며 상상력을 먼저 촉구하는 것이 기본이었다. 옛날 옛적, 전설의 세계를 구성하기 위해서는 아동의 상상력이 작동해야 했기 때문에 아동의 과학적 상상력

• • •

3. 심형필, 「<과학지식> 天地開闢」, 『어린이』 6권 1호, 개벽사, 1928.1, 39쪽.
4. 고마부, 「<소년과학> 옛날에 怪物」, 『소년』 4권 12호, 조선일보사, 1940.12, 54~55쪽.
5. 김철수, 「<시초이야기> 불의 시초」, 『소년』 1권 9호, 1937.12, 64쪽.

을 추동하는 글쓰기가 필요해졌다.

이 글은 1930년 후반 출간된 아동잡지 『소년』(조선일보사, 1937.4~1940.12)의 문학 장르와 과학 담론에 초점을 맞춰 식민지 말기 조선에 나타난 아동 과학문화의 특징을 탐구한다. '어린이' 대상의 근대 대중문화에 관한 연구는 1900년대 초기의 어린이 대상 잡지를 텍스트로 삼아 진행된 연구들의 점화로 활발히 진행되어 온 편이다. 그러나 '소년독자층'에게 "흥미진진한 감각들을 제공"[6]한 근대 잡지의 특성을 단지 잡지의 "잡종성" 확인으로 그치고 만 감이 적지 않다. 실제로 아동잡지에는 신화, 전설, 민담에서부터 근대적인 소설과 시, 이솝우화, 각종 그림과 사진, 만화, 그리고 역사 전기담과 위인전, 과학상식, 오락까지 다채로운 형식들이 집합해 있기 때문에 '잡종성'을 띤다. 물론 이러한 현상은 1930년대 후반 출간된 아동잡지 『소년』에도 통하는 얘기이다. 송수연은 해당 잡지를 "카프해산(1935)이후 이데올로기와 결별한 상태에서 '홀로서기'를 해야만 했던 1930년대 후반기 아동문학의 존재 양상"[7]을 보여주는 중요한 텍스트로 평가하고 있다. 그는 무엇보다도 "『어린이』의 '민족'도 프로아동문학의 '계급'도 가져올 수 없었던 『소년』은 민족과 계급을 대신할 계몽의 형식으로 '웃음'(재미)과 '문학'을 택"함으로써, 이전 시기의 아동문학 흐름과는 다른 노선을 그리게 되었다고 주장한다. 류수연 역시 "이러한 재미를 직접적으로 견인한 것은 다름 아닌 탐정소설이었다"[8]라고 말한다. 그러나 하나의 잡지에 배치된 다양한 장르들은 단순히 '잡종성'이나 '재미'로만 치부할 수 없는 다성적 함의를 지니고

6. 권보드래 외, 『『소년』과 『청춘』의 창』, 이대출판부, 2007, 28쪽.
7. 송수연, 「잡지 『소년』에 실린 1930년대 후반 아동소설의 존재양상과 그 의미」, 『아동청소년문학연구』 7호, 한국아동청소년문학학회, 2010, 7쪽.
8. 류수연, 「탐정이 된 소년과 '명랑'의 시대 — 아동잡지 『소년』의 소년탐정소설 연구」, 『현대문학의 연구』 제61호, 한국문학연구학회, 2017, 245쪽.

있을 뿐 아니라, 그 다성적 연주의 중심에는 분명 '과학'이 있었다는 것이 이 글의 요지이다. 따라서 어린이 대상 잡지의 특성을 아동의 과학과 문학, 문화의 상관성 아래 연구해야 한다고 생각한다. 하지만 국내외적으로 아동의 과학과 문학, 문화의 상관성에 집중한 연구는 미흡한 상태라고 할 수 있다. 식민지 시기 아동의 과학문화사에 관한 기존 연구는 근대 초기에 집중해 있으며, 초등·중등 과학 교과서라는 역사적 사료 분석을 통해 근대 아동 과학교육의 공교육적 특성을 밝혀냈다.[9] 그리고 해방 후 1960·70년대 한반도 SF 유입과 장르 발전 양상에 주목한 연구들이 최근 쏟아져 나오기 시작했다. 해당 연구 성과들은 아동청소년문학에 나타난 SF적 상상력이 과학교육과 긴밀하게 연계되어 있음을 주장한다.[10] 이 같은 기존의 연구 성과들은 제도적 차원에서의 검토라는 점, 그리고 한정된 시기에 국한되어 있다는 점 등의 한계점을 지니고 있다. 게다가 식민지 시기 아동문학 연구에서 과학적 영향 관계를 언급하는 경우는 '탐정소설' 장르 논의에 한정되어 있는 형편이다. 물론 근대 아동문학의 형성과정과 당시에 가장 인기가 있었던 장르인 소년 탐정소설의 출현 과정을 살펴보는 연구들은 어린이 대중문화와 대중매체의 상호적 관계의 맥락을 이해하는 데 중요하다.[11] 그러나 이러한

• • •

9. 허재영, 「근대 계몽기 과학 담론 형성과 일제강점기 '과학적 국어학'」, 『코기토』 78호, 부산대학교 인문학연구소, 2015; 박종석 외, 「대한제국 후기부터 일제 식민지 초기(1906~1915)까지 사용되었던 과학교과용 도서의 조사 분석」, 『한국과학교육학회지』 18권 1호, 한국과학교육학회, 1998; 이면우, 「일제강점기 중등 과학으로서의 '물상' 교과의 성립 — 제4차 조선교육령 시기를 중심으로 –」, 『한국일본교육학연구』 16권 2호, 한국일본교육학회, 2012.

10. 최애순, 「우주시대의 과학소설」, 『한국문학이론과 비평』 제60호, 한국문학이론과 비평학회, 2013; 손진원, 「1960년대 과학소설 연구」, 고려대 석사논문, 2017.

11. 최애순, 『조선의 탐정을 탐정하다 — 식민지 조선의 탐정소설사』, 소명, 2011; 조은숙, 『한국아동문학의 형성』, 소명, 2009.

논의들은 당대 인기를 끌었던 대중문화 장르인 탐정소설들을 소개, 분석하는 데 치중하여 근대 아동 탐정소설에 나타난 '과학적 교양'을 소재적 차원으로 다루고 있을 뿐이다.

이 글은 이러한 문제의식을 좀 더 확장시켜, 근대 아동문화에 포진해 있는 과학적 교양의 정치학을 살펴볼 생각이다. 근대를 향한 발판을 모색했던 지식인들에 의해 근대적 주체로 호출된 '소년'에게 필요했던 것은 '과학적 교양'이다. 사실, 근대 대중문화에 있어서 과학지식의 보급과 교육은 어른보다 민족의 미래와 희망을 담지하고 있는 어린이를 주요 대상으로 삼고 있다. 그럼에도 불구하고 지금까지 과학 담론이 아동의 삶을 조직하고 이데올로기적 체제 내에서 재구축하는 면모를 깊이 있게 들여다보지 않았다. 그러므로 이 글은 한국의 근대 문화 속에서 과학교육의 주요 대상으로 상정되었던 아동의 과학적 교양이 문화와 이데올로기의 요청에 따라 어떻게 형성되며 아동의 성장에 개입했는가를 살필 것이다. 특히 '과학기술 신체제'라는 이념 아래 '항공정책'[12]과 더불어 과학적 교양을 갖춘 국민 만들기 프로젝트가 적극 권장되었던 식민지 말기 아동 과학교육의 검토는 통시적 맥락에서 반드시 보충되어야 할 지점이다. 따라서 이 글은 과학을 아동들에게 어떻게 소개하고 구성해서 소비하게 하고 있는지, 즉 과학에 관한 글쓰기와 실천으로 이어지는 아동 과학교육에 있어서 문학을 비롯한 예술 분야와의 상호 관계성, 대중성과 정치적 선동성의 관계를 고려하여 식민지 말기 아동 과학문화의 한 특성을 밝히는 데 그 목적이 있다.

• • •

12. 송혜경, 「식민지 말기 일제의 항공정책과 아동의 전쟁동원」, 『한림일본학』 19권, 한림대학교 일본학연구소, 2011.

2. 동화 같은 과학, 요술 조끼를 입은 용의 아이들과 시간 여행

1937년 『소년』 창간사에서 주간인 윤석중은 어린이의 '스승'과 '동무'가 되길 자청하며 지식과 웃음을 주겠다고 약속했다.[13] 이처럼 지식과 오락을 편집 기획의 방향으로 설정한 잡지 『소년』은 '척척대답', '세계진문世界珍聞', '깔깔 소년회笑年會' 등의 코너를 만들어 기획 의도에 부응하려 했다. 그런데 새로운 지식과 유희, 웃음은 한데 어우러져 세대를 나누는 작업이기도 하였다. 제시된 「깔깔 소년회笑年會」(1권 5호, 1937.8, 67쪽)는 학교에서 지구의 자전에 대한 지식을 배우고 돌아온 소년과 그 "지구가 무엇인지를 모르시는 할머니" 사이의 세대 격차를 웃음으로 승화시키고 있다. 근대 초기부터 과학은 신세대가 세계를 바라보는 새로운 원리로 주목되고 있었다. 과학은 구시대의 결점을 보완하고 근대 생활 전반을 이해하기 위한 중요한 키워드로 작용했던 것이다. 따라서 민족과 국가의 미래인 어린이에게 과학적 주제로 교육시킬 다양한 방법을 강구할 것은 지식인들의 당위적인 목표가 되었다.

그런데 근대 아동의 과학교육은 '이상한 나라'를 설계하는 데 중점을 두었다. 미디어는 결코 알려지지 않은 경이의 세계를 재현하는데 경주했던 것이다. 그 결과 어린이들은 인쇄된 책 속에서 새로운 세계를 여행할 수 있게 되었다. 특히 천체와 미생물을 발견한 망원경과 현미경의 발달은 새로운 세계를 가져다줬다. 어린이들에게 「세계제일」(『소년』 1권 1호, 1937.4) 작은 것과 큰 것들의 이미지가 자주 소개됐고, 기차, 비행기, 자동차, 기구의 발명을 보여주는 화보들은[14] 과학기술의 흥미진진한 발전으로 세계가 변모했음을 보여줬다. 또한, 화석의 발견으로 인류의

13. 「소년을 내면서」, 『소년』 제1권 1호, 1937.4.
14. 「시초는 이랬다」, 『소년』 1권 2호, 1937.5.

그림 29. 「깔깔 笑年會」, 『소년』1권 5호, 1937.8.

진화를 밝혀 나가는 '시초 이야기'들은 자연사에 대한 새로운 발견으로 경이감을 조성하며 '이과理科' 지식으로 분류되어 전달되고 있었다. "짐작조차 할 수 없는" "몇십만년의 옛날," 이 지구상에 살았을 인간의 선조는 "몸둥이의 크기가 오늘의 대여섯살 난 아이 폭 밖에 안됐으며 그리고 원숭이 모양으로 나무 우를 건너 뛰어다니며 나무 열매와 새알을 먹고 살았었다고" 전하여 어린 독자들의 경이감을 조성하는데 그치지 않고, "이것은 꾸민 이야기"가 결코 아니라며 "왜 이런 말을 할 수 있는가를 차례차례 이야기해 내려"[15]갔다. 이처럼 경이적인 과학의 세계는 어린이에게 익숙한 이야기 형식으로 먼저 전달된 뒤 그에 대한 과학적 설명이 덧붙는 형식으로 소개됐다. 아동 과학교육에 관한 글쓰기와 실천의 최고 수단으로 동화와 과학이 결합했던 것이다. 그로 인해 동화를 사용하는 과학적 글쓰기가 가능해졌다. 과학적 지식을 합리적으로 설명하는 글에서 어린이의 관심을 유도하기 위한 방식으로 동화가 사용되면서 이성적이고 합리적인 과학의 세계 안에서 동화 나라를 발견할 수 있게 되었다.

15. 김철수, 「<理科> 사람의 시초」, 『소년』 2권 6호, 1938.6, 62쪽.

이처럼 근대 과학은 옛날이야기의 형식으로 독자에게 전달되었다. 즉, 전설이나 전래동화를 재료로 삼아 과학적 사실을 전달하는 방식을 취했던 것이다. 옛날 선조들이 밤하늘의 은하수를 "넓고도 깊은 바닷물로 생각"[16]하여 '견우와 직녀이야기'라는 전래동화를 창작해 전해 내려오지만 "은하는 물이 있는 것도 아니고 허허공중에 수많은 적은 별들이 모여서 우리 눈에 그와 같이 보이는 것"이라 밝힌다. 그와 같은 주장은 "망원경의 힘을 빌어 바라보면 한 개씩 된 별을 알아볼 수가 있다"라는 과학적 근거로 뒷받침된다. 사실, '견우와 직녀이야기'는 항성과 유성이야기의 매개 역할을 하는 것이다. 그러므로 전설의 세계를 구성하는 이야기들은 "이치"[17]라는 '합리적 설명'이 뒤따르며 진실 폭로의 구조를 지닌다. 이러한 각성의 구조는 전설의 세계와 과학의 세계가 대치되는 가운데 과학의 우위성을 부각하게 마련이다. 의사나 과학자를 비롯한 지식인들의 이러한 글쓰기 방식은 어린 독자들에게 과학이 동화처럼 보일 수도 있게 하면서 동시에 과학적 세계에 대한 확신과 믿음을 심어줄 수 있었다.

부분적으로 동화적인 과학적 글쓰기 이외에도 『소년』에 실린 전설, 동화, 우화 등, 옛이야기들은 과학을 전달하기 위해 초현실적 요소를 사용하였다. 『소년』은 다양한 경이담을 통해 마법이 가득 찬 세계를 구성하였다. 『소년』은 창간호에서부터 '옛날이야기'의 형식을 취한 전래동화나 전설, 이솝우화, 위인전기담을 싣는 체제를 고수하였다.[18] 전래

• • •

16. 박만규, 「신비로운 가을밤하늘, 은하수 이야기」, 『소년』 3권 10호, 1939.10, 50쪽.
17. 심형필, 「<봄의 과학> 아지랑이이야기」, 『소년』 1권 1호, 1937.4, 16쪽.
18. 김복진, 「<옛날이야기> 산동아줄 썩은 동아줄」, 『소년』 1권 1호, 1937.4; 차상찬, 「<소년영웅전> 활잘쏘는 장수」, 『소년』 1권 1호, 1937.4, 24쪽; 금붕어, 「<전설> 소내기」, 『소년』 1권 1호, 1937.4, 34쪽; 최영애, 「이소프 애기책」, 『소년』 3권 2호, 1939.2, 63쪽.

동화는 구전된 이야기이건 창작된 이야기이건, 마술적인 세계에서 발생한다.[19] 그렇다면 이러한 마술적 세계는 어떻게 가능한가. '옛날 옛적' 전래동화의 세계에서 마술은 당연한 것으로 받아들여지고, 놀라움을 일으키지 않는다. "부모에게 효성이 지극한 사람은 하느님도 아라보시고 물귀신도" 도와주기 때문에 "물결이 두 갈래로 갈라"[20]지는 기적이 생긴다. 이 세계에는 요술 부리는 마법사[21]나 법술 부리는 도승[22]이 존재하며 적대자나 조력자 역할을 한다. 작은 소인[23]이나 요정,[24] 마녀, 마술사, 용들은 이 세계에서 자연스레 살아가는 거주민들이고, '요술 할머니'가 소년을 개미로 변신시켜 위기를 극복하는 일은 보편적인 사건이다.[25] 프로프가 분석한 요술담의 구조는 누군가에게 초래된 손상이나 과실(납치, 유배) 또는 무엇인가를 소유하고자 하는 욕망에 의해 시작되어, 주인공의 집 떠남, 그에게 감추어진 물건을 찾을 수 있게 해주는 마술적 수단이나 마술적 조력자를 주는 증여자와의 만남 등으로 전개되며, 뒤이어 용으로 대표되는 적수와의 결투 · 귀환 · 추적 등이 오는 구성을 취한다.[26] 동화 속 왕자는 '산떼이', 배불뚝이', '귀밝이', '키장다리', '몸살쟁이', '천리안' 같은 부하들을 거느리고 공주가 있는 대궐로 들어가 계모가 내는 어려운 문제를 해결하고 공주와 결혼한다.[27]

• • •

19. 마리아 니콜라예바, 『용의 아이들: 아동 문학 이론의 새로운 지평』, 김서정 옮김, 문학과지성사, 1998, 185~186쪽.
20. 신정언, 「<전설이야기> 眞池」, 『소년』 3권 9호, 1939.9, 45쪽.
21. 이설, 「<동화> 공주와 개고리」, 『소년』 3권 9호, 1939.9, 32쪽.
22. 박태원, 「도사와 배장수」, 『소년』 3권 9호, 1939.9, 40쪽.
23. 이순이, 「<옛날 얘기> 쪼꼬만 쪼꼬만 사람」, 『소년』 1권 9호, 1937.12, 71쪽.
24. 임계순, 「백합공주」, 『소년』 3권 1호, 1939.1, 34쪽.
25. 조풍행, 「<동화> 장사의 머리털」, 『소년』 2권 3호, 1938.3, 10쪽.
26. V.Y.프로프, 『민담의 역사적 기원』, 최애리 옮김, 문학과지성사, 1990, 39쪽.
27. 조풍행, 「임금님의 부하들」, 『소년』 2권 6호, 1938.6, 21쪽.

이때 왕자를 도왔던 조력자들의 능력은 마술적인 것이다. 이처럼 초자연적 현상을 다루는 판타지나 경이담, 괴기담들이 어린이에게 경이감을 심어주는 가장 직접적인 방법은 마술사나 마법의 물건 같은, 초자연적 사건의 가시적 도구를 도입하는 것이었다. 마술사와 마법의 물건들은 일상생활과 경이로움 사이의 긴장을 만들어 내며 어린이의 판타지를 자극한다. 동화의 세계에서는 "맘 먹은 것을 외면서 세 번만 불면 금방 그게 이루워진다"[28]라는 '요술나팔'로 아프리카까지 순식간에 공간 이동이 가능하다. 따라서 동화나 만화 속 소년은 '요술조끼'[29]를 입고 어려운 문제를 해결하거나, '요술지팽이'[30]를 적의 응징에 활용한다. 전래동화에 등장하는 인물들이나 어린 독자들은 의아해하거나 망설이지 않고 마술 세계의 안쪽에 있으며 마술적 세계의 구성에 동참하여 쾌감을 느낀다.[31]

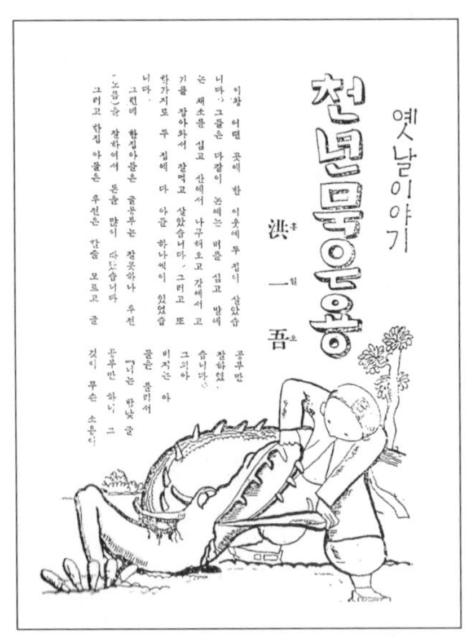

그림 30. 홍일오, 「천년묵은용」, 『소년』 1권 2호, 1937.5, 10쪽.

어린이를 대상으로 한 동화나 전설은 괴물의 이야기에서 시작하는 경우가 많다. 옛이야기에서 괴물은 대표적인 경이의 대상이다. 이야기 속 소년

• • •

28. 박인수, 「요술나팔」, 『소년』 3권 2호, 1939.2, 32~33쪽.
29. 이순이, 「<동화> 공주님의 가는 곳」, 『소년』 1권 7호, 1937.10, 10~16쪽.
30. 박인수, 「요술지팽이」, 『소년』 2권 2호, 1938.2.
31. 마리아 니콜라예바, 앞의 책, 110~111쪽.

은 '천년 묵은 용'과 대화를 나누거나,[32] 용을 물리치는 마법 책을 활용해 용과 싸워 이긴다.[33] 이처럼 마법의 세계에서 시련과 시험을 겪는 왕자들이 머리 일곱의 용과 싸워 이기는 경우는 비일비재하다.[34] 특히 "우리조선에는 룡으로 생겨난 자미스러운 이야기가 참으로 많"기 때문에 작가들은 용에 얽힌 전설들을 재구성하여 애국심과 민족애를 강조하곤 했다. 신라 시대 문무왕이 사후死後 용으로 변해 동해 바닷속에서 나라를 지키고, 만파식적萬波息笛을 보내어 나라의 태평을 꾀했다는 이야기나[35] 용왕의 아들을 구해 준 소년이 대동강 수해를 막아 달라 간청해서 동포애를 드러내는 이야기가[36] 대표적인 사례일 것이다. 용과 같은 괴물이 출현하는 전래동화는 근대 과학 세계의 자장 안에 있는 아동잡지 『소년』에서 다시 태어났던 것이다. 전설과 신화의 영역에 있는 괴물은

그림 31. 「재밋는 옛날애기」, 『소년』 2권 10호, 1938.10, 21쪽.

32. 홍일오, 「<옛날이야기> 천년묵은 용」, 『소년』 1권 2호, 1937.5, 10쪽.
33. 신정언, 「<전해내려오는 이야기> 少年岩」, 『소년』 2권 10호, 1938.10, 54쪽.
34. 연풍조, 「四十왕자와 七頭龍」, 『소년』 2권 10호, 1938.10, 18쪽.
35. 신정언, 「<전설이야기> 愛國의 龍」, 『소년』 4권 1호, 1940.1, 61쪽.
36. 신정언, 「<전설이야기> 淸流壁」, 『소년』 3권 7호, 1939.7, 57쪽.

고생물학 같은 과학적 이론에 의해 설명되기 시작하면서 과학기술 문화의 일부가 되었다.

따라서 관찰과 실험에 기초한 새로운 형태의 과학 탐구로 괴물의 정체는 밝혀지고 그 전설이 파괴되는 형국을 초래한다. 소년소설 「용늪龍池」은 여전히 용의 전설이 지배하는 시골을 배경으로 하고 있다. 주인공 중녹이가 어려서 살던 시골엔 '용늪'이란 아주 깊은 못이 있었다. 그 "용늪에는 잉어가 수두룩하야 오십년이나 백년묵은 것이 있다고해요—백년묵은 잉어는 빛이 신누렇고 코가 벌죽하게 넓고 뻗힌 수염이 아주 길어서 그것이 용과 같다고 합니다. 그래서 잉어가 백년이 되면 용으로 변하는데 변할 때마다 아이 하나를 잡아먹어야만 무지개를 타고 하늘로 올나가고 그렇지 못하면 숲속에서 그냥 죽어버린다"[37]라는 전설이 있었다. 그 전설 때문에 어린 소년에게 늪은 공포의 대상이었다. 하지만 소년이 실제 물에 빠진 이후 그 공포감은 사라진다. 늪 한가운데 있는 커다란 잉어가 "싯누런 빛의 무서운 용"이 아니라는 사실을 확인했기 때문이다. 이처럼 전설적인 이야기는 현실에서 마술로 간주하였던 점이 부각되면서 동시에 초현실성에 대한 과학의 개입을 보여준다. 따라서 전래동화와 환상적인 이야기가 현실과 뒤섞여 있는 세계를 유지하고 있는 잡지 『소년』의 체제는 마술과 기적의 세계에 대한 양가적 태도를 계속 유지하고 있는 상태를 취한다. 현실의 감각과 초현실적 감각이 공존하는 상태, 즉 근대 과학 담론의 자장 안에 전래동화와 환상적인 이야기의 배치는 현실을 되비추는 거울상 역할을 한다는 것이다. 따라서 『소년』의 세계는 놀랍고, 환상적이며 심지어 불가사의한 사건들로 가득 차 있지만, 과학으로 구축된 현실을 더 부각하고

37. 김송, 「<소년소설> 용늪(龍池)」, 『소년』 3권 7호, 1939.7, 50쪽.

있다고 볼 수 있다.

근대의 판타지 서사에서 평범한 아이들은 마법의 물건이나 요술사 같은 마술적 매개를 통해 다른 세계로 들어간다. 그런데 그 세계에서 벌어지는 마술적인 모험은 현실과의 대비를 만들어 낸다. 즉, 초자연적 세계에 대한 독자의 망설임을 필요조건으로 한 판타지물은 현실과 연계되어 있다.[38] 니콜라예바에 따르면, 어린 독자들을 불확실성 속에 남겨놓는 것은 교육적으로 옳지 못하다는 당대 지식인들의 판단에 기초하여 초기 아동 판타지에서는 대부분 환상적인 모험을 꿈으로 설명함으로써 신뢰성이라는 문제를 해결해주었다고 한다. 확실한 경계선과 합리적 설명 같은 요소들을 서사에 배치했던 점은 당대의 교육적 시각이 반영된 것이라 할 수 있다. 따라서 모험을 통한 성장을 추구하는 아동문학의 기본 패턴은 '회귀적 여행'이다. 또 다른 세계나 시간 여행 속에서 펼쳐지는 초자연적인 것과의 만남이 주인공을 어떻게 변화시키느냐 하는 것이 중요해졌다. 주요섭의 소설 「웅철이의 모험」(『소년』 1권 1호, 1937.4~2권 2호, 1938.2)은 소년 웅철이가 친구 애옥이와 함께 애옥이 큰언니로부터 『이상한 나라의 앨리스』 이야기를 듣다가 조끼 입은 토끼의 안내로 땅속 나라 구경에서부터 달나라, 해나라, 별나라, 꿈나라로 여행하는 소년의 모험을 그리고 있다. 시계 토끼를 만난 웅철이는 몸이 작아져 마술 통로인 토끼장 안으로 들어선다.[39] "이상스런 나라"[40]를 재현하는 「웅철이의 모험」 속에는 신화적 모티프나 전설, 설화, 전래동화 등이 구현된다. 그런데 웅철이가 달나라에 가서 보게 되는 거대한 계수나무와 그 아래에서 방아를 찧는 늙은 토끼의 형벌에는 「토끼와 거북이의

38. 마리아 니콜라예바, 앞의 책, 187쪽.
39. 주요섭, 「웅철이의 모험」, 『소년』 1권 1호, 1937.4, 61쪽.
40. 주요섭, 「웅철이의 모험」, 『소년』 2권 3호, 1938.3, 46쪽.

그림 32. 「웅철이의 모험」,『소년』 1권 7호, 1937.12, 38쪽.

경주」 이야기가 원인으로 작용하고 있었다. “내가 죄를 짓구 지금 벌을 받는거야. 교만을 부리던 죄루 벌을 받는거란 말야. 그놈 거북이 하구 경주를 하다가 내가 그만 지기 때문에 일생동안 이렇게 벌을 받는거야”[41] 라는 식의 패러디를 통해 계수나무 이야기와 전래동화의 연계성을 만들어 내고 있다. 이처럼 동화 곳곳에는 전래동화에 인과성을 부여하는 부분들이 발견된다. 기본적으로 판타지는 작가가 제시하는 내적 논리에 따라 현실과는 다른 자체적 일관성을 지니게 마련이다. 그런데 그 일관성이 ‘합리적 설명’의 성격을 띠고 있다는 점이 특징적이다. 게다가 웅철이의 여행 도구는

그림 33 「웅철이의 모험」,『소년』 2권 1호, 1938.1, 45쪽.

41. 주요섭, 「웅철이의 모험」, 『소년』 1권 5호, 1937.8, 77쪽.

‘용’에서부터 과학자가 만든 최첨단 ‘로케트’에 이르기까지 다층적인 범주를 이루고 있다. 이 같은 초현실적 모험은 ‘현실’이란 일차적 시간에서는 절대 불가능한 것이다. 『이상한 나라의 앨리스』처럼 웅철이는 잠에서 깨어나면서 모험을 끝내고 현실로 돌아온다. 따라서 “마술적 신념은 인과적 이성의 다른 형식”[42]이라는 입장처럼 마술 세계의 구성이 어린이의 과학적, 이성적, 합리적 성장을 위한 중요한 단계라고 판단할 수 있다.

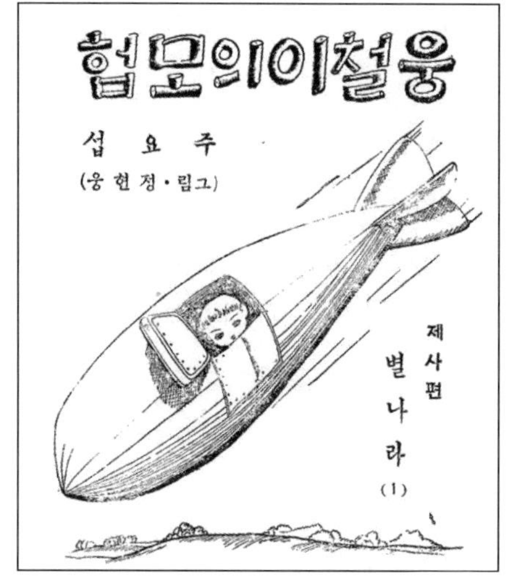

그림 34. 「웅철이의 모험」, 『소년』 2권 2호, 1938.2, 45쪽.

3. 꾀동이의 변장술, ‘백가면 도상’과 ‘마술 코드’의 의미

새로운 지식으로서의 과학이 독자의 궁금증을 유발하고, 그를 해결하는 과정에 개입할 때 경이로움이 수반된다. 지리적 탐험이 경이로움을 가져다주었던 것처럼 ‘이상야릇’한 각국의 풍습이나 문화를 소개하며 경이감을 불러일으켰다.[43] 게다가 이상하고 신비한 과학의 발견을 계기로 어린이의 궁금증은 더욱 증폭되었다. 따라서 ‘소년과학’, ‘소년지식’,

• • •

42. Karl S. Rosengren, Carl N. Johnson, and Paul L. Harris, *Imagining The Impossible ; Magical, Scientific, and Religious Thinking in Children*, Cambridge : Cambridge University Press, 2000, p.127 참조.

43. 이상하, 「이상야릇」, 『소년』 3권 4호, 1939.4, 38쪽.

‘세계진문’, ‘척척대답’, ‘이달의 궁금풀이’, ‘지혜주머니’ 등의 코너는 매호 어린이들의 호기심을 해결해주기 위한 기획의 산물이었다. 이러한 글들은 어린이의 다양한 질문에 과학적이고 합리적인 설명을 덧붙인 뒤, “이상한 일”[44]도 “그 이치를 알고 보면 아무것도 아”니라는 점을 강조했다. 이처럼 경이감을 불러일으키는 어린이의 ‘호기심’은 세계에 대한 ‘지知’와 긴밀하게 연결된다.

기존의 지식 체계를 뒤흔드는 이상한 것들은 기묘하고 괴이한 감정을 동반하기 때문에 필연적으로 놀라움 같은 경이적인 감각을 일깨운다. 많은 경우, 미지의 불가사의한 대상은 그 정체가 해명되기 전까지 무서움과 공포를 유발한다. 동물원 어둠 속의 괴물 정체가 과학적이고 합리적인 방식으로 탐구되어 곰으로 밝혀진 이야기를 “기담奇談”[45]으로 분류하는 것도 같은 맥락이다. “이 세상에서 제일 큰 동물”[46]인 청고래를 과거에는 어부들이 목숨을 내걸고 잡았다면, 과학이 발달한 현재는 포경선捕鯨船과 포경포捕鯨砲 같은 기술 장치의 도움을 받기 때문

그림 35. 양미림, 「바다의 괴물」, 『소년』 4권 12호, 1940.12, 42쪽.

• • •

44. 심형필, 「<궁금풀이> 바닷물은 왜 하루에 두 번씩 밀었다 졌다 하나?」, 『소년』 2권 6호, 1938.6, 28쪽.
45. 황갑수, 「<동물기담> 심야의 괴물(2)」, 『소년』 4권 2호, 1940.2, 68쪽.
46. 양미림, 「<이야기> 바다의 괴물」, 『소년』 4권 12호, 1940.12, 42쪽.

에 "고래잡이가 그리 위험한 일이 아니며 따라서 큰 산업으로 까지 발전"할 수 있게 된다. 엄청난 공포의 대상을 물리치는 과학의 승리 사례는 수도 없이 제시된다. 이처럼 늘 공포의 대척점에는 이성을 상징하는 과학이 자리한다. 이제 놀라움의 장소는 과학 분야에서 탐구의 영역으로 바뀌었다. 지식인들은 "미신을 가지고 있는 사람일수록 더 겁이 많으며 또 공연한 실수를 하는 것"[47]이라 규정하고, 어린 독자의 "궁금증과 무섬증을 덜어드리기" 위해 합리적인 설명을 덧붙여 과학적 지식을 전달했다. 이처럼 '소년과학'이 전달하는 지식은 경이감과 안정감을 동시에 불러일으키는 작용을 하였다.

시초와 근원을 궁금해하는 어린이의 호기심 충족은 성냥이 발명되기 전까지 부싯돌을 이용해 불을 일으키는 사람의 지혜와 발명의 역사로 채워졌으며,[48] 이쑤시개처럼 "날마다 쓰는 것의 역사를"[49] 살펴보는 것으로 이어졌다. 이처럼 '시초이야기,' '까지이야기' 등 발명의 '역사'를 재구성하는 과정의 글들은 아동에게 과학상식을 보급하면서 근대적인 정체성을 구성하도록 하였다. "전등이 어떠한 길을 밟아서 우리들의 집안까지 들어오는가 하는 것"[50]을 아는 일은 "전기 문명 시대"라고 하는 현시점에서 "우리들이 제법 문명 시대의 사람으로 행세하려면 불가불 전기에 대해서 좀 알고 있어야 할 것"이었다. 즉 '과학상식'을 넓혀 가면서 교양 있는 근대인의 정체성을 획득하는 과정이었던 것이다. 이러한 과학상식들은 발명의 진화 과정을 통해 지혜의 발전 과정을 보여준다. "무엇이나 한 큰 발명을 할때에는 언제든지 그런 것입니다만

• • •

47. 심형필, 「<소년과학> 번개와 벼락」, 『소년』 2권 10호, 1938.10, 50쪽.
48. 심형필, 「<까지이야기> 성냥이 되기까지」, 『소년』 3권 4호, 1939.4, 28쪽.
49. 홍이섭, 「이쑤시개의 역사」, 『소년』 3권 4호, 1939.4, 48쪽.
50. 심형필, 「<까지이야기> 전등이 들어오기까지」, 『소년』 3권 5호, 1939.5, 18쪽.

은, 그 전에 그 기초가 될만한 것이라든가, 혹은 불완전한 것이 발명돼 갖이고 그것이 여러해를 두고, 내려오면서 여러사람의 '지혜'로 자꾸자꾸 개량되어야 비로소 한 완전한 큰 발명을 할 수 있게되는 것"[51]이었다. 어린이들이 무지에서 발생하는 공포와 두려움을 깰 지식과 지혜를 축적하여 근대적인 주체로 성장하는 것이 무엇보다 중요했다.

『소년』은 아동의 과학적 수행능력을 키우기 위해 오락, 즉 놀이나 게임의 방식을 사용했다. '소년유희실', '소년오락실', '수공실', '요술주머니', '척척대답', '깔깔소년회'란에는 틀린 그림 찾기나 종이 그림 오리기, 수수께끼, 넌센스 퀴즈 등을 실어 어린이들의 문제해결 능력을 키우려 하였다. 특히 '척척대답'[52]란은 '수수께끼'를 활용하여 사고의 깊이를 유도하였다. 그것은 재치 있는 문답으로 지적 순발력과 사물에 대한 통찰력을 끌어낼 수 있는 탁월한 방법이었다. 또한 『소년』은 과학적 수행을 모방한 합리적 오락인 마술을 지속적으로 소개하며 "아모나 할 수 있는 재미있는 요술"들을 가르쳐 주는 "요술학교"[53] 역할을 했다. 마술은 교육과 대중오락을 결합한 새로운 시도라 할 수 있었다. '하는 법' – '알고보면'[54]의 절차로 구성된 "재미있는 요술"의 구조는 어린 독자의 문제 해결을 유도했다. 또한 요술쟁이가 등장해 한편의 마술쇼를 펼치는 아동극[55]이나 아무것도 없는 곳에서 무엇이든지 마음대로 꺼내오는 재주를 갖은 요술꾼에 관한 동화[56]는 텍스트 내의 현실 한 가운데

• • •

51. 송진근, 「<과학상식> 기차가 되기까지(1)」, 『소년』 4권 1호, 1940.1, 24쪽.
52. 창간호부터 척척박사에게 묻고 답을 듣던 해당란은 1940년 10월호부터 「소년대학」으로 제목이 바뀌고 대머리 박사로 변형되지만, 형식은 동일하게 유지됐다.
53. 「요술학교」, 『소년』 1권 1호, 1937.4, 42쪽.
54. 「요술주머니」, 『소년』 4권 11호, 1940.11, 18쪽.
55. 신고송, 「<아동극> 요술모자(1막)」, 『소년』 1권 1호, 1937.4, 70쪽.
56. 박태원, 「<지나동화> 요술꾼의 복숭아」, 『소년』 2권 1호, 1938.1, 87~91쪽.

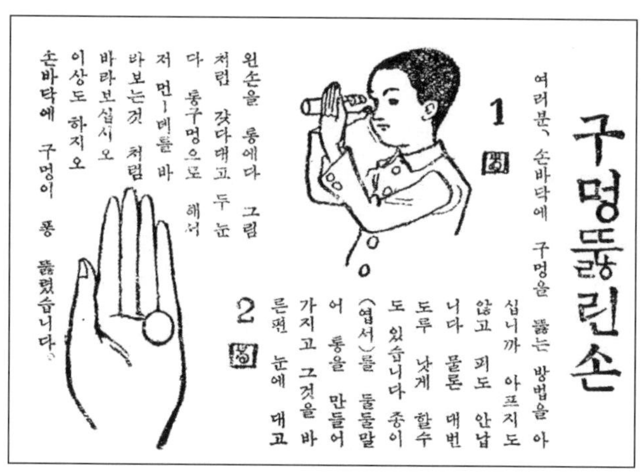

그림 36. 「소년기술대회」, 『소년』 2권 2호, 1938.2, 53쪽.

마술쇼 무대를 펼쳐 놓았다. 이때 독자들은 텍스트 속 구경꾼의 경이감을 공통으로 느낄 수 있다. 과학 원리를 차용해서 의사擬似–과학적 활동이라 할 수 있는 마술 공연은 과학을 경이로 바라보게 만드는 역할을 했다. 아동 과학문화를 확립하는 데 있어 공적인 실연은 독자의 연루, 즉 어린이가 보는 것보다 오히려 행하는 것에 초점을 맞추기 시작했던 것이다. 따라서 매회 마술 방법을 알려주며 "동무끼리 모여 앉아 한번씩들 해보세요"[57]라는 수행을 강조했다. 그런데 "손가락장난"[58]들은 "한번 시험해보십시오"라는 행동강령으로 이어지면서, '요술'이 곧 '실험'으로 전이되는 현상을 낳는다. 그래서 요술은 "이과유희"[59]로 분류될 수 있던 것이다.

『소년』에 게재된 마술, 유희, 게임은 새로운 사건(지식)에 대한 경이(공포)가, 바로 제시되는 답을 통해 안정감을 유지하는 구조를 지녔다.

57. 「오락실」, 『소년』 4권 10호, 1940.10, 58쪽.
58. 「손가락장난」, 『소년』 2권 8호, 1938.8, 21쪽.
59. 「이과유희」, 『소년』 2권 8호, 1938.8, 43쪽.

특히 마술은 '하는 법'이나 '되는 까닭'에 중점을 두면서 문제에 대한 답이 반드시 존재해 안정감을 회복시키는 효과가 있다. 판타지 아동문학의 경우 역시 주인공은 비록 현실과 환상 사이를 오가지만 모험을 통해 자신의 정체성을 새롭게 구축하는 교육 구조를 지녔다. 근대 지식인과 교육자들은 세계에 대한 이치를 터득하는 방법으로 '이과'에 주목한다. 이과란 "세상에 있는 식물, 동물, 광물 같은 여러 가지의 물건이라든지 그에 대한 이치를 배우는 것"[60]이고, 학교에서 배우는 이과 책은 "우리가 살아가는데 가장 필요한 것만을 모아가지고 만든 것"이라는 게 그들의 생각이었다. 따라서 근대 어린이에게 왜 그렇게 되는지 이치를 궁리하는 것이 무엇보다 중요해졌음을 강조하였다. 그런데 『소년』에서는 이 이치의 궁리를 '재주'로 인식했다. 요술사는 '재주꾼'[61]에 해당한 것이었다. 불가능해 보이는 것을 가능한 것으로 바꾸는 요술꾼의 '손재주'는 "누구나 못한다고 할 것"[62]을 해내는, 이치를 터득하고 활용할 줄 아는 "재주"였기 때문이다.

어린이들의 이야기는 복종심을 통해서가 아니라 '영리함'을 통해서 세계에서 살아가는 것을 가르친다는 베텔하임의 말처럼[63] 전통적인 민담이나 동화들은 바보나 막내, 천진한 어린이들을 주인공으로 삼았다.[64] 그들은 작고 나약한 존재였다. 그런데 잡지 『소년』에서 소년들은 더 이상 나약하지 않으며 바보들과 명확히 거리를 두려 한다. 깊은 산속 어디서인지 '라디오'가 나타나도 이를 발견한 동물들은 대체 이게

• • •

60. 박만규, 「이과를 잘 하려면」, 『소년』 3권 6호, 1939.6, 24쪽.
61. 전재주, 「<종이장난> 이상한 종이고리」, 『소년』 2권 1호, 1938.1, 19쪽.
62. 「손재주」, 『소년』 2권 1호, 1938.1, 15쪽.
63. 브루노 베텔하임, 『옛이야기의 매력 1』, 김옥순·주옥 옮김, 시공주니어, 2002, 79~80쪽.
64. 페리 노들먼, 『어린이 문학의 즐거움 2』, 김서정 옮김, 시공주니어, 2001, 310쪽.

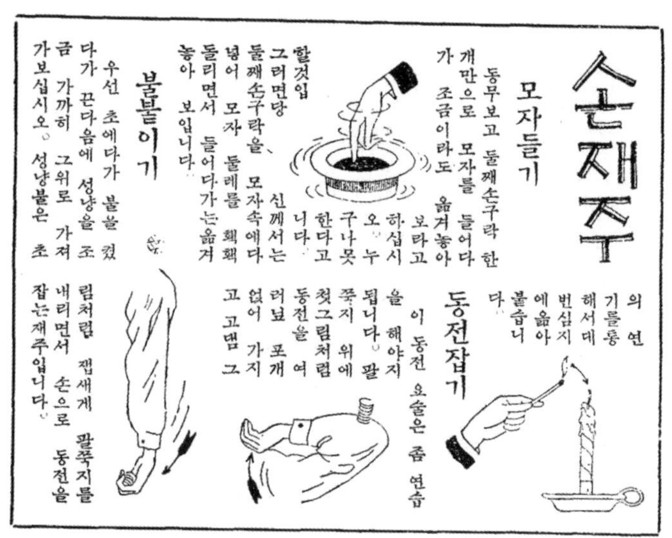

그림 37. 「손재주」, 『소년』 2권 1호, 1938.1.

무엇인지 알 수가 없다.[65] 이처럼 무지無知를 풍자하는 만화의 주제는 동화와 전설에서도 반복 생산된다. '미련함 / 구세계 : 꾀 / 신세계'라는 이분법 체계는 세대를 나누고 차별화하며 비웃음의 대상으로 만든다. 따라서 바보들의 이야기는 어린이들에게 '소화笑話'로 분류되어 전달된다. 바보들은 얽혀 있는 다리들 사이에서 제 다리를 구분할 줄도 모르고,[66] 셈할 줄을 모르고[67] 무식하여 속임을 당하기 쉬운[68] 등 미련한 행위로 삶을 유지하는 '답답이'[69]들로 재현된다. 수박 장수에게 수박을 당나귀 알로 사기당하는 그들은 다른 사람들에게 웃음거리로 지낸다.[70] 이처럼

• • •

65. 이윤호, 「라디오 소동」, 『소년』 4권 11호, 1940.11, 18쪽.
66. 신기룡, 「<笑話> 잃어버린 다리」, 『소년』 2권 1호, 1938.1, 16쪽.
67. 김인영, 「미련한 노인」, 『소년』 2권 6호, 1938.6, 30쪽.
68. 송창일, 「<전래동화> 백량자리 돗보기」, 『소년』 4권 9호, 1940.9, 9쪽.
69. 「답답이」, 『소년』 2권 6호, 1938.6, 32쪽.
70. 천년식, 「<동화> 당나귀알」, 『소년』 3권 4호, 1939.4, 54쪽.

무지한 바보들의 이야기는 손해 보는 경우들이 다반사다.[71] 또 그들은 천성이 게으를[72] 뿐만 아니라 욕심도 많다.[73] 이러한 바보들의 세계와 대조되는 것이 "꾀동이"[74]의 세계이다. 바보들의 이야기는 웃음을 통한 해소와 동시에 '지혜'의 중요성을 강조한다. "재주있는 이들"을 다른 나라에 빼앗기고 "미련이들만 잔뜩 모여사는 미련이 나라"[75]의 에피소드는 단지 웃음거리에 그치지 않고 반면교사反面教師가 되었다. 『이솝우화』를 쓴 "이소프는 나면서부터 재주가 남보다 뛰어났습니다마는 집이 가난해서 가엾게도 어려서부터 남의 집에가서 심부름을 해주고 지냈습니다. 게다가 여간 못생기지를 않어서 이마는 불숙 나오고 등은 꼬부장, 배는 불룩 당최 보잘것이 없었습니다."[76] 이처럼 당최 보잘것없던 소년 이솝을 "지혜로운 소년"으로 만들어 준 것은 다름 아닌 그의 "재주", 즉 '꾀'였다. 『소년』은 지혜로운 소년, 즉 '꾀'를 낼 줄 아는 소년들을 재현하며 '꾀'의 중요성을 강조하였다. 동화 속 어린이들은 꾀를 내어 소도둑을 잡고,[77] 합리적인 추리를 통해 고구마를 훔친 범인을 잡는[78] 등 어른들이 해결하지 못하는 일도 척척 해결해 낸다. 사실 꾀는 "힘안드리고"[79] 문제를 해결하는 삶의 기술, 즉 지혜에 해당한다. 이 같은 '꾀'는 나약한 존재인 어린이들에게 최상의 무기였다.[80]

• • •

71. 김상수, 「웃음자루」, 『소년』 3권 5호, 1939.5, 36~38쪽.
72. 이건영, 「게으름뱅이」, 『소년』 2권 8호, 1938.8, 36쪽.
73. 임종원, 「욕심꾸레기」, 『소년』 2권 8호, 1938.8, 38쪽.
74. 이인학, 「꾀동이의 꾀」, 『소년』 2권 8호, 1938.8, 39쪽.
75. 양재기, 「캄캄한 집－미련이 나라에 생긴일」, 『소년』 2권 2호, 1938.2, 23쪽.
76. 신남준, 「<이야기> 이소프의 지혜」, 『소년』 2권 2호, 1938.2, 30쪽.
77. 「<애기> 소도적」, 『소년』 1권 9호, 1937.12, 68쪽.
78. 현덕, 「<소년소설> 고구마」, 『소년』 2권 11호, 1938.11, 8쪽.
79. 심재영, 「힘안드리고 사냥하는 법」, 『소년』 2권 2호, 1938.2, 60쪽.
80. 최미선, 「한국 장편 소년소설의 전개과정과 소년상 연구」, 『한국아동문학연구』

탐정소설 같은 모험 서사에서 '모험소년'들은 악과 대결하여 승리하려면 반드시 '꾀'를 갖추어야 한다. 근대 소년과 소녀들이 일상생활에서 실천하는 과학적 수행은 범죄 수수께끼를 파헤치는 '탐정술'로 이어졌다. 근대 어린이들이 명탐정 놀이에 열광하기 시작한 것은 탐정소설과 과학수사의 발전에 큰 영향을 받고 있었다. "심리학, 법의학, 범죄학 등은 물론 철학, 과학, 사학, 천문학, 정치, 예술에 이르기까지 모든 방면"[81]의 근대적 지식을 필요로 하는 탐정 문학은 남녀노소를 불문하고 논리적 추론을 학습하는 데 도움을 주었다. 또한 근대 조선에서도 "탐정소설가튼"[82] 범죄사건들에 대한 과학적 해결을 위해 과학수사의 발전을 꾀할 필요가 있었다. 범죄의 발달에 따라 수색에 필요한 과학의 발달도 진행되어야 했으나 조선의 경우 법의학과 범죄학상 가장 이상적인 설비를 갖춘 '이화학실理化學室', '해부실'의 신설은 1930년대 중반에 이르러서나 이루어졌다.[83] 범죄인들이 증거소멸을 위해 가장 잘 사용했던 변장술도 점차 발달해 가는 상황이었다. 변장의 목적은 외견상의 개인적, 직업적 특징을 바꿔 타자의 식별을 곤란하게 하는 수단이다. 따라서 변장이라는 것은 범죄자나 수사관 등이 자주 응용하는 수단이었기 때문에 변장술의 연구는 범죄수사학 상에 특수한 지위를 차지했다. "유명한 탐정가든가 현명한 범죄자는 교묘하게 과학적으로 배우가 될랴고 고심하는 것"[84]과 다름이 없었다. 『소년』에 재현된 만화나 동화, 소설에서 소년 탐정들은 그 무엇보다도 '변장술'에 주목한다. 박인수가 재현한 만화에서 소년은

• • •

25호, 한국아동문학학회, 2013, 224쪽.

81. 안회남, 「탐정소설」, <조선일보> 1937.7.14.

82. 「???귀신가튼 봉천강도???」, <매일신보> 1932.11.7.

83. 「鑑識陣을 확충하야 수사방법 과학화」, 『조선중앙일보』 1935.1.13.

84. 정보라, 「<치아와 범죄> 범죄수사학적 의의(3)」, <동아일보> 1937.6.27.

현상금 걸린 범인이 어떠한 변장술을 펼치더라도 알아내는 능력을 발휘한다.[85] 반대로 범인을 잡기 위해 탐정 소년이 하는 변장은 그가 지닌 '재주'가 된다.[86] 1930년대 후반에는 전 세계를 싸고도는 스파이전[87]과 스파이들의 잦은 출몰,[88] 간첩의 활약상들이[89] 미디어를 통해 자주 게재됐다. 그리고 실제로 어린이들이 도둑과 스파이를 잡았다는 미담들이 기사화되기 시작했다. 이러한 현상은 총후銃後의 아동을 방범과 방호의 주체로 명명했던 방공담론의 맥락과 닿아 있었다. 박태원의 소설 「소년탐정단」[90]은 마을에 잠입한 도둑을 잡기 위해 활약하는 소년 탐정의 이야기이다. 이때 소년의 탐정술인 '변장'은 사기와 기만을 폭로하거나 그것을 술수術數로 사용할 수 있는 것이었다.

그렇다면 과학과 마술이 안티테제임에도 불구하고, 지속적으로 어린이의 문화 속에 공존하는 이유는 무엇일까. 1937년 『소년』에 연재된 김내성의 '탐정모험소설' 「백가면」은 마술의 세계와 겹쳐있는 '백가면'의 도상圖像을 재현한다. "컴컴한 거리에 실과 같이 뻗친 자동차의 두 줄기 불빛, 그 불빛 맨 끝에 백가면이 탄 흰 말이 꼬리를 펴고 쏜살같이 달아나고 있었습니다"[91]라는 서술에서 볼 수 있듯이 흰 말을 타고 근대 경성 거리를 질주하는 백가면은 근대의 표상인 자동차와 대조되는 존재이다. 더군다나 "해골의 탈을 쓰고 지금 남대문 꼭대기에서 미친 듯이 뛰어다니는 저 백가면은 웃는 것도 같고 우는 것도 같"[92]아 정체를

• • •

85. 박인수, 「소년탐정」, 『소년』 1권 6호, 1937.9, 12~15쪽.
86. 박인수, 「小探偵」, 『소년』 2권 8호, 1938.8, 66~67쪽.
87. 유행엽, 「군사기관 스파이群」, 『조광』 3권 10호, 조선일보사, 1937.10, 89쪽.
88. 「간첩의 맹습받는 조선」, <동아일보> 1938.7.22.
89. 김추엽, 「전쟁과 간첩의 활약」, 『조광』 3권 10호, 1937.10, 264쪽.
90. 박태원, 「소년탐정단」, 『소년』 2권 6호, 1938.6, 10쪽.
91. 김내성, 「백가면」, 『소년』 1권 4호, 1937.7, 35쪽.

확정지을 수 없는 불확정적인 존재이다. 이같이 불확정적인 백가면의 존재는 전시체제하의 경성 거리를 미스터리에 빠지게 만들고 불안과 공포에 휩싸이도록 한다. "남대문 지붕 위로 올라가서 컴컴한 밤 하늘을 배경으로 마치 마귀와 같이 우뚝" 선 백가면은 "발 밑에 경관들을 비웃는 듯이 한 바퀴 휘돌아" 본다. 그런데 이처럼 "무시무시하기가 짝이 없는 광경"을 연출하는 백가면에 대한 경성 주민들의 반응에 주목할 필요가 있다. "순간, 사람들은 백가면을 미워한다는 것보다도, 대담하고 민첩한 마치 마술사와 같은 꾀를 가진 백가면의 재주를 칭찬하고 싶은 생각이 한창 더 많었던 것"[93]이다. '마귀' 같고, '마술사' 같은 백가면은 과학의 안티테제에 해당하는 존재이다. 그렇기 때문에 비밀에 휩싸인 백가면의 마술적 가면을 벗겨 나가는 과정은 이성적 주체가 근대성을 구현하는 것과 마찬가지이다. 백가면이 더욱 마귀 같고 마술사 같을수록 탐정 유불란이 표상하는 근대성은 더욱 과학적이고 합리적인 것으로 인식되어 간다. 마술이 비밀을 유지하며 수행하는 행위인 데 반해 과학은 세계의 비밀을 밝히는 탐구 활동이라는, 이 양항적 관계가 백가면과 유불란 사이에 존재하는 것이다. 마술적 세계로 묘사되는

그림 38. 김내성, 「백가면」, 『소년』 1권 4호, 1937.7.

92. 김내성, 「백가면」, 『소년』 1권 7호, 1937.10, 53쪽.
93. 김내성, 「백가면」, 『소년』 1권 9호, 1937.12, 54쪽.

백가면의 존재는 곧 과학으로 정복될 대상으로 설정되면서 오히려 과학(유불란)을 지지하는 요소가 된다. 합리적 이성의 상징인 탐정 유불란劉不亂은 그 자체가 과학수사 장치로 기능하고 있음을 알 수 있다. 그의 뛰어난 변장술이나 비밀수첩에 약품을 활용하는 방법은 과학수사의 한 장면을 방불케 한다. 그러나 과학의 권위를 상징하는 유불란은 소년탐정단 곁에서 그들의 탐정 활동을 돕는 조력자로 기능할 뿐이다.

"귀신과도 같이 능란한 재주를 가진"[94] 백가면의 정체를 밝히고, 세계 각국의 스파이에게서 '아버지'와 '과학'을 지키는 일은 소년들의 몫이다. 서술자는 "과연 서양서도 잡히지 않은 저 백가면이 수길과 대준이 같은 어린 소년에게 잡힐는지 안잡힐는지 그것은 이 이야기를 끝까지 읽으면 알 수가 있을 것"[95]이라며 나약한 존재인 소년 주인공들을 강조한다. 류수연은 탐정소설이 힘없는 어린아이도 한 명의 영웅이 될 수 있다는 가능성을 보여주는 '역할놀이'로서 기능했다고 주장한다.[96] 소년 탐정소설은 마술과 과학, 비이성과 이성 사이의 끊임없는 상호작용을 거치며 의심하고 추리하는 아이들을 창조한다. 어른과 달리 어린이에게 존재하는 마술적 신념과 마법에 걸린 '이상한 세계'의 비밀을 폭로하는 수단인 과학 사이의 조율 관계를 터득하는 과정은 하나의 통과 제의적 단계일 수 있다. 따라서 소년 과학은 결코 마술의 세계와 대치하지 않고 포용하며 과학을 이야기한다. 오히려 마술적 신념과 비합리성은 과학의 합리성을 설명하기 위해 꼭 필요하다. 이처럼 『소년』의 세계는 아이들의 마술적 신념과 과학의 상호작용을 직조하다가 결국 '과학—이성—합리'의 축이

94. 김내성, 「백가면」, 『소년』 2권 1호, 1938.1, 82쪽.
95. 김내성, 「백가면」, 『소년』 1권 4호, 1937.7, 35쪽.
96. 류수연, 앞의 논문, 263쪽.

승리하는 한 편의 과학적 성장 드라마를 구현한 것으로 볼 수 있다. 문제는 총동원체제에서 제시했던 그 성장의 방향이다.

4. 불량소년·소녀 담론과 모범생의 정치학, 명랑한 '군국소년'의 나아갈 길

앞에서는 과학의 경이가 가장 중요한 원천인 동화와 어떻게 상호작용했는가를 살펴보았다. 『소년』은 초현실적인 이야기의 파괴자가 되는 것과는 거리가 멀게 민담이나 전설, 동화, 모험 · 탐정소설, 마술 같은 오락물들을 이용해 대중에게 과학 분야에 대한 통찰력을 제공하였다. 즉, 과학을 전달하기 위해 동화적 판타지를 두드러지게 사용했던 것이다. 이처럼 이상한 나라를 활용한 과학교육은 근대 시기 어린이에게 새로운 지식을 포장해서 전달하는 매력적인 수단이었음이 분명하다. 발달심리학적 관점에 따르면 아동은 마술적 사고를 이용하거나 초자연적 가능성을 생각하는 경향이 점차 줄어든다.[97] 대신에 그들은 점차 더욱 규율화되고, 세계에 대한 과학적이고 이성적인 개념을 채택한다. 이성과 마술이라는 두 개의 서로 다른 사고 양식이 경쟁하면서 전개되는 과정은 아이들의 성장에 중요한 단계가 되는 것이다. 지식인들은 과학과 마술적인 세계인 동화를 결합해 새로운 발견을 예찬했고, 경이로움을 불러일으키며 미래의 방향을 제시하고 어린이들의 몸과 마음을 훈육했다.

근대 아동문학과 아동잡지는 어린 세대를 통해 미래에 영향을 미치고 싶은 지식인들과 교육자, 그리고 체제의 욕망이 적극적으로 반영되어 있다. 따라서 이들이 아동에게 과학적 교양을 함양시키며 꾀했던 '성장'의 정치적 무의식을 고찰할 필요가 있다. 잡지 『소년』에서는 '소년공동

• • •

97. Karl S. Rosengren, Ibid, p.92 참조.

그림 39. <제과광고>, 『소년』 2권 2호, 1938.2.

그림 40. 『소년』 4권 7호, 1940.7. 표지

체'를 형성하여 조선의 소년들을 소년단 형식으로 끌어모으려는 지식인의 의도가 분명히 드러난다. 윤석중은 잡지에 애독자들의 사진을 공개하며 "서로 얼굴을 익히고 서로 마음이 엉켜서 이담에 커서 다가치 훌륭한 일들을 하시기 바랍니다"[98]라고 말한다. 그런데 중일전쟁과 총동원체제기의 어린이들이 보고 배워야 할 모델은 이전 시기와 달리 '병사'로 표상되기 시작했다. "이 세상에 사는 우리는 쌈터에 선 군사와 같"[99]은 삶의 태도로 미래를 향해 나아가야 한다는 명목이 있었지만, 매호 '전선뉴-쓰', '전선통신', '시국독본'의 연재를 통해 애국심에 불타는 지원병들의 전시 생활 소식을 전달하면서[100] '멸사봉공'의 정신[101]을 함양시키려

• • •

98. 「만들고나서」, 『소년』 1권 5호, 1937.8, 81쪽.

99. 이만규, 「누워서 떡을 먹으면 팥고물이 눈에 떠러진다」, 『소년』 1권 1호, 1937.4, 48쪽.

하였다. 또한 잡지에는 승전勝戰 소식들을 알리는 전쟁 화보들이 자주 게재되었고[102] 소년들은 "이 무용武勇, 이 감격을 영원토록 잊지 말아주십시오. 그리고 더욱 몸을 튼튼히 하고 더욱 부지런히 공부를 해서 빛나는 제이세국민이 되어주십시오"[103]라는 어른들의 당부를 들었다. 그리고 「전선미담戰線美談」들의 연재는 소년들을 '군국소년'으로 만들어나갔다. 따라서 동화 속의 아동들은 장난감 비행기나 고사포를 가지고 병사가 되어 전쟁놀이를 한다.[104] 소설[105] 역시 충성심과 애국심을 심어주는 것들이 창작되면서 제국주의적 의식을 교육시켰다.

1940년, 소년단원이면서 자연과학을 연구하는 '심플'군의 '남극탐험수기'가 연재된 취지를 보면, "지금은 신동아를 건설하랴는 때이요 또 우리들은 이 건설에 주추柱礎가 되랴는 건아健兒이다. 그럼으로 우리들은 심신을 단련하며 모험심을 길으지안어서는 아니된다"[106]는 것이었다. "과학을 신용하고 과학에 봉사하랴는" "과학적 탐험"을 내세우며 '대동아공영권'이란 정치적 구상 아래 소년들의 모험심이 동원되고 있었다. 따라서 탐정소설, 모험실담, 모험만화 등 '모험' 모티프를 활용한 서사들이 대거 등장하여 미지를 탐험하는 소년들의 모험심을 부추겼다. 동화 속의 소년들도 "언제나 모험하기를 좋아"하여 모험 여행을 떠난다. 그들은 요술 할멈의 시험을 지혜롭게 해결하고 마술을 이긴 뒤 행복한

• • •

100. 「전선뉴-쓰」, 『소년』 3권 7호, 1939.7, 71쪽.
101. 「전선뉴-쓰」, 『소년』 3권 8호, 1939.8, 23쪽.
102. 「凱歌千里」, 『소년』 3권 1호, 1939.1.
103. 편집부, 「戰勝의 新年」, 『소년』 3권 1호, 1939.1.
104. 이구조, 「<동화> 비행기」, 『소년』 4권 9호, 1940.9, 43쪽; 이구조, 「동화, 병정놀이」, 『소년』 4권 12호, 1940.12, 46쪽.
105. 김혜원, 「<애국소설> 大旋風」, 『소년』 3권 11호, 1939.11, 19쪽.
106. 김혜원, 「<冒險實談> 南極氷原과 싸우는 소년(1)」, 『소년』 4권 2호, 1940.2, 17쪽.

결말을 성취한다.[107] 더 나아가 임홍은의 연재만화에서 모험 소년은 자전거나 자동차를 개조하는 기계 응용력까지 보여주며 위기를 모면한다.[108] 따라서 과학적 모험을 표상하는 '탐정'은 소년들이 본받아야 할 가장 직접적인 영웅의 표상체였다.

『소년』에 실린 탐정 · 모험소설들은 '명랑'[109]이라는 시대정신을 반영하여 당차고 용감한 소년 탐정의 활약을 보여주었다. 식민지 말기 '소년탐정소설'의 어린이들은 광화문 네거리에서 수수께끼 같은 암호문을 주워 추리하고 문제를 해결하여 큰 공을 세운다. "이튿날 아침 조간신문에는 '소년남매탐정으로 암호로말미암아 무서운 강도단을 잡엇다' 이런 기사가 게재되여잇섯"고 "그 신문에는 남매가 벙글벙글 웃는 사진이"[110] 게재된다. 사진을 통해 제국의 도상이 된 '소년남매탐정'은 대중 관객에게 제국에 대한 적합한 지식을 주입하는 하나의 유효한 수단이었다.[111] 제국통치의 상징이 된 남매 탐정의 사진이 의미하는 바는 무엇인가. 1930년대 중반 총독부 사회과에서 조사한 통계에 의하면 불량소년은 매년 증가 추세를 보이며 사회향상의 우울한 일면으로 파악되고 있었다.[112] 따라서 각 단체의 선도방침 강구와 더불어 미디어는 '근대 도시의 산물'로 이해된 불량소년 · 소녀의 증가 원인을 규명하려 노력했다. 「불량소년소녀잡고不良少年少女雜考」(<매일신보>, 1934.9.15~10.2) 연재처럼

• • •

107. 전홍림, 「쿠우터모험기」, 『소년』 3권 5호, 1939.5, 8쪽.

108. 임홍은, 「<연재만화> 모험소년(2)」, 『소년』 4권 4호, 1940.5, 9~12쪽.

109. 류수연, 앞의 논문, 247쪽.

110. 김근성, 「<소년탐정소설> 봉투 한장」, <매일신보>, 1938.4.17.

111. 제임스 R. 라이언, 『제국을 사진 찍다 — 대영제국의 사진과 시각화』, 이광수 옮김, 그린비, 2015, 300~333쪽 참조.

112. 「第二世의 不良分子 全朝鮮에 萬八千, 매년약一천명식 증가하는 셈, 少年朝鮮에 大暗影」, <매일신보>, 1936.3.31.

다각도의 원인을 분석하고 유인 수단까지 해부하는 경우가 많았다. 그런데 소년 소녀들이 불량하게 되는 데는 각종 원인이 있을 것임에도 불구하고 "불량소년소녀에는 천치는 적고 정신박약자가 퍽 만타"[113]는 담론이 유포됐다. 보도연맹은 불량아 될 "소질이 자신의 교양教養, 사회적 환경에 제재를 바더 발휘되지 안는 사람은 우량한 인간이고 이러한 소질을 발휘하야 사회의 안녕질서를 깨트리는 사람은 곳 불량한 사람인 것"[114]으로 규정했다. 미디어는 선량한 사람에게 영향을 미치는 불량아는 "사회전염병적 존재"[115]로 인식하면서 사회의 안정을 위해 반드시 교화되어야 할 대상으로 지목했다. 이 같은 불량아에 대한 우려는 일제 측만 아니라 조선인 사이에서도 다양하게 나타났다. 불량소년과 소녀에 대한 일제의 관심이 '충량한 신민' 만들기의 일환이었다면, 조선인들에게 그것은 건전한 '민족'을 만들기 위한 것이었다.[116] 이것은 「소년총후미담」에서 재현하는 '애국소년'들처럼 바람직한 '모범생' 어린이 만들기 과정과 어긋나는 것이었다.

식민지 말기 아동 출판문화는 '불량소년 · 소녀 담론'과 조응하며 아동의 신체와 정신을 대상으로 행해지는 과학적 통제와 훈육을 합리화하게 된다. 「백가면」의 작가 김내성이 쓴 탐정소설 「황금굴」(<동아일보>, 1937.11.1.~12.31)은 고아원 어린이들의 모험을 다루고 있다. 주인공 학준이는 어린아이들 가운데서 "본받을만한" 어린이로 지목된다. 그래서 학준은 원장선생님으로부터 "모범생模範生이라는 칭찬을 받을 뿐만

• • •

113. 「불량소년소녀는 정신이 박약한자」, <매일신보>, 1931.6.16.

114. 「보도(保導)와 감시(監視)를 엄중히 해도 불량소년은 작고 생겨」, <매일신보>, 1938.2.10.

115. 「불량소년문제」, <매일신보>, 1938.10.12.

116. 소현숙, 「식민지 시기 '불량소년' 담론의 형성—'민족/국민' 만들기와 '협력'의 역학」, 『사회와 역사』 107호, 한국사회사학회, 2015, 41쪽.

그림 41. 김내성, 「황금굴」, <동아일보>, 1937.11.17.

그림 42. 김내성, 「황금굴」, <동아일보>, 1937.12 2.

아니라 여러애들은 그를 자기친형과도 같이 따르고 조하했"[117]다. 이런 학준이가 고아원에 새로 들어 온 백희를 도와 작은 불상佛像의 비밀을 파헤치는 데서부터 이야기는 시작한다. 이들은 탐정 유불란의 도움으로 불상 속에 있는 암호를 해독하고 '태양환'이라는 커다란 기선을 타고 파도 높은 바다로 금은보배를 찾으러 "유쾌"하고 "무시무시"한 모험을 떠난다.

근대 모험 서사는 식민지적 팽창과 제국주의에 대한 대중적 담론과 연동하고 있었다. '태양환'의 출항은 당시 대동아공영권 실현을 위한 남방진출을 고려할 때 일본 국기인 히노마루日の丸를 상징했다. 아슬아슬한 모험 끝에 계룡도에서 찾은 황금 왕관을 학준과 백희는 어디에 쓰는가. "우리 그 돈을 가지고 훌륭한 고아원을 세우자 …… 그러구 백희 너는 여자반의 모범생

117. 김내성, 「황금굴(1)」, <동아일보>, 1937.11.1.

이 되고 나는 남자반의 모범생이 되고"[118]라는 학준이의 소원처럼, 제국의 모범생이 되기 위해 지불된다. 「백가면」에서 "우리의 적은 단지 한사람의 백가면 만이 아니라, 지금 호시虎視를 부릅뜨고 강박사의 발명을 방해하려는, 그리고 기회만 있으면 기계에 관한 비밀서류를 빼앗고저하는 야수와도 같은 전세계의 눈동자다"[119]라는 외침은 어린 독자에게 무기과학과 전쟁에 대한 흥미를 제공하며 경이의 세계를 펼쳐 놓았다. 이런 경이의 감각은 민족적 방어와 발흥에 기여할 수 있는 과학기술을 내화한 제국적 주체를 생산하기에 효율적으로 동원되었다.[120] '기술애국주의'로 포장된 과학교육의 군국화는 근대 아동을 제국주의 전쟁의 일원으로 동원하였던 것이다. 「소년세계지식」 란에는 전과戰果를 알리기 시작했고,[121] 솔잎에서 '가솔린' 대용이 될 만한 기름을 만드는 법을 연구 발명한 조선 청년의 소식을 전하며[122] 과학 기술적 애국주의를 창출해 내기 시작했다. 따라서 어린 독자들도 과학적 교양이란 명목하에 군함의 역사와 그 기능을 아는 것이 중요해졌다.[123] 이처럼 프로파간다화된 군국소년들에게 주입된 과학적 교양 담론이란 결국 지배 체제의 유토피아상을 재현하는 것으로 귀결된다.

• • •

118. 김내성, 「황금굴(10)」, <동아일보>, 1937.11.11.
119. 김내성, 「백가면」, 『소년』 2권 2호, 1938.2, 70쪽.
120. Mizuno Hiromi, *Science for the empire : scientific nationalism in modern Japan*, Stanford : Stanford University Press, 2009, p.144.
121. 「소년세계지식」, 『소년』 3권 7호, 1939.7, 15쪽.
122. 「소년세계지식」, 『소년』 3권 9호, 1939.9, 30쪽.
123. 홍이섭, 「군함이야기」, 『소년』 4권 4호, 1940.5, 52쪽.

제2장

불온한 등록자들

— 근대 통계학, 사회위생학, 그리고 문학의 정치성

1. 수자화한 조선, 경복궁에서 통계전람회를 개최하다

통계는 사회문제를 측정하는 최선의 방법으로 널리 인정을 받아 왔다. 그렇다면 여전히 총독부의 통계자료가 첨예한 재구축의 대상이 되는 현시점에서, 근대 식민지 조선의 통계란 무엇이었는가를 묻지 않을 수 없다. 1920년 4월 6일 조선 총독 사이토 마코토齋藤實가 일본 오사카를 지나가다가 『대판조일신문大阪朝日新聞』사의 한 기자에게 "이 번에 조선에 시행될 국세조사國勢調査는 당연히 폐지될 리유가 두가지가 잇스니 하나는 됴선 사람은 거개 대필로 신고서를 뎨출할덩도인 고로 오륙만명의 조사원을 써야 할 것이며, 둘재는 조사원으로는 고등보통학교의 졸업생이나 상급생을 사용할터인대 그들은 모다 독립사상을 가진 고로 할 수 업시 페지하게 된다"[1]라고 말했다. 1920년 10월 1일 일본과 동시에 조선에서 실시될 예정이었던 국세조사는 3 · 1운동 후 인심의 동요가 안정되지 못한 상태이자 조사에 필요한 조사원을 구하기 어렵다

---

1. 訴天生, 「盲人의 잠자나마나(下)」, <동아일보> 1920.5.28.

는 이유로 중단되었던 것이다.[2] 1870년대까지만 해도 일본의 인구조사는 국민 전체를 대상으로 이뤄지지 않았다. 따라서 신정부가 근대적인 행정을 추진해가려면 무엇보다도 국민 개개인의 거처를 확실히 파악할 필요가 있었다. 그러기 위해서 일본의 신정부는 서양의 새로운 학문인 '통계학'에 주목하게 된다. 일본이 세계 각국과 어울려 나라의 운명을 개척해 가기 위해선 국가의 실상을 통계 숫자로 정확히 파악할 필요가 있다고 판단한 개화파 지식인들은 ≪통계학사≫와 ≪동경통계협회≫ 단체를 결성한다. 이들 단체는 잡지 『스타티스틱사社』(1886.4)와 『통계집지統計集誌』(1880.11)를 간행하며 통계의 유용함을 일본 대중에게 홍보하는 한편 직접적인 통계자료의 수집 활동을 통해 통계학의 정착에 일익을 담당했다. 그러한 도정 가운데 비로소 일본 최초의 센서스인 제1회 국세조사가 실시되었다. 그러나 일본 최초의 근대적 센서스는 제국 전 영토 중, 조선의 3 · 1운동 여파로 미완의 상태에 머물고 만 것이다.[3] 이 역사적인 사건은 근대 조선의 통계 역사를 함축적으로 보여주는 상징적 장면이라 할 수 있다. 근대 조선의 통계 역사는 식민지적 특수성과 그로 인해 발생하는 혁명성, 자료에 대한 믿음과 불신, 그리고 자연과학에 대한 맹목성이 중층적으로 결합되어 있었다. 비록 근대 조선총독부의 통계장치가 메이지기 일본의 통계장치를 본으로 하여 만들어진 것일지라도 식민지 시기 조선의 통계문화에 관한 연구는 당대 통치의 특수성을 이해할 수 있게 한다.

통계는 인간을 보다 잘 파악하여 통제하기 위한 수단으로 마련됐다.

• • •

2. 「국세조사중지이유」, <동아일보>, 1920.7.15.

3. 森田優三, 『統計遍歷私記』, 일본평론사, 1980 참조. 모리타 유우조우(森田優三)는 일본에서 최초로 학문으로서의 통계학을 착안한 사람이었을 뿐 아니라 명치정부 통계사업의 주역이었다.

통계statistics란 그 말 자체가 이미 '국가state'라는 어휘를 내포한 개념인 것처럼, 본래 응용수학이나 자료처리 방법론이기에 앞서 국가에 대한 여러 사항의 기술記述을 가리키는 말이었다.[4] 특수한 형태의 권력을 행사케 해주는 제도, 절차, 분석, 고찰, 계측, 전술의 총체를 '통치성'으로 이해하고 있는 푸코는 근대 주권자에게 필요한 지식이 법에 관한 인식이라기보다 국가의 현실에 대한 것, 즉 '통계학'이었다고 말한다. 이때 통계학은 '국가 자체의 현실을 특징짓는 기술적 인식의 총체'이다.[5] 전근대 국가가 세금 징수와 병역 부과를 위한 정도의 지식수준에 만족했던 반면, 근대국가는 물적·인적자원을 '차지하고' 그것들을 더욱 생산적으로 만드는 데 더 열중했다. 이처럼 국가 통치의 목적이 한층 적극적으로 되면서 사회에 대한 더 많은 지식이 필요해졌다. 그리고 점차 관료화된 국가는 세계를 읽기 쉽게 만들기 위해 측량과 수집 자료의 '단순화'를 꾀하기 시작했다.[6] 근대적 국가 통치술은 행정적인 차원에서 좀 더 편리한 체계를 갖추도록 합리적인 측정기술을 요구했던 것이다. 게다가 숫자를 통한 측정과 그로 인해 수집·추출된 숫자들의 집합에 해당하는 통계는 자연과학에 이론적 기반을 두었기에 과학적 방법으로서의 객관적 신뢰까지 얻을 수 있었다.

• • •

4. 박명규·서호철, 『식민권력과 통계』, 서울대 출판부, 2003, 5쪽.
5. 미셸 푸코, 『안전, 영토, 인구』, 오트르망 옮김, 난장, 2011, 380쪽. 푸코는 어원학적으로 볼 때 통계학이란 국가의[에 대한] 인식, 즉 일정한 시기에 국가를 특징짓는 힘과 자원에 관한 인식이라고 말한다. 이는 인구수의 계량, 사망률, 출생률의 계량, 국내의 여러 범주의 개인들의 산정, 국가가 사용할 수 있는 잠재적 부의 산정 등이 이제 주권자의 앎의 본질적인 내용을 구성하게 되었음을 의미한다.
6. 단순화는 시야의 중심에 있는 현상을 한층 읽기 쉽게 만들어 세심한 측정과 계산을 용이하게 한다. 또한 유사한 관찰과 결합함으로써 선택한 현실을 좀 더 총체적이고 총량적으로 개관할 수 있게 하며, 고도의 체계적 지식이나 통제 또는 조작을 가능하게 한다. (제임스 C. 스콧, 『국가처럼 보기』, 전상인 옮김, 에코리브르, 2010, 22쪽)

그림 43. 「통계전람회 준비하는 광경」, <매일신보>, 1923.10.23.

식민지 시기 센서스 실시는 제국적 권위에 의해 규칙적으로 요구되었다.[7] 그리고 통계의 필요성에 대한 절감은 통계 사무의 정확성과 신속성을 꾀하기 위한 통계장치의 정비로 이어졌다. 통계 사무의 개선과 쇄신은 “관공서의 요구에 의할 뿐 아니라 사회 일반의 요구”[8]이었기 때문에, 행정기구 내 교육뿐 아니라 일반 대중에게 통계 사상을 보급하는 일도 함께 병행되어야 했다. 식민지 통계의 근대적인 특성은 그것의 활용 주체가 국가로 한정되지 않고 사회 일반으로까지 대중화되었다는 데 있다. 따라서 총독부는 통계 사상의 대중적 보급과 통계 사무의 개선과 쇄신을 도모한다는 명목으로 1923년 10월 15일부터 같은 달 24일까지 경복궁에서 통계전람회를 개최하였다.[9] “십삼도에서 모혀든 조선 사람

7. 식민지 시기, 조선총독부는 연차별 상주 인구조사를 하여 현주호구통계를 작성하였다. 1925년에 제1회 간이 국세조사를 행하고 5년마다 국세조사를 하여 1944년까지 다섯 번 실시하였다. (최봉호, 「우리나라 인구통계 작성제도의 변천에 관한 고찰」, 『한국인구학』 20권 1호, 1997, 2쪽 참조)
8. 「통계는 사회의 축도, 통계전람회 개최에 제하여」, <매일신보>, 1923.10.15.

과 및 조선 사람에 관한 통계가 가득히 진열되야 수자로 본 조선의 과거를 미루어 볼 수가 잇스며 겸하야 각 디방의 모든 시설의 우열을 볼 수가 잇"[10]던 통계전람회는 수량화의 감각에 익숙지 않던 조선인들에게 충격적인 광경이었다.

이날의 광경은 조선인들에게 조선을 연구 대상으로 바라보는 시각을 형성시켰다. 당시, '인간학'으로 지시되었던 통계학은 인류문화의 시간적 관찰로 간주할 수 있는 역사학과 달리 근대 과학의 가장 중요한 특색인 "귀납적" 방법으로써 "공간적 평면적 관찰을 기초한 사회과학"[11]의 한 분과로 소개되었다. 통계가 세계를 분석하고 인식하는 중요한 방법으로 간주되기 시작했던 것이다. "황차況且 아조선인我朝鮮人의 처지로서는 조선자체의 실상에 암매暗昧함이 우리 스사로 차次, 통계—옮긴이를 인정하는 바가 아닌가. 우리는 조선을 직관直觀할 필요가 유有하며 또 세밀히 연구할 필요가 유有하도다." 그러나, 이처럼 통계의 중요성을 인정함에도 불구하고 "동양의 학문이 대부분 형이상적形而上的 연역학演繹學에 기초된 여폐餘弊로 일반 동양인의 심리는 조잡소루粗雜疏漏하야 그 의론議論과 경영이 항상 적확的確한 사실의 기초에 핍乏한 것은 오인吾人의 부인치 못할 바" 또한 사실이었다. 따라서 대중에게 통계 사상을 고취시키는 일이 선행되어야 했다. "조선 민족이 정치, 법률, 종교, 문학 등 사회과학에 주력하고 물리, 화학, 공업, 농업 같은 자연과학을 경시한

• • •

9. 「통계전람회출품」, <동아일보>, 1923.10.10. 1923년 처음 개최된 통계전람회는 조선산업장려를 위한 '조선부업공진회(朝鮮副業共進會)' 개최 기간을 이용하여 개설되었다. 이는 통계가 국가적인 목적만이 아니라 중상주의적 의미도 컸음을 의미한다. 이 전람회에서 조선 13도는 물론 일본과 대만의 각종 통계간행문과 참고품 등의 출품물이 진열되었다.

10. 「수자화한 조선」, <동아일보>, 1923.10.15.

11. 「통계전람회의 개최」, <동아일보>, 1923.8.25.

것이 파멸의 원인으로 파악"[12]하고 있던 상태에서, 근대 조선인들은 "공명公明한 견지에 처處하야 사실대로의 조선을 표현"할 수 있다는 수리 통계 사상의 보급으로 세계인식의 전환을 맞이하게 된 것이다. 사회의 가장 중요한 구성요소인 인구나 산업, 농업 등을 면밀히 조사하여 사회 운용술에 대한 법칙을 연구하고 지침을 발견할 수 있는 통계는 세계를 통제 가능한 대상으로 변화시켰다. 일정한 정기 통계조사 기록은 통계수치의 주기별 변화양상을 통해 현재와 미래를 조망하고 통제할 수 있게 만든 것이다. 따라서 열악한 환경조건에 놓여 있는 조선으로서 통계조사는 하나의 "건강진단"이 되며 "수자가 금일의 경세經世의 근거"가 되는 까닭에 "조선의 경제적 정치적 진화에 관심하는 모든 사람이 주목"[13]해야 할 것으로 선전되었다.

첫 시도임에도 불구하고 대성황을 이뤘던 통계전람회를 계기로 삼아 총독부에서는 통계자료 수집 및 서류 작성 등의 통일 정리에 관한 협의회를 갖고 지방관청을 대상으로 하여 일반통계 강습회를 개최하기 시작했다.[14] 총독부 문서과 산하의 조선통계협회에서는 통계 사상 보급, 통계 사무 쇄신의 견지에서 매년 통계공적자 또는 통계 우량 읍·면을 선정하고 시정기념일이자 협회창립기념일인 10월 1일을 기하여 이것을 표창하였다.[15] "경성부에서는 각종 통계에 대한 지식이 모든 사업에 얼마만한 관계가 잇는지를 일반에게 철뎌히 알리기 위하야 이에 대한 자미잇는 활동사진을 영사"[16]하고 각 지방관청에서는 통계지도자 강습회를 개최

• • •

12. 「자연과학경시, 우리의 통폐의 하나」, <동아일보>, 1924.8.10.
13. 「조선의 첫 국세조사」, <동아일보>, 1930.10.1.
14. 「통계강습회개최」, <동아일보>, 1923.10.11.
15. 「통계공적표창」, <동아일보>, 1939.10.3.
16. 「통계의 효용을 활동사진으로 션젼할터이다」, <동아일보>, 1923.11.12.

하였다. 그러나 이러한 통계 사상 보급 운동의 수효 대상은 관공서, 은행, 회사 등 공직자와 면장급 군내 유력자, 관청직원들에게만 한정됐다. 게다가 이들이 통계 사상 보급의 명목으로 강습회에서 받은 교육은 "생활개선, 풍속개량, 근검저축, 위생사회사업"[17] 등 민족개조와 계몽운동에 해당하는 것이었다.

이 글은 1920년부터 1945년 해방 전까지 근대 통계지식의 대중적 보급 및 수용이 조선인의 세계상을 구성해 온 역사적 경로를 살피는 작업이다. 그런데 근대 조선에 자리 잡은 통계문화를 단지 식민 권력의 재현으로만 이해하지 않으려 한다. 통계는 새로운 사회문제를 제기하는, 또는 부인하는 운동에서 중요한 역할을 한다. 물론 국가가 제공한 통계수치는 그 자체로 법적 강제력을 확보하게 만드는 제도를 창출한다. 또한 일반에게 공개되는 통계수치는 국가나 어떤 정치 이념에 따라 제한적이고 의도적으로 재구성될 수 있다. 엄밀히 말해서 통계자료 자체는 관찰대상으로 삼고 있는 사회활동을 성공적으로 묘사할 수 없다. 따라서 근대 조선의 통계 문화사 역시 통계상의 오류와 불신으로 점철되어 있었다. "만일 그 통계가 부정확하거나 또는 그 통계를 적당히 해석하지 못한다면 그것은 도리어 그 사물에 대한 정당한 판단"[18]을 흐리게 할 수 있다. 따라서 식민지라는 환경 속에서 총독부가 제공하는 통계자료와 그 통계해석에 의혹과 불만을 갖는 경우는 비일비재했다. 그것이 유일하게 비권력자들, 피식민자들이 해방의 의지를 표출할 수 있던 부분이라고 생각한다. 그런데 "조선사람의 일이라면 무엇을 물론하고 미개하며 또는 빈약하다는 것을 세상에 발표코자하는 그들이니 조선인구를 주리어 세상에 발표하는 것도 또한 무리가 아니다.…(중략)…이천만을 일천

17. 「덕천통계강습회」, <동아일보>, 1923.11.25.
18. 조헌영, 「사망통계를 통해서 본 폐결핵환자(상)」, <동아일보>, 1938.7.2.

칠백만이라하면 삼백만의 조선인구는 살고서도 죽은 것이 되고 마는"[19] 이 같은 인구통계학에 얽힌 조선인들의 비극적 운명은 "신득新得동포 육백만"[20]을 새로 얻는데 총독부의 통계조사를 여전히 응용해서 목소리를 낼 수밖에 없는 딜레마에서 좀처럼 벗어나기 어려웠다.[21] 그러한 딜레마 속에서도 수를 둘러싼 해석의 갈등과 헤게모니의 투쟁이 지속되었던 것이다. 궁극적으로, 이 글은 식민지 통계가 재현하고 있는 식민지상과 그 상에 대한 피식민자들의 개입적 재해석 및 전유, 그리고 문학의 포지션을 고찰하고자 한다. 기존의 근대 통계 문화사 연구가 『수자조선연구數字朝鮮硏究』의 편집체계 및 방향 소개에 집중해 있는 것에 비하여 이 글은 식민지 시기 전반의 통계 문화사, 그리고 그 속에 위치한 문학의 포지션을 점검한다는 데 의의가 있다.

2. 헤게모니 투쟁의 장場, 국가 들여다보기

통계란 앎과 통치가 결합한 근대 국민국가 특유의 지식 형태이다.[22]

• • •

19. 「수자로 증명될 조선동포수 2천만」, <조선일보>, 1925.11.1.
20. 「이천삼백만동포」, <조선일보>, 1925.11.12.
21. 한국 근대 문화연구와 식민지 인식에 있어서 총독부 통계는 여전히 재구축의 대상이 되고 있다. 천정환은 총독부 통계의 정확성을 검증하기는 어려우나 공식적인 '자살 원인' 분류는 '다시 읽기' 하지 않을 수 없다고 주장한다. "이를테면 이미 1910년대에 신문이 정사 사건을 보도하고 1920년대에 정사는 큰 사회문제로 인식될 만큼 비교적 빈번한 사건이었으나, 경찰 통계에서 '정사(情事)' 항목으로 분류·파악된 조선인 자살자는 1927년에야 처음 나타난다. 즉 경찰은 1927년 이전에는 '정사'를 '공식적인' 자살 원인으로 인정하지 않거나 기술하지 않았다." 따라서 오히려 당시 식민 권력의 자살 분류 그 자체가 근대 식민지 조선의 자살을 표상한 방식으로서 하나의 논의거리가 될 수 있는 상황인 것이다. 이것이 근대 총독부의 통계자료를 이용해 연구해야 하는 현재 연구자들의 위치인 것이다. (천정환, 『자살론 : 고통과 해석 사이에서』, 문학동네, 2013, 170쪽 참조)

근대인들에게 대중적으로 공개된 각 나라와 총독부의 통계수치는 근대 조선인들이 반드시 알아야만, 그럼에도 불구하고 지금껏 몰랐던 지식의 형태임을 강조하며, 지식 차원에서 열등한 조선 '민족'을 상상하게 했다. 각종 대중매체를 통한 통계 숫자의 공개는 곧 통계정보의 동시적인 공유를 의미했던 것이다. 1926년 『별건곤』은 창간호에서부터 <통계실> 코너를 마련하여 각종 통계정보를 대중에게 전달한다. 조선의 영토 면적이나 각 기관, 사회복지시설, 쌀 수출입, 형무소 수감 인원, 범죄 건수 같은 사회문제뿐만 아니라 배우자 사별 통계, 동물과 사람의 수명 비교, 물품 소비량 비교처럼 개인의 일상에 관련한 것들을 통계수치로 전달하고 있었다.[23] 1930년대 『삼천리』에서도 <여러분 아십니까, '조선의 현실' 연구실> 코너가 마련되어 조선의 은행 수, 공장 수, 경찰서 수 등의 정보를 제공하였다. 그리고 1931년부터는 「벽신문壁新聞 제2호第2號」가 잡지에 계속 연재되면서 총독부 내의 조선 관리 수나 각 은행 대지주 수 및 예금액 등의 정보가 나열되고, 각국의 다양한 정보를 숫자 비교의 형식으로 전달하였다. 1930년대 <동아일보>에서도 「수자행진數字行進」이 기획 연재된다. 전 세계 자동차 보유량, 교육 정도, 성냥 소비량, 동물의 수명, 박사 수 등의 비교를 통해 각 나라의 정보를 제공하는 수數에는 국경이 새겨지면서 세계 속에 위치한 조선의 위상을 짐작하게 했다. 그것은 "우리 피차에 이런 이야기는 가만가만히 하십시다. 그러다가 행혀 남들이 들으면 이런 수치가 어데 잇겟습니까. 글세 제 땅에 잇는 보통학교 수효도 모르신다니"[24]라는 교차점 기수의 말처럼 민족적 수치감을 동반할 수 있었다. 결국 "제가 살고 잇는 이 조선의

• • •

22. 박명규 · 서호철, 앞의 책, 13쪽.
23. 「趣味잇는 통계실」, 『별건곤』 5호, 1927.3, 57쪽.
24. 「交叉點」, 『삼천리』 3권 10호, 1931.10, 94쪽.

현실을 잘 아는'[25] 것은 조선인이라는 민족적 상상을 가능케 하는 것이었다.

또한 수의 비교 논리로 세계를 구성하려는 시도는 문명화의 지표와 기준을 바꾸어 놓았다. 과학은 실제에 접촉된 실증을 필요조건으로 한 통계 결과에 의한 실증법이지만 그에 비하여 미신은 근삿값을 미루어 추측하는 데서 생기는 야만적인 행위로 규정되었다.[26] 따라서 "수자에 관한 신비성의 타파는 '과학하는 마음'의 현대"에 있어 가장 긴급한 사안이 되었다.[27] 문명이란 고대의 수에 대한 천문학적 비의성祕儀性을 제거하고 자연을 지배하는 것이라는 사유가 지배적으로 자리 잡게 된 것이다. 따라서 조선의 지식인들은 인류의 지식이 수량 개념에서 시작되었다고 주장하며[28] "수라는 보편적 개념"을 얻게 되는 과정이 "문명인이 수의 개념을 엇는 방법"과 동일하다는 철학적 인식을 대중에게 보급했다. 이들은 "구상적具象的 수數에서 추상적抽象的 수數의 개념"[29]을 얻기까지의 역사적 과정을 진화론으로 설명하며 사물의 추상화 과정을 문명화의 과정으로 이해시켰다. 이러한 논리에 따르면 수량 통계란 문명의 자기표현 방식이다. 문명화되는 역사 속에서 진화와 발전을 입증하는 가장 유효한 방법은 바로 통계였다. 따라서 세계는 계속해서 변화 발전한다는 것이 근대적 감각이라고 볼 때, 그러한 감각을 일상 속에서 상시적으로 뒷받침하는 것은 바로 시시각각 사회와 세계에 대한 계산을 통해 보여주는 숫자였다.[30] 그러므로 각국의 통계 수를 정보로 제공하는 대중매체는

• • •

25. 「여러분 아심니까, '朝鮮의 現實'연구실」, 『삼천리』 8호, 1930.9, 35쪽.
26. 紅把洞人, 「과학과 미신(2)」, <동아일보>, 1927.9.19.
27. 홍이섭, 「數學 雜話」, 『조광』 7권 11호, 1936, 155쪽.
28. 이만규, 「科學隨筆, 時間 空間 物質 3要素의 幻影 — 宇宙 人生 人生生活 個人 天禀 科學과 知識」, 『동광』 22호, 1931.6, 28~29쪽.
29. 李晶燮, 「<自然科學講座> 野蠻人과 數的 觀念(1)」, 『삼천리』 2호, 1929.9, 37~42쪽.

세계지도에서 조선이 차지하는 위상에 대한 자각을 가능케 했다.

근대에 이르러 문맹은 읽지 못하는 것을 의미할 뿐만 아니라 수를 알지 못하는 것도 의미하게 되었다. 수리력이 있는 사람으로부터 수리력이 없는 사람을 분리하는 기술의 위계화에 따라 계산할 줄 모르는 조선 민중은 야만인으로 규정되었다. 식민지 권력은 문맹 퇴치의 필요성을 역설하기 위해 지속적으로 조선의 문맹률을 통계 형태로 산출하며 조선의 전민중이 문맹이라는 사실을 환기시켰다. 이를 통해 문맹이라는 동질적 인구집단을 조선 인구의 분류항목에 하나 더 포함시킴과 동시에 '문자를 아는 이'와 '문맹'으로 조선 인구를 재분류하는 효과를 낳았다.[31] 산술을 못 하는 자는 사회에서 경제 교환의 약호를 익히지 못한 것이기 때문에 거래 불능을 의미한다. 따라서 경제 관념이 부족한 조선 민중에게 산술을 보급시키는 것은 개인적으로나 국가적인 차원에서 긴급한 일이었다.[32] 그러므로 "우리가정에서도 이제부터 과학적 수자아래에서 움즉이는 습관을 길러"[33] 보자는 '표준화' 운동도 근대적인 생활 혁신의 첫 조건으로 계량적 삶을 제시했다.

이처럼 근대 산업화와 자본주의 흐름 속에서 사람들과 그들의 기질은

• • •

30. 차태근, 「수(數) — 제국의 산술과 근대적 사유방법」, 『중국현대문학』 56호, 2011, 342~344쪽.

31. 이혜령, 「신문 · 브나로드 · 소설 — 리터러시의 위계질서와 그 표상」, 『한국근대문학연구』 15호, 2007, 172쪽. 이혜령은 이 논문에서 '문맹(illiteracy)'이라는 새로운 '인구'의 발견과 구축 매커니즘을 1930년대 문맹률 통계 담론을 토대로 하여 분석하고 있다.

32. 민족계몽운동의 일환이었던 문맹퇴치운동은 조선일보사의 문자보급반, 기독교의 성경학교, 1931년 동아일보사의 계몽대운동, 그리고 야학운동 등에서 전개되었다. 이 문맹퇴치운동에서는 문자와 숫자 보급, 위생강연 등을 주요 교수 주제로 삼았다. (「제1회 학생하기 브나로드운동」, <동아일보>, 1931.7.16 참조)

33. 「가정능률증진엔 우선 '표준화' 부터」, <동아일보>, 1931.9.27.

계량화되고 있었다. 그러한 전 세계적 추세 속에서 조선 사회 역시 통계적 사유가 확산되고 있었다. "사람갑 단 십원 돼지갑만 못해"졌고 그 어떤 신체 부분을 "수자로 표시해노흐면 극히 평범한 것박게 되지 아니"한 것이 되었다.[34] 그리고 사람들을 실험대상으로 한 새로운 유형의 법칙이 등장했다. 노동자의 재난사고와 혈액형의 관계나[35] 흡연자들의 지구력 판단을 수량화하여 증명하고 이를 유형화했던 것이 그 단적인 사례이다. 사람들을 집계하기 위해서는 그들을 알맞게 분류할 수 있는 범주가 만들어져야 했다. 사람들에 대한 데이터의 체계적인 수집은 우리가 사회 전체를 생각하는 방식은 물론 가까운 이웃을 설명하는 방식에까지 영향을 주었다. 그러한 체계적인 수집은 우리가 무엇을 할 것인지를 선택하고, 무엇이 되기 위해 노력하고, 우리 자신에 대해 어떻게 생각하는지에 대해 심도 깊은 변화를 가져다주었다.[36] 즉, 측정치들의 평균은 '평균인'과 이상적인 유형을 제시하는 동시에 비정상적인 유형들을 분류하고 규제하는 근거로 작용하였다. 자살, 범죄, 방탕, 정신이상, 매춘, 질병 같은 일탈 행위와 연관된 숫자들의 미디어적 쇄도는 통계를 근간으로 일탈적인 소집단을 개선, 통제할 수 있다는 관념에 뿌리를 두고 있었다.[37] 점차 수치를 통한 사회현상의 설명이나 재현방식

• • •

34. 「신비로운듯한 사람의 몸둥이 숫자로 보면이러타」, <동아일보>, 1932.8.13.
35. 「O형과 AB형은 실수를 잘한다」, <동아일보>, 1932.4.9.
36. 이언 해킹, 『우연을 길들이다 — 통계는 어떻게 우연을 과학으로 만들었는가?』, 정혜경 옮김, 바다, 2012, 24쪽.
37. 대니얼 R. 헤드릭, 『정보화 혁명의 세계사』, 서순승 옮김, 너머북스, 2011, 156~160쪽 참조. 헤드릭에 따르면 통계학은 주로 범죄, 질병, 신장과 같이 인과 메커니즘이 제대로 작동되지 않는 분야에서 빛을 발했다. 이러한 사회 물리학의 선두자인 케틀레는 물리적 법칙과 상응하는 사회법칙을 구명하고자 했다. 하지만 정작 케틀레를 유명하게 만든 것은 '평균인(average man)'에 대한 찬미였다. 인간을 대상으로 한 무수한 측정치들의 평균은 '평균인'뿐만 아니라 넘치지도 모자라지도

이 보편화되어가고 있던 것이다.

주지하듯이 통계의 지배적인 레토릭은 '투명성'을 강조한다. 수에 의한 결정은 적어도 공평하고 객관적인 외양을 갖춘다. 흔히 과학적 객관성은 공정과 공평성을 주장하는 도덕적 요구에 답을 제공한다. 이처럼 객관성에 진실성을 융합시킨 객관성의 문화는 과학적일 뿐 아니라 정치적이기도 하다. 그 결과 통계의 과학은 공적 결정을 정당화시키기 위한 논쟁의 토대로 기능한다. 사정이 이렇다 보니 '해석상의 갈등'을 빚을 우려가 크다. 일본 제국의 경우도 그들의 정치적 정당성을 증명하기 위해 수량적인 사실에 많이 의지했다. 당시 총독부가 생산한 통계의 상당수는 조선인들에게 해당 통계율의 원인을 탐구하게 하고, 그것이 총독부의 선정善政에 의해 이루어진 것임을 밝히는 방식으로 제공되었다.[38] 이처럼 객관적인 숫자를 공개하는 데는 두 가지 목적이 있다. 즉, 통계를 공개하는 목적은 우선 사회를 정확하고 정직하게 묘사하는 것이지만, 다른 한편으로 특정한 입장을 뒷받침하기 위한 정치적 목적도 있다.[39] 여기에서 특정한 항목의 선택과 통계수치 해석을 둘러싼 정치적 문제가 발생하는 것이다.

동아일보사 기자 신태익의 "십년간의 통계를 집集하여야만 될 일이지만 조선에서는 완전한 통계조사표가 업고 오즉 총독부에서 매년 발행하는 통계연보가 잇슬뿐이다"[40] 라는 기술처럼 근대 조선의 통계해석은 총독부의 통계자료나 공적 기관의 자료에 의지할 수밖에 없는 상황이었

• • •

않는 하나의 이상적 유형을 제시한다고 결론지었다. 일본의 근대통계학자인 모리타 유우조우(森田優三)가 『케틀러 연구』에서 평균이란 것의 매력에 이끌려 통계학에 입문했다는 회상처럼 근대 통계학에 있어 '케틀러'의 영향은 상당한 것이었다.

38. 「전염병감소는 변소개조可功이 만타고」, <동아일보>, 1924.9.12.

39. 조엘 베스트, 『통계라는 이름의 거짓말』, 노혜숙 옮김, 무수, 2003, 20쪽.

40. 신태익, 「<통계실> 수자로 본 조선」, <동아일보>, 1930.4.3.

다.『통계연감』(1906~1942)에서 인용하고 있는 수많은 통계수치는 당시 조선에 관한 많은 정보가 총독부에 의해 수집 · 조사된 것임을 알 수 있게 한다. 그런데 그 통계가 보여주는 것은 대부분 조선 사회의 비참한 현실상이었다. "부끄러운 수자," "전율할 수자," "가경할 통계,"[41] "우울한 수자"[42] 들의 행진은 "그 참혹한 지경에 니르는 수자뎍 표현이 현저함에 누구나 다갓티 공포의 맘"[43]이 들지 않을 수 없었다. 전염병, 실업률, 범죄율, 자살률, 문맹률, 유이민율 등의 숫자는 조선의 열악하고 낙후한 현실 상황을 수량화하고 있던 것이다. 물론 '허위신고'가 만연한 상태에서 만들어진 통계 숫자에 대한 불신과 식민지 정부 당국을 향한 정치적 불신은 맞물려 있었다. 그러나 다른 한편으로 통계 숫자는 "용산군대에서는 전염병을 전파식힐 염려가 잇다고 조선인의 영내營內출입을 금지하얏다든가, 전염병자는 조선인보다 일본인이 더만흔 경성부의 통계도 못 보앗는가. 조선인이 전염병을 퍼친다고 생각을 하거든 찰아리 조선에서 군대를 철거함이 가장 안전할 듯하다"[44]라는 저항의 사례처럼 피식민자의 이익이나 이념의 승리를 위한 객관적인 도구로도 활용될 수 있었다. 식민지 조선인들의 통계수치는 불신과 믿음 사이에 존재하며 식민자와 피식민자의 헤게모니 투쟁에 필요한 도구적 산물로 인식되었다.

3.『수자조선연구』, 조선 사정 바로 알기

조선인들은 총독부 시정선전자료의 정치 선전적 이유로 말미암아

• • •

41. 「종두령위반자가 일천육백여명」, <동아일보>, 1928.7.5.
42. 「우울한 수자, 자살통계」, <조선일보>, 1939.3.29.
43. 「가경할 차압통계, 의주준 일면상」, <동아일보>, 1927.11.23.
44. 「횡설수설」, <동아일보>, 1924.4.15.

과장되거나 왜곡된 통계의 결함을 인지하면서도 그러한 통계자료를 활용할 수밖에 없는 자신들의 처지 또한 명확히 인지하고 있었다. 그들에게 통계정보의 신뢰성도 문제이지만 더 심각하게 받아들여진 것은 조선 자체가 그러한 조사와 통계 작업에 무능하다는 점이었다. 통계 능력과 통계자료를 확보하는 것은 바로 한 민족과 국가의 역량을 가늠하는 잣대였다. "유래由來로 우리들은 조선朝鮮의 실정實情을 알려고 하는대 너무 등한等閑하엿다. 혹은 정치문제政治問題를 논論하고 혹은 사회문제社會問題를 논論하고 또 혹 경제문제經濟問題를 논論하나 이때까지 의논議論은 통계統計의 재료材料에 핍乏한 말하자면 비과학적非科學的 의논議論이다"[45] 라는 말에서도 확인할 수 있듯이 국가와 민족의 관리에 있어서 이제 통계를 도구로 한 '과학적 논의'가 있어야 한다는 통치 기술의 방법론적 전환을 모색하기 시작했던 것이다. 한 국가가 자신에 대한 과학적인 인식을 통해 당면한 문제를 해결하고 전체 능력을 조절하기 위해서는 통계 능력이 요구된다. 따라서 내부실정에 대한 면밀한 조사 방법인 통계조사를 통해 조선 민족의 현실에 대한 진단과 처방을 할 수 있는 민간 통계기관 설치의 필요성을 절감했다.[46]

조선에서 자력으로 조선 문화에 대한 기본 사회조사를 시행하여 답사 내용을 숫자로 통계화하기 시작한 것은 1923년 개벽사에서 실천한 운동이라 할 수 있다. 개벽사는 '조선朝鮮의 현장조사現狀調査'를 기획하여 답사원踏査員 일행을 각 도에 파견했다. "조선의 일반현상을 근본적으로 답사하야써 그 소득을 형제에게 공개하기로 한다. 이것은 한 달에 한 도道를 답사할지오 답사한 그것은 그 익월호翌月號의 『개벽開闢』에 부록으로써 공개할 것이다. 무슨 별別한 뜻이 잇스리오. 조선의 혈손血孫된

45. 李順鐸, 「朝鮮人의 人口統計」, 『개벽』 71호, 1926.7, 15쪽.

46. 「민간통계기관 설치의 필요」, <조선일보>, 1927.5.14.

누구의 머리에나 조선의 금일정형今日情形을 그대로 감명케 하야써 우리들 일반 이제 각各히 분명한 조선의 호주戶主되게 하자 함이며 제각히 조선과 결혼하는 자者 되게 하자 함이다"처럼 민족주의적 의식의 발로에서 기인한 개벽사의 사회조사는 "인정풍속人情風俗의 여하如何, 산업교육産業敎育의 상태狀態, 제사회문제諸社會問題의 원인原因 급及 추향趨向, 중심인물中心人物 급及 주요사업기관主要事業機關의 소개紹介 급及 비평批評, 명승고적名勝古蹟 급及 전설傳說의 탐사探査, 기타其他의 일반상세一般狀勢에 관한 관찰觀察과 비평批評"[47]을 답사 표준으로 정한 뒤 각 도의 실지 답사에 착수했고, 그 결과를 잡지에 발표하였다. 이 사업에 대한 뜻은 "조선사람으로 자기내의 살림살이의 내용을 잘 알아가지고 그를 자기네의 손으로 처판處辦하고 정리하는 총명을 가지라 하는데"[48] 있었다. 이 조사에서는 각 도의 인구분포, 면적, 산업, 기후, 청년단체 수 등을 조사했다. 그리고 전국을 답사한 개벽사의 답사원들은 조선 내 일본인과 조선인의 형편을 비교하기 시작한다. 그들은 동척東拓 기타 일본인이 가진 조선의 토지를 조사하고 이민호수와 인구 통계표를 제시하면서 "실實로 조선朝鮮의 간요지전부肝要地全部가 일본인日本人의 수중手中에 들엇다해도 가可하다"[49]라는 통계해석을 제시했다. 그러면서 그들이 얻은 결론은 "오즉 싸울 것뿐이다. 지독한 놈이 되기까지 싸울 것뿐이다"[50] 라는 저항과 혁명성의 발휘였다. 결과적으로 보자면, 개벽사의 조선 현실답사와 통계보고는 민족주의운동의 일환이었다.

• • •

47. 「朝鮮文化의 基本調査, 各道道號의 刊行」, 『개벽』 31호, 1923.1, 103쪽.
48. 「朝鮮文化의 基本調査!!」, 『개벽』 33호, 1923.3.
49. 踏査員 · 金起田 · 車相瓚, 「朝鮮文化基本調査(其八) — 平南道號」, 『개벽』 51호, 1924.9, 62쪽.
50. 「朝鮮文化의 基本調査」, 『개벽』 34호, 1923.4, 4쪽.

1925년 "조선의 사회사정을 과학적 수자적으로 연구"[51]하자는 취지하에서 민족주의, 사회주의 학술단체인 <조선사정조사연구회>가 결성된다. 그리고 그해 12월 <조선사정조사연구회>는 종로중앙기독교청년회관에서 조사보고강연회를 개최했다. <조선일보>는 이날의 감상을 "조선사정조사연구회 석상에서 보고된 수자는 우리로 하야금 모골이 송연竦然하게 한바 잇섯다"고 적었다. 공개된 자료들은 장래 조선인의 '몰락'을 예견하고, "이와 가튼 현상에 잇서서 조선인의 멸망을 면할 길은 어대잇슬가"를 모색하도록 하고 있었기 때문이다. 그것은 신문 지상의 숫자를 통해 상상적으로 구성된 조선 형제 모두의 고민거리가 되었다. <조선사정조사연구회>에서 보고했던 통계 숫자들은 조선의 낙후와 결여 상태뿐만 아니라 미래 조선의 운명까지 보여주고 있었던 것이다. 그 때문에 당시 민중에게 '수자적 관념'을 교육하는 것이 중요한 민족주의 운동이 될 수밖에 없었다.

> 조선사람의 멸망이 경제적 멸망으로 인하야 완성되려고 한다는 것은 우리가 듯기실토록 듯고 또 보기실토록 목격하는 바이다. 그러나 전조선적으로 수자적으로 표시하여보면 더욱 놀랠만한 것을 발견할 수 잇다. 전자前者에도 말한바와가티 우리는 지금부터 무슨 일을 하던지 수자적 관념을 좀더 확실히 파지把持할 필요가 잇다. 그리하야 우리는 수자적 관념을 우리 조선 사람의 뇌수腦髓에 너허주는 것이 필요하다는 것도 말하엿다. 과연 수자적으로 본 결과는 전조선적으로 보아 우리 조선 사람의 경제력과 일본 사람의 경제력이 여하如何히 차이가 잇는 것을 알 수 잇다.[52]

51. 「사회사정조사연구사. 이옥 이원혁외 제씨가 창설, 조선의 사회사정을 과학적 수자적으로 연구, 기관지로 사회사정을 간행」, <조선일보>, 1927.6.3.

근대 조선에서 통계 사상의 보급을 요구하기 시작한 근본적인 정신은 경제주의에서 출발한 것이 틀림없다. 그리고 사회주의 계열의 민족운동가들에게 통계는 사회과학의 도구로도 인식되었다. 이들이 조선 민중에게 '수자적 관념'을 심어주고자 하는 데는 그것이 민족적 차별과 공평한 분배에 대한 각성을 촉발시킬 수 있다고 믿었기 때문이다. 따라서 <조선사정조사연구회>의 구성원들은 재선일본인과 조선인들의 경제적 상황을 비교하며 경제적 파탄과 차별이 현격히 드러나는 숫자들을 제시했다. 구성원의 성격이 민족과 프롤레타리아 계급 해방을 욕망했던 사회주의자들이었기 때문에 그들의 조선 사정 조사는 민족주의적, 사회주의적 이념에 의해 재구성되었다.

이여성과 김세용은 1930년대 신간회 해소를 계기로 분열된 민족운동 노선에 통계를 수단으로 삼아 일제의 식민지 정책을 비판하고 조선의 '민족운동'을 촉구하려 했다. 그 결과물이 『수자조선연구數字朝鮮研究』였다.[53] 『수자조선연구』의 서언에는 "조선인으로 조선의 실사정을 밝게 알어야 할 것은 무조건하고 필요한 일"인데, 그 조선의 실사정을 알 수 있는 방법은 "당해사물의 질량을 표시하는 수자의 행렬과 및 그 변화의 족적을 표시한 통계적 기록을 차저보는 것이 가장 첩경"[54]이라고 밝히고 있다. 그러나 이 서언에서도 밝히고 있는 것처럼 "조선은

• • •

52. 「조선인의 경제적 운명을 證左하는 諸數字」, <조선일보>, 1925.12.14.

53. 정병욱, 「숫자를 통해 본 조선인의 삶—『數字朝鮮研究』(이여성 · 김세용, 세광사, 1931~35)—」, 『역사와 현실』 21권, 1996, 214쪽 참조. 이 밖에도 『수자조선연구』에 대한 논의는 서호철, 「이여성 · 김세용, 『숫자조선연구』, 식민지와 통계의 내밀한 관계 분석」(『인문학의 싹』, 인물과 사상사, 2011)과 최재성, 「『수자조선연구』의 체제와 내용분석」(『사림』44호, 2013.2) 참조할 것.

54. 靑江生, 「수자조선연구」, <조선일보> 1931.4.19.

정치적 특수지역인 것만큼 조사통계에도 이중성이 잇서서 어느 정도이상은 공연히 발표치안는 것이 원칙이며 사회문제에 관련된 그것도 또한 그러한 관계가 잇슴으로 우리의 『수자조선연구』에는 스사로 그 자료가 한정되여 잇는 것이 큰 유감"이었다. 『수자조선연구』 2집(1932)의 표지화에서도 확인할 수 있듯이 일본 제국 세력의 부침 속에서 조선을 자로 재듯 조사하고 측량한다는 것은 조선의 사정을 바로 알아서 그 국토를 수호할 수 있는 과학적, 합리적 방법이 되는 것이다. 그러나 역으로, 조선을 조사하고 측량하는 것이 식민지 통치의 적격한 방식이기도 하였다. 따라서 이 표지화는 측량과 해석 주체에 따라 달라질 수 있는 통계의 이중성을 적실히 보여주고 있다. 그렇기 때문에 '수자조선연구'는 식민지 "조선의 실사정을 밝게 알고저 하는 노력을 가르친 말임으로 반드시 수자만의 나열분석을 의미하는 것이 안이오" 민족해방의 욕망을 의미하는 것이기도 하다.

그림 44. 『수자조선연구』 2집, 1932년 표지화

『수자조선연구』에 대한 당대의 파급력은 그 독후감들을 통해서 짐작할 수 있다. 이여성과 김세용의 노력은 조선인들에게 '개념적 인식'을

그림 45. 『수자조선연구』 3집, 1933년 표지화

'실증주의적 인식'으로 교정하도록 촉구할 수 있는 계기가 되었다. "사물의 진실성을 알랴면 막연한 공리공론 보다도 실질적 수자의 증명이 없이는 될 수 없다"[55]는 합리적 판단이 지배했던 것이다. 그런 시각이 형성된 사람들에게 통계적 분석은 사물을 이해하는 데 있어 "공정한 태도이며 진보된 방법"[56]이다. 그 결과, "수자적 조선의 인식에는 그 착오를 교정할 때에도 수자적 인식으로서 하게 되는 까닭에 이유업는 억설臆說로서 이것을 함부로 눌느지 못한다. 고로 사리事理의 진부眞否는 가장 합리적인 길을 밟어나아갈 수 잇다."[57] 이 같은 『수자조선연구』 독후감 가운데 백남운의 글은 식민지 당시 조선 통계 방향의 현실적인 상을 보여준다고 할 수 있을 것이다. 백남운은 『수자조선연구』가 "현조선을 통계적으로 연구하랴는 의도인지 통계로 표시된 현조선을 '비판' 연구하랴는 것"인

• • •

55. 함상훈, 「이여성 · 김세용 저 『수자조선연구』 제3집 (상)」, <동아일보>, 1932.5.28.
56. 김우평, 「이여성 · 김세용 공저 『數字朝鮮硏究』(상)」, <동아일보>, 1931.12.19.
57. 「수자조선의 인식」, <조선일보>, 1931.4.20.

지 그 제목만으로는 파악하기 어렵다고 지적했다.

> 조선의 '약진'을 말하는 금일에 제회際會하야 현조선을 인식하는 방법으로서 대립되는 두가지의 코스가 전개되여 가는 것을 지적할 수 잇을 것이니 기일其一은 현조선의 '통계적연구'로서 그 '약진'을 실증하랴는 수량적 방법이고 기이其二는 '통계적 조선'의 비판적 연구로서 그 본질을 검토하랴는 과학적 방법이 즉 그것이다. 이것은 현하조선의 특수성을 연구하는 대립적對立的 논진論陳으로서 제이第二의 방법이 정당한 것은 물론이려니와 본집本輯의 의도가 또한 이러한 과학적 방법에 의거한 것은 그 내용을 통독하므로써 추단할 수 잇다.[58]

백남운은 "과학적 방법이란 통계 그것이 아니어늘 일반 '인테리'는 통계라면 무조건으로 정확한 것으로 망신妄信하는 경향이 잇다. 그리하야 통계를 사용하므로써 과학적 방법인 듯이 분식扮飾하며 공정무사公正無私한 듯이 '실증적 연구'로 자처하는 것을 볼 수 잇다"라고 비판하였다. "통계는 계산방법과 이용방침과 인식방법을 따라서 통계의 성격이 달러질 수 잇는 것이다. 그리하야 통계는 실재적 과학성을 부여할 수도 잇고 그와 반대로 사실을 엄폐하는 기만성을 가지기도 한다." 이같이 백남운은 통계 자체가 지닌 이중성을 간파하고 "표준되는 이론으로써 통계를 정리하고 통계를 동원하야써 사회의 내면을 구체적으로 변증辨證할 경우에 비로소 통계의 과학성"[59]이 발휘된다고 주장한다. 앞선 독후감

• • •

58. 백남운, 「이여성, 김세용 공저, 『수자조선연구』 제5집에 대한 독후감(상)」, <동아일보>, 1935.5.28.
59. 백남운, 「이여성 김세용 공저, 『수자조선연구』 제5집에 대한 독후감(하)」, <동아일보>, 1935.5.29.

들에서도 유추할 수 있듯이, 국민의 불신을 잠재워 통계의 정확성과 엄밀성을 추구하려는 정부 당국의 노력은 조선 사회에 풍미하고 있던 통계적 사유와 괴리되어 있었다. 그렇기 때문에, '문화인의 자랑은 수자의 정확'[60] 이란 국세조사 선전 표어는 '정확한 수자'에 대한 당국의 강박과 피식민자의 불신을 증명하고 있던 것이다.

4. 인구 관리 시스템, '유령인구', 국민등록제

1938년의 전시경제체제에 이르면 증산계획과 절약정책이 시행된다. 이러한 정책실현은 생산소비의 합리화를 더욱 강조하면서 "통일된 목적 밑에서 치밀한 수자적 조사와 과학적 공작工作이 없고는 도저히 이의 실현을 몽상夢想할 수 없는"[61] 지경에 이른다. 따라서 국가 행정부에서는 통계 관련 제반 조사 연구시설의 필요가 긴급히 논의됐다. 일본은 "결전하 군수상으로나 생산증강으로나 또는 국방계획수립 상으로나 통계수리統計數理의 중요성"을 인식하고 1943년 '통계수리연구소창설'을 기획한다. "통계수리는 다량생산의 기초가 되고 또 국민보건 위생, 영양, 식량 기타 저장 배급 수송의 제문제 또는 군사상으로는 각종 작전계획의 수립 적성검사 사격명중 정도의 문제 암호의 작성과 해의 등 모든 계획 추측 검정에 대하야 정밀한 확률을 주는 중요한 역할을 가지고 잇는데, 적 미국에서는 이번 전쟁을 '수학전數學戰' 또는 '물리전物理戰'이라고 일컬어 과학연구동원의 중요한 일익으로써 통계수학자의 조직적 동원을 실행"[62]하고 있을 정도라 선전됐다. 김내성의 단편소설 「수繡놓은

• • •

60. 「문화인의 자랑은 수자의 정확, 정직하게 신고함이 국민의 의무」, <매일신보>, 1935.10.1.

61. 「생산소비의 과학화」, <동아일보>, 1938.12.9.

송학松鶴」에서 스파이 '마리에'가 각 상점을 돌아다니며 철제품의 진열상태를 조사함으로써 조선의 철제 보유상태를 측정하고 있을지 모른다는 주인공의 추론은 당시 전쟁의 성격을 잘 반영하고 있다.[63] 비밀전은 국가의 적이 그 국가가 사용하는 사람이나 자원, 부 등, 현실적인 자원이 어떤 것이며, 얼마만큼을 보유하고 있는가를 절대로 알아서는 안 된다. 따라서 총동원체제 시기의 비밀전은 각 나라의 정보보유와 방어를 전쟁 승패 조건의 최우선으로 삼았다. 그뿐만 아니라 국가의 총력을 기울이는 전쟁을 특징으로 한 근대전쟁은 자연히 인적자원의 중요함을 다시 통감하게 하였다. 따라서 인구증가, 실업자, 인적자원의 과잉, 도시인구집중 등의 문제를 효율적으로 관리할 수 있는 '인적자원론'이 부상한다.[64] 국방상의 제 문제는 물적 자원과 인적자원의 동원을 동시적으로 요구할 수밖에 없던 것이다.

전시체제기에 이르러서야 더 적극적으로, 조선인 인구는 일종의 관리와 통치의 기술적 · 정치적 대상으로 지각되었다.[65] 총독부는 식량난이 국가의 위기로 작용하지 않게 제도적 차원에서 곡물 순환과 경제적 통치의 근본 원칙을 세워야 한다고 주장했지만, 식량 배급 문제와 함께 통계의 허점을 보여주는 '유령인구幽靈人口' 문제가 불거졌다.[66] 생필품과

62. 「統計數理硏究所 신설」, <매일신보>, 1944.6.6.
63. 김내성, 「繡놓은 松鶴」, 『방송소설명작선』, 조선출판사, 1943, 269쪽.
64. 美濃口時次郎, 『人的資源論』, 人元社, 1941 참조.
65. "후지타니에 따르면, 전시체제 시기에서야 조선인은 식민지 정책과 관료들의 담론 상에 교육과 복지, 사회사업을 통해 그 건강과 수명, 부를 증진시켜야 할 일본 인구의 일부로 다루어지기 시작했다."(이혜령, 앞의 논문, 170쪽에서 재인용)
66. 졸고, 「해방 전후 '유령인구'의 존재론」, 황종연 편, 『문학과 과학 III : 영혼 · 생명 · 통치』, 소명, 2015, 577~579쪽 참조. '유령인구'는 1940년대 등장한 신조어로서, 일제 말기와 해방기의 통계학과 통치성이 지닌 문제점을 탁월하게 보여주는 문화적 현상이다. 이에 대한 해방 전후의 사정은 졸고를 참조할 것.

식량이 배급제로 전환되면서 이중배급을 위해 거주자를 허위로 신고하는 경우가 많아지면서 유령인구의 수는 계속 증가하였다. 당국은 유령인구를 "총후銃後의 수치羞恥"[67]로 명명하며 비국민적 자질을 제거하려 노력하지만 쉽지 않았다. 따라서 고도 국방국가체제 확립의 기저로서 일원적 인구대책 확립은 중요 국책의 하나일 수밖에 없었다. 이에 일본은 후생성 및 인구문제연구소를 중심으로 인구증강과 인구의 재분배에 관한 근본방책을 마련하였다.[68] 후루야 요시오古屋芳雄는 도시의 무제한적 팽창이 불러일으키는 국민의 보건, 위생, 방공, 교통 등의 폐해를 막기 위해 도시 분산론과 공업의 지방화 문제, 농촌인구의 증가 방법과 식량 자급자족, 국민 영양학 수립, 의식주 생활과학 연구소 설립을 통한 국민 생활양식 개선 등의 후생정책안을 제시했다.[69] 또한 일본 제국은 인구증식을 위해 후생성 하 '인구국人口局'을 따로 설치하고 전력戰力으로써의 인구증강정책을 강구하게 된다. 이에 발맞춰 조선총독부는 국민체위 향상, 결핵과 성병 대책, 의료기관의 일원화, 인적자원의 증강, 노동자의 수급 조절 등을 내세우며 조선에도 후생국을 설치하였다.[70] 질병

• • •

67. 「銃後의 羞恥 幽靈人口」, <매일신보>, 1944.11.11.
68. 「인구정책확립」, <매일신보>, 1941.1.24.
69. 古屋芳雄, 『國土 · 人口 · 血液』, 朝日新聞社, 1941, 194~214쪽 참조. 후루야 요시오는 가나자와(金澤) 의대 교수였는데 1939년 신설된 후생성에 참여하여 후생과학연구소 국민체력부장, 과학부장 등을 역임했고, 전후에는 공중위생 원장을 맡았던 인물이다.(오구마 에이지, 조현설 역, 『일본 단일민족신화의 기원』, 소명, 2003, 325쪽 참조) 그는 국토계획과 인적자원문제의 관계에 주목하며 인구 배분계획, 도시배치, 직능별 배분, 지역적 배분, 이민의 문제로 그 유형을 분류하였다. 후루야 요시오는 1940년 국민우생법, 국민체력법 등의 입안 외에도 1941년 기획원의 인구정책확립요강의 작성과 제정에도 기여했다. 이 인구정책확립요강에는 우생지식 보급, 인구증가를 위한 산아제한의 금지, 국토계획과 인구 배분계획의 실시요강을 서술해 놓고 있다.
70. 「나허라! 불려라! 조선인구증식대책」, <매일신보>, 1941.6.29.

통제, 환경위생, 출생과 사망률 관리라는 근대 위생 행정의 실현을 위해서는 생명통계 작성이 제공되어야 했다. 따라서 정부 당국은 효율적인 양적 · 질적 인구관리 시스템을 정비하기 위해 후생국을 설치하고 출생 및 사망 관리를 실시했던 것이다. 인적자원의 충실 강화를 위한 정부의 시책들은 국민 체력 향상과 국민복지의 증진이라는 목표를 내걸고 인적자원을 침해하는 것은 모두 국가를 좀먹는 병균으로 분류하였다.[71] 따라서 인적자원으로서의 국민 신체는 더욱 적극적인 국가의 관리대상이 되었다.

통치란 사람들을 적절한 목적으로 이끌기 위해 올바르게 배치하는 일이다.[72] 인구학이라는 새 학과는 처음에 유럽에서 모순적인 자료와 비일관적인 집합의 대중을 획일화하기 위한 수단으로 제공되었다. 근대 국가 프로젝트 가운데 국민을 관리하기 위해 실시되었던 인구조사는 '읽기 가능한 국민'의 탄생을 의미한다.[73] 이 인구조사는 국민의 재산, 거주지, 토지 소유 여부, 나이 등을 구체적으로 조사함으로써 합리적으로 국가의 세수稅收를 증대하고 국방력을 강화하기 위한 대담한 시도였다. 총력전 체제에서 국민을 '등록'하는 것은 "인적자원 동원에 대하야 그 배급을 원활하게 하는 편의상 절대로 필요한 것"[74]으로 선전했다. 따라서 1938년 국가총동원법 21조를 발동하여 인적자원 부족의 비상대책 안으로 '국민등록'제를 실시하였다.[75] 국민등록이란 일할 수 있는

• • •

71. 「문명병의 협위 매년 40만명 발생, 결핵미를 박멸하라, 비상시국의 인적자원 문제로도 중시, 위생당국 기적대 시설」, <조선일보>, 1938.3.6.

72. 푸코, 앞의 책, 121쪽.

73. 스콧, 앞의 책, 114쪽.

74. 김정실, 「국민등록이란 무엇인가」, <동아일보> 1938.9.22.

75. 「국민등록제」, <동아일보>, 1938.7.24. 조선에서 먼저 국민등록제 실시의 대상이 된 것은 전시체제에 절실히 요구되는 의사, 약제사, 치과의사, 간호부 등을 망라한

그림 46. 조선총독부, <국민등록 포스터>, <동아일보>, 1939.6.1.

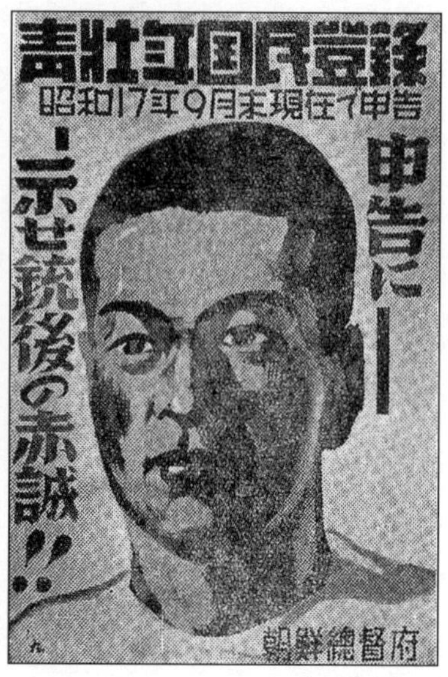

그림 47. 조선총독부, <청장년국민등록제 포스터>, <매일신보>, 1942.8.28.

개인이 각자의 능력을 있는 그대로 신고하여 '일억 국민의 전투 배치'라는 국책 실현에 귀중한 자료가 되는 애국적 행위였다.[76] 1939년 6월 1일 <동아일보>에 게재된 '국민등록 포스터'에서 확인할 수 있듯이 처음, 이 등록제도의 주요 목적은 '직업능력의 신고'에 한정되어 있었다. 그러나 실제로, 조선 내 국민등록의 성적은 좋지 않았다. 그 주된 원인은 조선인 상당수가 국민등록을 신고하면 후일 전쟁에 동원되지 않을까

• • •

의약자 기술 등록부터 시행하였다. (「등록될 의약 기술자 전조선에 오천오백명」, <동아일보> 1938.7.3 참조) 그리고 1939년 6월 1일부터 7월 30일까지 2개월 동안 조선에서도 국민등록제가 실시된 뒤 종전까지 지속해서 실시되었다.

76. 「來一日에 국민등록, 일억 戰列로 나설 정확한 資料 만들라」, <매일신보>, 1945.5.30. 이 등록에 따라 '申告手張'을 준다. 이 신고수장은 '雇入制限제도'의 실시에 필요하고 이 수장이 없는 자는 채용되지 못한다. 신고치 아니한 자는 국가총동원법의 규정에 따라 50원 이하의 벌금, 구류나 과류에 처하게 된다.

하는 의심을 품고 신고하지 않았기 때문이다.[77] 따라서 당국은 국민등록 신고 위반자를 단속 처벌하고, 점차 신고대상 범위까지 확대시켜 나갔다.[78] 또한 매년 1회 근로 전반에 걸친 1년간의 이동이나 근로에 관한 사정을 밝혀 전시 국가 제 계획 또는 그 운용의 기초재료를 얻으려 근로 통계조사를 시행하였다.[79] 그리고 1941년부터는 연령별 노동자 통계를 위해 '청장년국민등록제도'를 실시했다. 총독부에서는 청장년등록을 전조선 일제히 실시하여 일정한 연령층에 해당하는 노무 능력자를 조사하고 인적자원을 동원하는 '노무국책수행'에 만전을 기했던 것이다. "전시 하 군수충족과 생산력확충이 절실히 요청되여 잇는 이때에 국민중 한사람이라도 유한계급이나 무식자가 잇서 노동력이 휴면상태에 잇다는 것은 개인자신은 물론 국가적으로 보아도 큰 손실이다. 황국의 신민 된 자는 누구든지 국가의 총동원 업무에 종사해야 한다. 즉 청장년 국민등록에 신고하는 것은 국민 된 의무이며 국가총동원에 협력하는 것이다"[80]라는 서술에서 확인할 수 있듯이 국민과 비국민은 노동성 · 생산성과 무노동 · 비생산성으로 언표화 되었다.

5. 정상성과 비정상성, 아편 중독자, 사회위생학

대동아공영권 확립이라는 제국의 사명 때문에 강구된 인구정책은 인적자원의 양적 증가뿐 아니라 국토계량 수행에 따라 인구의 구성분포를 합리화하는 데까지 적용 · 실현되었다.[81] 인구가 그 처소(머묾)에 따라

77. 「국민등록2할미만」, <동아일보>, 1939.7.15.
78. 「국민등록신고 위반자에 단호철퇴」, <동아일보>, 1940.2.23.
79. 「국민동원을 강화, 통계조사사무협의회」, <매일신보>, 1945.4.3.
80. 「청장년의 국민등록」, <매일신보>, 1943.9.22.

흐르는 물과 같이 끊이지 않고 유동하는 존재이기에 수數를 떠나 인구를 표현할 수 없다는 생각은 당시 인구학 연구자들에게 보편적인 생각이었다. 이 유동적인 인구의 상태와 운동을 파악하기 위해선 통계적 방법에 의지할 수밖에 없었다.[82] 인구의 정확한 파악은 대동아전쟁하의 물자수급 계획, 노무동원 계획, 방공 계획 등 전시체제 당국의 운영에 필요한 기초적 자료를 획득하는 것이었다. 인구 이동을 대상으로 한 정책사업에 이주문제와 '도시인구소산人口疎散'이 있었다.[83] 이와 같은 정책안은 전시 식량 생산 및 배급, 불시에 있을 적의 공습에 대비하여 총후銃後의 인적·물적 피해를 최소화할 방법으로 강구된 것이었다. 푸코는 도로, 곡물, 감염이라는 세 가지 현상의 공통점을 '순환'의 문제로 제기하였다. 근대에 이르러 영토를 고정한다거나 구획하는 것이 아니라 순환이 일어나도록 놔두는 문제, 즉 순환을 관리하고, 좋은 순환과 나쁜 순환을 가려내고, 항상 그 순환 속에서 이러저러한 것이 움직이고 계속 이동하면서 꾸준히 어느 지점에서 다른 지점으로 옮겨가게 만드는 문제가 등장했다는 것이다.[84]

전 세계적으로 인구과잉의 우환은 컸고, 제국주의자들은 그에 대한 상식적 해결책으로 식민지 개척과 이민장려를 지지하였다. 일본의 과잉인구 문제는 1925년 10월 1일 일본의 국세조사가 시행된 이후로 한층 더 문제가 가시화되었기 때문에 '이민문제 해결방책'을 강구하기 시작했

• • •

81. 「국책에 귀중한 기록만들라」, <매일신보>, 1940.9.8.
82. 塚原仁, 『人口統計論』, 千倉書房, 1940, 7쪽.
83. 「방공과 人口疎散」, <매일신보>, 1943.8.23. "인구의 疎散이라함은 일반이 주지하다시피 방공을 강화하기 위하야 대도시의 과잉, 不要의 인구와 세대수를 지방으로 이동하는 것을 의미한다."
84. 미셸 푸코, 같은 책, 103쪽. 푸코가 말한 '순환'은 이동, 교환, 접촉, 확산 형식, 배분 형식 등 매우 넓은 의미에서의 순환이다.

다. 일본의 인구문제 해결은 주로 조선, 만주 방면으로의 적극적인 이민정책 실시로 이어진다. 조선의 경우 역시 1920~30년대의 심각한 경제공황과 일본 이주민의 유입으로 조선인 유이민이 속출했으며, 30~40년대 만주 이민정책과 징용제도로 이주노동자 현상이 현저해졌다. 그러나 국경을 넘는 일이 자유롭지 않았기에 조선 노동자들의 밀항이 심각한 사회문제로 취급됐다.[85] 만주와 일본 등지로 유리하는 조선 사람의 수효는 격증했고, 그들 대부분은 그곳에서 비참한 생활을 하고 있었기 때문이다. 총독부 경무국에서는 현해탄을 건너간 조선인 이주노동자들의 통계와 함께, 그들에 대한 일본인들의 감정이 점점 격화해 가는 현상을 문제 삼으며 시급한 대책 마련을 주장하곤 하였다.

과학적으로 기술할 수 있는 구체적인 대상으로서의 인구를 발견하였기에 사회는 다양한 방식의 조사를 통해 통계자료를 수집하게 된다. 수량적 기술은 사회적이고 경제적인 삶에 '조사'라는 실험적 방식을 사용하였다. 국가정책 수립과 제 단체의 사업계획 수행과 개인의 설계 실현 등에 자료를 제공할 '사회조사'는 통계적인 연구조사 방식의 하위 분류로 배치되었다. 당시의 '사회조사'는 구체적 사실을 대상으로 관찰·기록하는 과학성에 철저한 이론적 기반을 두고 있다고 인식되었다.[86] 세계를 자신의 이미지 속에 다시 재구성할 목적으로 '측정하는 문화', '조사하는 문화'가 형성되었던 것이다. 국가는 국민의 건강 증진을 위해 사회를 지배하는 법칙과 경제적 생활에 관한 제 조건을 고려할 필요가 있다. 따라서 건강한 국민을 관리하기 위한 방법으로 '사회위생학'이 등장했다. 사회위생학은 국민의 건강을 증진하고, 그것을 악화시키는 경제적·사회적 조건을 연구하여 해당 문제점의 개선을 목표로 국민을

85. 「이민 '뿌로커' 등장」, <동아일보>, 1939.5.13.

86. 松本潤一郎, 『國家と社會理論』, 河出書房, 1943, 154~195쪽 참조.

지도하는 사회이론 체계였다.[87] 사회위생학적 차원에서 국가의 정책수행 대상은 "생활에 부닥기다 못해서 범죄를 하는 자," "걸인과 유식자遊食者 등 타인에게 폐해를 끼치는 자들"이었다. 국가는 이들에게 구제책 마련의 명목으로 "세궁민의 '카드'를 작성하고 세민, 궁민, 걸인, 부랑자, 토막, 불량주택 등 부류로 나누워 세밀히 조사"[88]에 나섰다. 식민지 빈민, 유랑자, 노동자들은 제국이 정해놓은 경계를 문란하게 할 위험성이 컸기 때문에 지속적인 조사와 관찰 대상이 되었던 것이다. "제국의 인구학적 구성에서 이들은 치안과 '구제'가 함께 적용되어야 하는 층"[89]이었다.

이 같은 국가적 차원의 사회조사와 통계 형식이 서사적 재현으로 대중화되었던 점은 식민지 통계문화의 특수한 부분이라고 할 수 있겠다. 전시체제기에 이르러 문학자나 지식인이 조선과 만주의 농촌을 순회하며 '모범부락'[90]의 사례를 '현지보고'의 형식으로 매월 잡지나 신문지에 개고하는 경우가 비일비재했다. 이때 지도자(독농가)의 손으로 개척된

• • •

87. 暉峻義, 『社會衛生學』, 岩波書店, 1939, 12~13쪽 참조. 사회위생학에서 學의 목적은 '생명의 유기적 全體'의 향상 진화를 계획하는(설계하는) 방법을 考究하는 것이라고 살필 수 있다. 즉 사회위생학은 사회의학보다는 넓은 범위에서 의학과 사회와의 교섭을 꾀하고 있다. 어떠한 사회적 조건, 경제적 조건이 일정한 사회군(집단)의 건강상태를 좌우하는가를 관찰하는 사회위생학은 특히 의학적 통계가 중요해지기 때문에 보조과학으로 통계학, 생체측정법, 전염병학, 경제학을 사용한다.

88. 「격증하는 세궁민의 실정조사에 착수」, <동아일보>, 1935.7.20.

89. 김예림, 「'노동'의 제국 — 경계 관리와 하층 노동자 에스노그라피의 정치학」, 『사이間SAI』 13권, 2013, 182쪽. 김예림은 지리정치학과 생명정치학의 연접점으로 '경계 관리'를 제시하고 있다. 경계 관리라는 용어를 통해 제국의 영토, 종족, 계층을 가로지르면서 그어졌던 현실적이고 상징적인 분할선들의 작동과 작용을 포착하고자 한다.

90. 인정식, 「<현지보고> 건전농촌과 모범부락 — 북청의 당포리부락을 찾아서」, 『조광』 9권 11호, 1943.

모범 농촌부락과 만주 개척민부락의 사례들은 개척 서사의 형식을 띠며 조선인에게 전달되었다. 가시덤불과 같은 고난과 역경을 헤치고 이룩한 개척 서사의 목표는 동아 신질서 건설의 이상을 실현하는 데 있었다. 제시된 사례보고서들은 객관적 관찰의 형식을 띠고 수량적 파악으로 목표달성을 강조하였다. 일반적으로, 조사는 전망성을 내포하고 있다. "전망가능성을 확보하는 행위에는 상상想像이 있다. 조사의 전망가능성은 희망에 만족할 수도 있고 또 수량화된 계산을 얻을 수 있다."[91] 따라서 모범부락에 대한 지식인들의 현지 조사와 보고 형식의 에세이들은 해당 부락과 정책의 미래를 예상하고 방향을 제시할 수 있는 효과를 산출했던 것이다.

장혁주의 「어떤 독농가의 술회」(『녹기』 1943. 1)는 독농미담篤農美談을 다루고 있다. 한때 아편쟁이였던 '나'는 만주 개척지에서 갱생하게 된다. 이 이야기에서 이사가 작성한 '보고서'는 주인공이 진정한 제국의 국민으로 탄생하는데 중요한 역할을 담당한다. 그가 쓴 보고서는 만주를 하나의 실험장으로 설정한 사회조사의 형식이었다. 소설의 발단 부분에서는 부락의 위치, 지세, 토질 등 현재 부락의 개황을 설명하고, 주인공의 창씨명, 생년월일, 가족과 독농상황, 자금의 수지 상황 등의 항목을 그대로 서술하고 있다. 이 소설은 주인공이 '독농가 공적 조서'를 읽으며 과거를 회상하는 형식이기에 소설 전편이 하나의 보고서 형태로 이루어졌다고 볼 수 있다. '나'는 이 보고서를 읽으면서 "거적으로 만든 집에서 비바람을 피하고 있을 때 비적들이 몰아닥쳐 이불 하나 남기지 않고 약탈을 하고 불을 질러 갈 곳도 없이 황량한 들판을 우왕좌왕 도망치던 이주 당시의 모습이 떠올랐다."[92] "이 수십 행의 문장으로 나는 지난

• • •

91. 松本潤一郎, 『國家と社會理論』, 河出書房, 1943, 198쪽.

92. 장혁주, 「어떤 독농가의 술회」, 『녹기』, 1943.1, 153쪽.

일을 선명하게 떠올리는 것이었다." 따라서 그가 떠올리는 이주민 개척촌은 이사가 "제일 위험했던 자네가 제일가는 모범농민"이 되어 가는 과정을 관찰하는 실험장이 된다. 소설 결말부에서 '나'는 조서를 읽기 시작하던 때의 격동과 혼란이 흔적도 없이 사라지고 조서를 다 읽고 났을 때는 완전한 '모범 국민'으로 탄생한다.

만주국은 '오족협화'와 '왕도낙토'를 표방하며 일본의 대륙진출 기지로 만들어진 국가였지만 아편 문제와 결부되어 있기도 했다. 아편 금단정책은 푸코의 지적처럼 질병에 대한 관리대상과 관리자 간의 권력관계를 만들어, 국민의 규율화를 급속하게 진행할 수 있는 방법이었다. 관리소의 설치 및 정상인과의 분리 등 만주국에서의 아편 중독자에 대한 관리는 국가 권력을 빠르게 형성할 수 있는 방편이 되었다. 현경준의 「유맹」과 『마음의 금선』은 이러한 만주국의 아편 금단정책을 다루었다.[93] 이 소설은 아편 중독자들을 대상으로 설치된 집단부락을 배경으로 하고 있다. 『마음의 금선』의 작품집 서문에 실린 것처럼, 현경준은 아편총국의 위촉을 받고 이 작품을 쓰게 되었으며, "한 사람이라도 완전히 소생시켜 국가의 구성분자"[94]로 만드는 일이 이 작품을 쓰게 된 목적임을 밝히고 있다. 이 작품의 발단은 단장이 부락민에 대한 실태보고서를 작성하는 것에서부터 시작한다. 그런데 이때 그가 사용하고 있는 방법은 통계표

• • •

93. 이 글에서는 『마음의 금선』을 대상 텍스트로 삼겠다. 『마음의 금선』은 「류맹」의 개작 장편이다. 7장으로 구성된 「류맹」을 9장으로 개작하여 홍문서관에서 1943년 12월에 출간하였다. 『마음의 금선』은 정신적으로 허약한 지식인들의 몰락과 이를 이겨내고 적극적인 삶의 태도를 갖게 된 지식인 명우의 이야기를 구체적으로 그려내고 있으며, 그의 새출발로 결말을 맺고 있다. 「류맹」에서 규선의 처가 자살하는 비극적 결말로 처리된 것에 비하여 개작에서는 낙관적 미래를 제시하는 결말로 변화되었다. 이 지점에서만도 현경준의 소설은 다층적 해석이 가능한 텍스트임을 유추해 볼 수 있다.

94. 현경준, 『마음의 금선』, 홍문서관, 1943, 1쪽.

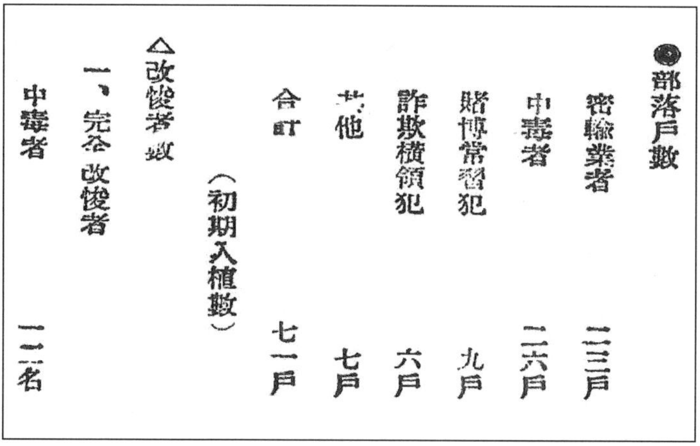

● 部落戸數
密輸業者 二三戸
中毒者 二六戸
賭博常習犯 九戸
詐欺横領犯 六戸
其他 七戸
合計 七一戸
(初期入植數)
△改悛者數
一、完全改悛者
中毒者 一二名

그림 48. 현경준, 『마음의 금선』, 홍문서관, 1943, 28쪽.

작성이다. 단장이 보고서의 내용을 간단히, 알기 쉽게 "수자적으로" 기록한 분량이 소설 텍스트의 네 페이지에 달한다. 그가 작성한 통계표에서 수용자는 '밀수업자, 아편 중독자, 도박상습범, 사기횡령범, 기타'로 분류되고 있으며 이들은 "극도로 낙오된 폐인들과 극단의 리긔주의의 전형인 부정업자들과 양심과 의리는 벌써 하옛날에 매장하여 버린 사긔, 도박, 횡령범"[95]으로 서술된다. 단장은 세계를 균질적인 단위의 집합체로 수량화하여 조사한 내용을 시각화하고 있다. 통계적 방법은 사회의 건강상태를 계량하여 숫자로 표시하고 기존의 숫자와 비교하며, 계측한 과거의 현상에서 얻은 지식에서 가까운 장래의 건강상태를 예측할 수 있다. 그래서 단장은 과학자가 실험하는 것처럼 중독자였던 명우를 갱생시키는 프로젝트를 수행하고 있는 것으로 보인다. 이런 서사적 장치들 때문에 소설은 표면적으로 보았을 때, "국가도 몰으고 사회도 몰으고 친우도 몰으고 마지막에는 자식까지 몰으는"[96] '낙오자'들을

95. 현경준, 같은 책, 35쪽.
96. 현경준, 같은 책, 135쪽.

위한 사회위생학적 갱생사업의 재현으로 읽힌다.

6. 양귀비의 문학, 통계의 일탈을 그리다

지금까지 한국 근대 통계 문화사를 검토하고, 사회위생학의 방법론으로 차용된 인구통계학이 국가 통치와 문화, 문학에 투사되어 근대인의 세계상을 주조하는 데 관여한 역사적 현상을 살펴보았다. 근대 초기 식민지 조선에서 자연과학은 실증적인 관찰에 의해 "혼돈한 우주를 정리하며 갱更히 진進하야 우리의 이용후생利用厚生에 공供하게 되는" 실용기술적 측면이 부각되었다. "농업이나 공업이나 기외其外에 모든 생산업이 다 이 법칙을 응용하야 계통화한 것이며 조직화한 것이다. 그런 고로 자연과학이 업는 사회는 생산이 업는 사회요 생산이 업는 사회는 빈궁에 함陷하야 최후의 파멸을 당할 것이다"[97] 라는 이헌구의 주장은 민족 자립과 근대화를 위해 실력양성을 주창했던 지식인들의 주장과 맞닿아 있다. 부국강병과 경제주의 의식이 중심이 되어 수량화된 개념으로 사고하는 변화를 이끌었던 것이다. "수학이 자연과학의 중심이자 근대지식의 총아"[98]로 부상하면서 실용적 이익의 응용을 위해 자연은 측정과 분석의 대상으로 바뀌었다. "수출입무역輸出入貿易의 통계상으로 견見하면 조선인의 경제력이 그러케 미약한 것 갓지는 아니한데 사실로 미약이 금일 가티 심함은 하고何故인가. 시是는 무타無他라 무역통계상에서 출현되는 성적은 순純조선인경제력의 팽창을 시示함이라함보다 차라

• • •

97. 이헌구, 「금일의 조선과 자연과학의 사명」, <동아일보>, 1924.4.14.

98. 고미숙, 「근대적 '앎'의 배치와 '국민교양'의 탄생」, 『인문연구』 49호, 2005, 117쪽. 이 논문에서는 구학(舊學)의 배치에선 술수로 지목받아 기층에 있던 산술이 신학문의 도래와 더불어 특권적 지위를 부여받게 되면서 숫자를 다루는 학문을 '술'에서 '학'으로 업그레이드해야 한다는 근대 초기의 담론을 분석하고 있다.

리 조선에 재주在住한 일본인 기타 외국인경제력의 팽창을 시示함이라 하야도 과언이 아니니 즉 무역고貿易高의 십분지일十分之一을 점하는 금은 지금金銀地金은 자못 외국인의 수手로 수출입되는 것"[99]에 있었다는 김기전의 성토聲討는 조선인들의 비참한 경제생활의 원인을 '경제적 관념의 희박'에서 찾으며 자민족 분석과 성찰로 이어진다. 따라서 근대 조선의 지식인들은 과학과 산업의 진보가 초래한 부산물들에 대한 열망을 갖고 자기 민족을 위한 혁명적 구상을 계획할 수밖에 없었다. 그러한 그들에게 자연과학적 방법으로 세계를 측정하고 수량화하는 통계분석은 세계, 즉 조선의 현실 분석을 위해 필요한 하나의 방법론으로 제기될 필요성이 있었던 것이다.

이 같은 근대 민족개혁자들의 이상이 투영된 통계학의 식민지적 실상은 어떠했던가. 김사량이 1941년 『삼천리』에 발표한 단편소설 「지기미」는 시바우라 해안에서 선박에 실린 짐을 나르는 재일조선인 이주노동자들의 비참한 삶을 재현하고 있다. 이 작품에서 심한 신경쇠약증세를 보이며, 늘 통계학적인 숫자 계산으로 민족의 비참한 현실을 증명하고자 애쓰는 "이상한" '대학생'이 등장한다. 그는 조선 인구통계로 인구의 동향을 분석하고, 돈이 어떻게 쓰여야 하는가를 따지고, 심지어는 첩을 얻은 사람이 얼마라는 사실까지 거론하면서 "분배의 공평"이 이루어지지 못함을 비판하기도 한다. 아래의 인용문은 20~30년대 민족개량주의자와 동일한 인식 선상에 놓여 있는 대학생의 통계 관념을 잘 드러내준다.

> 수자數字는 신성불가침神聖不可侵이다. 너이들도 잘 살려면은 이런

99. 金起瀍, 「經濟的 觀念의 稀薄을 是憂하노라 — 天을 仰한다 하야 地를 忘却할 수 업도다」, 『개벽』 8호, 1921.2, 17쪽.

수자數字를 충분히 이해할 줄 알어야 한다. 아— 너이들은 이걸 몰으는 구나. 도대체 내가 여기를 무엇하려 온 줄 아느냐. 나는 결코 고학생古學生이 아니다. 대학생도, 이만 저만한 대학생이 아니고 어엿한 ××대학 사회학부 자비유학생이다. 결코 노동을 하러 온 것이 아니다. 너희들이 어떤 생활을 하는가를 알고자 찾아 온 것이다. 나는 여기서도 이 며칠 동안 훌륭한 통계를 잡았다. 아니, 훌륭하다기보다 그것은 너무도 비참한 통계이다. 사방일정四方一町 이 지역에만도 너희가 몇백 몇십 몇 명, 그 중 독신자가 얼마얼마인데 알콜 중독자가 몇 명, 도박 상습자가 몇 명, 위생지식이 없기 때문에 성병性病을 앓는 자가 얼마얼마, 아— 비참하다, 비참하다. (김사량, 「지기미」, 『삼천리』 13권 4호, 1941.4, 265~266쪽)

'신성불가침'의 '수자'를 의미하는 근대 통계는 국가와 개인의 부를 창출할 수 있는 수단이다. 피식민지 이주노동자들에게 이런 통계 수단은 부재한다. 그에 비하여 사회학부 대학생은 통계를 잡을 수 있는 능력을 가지고 있다. 그러나 그에게 이 신성불가침의 숫자는 오히려 "감옥"이 된다. 물론 통계지식의 유무는 권력의 유무를 가르는 경계선으로 기능한다. 하지만 대학생의 통계는 "비참"한 현실을 자각하는 수준에서 더 나아갈 수 없는 형편이다. 통계란 사회 운용을 위한 자료로 수집되는 것임에도 불구하고, 피식민자의 통계는 식민지적 상황으로 인해 그 운용 자체를 차단당하는 한계를 지녔다. 어느 날 그는 노동자들이 "얼마나 고역苦役하는가를 알고 싶어서" 지옥 같은 노동현장에 따라갔다가 온다. 그리곤 그 후유증으로 코피를 흘리고 헛소리를 하며 누워 있다가 급기야는 발광하기에 이른다. 그는 창에 비친 널쪽의 그림자를 쇠창살로 오인하여 "나를 왜 가두었느냐"고 날뛰며 주위 사람들에게 덤벼든다.

이 대학생에게 통계적 사유와 능력은 오히려 자신을 가두는 감옥 역할을 하는 것이다. 그러자 아편 중독자인 '지기미'는 그에게 '아편'을 먹여 진정시켰다.

앞서 본론에서 다룬 작품들처럼 식민지시기 통계와 과학적인 통치의 합리성을 보여주는 소설적 재현에 '아편'이 함께 존재하고 있다는 사실은 단순한 우연처럼 보이지 않는다. 강경애의 「마약」(『여성』 1937.11)은 아편 중독자인 남편이 아편을 먹기 위해 아내를 중국인에게 파는 이주민들의 비극을 다루고 있다. 남편은 젖먹이 아기 생각에 탈출하다가 상처를 입어 죽고 만 아내의 살인죄 명목으로 잡혀가는 상황에서, 경찰에게 "나는 등록하였수!"[100]라며 자신이 국가의 조사에 적극적으로 등록한 인물임을 주장한다. 사실 이 소설은 '등록한 아편장이'라는 소재를 통해 국가의 금연관리제도가 지닌 허구성을 고발하고 있다. 1930년 3월 마약 밀매와 중독자치료의 수단으로 식민지 조선에 '아편중독자 등록제도'가 발표됐다. 이 제도는 중독자들이 등록증을 발급받고 경찰서장이 지정한 병원을 찾아가 아편을 구매할 수 있는 것이었다. 의사는 법적인 허용 아래 환자가 제시한 증서에 적힌 중독 정도에 따라 아편을 주사할 수 있었다.[101] 그러나 이 제도는 오히려 돈만 여유롭다면 중독자가 더 자유롭게 아편을 구매할 수 있는 불법적인 현상을 배태시켰다. 식민지 시기 조선에서는 아편 밀매를 엄격히 금지하는 한편, 모르핀이 방임되는 형국을 보인다. 약용 아편제조를 위한 명목으로 재배규칙을 정하여 아편의 원료가 되는 양귀비 재배경작지의 지정과 허가를 관리하였지만, 아편 중독자에 대한 특별한 규제나 조처는 없었다.[102] 조선 사람들은

100. 강경애, 「마약」, 『여성』 1937.11(이상경 편, 『강경애 전집』, 소명출판, 1999), 681쪽.

101. 「刺身鬼登錄規定」, <동아일보>, 1930.3.5.

우선 원료 아편을 공급하는 생산자로 설정되었고, 다시 모르핀 소비자가 되어 갔다. 그뿐만 아니라 아편이 '대동아의 특수자원'으로 인식되면서 일본은 조선, 만주, 대만 등 식민지를 원료 아편의 생산지로 삼아 대대적으로 양귀비를 재배시켰다. 일본 제국의 아편 금단정책은 국제적인 관계를 의식해 공식적으로는 금지하였으나 전쟁 수행을 위해 실질적으로는 허용하는 이중적인 면을 보여주었던 것이다. 만주국의 극히 일부 지역에 한해 일본측의 엄격한 관리하에서 양귀비 재배를 하게 함으로써 필요한 양의 아편을 확보하는 한편, 다른 지역에서는 양귀비 재배를 엄격히 금지하는 방식을 채용했던 것 역시 식민지에 대한 아편 전략을 원활하게 적용한 사례였다.[103] 이러한 사정에 비해 지속적으로 조사되고 발표되었던 아편 중독자 통계는 '구호' 활동이라는 명목하에 국가 통제를 정당화하는 구실을 하였다. 아편 중독자 통계는 조선인의 국민성을 구분하는 지표이자, 행정을 위한 도구로 의도된 수자였다.

'지기미'는 육십이 된 노인으로 이 함바 저 함바 돌아다니며 잠을 얻어 자는 걸인이다. 조선인 노동자들은 아편 중독자인 그를 부끄러워하고 천대한다. 동포에 대한 애정으로 조선 노동자들의 천대에도 불구하고 떠나지 못한 채 그들의 주위를 맴도는 지기미는 과거 대한제국 말기 창설된 근대식 군대의 병정이었다. 그는 청나라 군인과 싸우고 도망다니다가 일본으로 건너왔던 것이다. 한때 어엿한 군인이었지만 아편 중독자이자 거렁뱅이로 고향에도 못 돌아가는 신세인 지기미는 일본 제국의 신민으로뿐만 아니라 아편 중독자로도 '등록'되어 있지 않은 존재이다. 제국 국민으로 포섭되지 않는 그에게 이름과 노동은 부여되지 않는다. 따라서 지기미는 어느 국가나 체제에도 소속되지 않는 '유령적 존재'인

102. 「阿片納期經過」, <동아일보>, 1920.9.6. 참조.

103. 구라하시 마사나오, 『아편제국 일본』, 박강 옮김, 지식산업사, 1999, 151~152쪽.

것이다. 차승기는 '지기미'가 이주 조선인 노동자들처럼 내지內地 노동의 세계에 진입하지 못하고 그 주변을 배회하는 자이며 또한 두 세계 어디에도 이해되지 않는 언어를 사용하는 분열된 자로서 두 세계와 관계하고 있는 자로 분석하고 있다. 따라서 '지기미'가 "법, 언어, 질서의 세계에서 오랫동안 '보이지 않는 사람들'로 있어온 것"[104]은 국가 등록 체제의 한계지점을 드러낸다.

인간의 행동에 관한 방대한 데이터를 통해, 사람들의 행동이 통계적 규칙성을 띠고 반복된다는 점이 관찰되었다. 그 결과, 자연법칙과 유사하지만, 사람들을 대상으로 하는 새로운 유형의 법칙이 등장했다. 특히 인간의 행동에 대한 규칙성은 대부분 자살, 범죄, 방탕, 정신이상, 매춘, 질병 등과 같이 일탈 행위와의 연관성 아래 비로소 인지되었다. 이는 자연히 정상, 그리고 표준으로부터의 일탈이라는 개념을 수반하였다. 소설 「지기미」의 서술자 '나'는 체제 '일탈'적 존재를 그리고 있다. '나'는 걸레장사를 하면서 그림 공부를 하고 있다. 통계 능력을 지닌 사회학부 대학생처럼 미술을 배우는 '나'는 관찰과 구도를 통해 대상을 추상화하는 방식을 알고 있다. 이 지점에서 그림 역시 통계와 연관된다. 조선인 노동자들은 아편 중독자인 지기미를 부끄러워하고 천대하지만 '나'는 지기미에게 애정을 갖고 그를 대상으로 하여 그림을 그린다. 비록 지기미가 권유하는 아편을 함께 나눠 먹지는 않지만 '나'가 관심 있게 그리는 것은 아편 중독자인 '지기미'처럼 얼룩을 남기는 존재들이다. 피식민지 문학자들의 문학적 재현이란 이런 것이 아니었을까 싶다. 얼룩을 남길 수밖에 없고, 얼룩을 재현하는 데 애정이 가는. 더군다나 식민지 통계에 의해 포착된 '등록자'들조차 완전히 믿을 수 없는 존재들

• • •

104. 차승기, 「내지의 외지, 식민본국의 피식민지인, 또는 구멍의 (비)존재론」, 『현대문학의 연구』 46권, 2012, 375쪽.

이다. 피식민지 '등록자'는 이미 불순, 통제 불가능성, 아편과 같이 끊임없이 회귀하고 자극하는 혼란의 존재적 자질을 함의하고 있다. 과거 회귀적인 존재들은 현재 속에 '과거의 귀환'을 가능케 하는 존재이기 때문에, 아편 중독자들은 등록되어 있다고 해도 언제든 그 등록의 가치를 침범할 수 있는 '위협적인 존재'이다. "중독자. 얼마나 서글픈 일홈이냐? 사회의 맨 밑바닥에서 산송장의 생生을 근근히 이어오는 그들. 그들에게는 명일明日이라고는 털끝만큼도 없다. 다만 현재와 과거밖에는 없다."[105] 따라서 그들은 통계표를 끊임없이 갱신하게 만드는 존재들이다. 이런 의미에서 '등록'이란 국가적 존재가 되는 것이라기보다 불온한 것들에 질서와 통제를 가하는 절차라 할 것이다. 근대 문학은 바로 그 감옥 속의 불온한 존재들을 재현했던 것이다.

105. 현경준, 앞의 책, 1쪽.

제3부

해방 이후 냉전체제기의 풍경

제1장

해방기 아동의 과학교양과 발명의 정치학

— 아동잡지 『소학생』

1. 자주독립국가의 아동상

1945년 8월 미국이 일본의 나가사키에 투하한 원자폭탄은 일본의 패전과 종전만을 의미하지 않고 더 많은 의미를 함축하였다. 우선 "미국이 일본을 전패케 한 것도 오로지 과학의 힘"[1]이라는 인식처럼 원자탄은 세계에 미국의 힘을 과시하는 매개가 되었다. 스펙터클한 원자탄의 버섯구름은 인종 전멸의 위기를 낳는 파국의 도상으로 자리 잡는 동시에 과학기술문명의 발전을 실감케 했다. 원자탄의 위력은 여기에 머물지 않고 전쟁에 대한 전 세계적 불안과 공포로 이어졌다. 미국이 비키니섬 근해에서 수행했던 원자탄 실험 이래 방사능 구름放射能雲이 현재도 여전히 대기 중에 남아 세계를 떠돌고 있다는 풍문과 각국 과학자들의 학설이 해방기 공간의 공포를 조성했던 것이다.[2] 물론 해방의 날인 1945년 8월 15일은 조선이 일본 식민의 고리를 끊고 새 국가 건설과 사회개혁을

• • •

1. 「壯하다! 우리 科學陣, 無電은 완전히 우리 손으로 운용」, <동아일보>, 1946.4.11.
2. 「<話題의 과학> 放射能雲이 世界周廻說」, <경향신문>, 1947.5.6; 「방사능雲 지구를 배회? 비키니島 원자탄 실험의 여파」, <자유신문>, 1947.5.6.

도모할 수 있는 역사적 기점이었다. 그래서 정치적, 경제적, 이념적으로 다양한 사회적 열망이 끓어 넘쳤고 갈등이 치열했던 시기이기도 하다. 이 해방기에 관한 연구는 미군정의 점령정책 및 민족해방을 둘러싼 좌우 이념의 분쟁, 남북한 주요 지도자와 단체의 활동 및 경제구조의 변화 등에 얽힌 현대사 연구가 중점적으로 진행되어 오다가, 2000년대부터 풍속사를 비롯한 문화연구와 사회학 연구의 활성화로 다양한 주제에 대한 문제의식을 깊이 있게 드러내고 있는 형편이다. 그 결과 미국 대중문화의 침입처럼 해방을 계기로 조성된 일상문화와 사회풍경들, 그리고 해방기의 기억과 망각, 귀환자와 이주민의 이동 등에 내재된 폭력성의 재현들을 탈식민주의적 시각에서 분석하며 해방전후사를 재인식하고 다양한 징후적 독해들을 해나가는 단계에 이르렀다. 그러나 이 같은 연구 성과에도 불구하고 해방기는 여전히 규명되지 못한 영역이 상당수 존재하는 지점이라는 것 또한 명백한 사실이다. 특히 해방기 아동 담론은 당대 신문과 잡지 등 매체를 중심으로 다양한 담론의 갈등을 보여주며 기성세대의 이념과 욕망을 드러냈던 장이다. 따라서 이 글은 그간 해방기 관련 연구에서 소홀히 다뤄졌던 아동문화 영역의 특수성을 해명하여 해방전후사의 여백을 메우는 데 기여하고자 한다.

물론 해방기 어린이를 대상으로 한 연구는 자료의 한계를 넘어 지속적으로 이어져 왔다. 어린이는 미래를 담지하는 상징적 주체로 인지되었기 때문에 자주독립이라는 시대적 과제를 짊어진 해방공간에서 새로운 시대에 걸맞은 어린이상像을 제시하려는 당대 사회와 지식인들의 노력은 괄목할 만한 문화적 현상이었음이 틀림없다. 이 시기의 아동문학교육에 관련한 선행연구들은 해방기 아동문학의 다양한 기획과 흐름을 살펴 좌익과 우익 계열로 구분한 뒤 각각에서 논의되었던 아동문학교육 담론의 특징을 정리하거나, 당시 교과서인 초등국어교본과 아동잡지의 문학

제재를 검토해 봄으로써 아동문학교육의 구체적 성과를 살펴보고 있다.[3] 이같이 해방기 어린이에 대한 민족적, 계급적 기대와 계몽이 동심을 구성하고 재현해 내는 담론적 특징들에 주목한 문학연구들은 대체로 좌우 이데올로기와 반공주의가 아동문학과 교육에 어느 정도 반영되고 그에 따라 아동의 정체성이 어떻게 이데올로기적 주체로 형성되는가에 대한 문제의식들을 담아내고 있다.[4] 또한 해방 직후 아동잡지에 게재된 '소년소설' 속 아동 상을 연구 분석하여 단결하는 '협동의 아동상', '고난극복의 주도적 아동상' 등 그 유형을 추출하여 해방기 아동상이 지니는 의미와 특성을 규명하여 왔다.[5] 그러나 해방공간이라는 민족 내적 특수한 상황과 당대 지식인들의 욕망이 반영된 이들 아동상은 문학 텍스트 분석에 한정되어 지나치게 단면적으로 다뤄진다는 문제가 제기될 수 있다. 따라서 최근의 아동문학 연구자들은 해방기 아동문학과 교육에 대한 이해가 좌익과 우익 계열의 문화운동으로 단정하는 이념적 지향성을 벗어나 해방기의 텍스트를 다채롭게 바라보고 당대 아동잡지와 아동문학에 대한 총체적인 시대적 · 문학사적 흐름을 읽어내려는 노력이 요구된다는 데 공감하고 있는 실정이다.[6]

• • •

3. 선안나, 「문단 형성기 아동문학장의 고찰 — 반공주의를 중심으로」, 『동화와 번역』 제12집, 2006; 최윤정, 「교과서 속의 어린이상과 국가의 정책 — 교수요목기에서 4차 초등국어교과서를 중심으로」, 『동화와 번역』 제13집, 2007; 임성규,「미군정기 초등학교 국어교재 수록 아동문학 제재 연구 — '초등국어교본'을 중심으로」, 『국어교육연구』, 2008; 임성규, 「해방직후의 아동문학 운동 연구 — 좌익 문학 단체의 계몽 기획과 그 의미」, 『동화와 번역』 15집, 2008; 박영기, 「해방기 아동문학교육 연구」, 『청람어문교육』 41권, 2010.6.
4. 김종헌, 『동심의 발견과 해방기 동시문학』, 청동거울, 2008; 이충일, 「1950~60년대 아동문학장의 형성과정 연구」, 박사논문, 단국대학교, 2015.
5. 정선혜, 「해방기 소년소설에 나타난 아동상 탐색」, 『한국아동문학연구』 2014.5.
6. 원종찬 외, 『동아시아 아동문학사』, 청동거울, 2017.

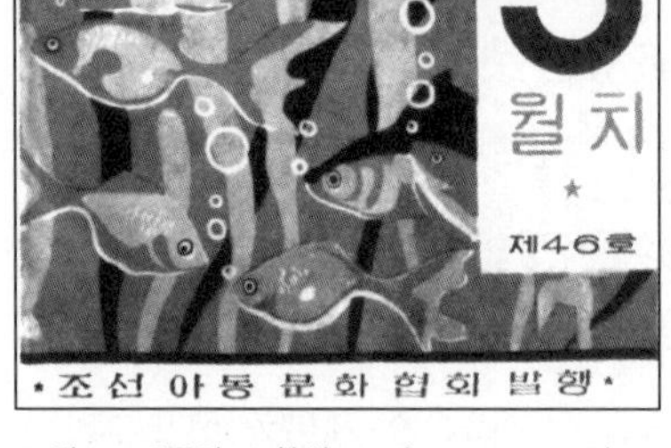

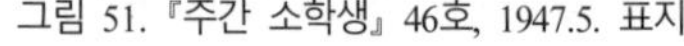

그림 51. 『주간 소학생』 46호, 1947.5. 표지

그림 52. 『소학생』 50호, 1947.9. 표지

이 글은 해방기의 대표적 아동잡지인 『소학생』을 통해 아동에게 교육된 과학교양의 특성과 그 역사적 의미를 규명하고자 한다. 즉, 과학교양이 주조하려 한 해방기 아동상이 지닌 의미를 탐구하는 데 연구 목적이 있다. 조선아동문학협회 발행으로 1946년 2월 창간된 『소학생』은 해방 이후 많은 잡지가 창간, 폐간되던 상황 속에서 가장 긴 기간 동안 안정적으로 발행되었다는 점에서 해방 직후를 규명하기 위한 유력한 텍스트라 할 수 있다.[7] 그리고 일제 말기 발행된 아동잡지 『소년』에서 사용했던 '틀린그림찾기', '소년지식', '깔깔소학생', '척척박사', '소년오락실' 등의 난欄과 내용이 그대로 재수록 되는 현상을 보이면서 근현대 아동교육

7. 창간 시에는 『주간 소학생』이란 이름으로 매주 발간되다가 46호(1947.5)부터 『소학생』으로 명칭을 바꾸고 월간으로 체제를 바꿔 1950년 6·25 전쟁 전까지 통권 79호가 발행됐다.

체제의 연속성과 비연속성을 목도할 수 있게 하는 중요한 자료가 된다. 김효진의 논의는 지금까지 연구가 미진했던 『소학생』에 대한 전체적인 개괄을 하고 있다는 점에서 충분히 의의를 지니지만, '동화'와 '소년소설'에 초점을 맞추다 보니 해당 잡지의 특성이 명확히 규명되지 못한 측면이 있다.[8] 그리고 해방기 아동문학교육을 연구한 박영기는 『소학생』이 창간호부터 글쓰기 교육에 주력하였던 점과 국어 교과서의 부족한 부문을 보완하는 문학 교재로 인정받았던 점을 근거로 하여 당대 어린이에게 문학교육적 소명을 담당했으리라고 주장한다.[9] 이처럼 『소학생』은 학교를 중심으로 배부되어 학생들에게 상당한 여파를 미치며 해방기의 아동문학과 문화, 교육제도와 깊이 영향 관계가 있었을 해방기의 대표적인 아동잡지임에도 불구하고 그에 관한 연구는 상당히 미진한 편이다. 게다가 기존 논의들은 문학교육적 차원에 국한하여 『소학생』의 가치를 한정적으로 드러내는 감이 있다. 해당 잡지가 해방기 어린이상을 구성하는 데 있어서 아동문학의 이념적 지향성이나 문학적 감수성뿐만 아니라 과학적 교양의 형성에 크게 기여했다는 것이 이 글에서 주목하고 있는 점이다. "『소학생』은 쉽게 말하면 과학을 본위로 꾸미는만큼 일본의 『子供の科學』 같은 인상을 풍기는 소년잡지다. 자연 필자가 고정되어 있고 도무지 딱딱한 감이 없지않아있다"[10]는 당대 비평가의 말에서도 확인할 수 있듯이, 일본에서 선풍적인 인기를 끌었던 아동 과학잡지와 같은 인상을 풍겼다는 『소학생』의 주력 분야는 과학적 교양이었다. 『소학생』은 아동에게 과학의 필요성을 인식시키고 지식을 전달하기

• • •

8. 김효진, 「『소학생』지 연구 — 동화와 소년소설을 중심으로」, 석사논문, 단국대학교, 1992.
9. 박영기, 「해방기 아동문학교육 연구」, 『청람어문교육』 41권, 2010.6, 438쪽.
10. 박철, 「아동잡지에 대한 愚見」, 『아동문화』 1집, 1948.11, 115쪽.

위해 그와 관련된 글을 계속 게재하면서 아동의 과학적 교양교육에 나섰고, 조선과학교육동우회와 공동 주관으로 '우리과학전람회'를 개최하는 열의를 보였다. 그리고 '우리 자랑' 코너에서 동물학 연구의 중요한 자료가 넘쳐나는 조선을 자랑하는 글[11]처럼, 필진은 어린 소년대중이 해방된 조선을 과학 텍스트로 바라보도록 문화를 조성했다.

해방기 각 분야에서 새로운 국가의 비전을 세우고 이를 추진하기 위해 노력했으며, 그 일환으로 독립된 과학기술의 건설 노력도 시작되었다.[12] 그 결과 1948년 '과학교육진흥'이라는 슬로건을 내걸고 문교부 산하에 과학교육국이 창설되었다. "모든 비시대적인 비과학적인 인습을 깨끗이 캐어내고 정돈하여 참된 과학적인 행동 과학적인 생활을 체험하여 그대로 실천하므로써 시대와 함께 생명이 약동하는 신국가, 신국민"[13]이 되어야 한다는 이범석 총리의 담화로도 알 수 있듯이, 해방기에 강구된 과학교육진흥책은 유교적 전통과 일제강점기의 교육제도가 지닌 폐단에서 벗어나 새로운 민족적 가치를 수립하기 위한 방안이었다. 과학의 세기에 부응하는 자주독립국으로 성립하기 위해서 과학교육은 필연적 조건이었다. 정부는 과학발전이 국가 운명을 좌우하는 원동력이라 믿고 과학교육 진흥에 전력을 기울이기 시작했고, 국민대중생활의 과학화, 즉 '과학의 민주화'를 꾀하려 하였다. 따라서 당대 지식인들에게 부과된 신국가 건설의 과제는 우선 국민의 과학정신 보급으로부터 시작되어야 할 것이었다. 과학보급을 통한 과학의 민주화가 만년대계의 국가적 기초를 닦는 일이 되었다. 해방기 아동교육의 시대적 당위 목표

• • •

11. 석주명, 「우리 동물계(2)」, 『주간 소학생』 44호, 1947.3.24.
12. 홍성주, 「독립국가의 과학기술 건설 노력」, 『과학기술정책』 22권 1호, 2012.3, 121쪽.
13. 최규남, 「과학교육의 재건(1)」, <동아일보>, 1948.11.23.

역시 과학교육에 집중할 수밖에 없는 상황이었다. 미디어는 한결같은 어조로 조국 재건의 중책을 학생들에게 부과하였고, 이때의 '재건이란 과학적 재건'[14]이어야 함이 요청되었다. 따라서 아동교육은 다차원적으로 과학적 어린이 육성을 위한 시도가 있어야 했다.

그렇다면 자라나는 어린이들을 과학자로 만드는 방법은 무엇인가. 이러한 물음은 해방 직후 생산된 아동과학 서사의 이데올로기적 함의를 탐구하며 국가/민족 재건 프로젝트 중 하나인 새국민 교양프로그램에 과학이 기여한 바를 살피는 과정에서 실마리를 얻을 수 있을 것으로 판단된다. 학교가 어린 아동들을 일정한 모델에 따라 어른으로 성장시키기 위한 사회적 장치[15]라면 그 과외 교과서 역할을 했던 아동잡지 『소학생』 역시 다양한 장치들을 마련하여 어린이를 교육시키는 기능을 수행했을 것이다. 특히나 아동잡지 『소학생』이 과학자들의 삶에 관한 이야기를 중요하게 다루고 있었다는 점은 주목할 필요가 있다. 물론 해방 전에도 이광수를 비롯한 일군의 작가들에게서 민족 재건을 함의하는 과학 서사가 모티브로 구현되고 있었던 것이 사실이지만 과학자가 필요하다는 사회적 당위와 더불어 위인으로서의 과학자가 대거 소개되기 시작된 것은 해방을 맞으면서부터였다. 과학 서사 가운데 교훈을 목적으로 하는 '과학자 전기(위인전)'는 과학의 본질과 목적, 방법, 그리고 과학자가 추구하는 관념을 당대 사회의 맥락에 위치 짓는 대중적 장르라 할 수 있다. 이처럼 과학자 전기는 대중의 과학 이해에 중요한 역할을 하며 오랫동안 과학에 대한 관념과 과학자의 이미지를 전달하는 중요한 매개체였음에도 불구하고 그에 관한 연구가 미진했던 것이 사실이다.

• • •

14. 「학생의 임무」, <동아일보>, 1946.10.26.
15. 혼다 마스코, 『20세기는 어린이를 어떻게 보았는가』, 구수진 옮김, 한림토이북, 2002, 32쪽.

일반적으로 어린 독자들은 학교 실험실이나 교실을 통해서뿐만 아니라 유명한 과학자들의 위인전을 읽으며 역사 속의 과학자와 조우하게 된다. 이때 위인전은 과학에 대한 아동 독자의 관심을 불러일으키고, 그들의 미래 직업 선택에도 큰 영향을 끼친다. 그러므로 이 글은 다양한 과학교양물 가운데서 과학과 과학자의 개념을 형성하는 과학자 전기의 역할에 집중하여 어린이를 대상으로 한 과학자 전기가 지닌 서사적 특징과 그 역사적 의미를 파악하려 한다. 결국, 해방기 과학자 전기가 갖는 특성 및 그 의의에 관한 연구는 곧 아동 과학교양의 시대적 단면이 드러날 수 있도록 할 것이며 동시에 소년을 과학교육의 대중으로 호출하면서 아동의 내면 형성에 관여한 과학주의의 뿌리 깊은 연원을 탐구할 수 있도록 할 것이다.

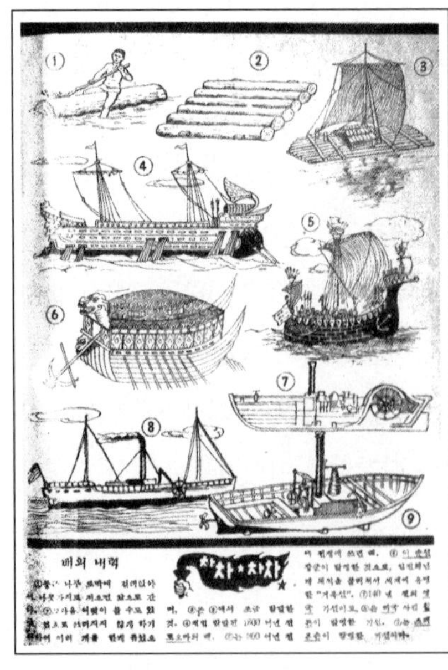

그림 53. 「<차차차차> 배의 내력」, 『소학생』 50호, 1947.9.

2. 과학자 전기의 공적 이미지

창조와 발명의 의미

아동의 과학적 교양을 증진하기 위해 『소학생』에는 다양한 유형의 과학교양물이 실렸다. 잡지 편집진은 '소년생활과학'란이나 '소년천문학', '과학교실', '연구실', '과학질문', '궁금풀이', '이과지식', '소년지식', '소년상식', '차차차차' 등의 난을 마련하여 과학지식을 지속적으로 게재하였다. 해당 코너들은 배의 내력이나 음식의 내력, 비행기의 시초처럼 그 발달과정을 살펴 과학상식을 전달하는 창구 역할을 했다. 그리고 '이건 참 십상'은 철사를 마치로 두드려 지남철을 만드는 법, 귀에 물이 들어갔을 때 뜨거운 자갈을 귀에 대고 머리를 기울이는 법, 귀에 작은 벌레가 들어갔을 때 불 켠 전구를 가까이 대는 법 등 생활상식을 알려주는 난이었다.[16] 또한 '이상도하다'에서는 피사의 탑이나 바위

그림 54. 「<차차차차> 비행기의 내력」, 『소학생』 52호, 1947.11.

속에 있는 인도의 절, 야만인의 몸치장하는 풍습처럼 고정관념을 깨는 세계 풍물이 소개되고 있었다. 이때, "조선을 벗어난 '세계'에는 이상한 것이 많다. 그 이상한 것들은 사실 알고 보면 간단하다"[17]는 기획의 말은 세상에 펼쳐진 이상한 것들이 사실 그 원리를 알면 이해하기 쉽다는 점을 강조하고 있었다. 그 이상한 것들은 "과학적으로 연구해"[18] 보면 정체가 쉽게 해명되는 것들로서, 과학의 권위를 드러내 주었다. 또한 '오락실'이나 '척척박사', '어린이 공작', '크로스워드 풀기' 같은 난은 유희와 소년 지식을 결합하여 어린 독자들에게 지적 자극을 주는 역할을

16. 「이건 참 십상」, 『소학생』 55호, 1948.3, 18쪽.
17. 「이상도하다」, 『소학생』 61호, 1948.10, 30쪽.
18. 「<꼬마 과학> 이상한 개구리」, 『소학생』 55호, 1948.3, 5~7쪽.

그림 55. 「이상도하다」, 『주간 소학생』 46호, 1947.5.

했다. 특히 '오락실'과 '어린이 공작'은 '과학장난'이란 명목하에 실험을 보여주고 어린이들에게 수행을 촉구하였다.

그러나 과학 생산에 대한 역사적, 사회학적 설명은 무엇보다도 과학 주제의 중요성을 강조하는 '서사'에 의해 보완되어 왔다. 「과학공부」에서는 매회 해바라기의 성장이나 정전기의 발생 같은 대상의 원리를 '만화'라는 서사 양식으로 설명하고 있다.[19] 이러한 과학 서사는 동물의 생태를 기행 형식으로 전달하는 주요섭의 「동물원 구경」 연재를 통해서도 접할 수 있다.[20] 또한 꿀벌의 모험 여행을 재현한 '장편과학동화'[21]나, 개구리의 생태를 알리는 동화[22]처럼 과학지식과 결합하는 형태의 작품들이 번역, 창작되어 게재됐다. 물론 합리적 추리력을 훈련시키기 위해 방정환의 모험소설[23]이나 15소년의 모험담을 그려낸 연재만화[24] 같이 모험소설류도 빠지지 않고 꾸준히

19. 「<연재만화> 과학공부(6)」, 『소학생』 59호, 1948.7.1, 37쪽.
20. 주요섭, 「<동물원 구경> 캉가루와 고슴도치」, 『소학생』 60호, 1948.9, 24쪽. 이 글은 옥주가 삼촌의 안내를 받으며 동물원 구경을 하여 동물의 생태를 이해해 나가는 형식을 취하고 있다.
21. 조우호, 「<장편과학동화> 꿀벌 마아야의 모험(7)」, 『주간 소학생』 24호, 1946.9.9.
22. 유석빈, 「나는 개구리예요」, 『주간 소학생』 48호, 1947.7, 18쪽.
23. 북극성, 「<장편모험소설> 곡마단의 비밀」, 『소학생』 1947.9, 20쪽.

연재됐다. 그러나 『소학생』에서 가장 지배적인 과학 서사는 단연 '과학자 전기'라 할 수 있다. 『소학생』은 '위인이야기'와 '발명이야기' 등의 코너를 마련해 과학적 발견과 발명에 얽힌 간략한 서사들을 지속적으로 게재하였을 뿐만 아니라 여러 과학자의 생애를 소개하는 데 주력했다.[25] 찰스 다윈이나 갈릴레이, 아인슈타인, 뉴턴, 퀴리부인 등의 저명한 과학자 전기를 통해 과학자에 대한 이미지와 과학에 대한 관념을 어린이에게 전달하는 데 치중했다. 일반적으로 유명한 과학자들의 위인전은 대중적 인기를 끌었으며 특히 어린 독자들을 대상으로 하는 경우는 과학의 실천을 가장 근본적인 수준에서 부추기는 매개체가 되어 왔다.[26] 게다가 '위인'으로 소개되는 과학자들의 생애는 어린이들에게 역할 모델로 제시되면서 고난을 극복하는 의지력과 애국심을 가르치는 수단이 되었다.

이처럼 어린이들에게 교훈을 주는 과학자들의 공적 이미지는 어떻게 창조되는가. 전기에서 과학자는 그가 자연을 분석하는 방법뿐만 아니라 사회적, 종교적 가치에서도 가장 뛰어난 모범적 개인으로 구현된다. 그러한 과학자와 발명가의 위대한 발견과 발명은 그들의 유년 시절에 만물의 '이상함'을 인지하는 데서 비롯되었다. 어릴 때부터 음악과 수학을 잘하고 그림도 잘 그렸을 뿐 아니라 글도 잘 썼던 천재 갈릴레오 갈릴레이는 어느 봄날 피사에 있는 커다란 절에 구경을 갔다가 남포가 좌우로 흔들리는 것을 보고 '이상스럽게'[27] 생각한 결과 하나의 큰 발견을

24. 김용환, 「<연재만화> 십오소년(8)」, 『주간 소학생』 35호, 1946.12.9.
25. 「<어린이 과학> 과학자의 원조 타아레스」, 『소학생』 1947.9, 6쪽.
26. Michael Shortland ed, *Telling lives in science: Essays on Scientific Biography*, New York: Cambridge University Press, 1996, p. 171.
27. 「<위인이야기> 지구가 움직인다는 것을 증명한 대 발명가 갈리레오 갈리레이」, 『주간 소학생』 45호, 1947.4.21.

하게 된다. "우리가 이과 시간에 배우는 추振子의 등시성等時性을 발견"한 것이다. 갈릴레이의 사례처럼 과학자의 위대한 발견은 현상을 '이상'하게 여기고 남과 다르게 생각하는 사고방식에서 비롯되었음을 알 수 있게 한다. "자연계에는 우리가 아직도 풀어내지 못하는 여러 가지 이상한 것이 많"[28]다는 아동과학의 핵심 코멘트처럼 자연의 비밀을 풀어헤치는 낭만적 천재성과 이상한 과학이 안겨주는 경이감이 동시에 공존하고 있음을 볼 수 있다. 따라서 아동과학의 세계에서 과학자는 자연의 비밀을 밝히는 위대한 발견자로 이미지화된다. 또한 이 신비주의적인 과학자들은 인류의 삶에 혁명적 전환을 일으킨 근대의 영웅들로 예찬되기도 한다. 망원경을 발명해 "하늘의 비밀을 캐"낸 갈릴레이 덕분에 인류는 "달나라에서는 토끼가 떡 방아를 찧고 있는 것이 아니라, 높은 산도 있고 깊은 골짜기도 있어서 그렇게 보인다는 것과 해에는 흑점이 있는 것과 목성에는 네 개의 달이 있다는 것"[29]을 발견하게 되었다. 갈릴레이의 망원경은 이후 또 다른 발견들을 가능하게 했고, 우주를 확장하여 인간의 지식이 진보해 가는 발판이 되었다. 그런데 천동설의 오류를 지적하고 지동설을 증명했던 갈릴레이에 대한 당대인들의 반응은 싸늘했다. '위인이야기'의 서술자는 이들을 "미신에 사로잡혀 살아오던" 비과학적 세계의 특징으로 폄하하는 동시에 "실로 이 순간 인류의 문명은 일대 변화를 일으킨 것이다"라는 찬양의 형식을 취해 갈릴레이를 근대화의 기수로 자리매김한다. 이처럼 과학자 전기는 해당 시기의 맥락에 따라 과학자 영웅을 만들어 내는 특징을 지닌다.

그렇다면 어린이들은 어떻게 영웅적인 과학자가 될 수 있는가. '발명이

28. 「<과학교실> 도깨비불」, 『주간 소학생』 42호, 1947.3.10.
29. 박동식, 「<발명이야기> 망원경은 어떻게 발명되었나」, 『소학생』 59호, 1948.7.1, 13쪽.

야기'를 연재했던 박동식은 '어린이의 장난이 공을 세우다'라며 아이들이 렌즈를 가지고 한 이상한 장난이 망원경이 되기까지의 이야기를 통해 발명과 발견의 시초는 사소한 것에서 시작될 수 있음에 주목한다. 예를 들어, 병원 진료에 사용되는 청진기는 어느 날 의사가 놀이터에서 시소 타고 노는 아이들을 보고 착안해 발명한 것이다. 서술자는 "이와 같이 과학이란 퍽 어려운 것 같으면서도 아주 조그만 관찰에서 열쇠를 얻어 차차 차차 연구하여 발명되는 것"[30]이라는 점을 강조한다. 결국 "몇천 년 동안 아무런 진보도 발전도 못 본채 계속해"서 정체되어 있던 인류사에 변화를 가져오게 되는 발명과 발견은 "우연한 기회"에 얻어지는 것이다. 따라서 서술자는 "발견 발명뿐 아니라, 무엇이든 조그만 일에서, 또는 세심한 주의에서 이루어지는 것이니, 여러분! 공부하는 우리로써 무엇을 소홀히 할 것이겠습니까"[31]라며 아동에게 발명가적 태도를 권장한다. 그리고 "발견이나 발명이란 것은 지금까지 내가 상상하던 것 같이 어렵지는 않을 것이다. 나도 굳은 결심만 있으면 될 것 같다"[32]라는 사고를 어린이들에게 심어주며 발명의 주체로 호출하였다. 그러므로 지식인들은 아동과 과학의 친밀한 관계를 조성하기 위해 생활 과학적 차원의 교양을 주장했다. "과학을 배우는 길은 전문적인 길도 있지만 전문가 밖에 현대문명 속에 사는 우리는 과학과 친하고 과학을 이해하여, 그 소양을 갖도록"[33] 해야 한다는 것이었다. '과학과 친해지자'는 말은 아동의 생활, 더 나아가 그 내면을 과학화하자는 의미였다.

30. 박동식, 「<발명이야기> 청진기는 어떻게 발명되었나?」, 『소학생』 56호, 1948.4, 6쪽.
31. 박동식, 「물감은 어떻게 발견되었나?」, 『소학생』 64호, 1949.1·2, 18쪽.
32. 박동식, 「유성기는 어떻게 발명되었나」, 『소학생』 58호, 1948.6, 22쪽.
33. 여경구, 「<소년생활과학> 과학과 친하자」, 『주간 소학생』 1호, 1946.2.11, 6쪽.

어린 아동들에게 과학의 역할이 종사자의 삶을 통해 제시될 때 훨씬 더 접근하기 쉬웠으므로 전기 작가는 실제 사실보다 과학자의 사생활과 소년대중을 통합하고자 하였다. “기차를 발명한 영국의 스티븐슨이 진흙이나 밀대로 증기관의 모형을 만들었다든지, 아메리카의 세계적 발명가 에디슨이 알이 깨이는 것을 실험하기 위하여 하루종일 알을 품고 둥우리 속에 엎드려 있었다는 것과 같은 재밌는 이야기”[34] 즉, 과학자들의 ‘소년 시절’에 대한 이야기들이 중점적으로 다루어진다. 그 바람에 특별한 에피소드가 없다 치더라도 발명의 위인들은 하나같이 “기계만지기를 좋아하는 소학생 시절”[35]을 거친 것으로 재현됐다. 무선전신 발명가 마르코니는 “어렸을 때부터 남달리 전기를 좋아하여, 틈만 있으면 전선이나 전지, 혹은 지남철 등을 사가지고 와서 실험을 해보는 것”이었다. 또한 “그는 책으로만 읽을 뿐 아니라, 보고 들은 모든 것을 실제로 만들어서 연구해 보지 않으면 심정이 펴지를 않았다.”[36] 이처럼 과학자 전기는 유명한 과학자나 발명가의 남다른 어린 시절에 중점을 두면서 이들이 “후에 대 발명가가 된 것은 이때부터 조금씩 싹트고 있었던 것임에 틀림”없다는 점을 강조했다. 라이트 형제가 “빛나는 항공사航空史의 첫페이지를 차지”하게 된 것도 그들이 어린 시절 “하늘을 나는 과학 장난감”[37]에 홍미를 느꼈었기 때문이라는 식으로 서술하며 어린 시절의 과학적 교양이 중요함을 교육했다.

• • •

34. 박동식, 「<발명이야기> 무선전신은 어떻게 발명되었나?」, 『소학생』 68호, 1949.6, 22쪽.
35. 「<위인이야기> 자동차 왕 헨리 포오드」, 『주간 소학생』 42호, 1947.3.10.
36. 박동식, 「<발명이야기> 무선전신은 어떻게 발명되었나?」, 『소학생』 68호, 1949.6, 22쪽.
37. 박동식, 「<발명이야기> 비행기는 어떻게 발명되었나?」, 『소학생』 60호, 1948.9, 14쪽.

또한 "전기학을 연구한 대학자가? 혹은 대학교수가? 그렇지 않으면 경험이 많은 발명가가? 아무튼 무선전신의 발명가란 이러한 사람들 가운데서 나올 것이리라고 일반은 기대하고 있었습니다. 그러나 이러한 꿈은 보기 좋게 깨어지고 말았습니다. '22세의 젊은 이탈리아의 청년이 드디어 무선전신을 발명하였다' 이러한 뉴우스가 전 세계 방방 곡곡에 전하여졌을 때, 너무 뜻밖이라 자기 귀를 의심한 사람도 여럿이 있었다고 합니다"[38]라는 서술에서 확인할 수 있듯이, 남달리 비범한 유년 시절을 보낸 과학자들의 천재성은 상위 계층의 천재성이 아니라 평범한 사람으로부터 출발하는 민주적이자 혁신적인 낭만적 천재성을 특징으로 한다. 게다가 그들의 가정사적 배경을 살펴보면 집안 형편이 가난하여 독학으로 공부를 마친 이들이 대부분이다. "가난한 집에 태어났기 때문에 이제껏 내가 좋아하는 연구를 할 여유와 틈이 없었던"[39] 그들은 낙담하고 비관하기보다 용감히 일어나 갖가지 고생을 거친 끝에 위대한 발명에 이른다. 따라서 발명가들의 성공기는 가난한 형편에도 책 읽기와 기계 만지는 것을 좋아했던 과학자들이 피나는 노력과 도전을 통해 역경을 딛고 성공에 이르는 모범적 모델을 탄생시킨다. 이처럼 전기 작가는 "훌륭한 환경과 조건 또는 건강한 육체를 갖"[40]지 못하고 대개 가난한 살림살이에 고학생인 소년들의 노력을 강조하였다. "라디움과 포르뉴움을 발견하여서 세계 인류에게 큰 공헌을 하고, 공로로 노오벨 상을 두 차례나 탄 것으로 유명한 큐우리 부인"[41]에 대한 전기가 '위인이야기'[42]

38. 박동식, 「<발명이야기> 무선전신은 어떻게 발명되었나?」, 『소학생』 68호, 1949.6, 22쪽.
39. 박동식, 「<발명 이야기> 라디오는 어떻게 발명되었나」, 『소학생』 70호, 1949.9.
40. 박동식, 「<발명이야기> 전화는 어떻게 발명되었나?」, 『소학생』 67호, 1949.5, 9쪽.
41. 박동식, 「위대한 모녀 큐우리 부인과 죠리오 부인」, 『소학생』 1947.9, 39쪽.

비롯해 간략한 과학 서사로 『소학생』에 반복적으로 실렸던 이유 역시 러시아의 식민지가 된 폴란드의 상황과 조선의 상황을 겹쳐 이해했고, 가난한 고학생이었지만 열심히 공부하는 여성 과학자 퀴리의 삶이 부각되었기 때문이다.

이 같은 과학자 전기는 과학자와 발명가에 관한 '신념의 서사'를 유포한다. 굽힐 줄 모르는 그들의 의지는 무수한 실패를 거쳐 성공에 이르는 수난기이자 성공기로 그려진다. 이러한 서사는 그들을 성공 신화의 주인공이나 숭고한 대상으로 만든다. 세계적 대발명가 에디슨에 주목한 이유도 마찬가지다. "여러분은 에디슨에 대한 이야기를 들은 일이 있습니까. 학교에서 '너는 바보니까 공부해야 소용없다'고 일찍 소학교를 쫓겨난 어린 에디슨은 19세 때부터 거리에서 신문장사도 하고 또는 기차 안에서 물건도 팔고하며 가난과 고생 속에서 자라났습니다. 그런고로 학교에서 정식으로 공부한 일도 없습니다. 그러한 에디슨이 어떻게 해서 세계에서 제일가는 큰 발명가가 되었을까? 그것은 다만 노력의 힘입니다. 그리고 작고작고 닥쳐오는 고난을 오직 참고 이겨나갔기 때문입니다. 축전지蓄電池 하나 발명하는데도 15년간이란 긴 세월을 쉬지않고 꾸준히 연구를 계속하였다고 합니다. 그와 같이 꾸준히 노력한다면 누구나 다 무슨 일이고 할 것 같이 생각됩니다"[43]라는 서술처럼 에디슨의 수난과 성공에 집중하고 있다. 이같이 에디슨을 성공에 이르게 한 주요 요인은 "훌륭한 발명이란, 99파아센트까지는 노력으로써 이루어진다"라고 말한 것에서 찾아진다. 영국의 부르넬Brunel이 '나이트'라는 존칭을 받게 된 것 역시 "17년간 쉬지 않고 꾸준히 힘을 써서 영국 서울 런든에 있는 템스강 밑에 큰 턴넬을 만들었기 때문이다."[44] 그들이

• • •

42. 「<위인이야기> 라디움을 발견한 큐우리이 부인」, 『주간 소학생』 34호, 1946.12.2.

43. 「<위인이야기> 위대한 발명가 토오마스 에디슨」, 『주간 소학생』 28호, 1946.10.21.

훌륭히 성공을 거둔 이유는 오로지 젊은 학도적 노력과 끊임없는 연구의 결과라 하겠다. 이처럼 과학자 전기의 서술은 그들이 이룬 업적 자체에 대한 설명보다 그 업적을 이루게 된 바탕에 주인공의 끈기와 노력이 있었음을 강조하는 특징이 있다.[45] 박동식은 "발명이나 발견은, 단지 한 사람의 천재만으로 되어지는 것"[46]이 아니라 그것은 "반드시 오랜 동안 많은 사람들의 노력이 쌓여서, 사회 전체가 진보하고 있는 것"이라 규정하며 "이어달리기"에 비유한다. 골에 도착하는 것은 맨 나중 사람뿐이지만, 그가 코스 전부를 혼자 달린 것은 아닌 것처럼 발전이나 발명도 앞선 수많은 사람이 함께한 노력의 결정이라는 것이다. 이처럼 모든 발명은 앞선 연구자들의 피눈물 나는 고생과 노력으로 이루어진 숭고한 희생의 산물임이 강조되었다.

그렇다면, 수많은 사람이 '노력'의 이어달리기를 해야 하는 이유는 무엇일까. "발명이 생긴다는 것은 세계가 그만큼 진보되었다는 것을 의미하는 것입니다. 앞의 사람의 연구를 물려받아, 나중 사람이, 또한 더 후세 사람이, 이러한 순서로 연구에 연구를 거듭하여, 오늘날 우리들이 보는 것과 같은 찬란한 과학문명이 이루어진 것입니다"[47]라는 발언에서 확인할 수 있듯이, 인류의 역사는 수많은 과학자와 발명가들의 숭고한 희생을 발판으로 삼아 발전을 성취해 가는 것이라는 발전론적 세계관을 간취할 수 있다. 또한 인류의 발전이란 대의를 위해 그 구성원들은 당연히 희생을 감내해야 한다는 의식도 바탕에 깔려 있었다. 그래서 서울 상과대학 학장 같은 경우는 "과학자가 한 원리를 발견할 때에

• • •

44. 「<위인이야기> 턴넬 파는 방법을 발명한 불넬」, 『주간 소학생』 29호, 1946.10.28.
45. 김태호, 「근대화의 꿈과 '과학 영웅'의 탄생」, 『역사학보』 218집, 2013.6, 80쪽.
46. 박동식, 「위대한 모녀 큐우리부인과 죠리오부인」, 『소학생』 52호, 1947.11, 20쪽.
47. 「누가 무엇을 발명했을까?」, 『소학생』 66호, 1949.4, 2쪽.

반드시 그것이 인간 생활에 이용되리라고 하여서 발견하는 것은 아니다. 그와 반대로 처음에는 아무 가치도 없던 것이 몇 10년 또는 몇 100년 후에 비로소 그 이용가치를 발견할 때가 많은 것이다"[48]라며 "과학자가 연구를 하는 다시 말하면 과학을 하는 그것 자체가 엄숙하고 또 귀중한 것"임을 강조한다. 더 나아가, "이러한 과학 정신은 단지 과학자와 기술자에게만 필요한 것이 아니라 정치가나 실업가나 관리나 기타 모든 국민이 가져야 할 정신"임을 주장한다. 이러한 주장은 발명가나 과학자, 국민 한 개인이 대의를 위해 희생을 감내해야 한다는 '발명의 정치학'을 드러낸다. 즉 진보와 발전이라는 국가이념에 기초해 인내와 희생을 심미화하며 아동을 국민으로 통합하는 서사가 해방기 아동의 내면을 형성하는 핵심 기제로 작용하고 있던 것이다. 그러므로 이 시기 생산된 과학자 전기는 '과학자 영웅'이라는 찬양 형식을 통해서 개인의 희생을 강요하는 사회의 문제를 은폐하는 서술 전략들이 녹아 있었다고 할 수 있다.

3. 민족 영웅 · 과학 영웅 이순신, 애국적 과학주의 신화 만들기

어린이들을 식민지의 잔재에서 해방시키고 새로운 민족 정체성을 확립하도록 도와야 한다는 것이 해방기 지식인들의 당면 과제였다. 그들은 일본의 침략으로 "우리는 우리 말, 우리글을 버려야 살았고, 이순신, 박제상을 몰라야 했"[49]던 뼈아픈 역사의 상처 때문에라도 국어순화운동에 나서는 것이 자주독립국가 성립에 가장 시급한 문제로 인식했다. 그리고 '국민정신'을 고취시키는 '국민문학'을 강조하며 선조의

48. 김동일, 「<소년생활과학> 과학과 과학정신」, 『주간 소학생』 49호, 1947.8.
49. 이영철, 「<어린이 한글 역사> 우리 문화와 한글」, 『소학생』 1947.9, 38쪽.

우수한 시문詩文을 아동청소년들이 접하여 선조들이 지녔던 국민정신의 감염을 받도록 해야 한다는 교훈적 취지 아래 우리 역사와 한글을 교육시켰다. 『소학생』의 편집진 역시 어린이들에게 민족의식을 고취시키기 위해 한글강화운동에 힘쓰고, 조선의 뛰어난 인물들과 찬란한 문화유산, 백두산 같은 명승지, 역사 등을 소개하는 데 심혈을 기울였다. 또한 창간호부터 '조선공부'란을 게재하여 조선 인구분포도를 비롯한 명물, 지리적 특징 등 민족의 여러 특성 교육에 나섰고, '우리의 자랑'란을 통해 전통 악기, 고려대장경 등의 문화유산을 소개하였다. 그리고 <조선역사이야기> 등의 역사물을 연재하여 민족의 과거를 어린이들에게 교육시켰다. 이러한 제재들은 아동들에게 민족 정체성을 확립하고 국가에 대한 애국심을 키워주는 중요한 수단이었다.

민족성과 애국심을 키우기 위한 교육적 시도는 아동과학의 측면에서도 실현되고 있었다. 홍이섭이 연재한 「소년과학사」는 조선을 중심으로 한 과학사를 서술했다. 저자는 조선과학사를 탐색하려는 본인의 의도가 "오늘 발달된 과학은 서양 과학이지만, 조선 사람은 조선 사람 대로 옛날부터 이제까지 조선 사람으로의 과학공부를 했고 과학을 알았던" 사실을 증명하는 데 있다고 밝혔다. 조선 사람이 가졌던 과학이 어떻게 변천하고 발달해 왔는가를 알아보는 과정은 "조선 사람이 가지고 있었던 과학이, 서양 과학과 떼어 볼 때, 어떠했었던 것도 얘기"[50]해볼 수 있는 계기로 작용했다. 따라서 홍이섭은 고고학적 시각에 입각해 과학의 발단으로 볼 수 있는 불의 이용과 석기, 토기, 골각기, 철기 등의 도구 제작에 관한 얘기를 시작했고, 조상들이 생활 속에 과학 지식을 어떻게 응용하였는지를 차례로 정리할 뿐만 아니라 고구려, 백제, 신라 삼국시대

50. 홍이섭, 「소년과학사」, 『소학생』 58호, 1948.6, 12쪽.

의 과학이 중국문화의 영향을 받았지만 천문학과 수학, 건축기술이 다른 나라보다 우수했음을 서술하며 우리 민족에게도 뛰어난 과학문화가 존재해 왔음을 밝히고 있다. 그는 '과학'을 조선 민족의 이미지 구성에 기반으로 삼고 있던 것이다.

이처럼 민족과학 문화사를 구성하여 조선을 인류 과학 발전사의 도정에 참가시키려는 노력은 민족적 자긍심과 깊이 연루되어 있다. 조선 시대 변이중이 발명한 화차火車에 대한 설명을 보면, "현대 과학이 발달됨에 따라 여러 가지 기계, 무기가 생겨 대포니 기관총이니 또는 전차戰車니 하여 이루 셀 수 없을 만큼 많은 무기가 있어 전쟁에 쓰고 있지만, 옛날에는 그런 것은 하나도 없었습니다. 그런데 우리 조선에는 지금으로부터 한 360년 전, 임진왜란 때 벌써 이런 무기를 썼습니다"[51]라는 서술을 통해 조선은 전통적으로 과학 능력이 탁월하여 세계에서 결코 뒤지지 않았다는 점을 강조하였다. 그리고 "우리 민족은 옛날부터 과학을 배우고 쓰는데 우수한 머리와 소질을 가지고 있습니다. 예전 삼국시대, 고려시대로 이조초기까지 우리 과학은 그 당시 세계 어느 나라보다도 지지 않았습니다. 그후 서양은 과학이 나날이 발달되었고, 우리는 뒷걸음질쳐 오다가, 일본의 지배를 받게되자, 그들은 우리에게 과학 배울 기회를 주지않으려고 하여 몇몇 사람만이 배울뿐이었습니다"[52]라며 발전의 역사가 지속되지 못한 원인을 일본 식민지배의 탓으로 돌렸다. 이처럼 조선 민족이 발명의 천재들을 배출할 수 있는 소양을 충분히 보유했으나 일제의 탄압 밑에서 실력 발휘를 하지 못했다는 담론들은 조선 소년들을 발명의 주체로 호출하여 "이제부터라도 자유로 과학을 공부하면 남에게 지지 않게 진보할 수 있으니, 우리도 발명하고

51. 「<조선공부> 火車」, 『소학생』 55호, 1948.3, 16쪽.

52. 여경구, 「<소년생활과학> 과학과 친하자」, 『주간 소학생』 1호, 1946.2.11, 6쪽.

만들어 내고 하여 남의 은혜에 보답함이 있어야 세계에서 존경을 받을 수 있는 나라가 될 것"이라며 그 책임을 부과했다.

해방 후 조선의 과학진科學陣을 구축하기 위해 결성된 '조선발명장려회'에서는 "조선에서 우수한 과학자들을 총망라하여 발명가들의 원조와 후원에 많은 계획을 하고"[53] 국가 건설에 과학교육이 가지고 있는 사명의 중대함을 강조하며 국민 교양으로 과학사상을 고취하려는 여러 방책을 모색하였으나 해방기의 열악한 조건에서 결코 쉽지 않은 일이었다. 국외적으로 과학자와 발명가들은 국가권력을 표상하거나 인류 평화에 공헌하는 상징이 되는 등, 다양하게 영웅주의자로서의 명성을 얻고 있었다. 조선 역시 과학자와 발명가에 대한 이러한 이미지 구축이 민족 국가 형성에 큰 영향력을 발휘한다는 사실에 공감하고 있었다. 오히려 외국과 비교해 과학자와 발명가가 부족한 해방기 조선의 현실 속에서 발명가라는 영웅주의적 신화의 대상이 절실했던 게 사실이다. 새 국가 건설을 위해 민족의 과거를 재조명하고 재구성하려는 서사적 시도들이 발생한 가운데, 민족의 역사와 민주주의라는 새 정치 형태의 의미가 병존할 수 있는 과학 영웅이 필요했다. 그에 가장 적합한 방안은 충무공 이순신을 발명왕으로 만드는 것이었다. 해방 직후부터 민족의식을 강조하기 위해 '백두산'과 '이순신 장군'은 반복적으로 호출되기 시작했고, 이순신의 민족 영웅화 작업이 활발하게 진행되고 있었다.[54] 『소학생』에 연재됐던 박태원의 장편 역사소설 『이순신장군』은 이처럼 자주독립국가를 꿈꾸는 새 시대의 논리와 맞물려 있었다. 『이순신장군』 광고는 "세계에 그 이름을 펼친 충무공 이순신 장군에 대한 빛나는 역사 이야기는

53. 「과학수준인상에 발명장려회활동」, <경향신문>, 1948.5.21.

54. 전지니, 「박태원의 월북 전후를 통해 본 냉전기 남북의 이순신 표상 연구」, 『상허학보』 44집, 2015.6, 55쪽.

그림 56. 「이순신 장군 유물구경(8)」, 『주간 소학생』 44호, 1947. 3, 24쪽.

해방 전까지는 감히 입밖에도 나오지 못했다. 그것은 이 장군에게 여지없이 패하고 말은 사실을 그대로 조선 사람에게 알리기 실은 왜적들의 간사한 수작이였다. 그러나 이제는 진정한 이 장군의 역사를 알아야 할 때다"[55]라며 이순신을 민족 영웅으로 찬양하고, "이는 재미있는 소설일뿐 아니라 또한 역사의 자세한 기록이니 조선의 어린이는 다 같이 반드시 읽어야 할 이야기"로 규정하였다.

소설의 발단은 임진왜란의 발발로 왜적이 침입하는데 제 몸 하나 살피기 바쁘고 군사기술도 없어 이를 막을 준비태세가 전혀 되어 있지 않은 조선의 사대부들과 병사들을 부각하고 그와 반대로 군비軍備에 힘쓰는 이순신 장군의 모습을 재현한다. "당파黨派싸움에만 골몰하고, 제 한몸의 지위와 권력과 부귀영화를 유지하여 가는 데만 눈들이 벌겠"던 사대부들과 달리 이순신 장군은 오직 "나라와 동포"[56]만을 생각했다는 것이다. 이러한 기획은 해방기의 혼란한 정치 세태를 풍자하는 동시에 이순신의 애국심을 찬양하는 결과를 초래했다. 그리고 '군비軍備와 거북선龜船'편에서 이순신 장군은 멀지 않은 장래에 있을 전쟁을 대비해 군량軍糧을 준비하고 병기와 전선戰船을 수리하며 군사들을 훈련시키는

55. 「33호부터 연재될 역사소설 이순신 장군」, 『주간 소학생』 32호, 1946.11.18, 10쪽.
56. 박태원, 「이순신장군(4)」, 『주간 소학생』 36호, 1947.1.1, 10~11쪽.

등, 자주독립국가 건설의 면모를 보여준다. 이때 거북선은 해방기 자주독립국가 건설의 요건인 과학의 관점에서 재맥락화 된다. "장군이, 평생 재주와 정력을 흠빽 기우리어, '거북선龜船'이라는 것을 만들어 내니, 이야말로, 우리 조선 사람이 발명한 것으로, 가히, 세계 철갑선鐵甲船의 시조始祖라 할 것이었다"라는 서술과 더불어 충무공 이순신의 위상은 발명왕으로 재정립되었던 것이다. 박태원이 거북선에 대한 세밀한 묘사에 상당한 지면을 할애하고 거북선의 통쾌한 활약을 그려내는 부분은 거북선의 신화화, 곧 조선 과학기술의 기원을 신화화하는 것과 다를 바 없었다.

이순신과 거북선에 대한 민족주의적 신화들은 지속적으로 생산되었다. 이순신은 '충무공탄신일' 같은 기념일이 제정되고 우표나 지폐의 도안으로 사용되면서 민족주의적 도상으로 자리 잡아 갔다. 그리고 그가 발명한 거북선은 "쇠로 만든 군함으로는 세계에 처음으로 발명된 것"[57]이라 선전되며 과거 민족이 지닌 뛰어난 과학문명의 증거가 되었다. 더 나아가 '어린이 새소식'란에 실린 글을 보면, 거북선이 '잠수함潛水艦의 시초'로 지시되며 "355년전이라는 옛날에는 물속을 다니는 배는 생각조차 할 수 없는 것으로 제2차 세계전쟁에 원자폭탄의 발명보다도 훨신 놀라운 일이라고"[58] 평가된다. 이기훈은 이 같은 '거북선-잠수함'이라는 환상의 탄생과 확산을 두고 "조선의 과거 역사와 전통 속에서 조선인이 개인적 자각과 민족의식을 보유한 근대 문명인이 될 수 있다는 근거를 찾아내고자 했던 것"[59]으로 이해한다. 현재의 조선과 달리 과거의 역사

57. 이만규, 「<우리자랑> 세계적 명장, 이순신 장군」, 『주간 소학생』 4호, 1946.3.4.

58. 「<어린이 새소식> 거북선으로 왜적의 떼를 무찌른 충무공 이순신장군」, 『주간 소학생』 13호, 1946.5.6, 7쪽.

59. 이기훈, 「발명왕 이순신과 잠수함이 된 거북선 — 민족주의 신화의 형성과 확산」, 『역사비평』, 2017.11, 223쪽.

속에는 풍부한 문명의 자취가 남아 있다는 것을 보여주어 민족의 자긍심을 살리고자 했던 것이다. 또한 해방기 과학교육의 문제는 사농공상의 순위로 공업을 천시하며 기술자 양성을 등한시해왔던 조선 전통과의 단절이자 식민지 정책에 따라 기술비밀주의를 사용하여 각 생산 공장에 최고기술자의 자리는 거의 다 일본인이 차지하고 조선 사람은 겨우 말단직을 지켜왔던 식민지시기와의 단절이기도 하였다. 따라서 해방기 과학자들은 민주주의를 실현하는 인민의 영웅이어야 했다. 그런 측면에서 '애국심'의 표상이자 거북선의 발명왕인 이순신의 신화화는 탁월한 선택이었다.

4. 해방기의 국부론

이 글은 해방 직후 좌우익의 갈등을 비롯한 정치적, 사회적, 경제적 혼란 가운데 아동잡지 『소학생』을 통해 과학자와 발명가가 영웅적 위상과 인기를 얻은 이유를 조사하고, 산업 국가에 대한 열망과 민족의 자부심을 연결하여 아동의 교육에 영향을 미쳤던 지점을 밝혀보려 하였다. 이는 곧 과학주의와 민족주의 신화의 공조적인 관계 속에서 근대 아동의 과학적 교양이 형성되었음을 밝히는 작업이었다. 따라서 이 글은 민족과 국가를 위한 애국적 과학주의가 근현대 아동의 심성을 어떻게 이데올로기적으로 구성해 왔는가의 추이와 변모를 보여줄 수 있는 단면이 될 것으로 판단된다.

미국의 원자폭탄이 일본을 항복시키고, 1949년 8월 29일 소련이 원자탄 개발에 성공하면서 원자탄기술의 발전은 냉전체제를 유지시킨 중요 기술적 요인이 되었다.[60] "공산주의 침략방지에는 원자폭탄 이외에 업다"[61]는 미합동 참모장의 연설은 미국이 국제협정과 평화를 위해 온갖 전쟁기술과 원자력을 이용할 수밖에 없다는 입장을 표명했다. 게다가 "세계의 과학자들은 원자폭탄보다 더 파괴력이 강한 새로운 무기를 만들고 있다"[62]는 국제안전보장이사회의 발표 언설들이 공개되면서 세계 평화와 정의 실현을 위해 각국은 과학으로 무장하지 않을 수 없다는 당위가 성립했다. 하지만 과학기술 개발의 방향이 세계 평화를 목적으로 해야 한다는 도덕은 "세계의 과학자들은, 원자력을 오로지 평화를 위하여서만 연구하지 않으면 안 될 것"[63]이란 암묵적인 규약과 공명하는 바가 컸다. "신국가 건설의 기본요소가 인류문화의 공헌"에 있어야 한다는 자유민주주의 국가의 기본 이념에 따라 해방기 신교육제도는 "홍익인간의 건국이상에 맞는 민주국가의 공민양성公民養成"[64]에 중점을 두게 되었다. 따라서 어린 독자를 대상으로 한 『소학생』에서 일본이 망한 원인은 "연합국을 상대로 했다는 점, 그리고 세계적인 추세를 파악하지 못했다는 점"[65]으로 설파됐다. 즉 과학의 세기에 미국과 소련, 중국, 영국을 대표로 하는 연합국과 싸웠던 일본의 전철을 밟지 않기 위하여 "우리는 널리 세계를 살리고, 이웃 나라와 친하고 안으로는 서로 서로 사랑하여 혼자 잘났다고 뽐내며, 혼자 먹으려 욕심내며, 남을 못살게 구는 사람이 하나도 없도록 서로 서로 힘써야 할 것"이 강조됐다. 이처럼 '홍익인간'의 건국이념과 세계 평화, 인류애의 강조 아래 과학과

• • •

60. 공임순, 「원자탄의 매개된 세계상과 재지역화의 균열들—종전과 전후, 한반도 해방(자유)의 조건들–」, 『서강인문논총』 31호, 2011.8, 14~15쪽.

61. 「공산주의 침략방지에는 원자폭탄 이외에 업다」, <동아일보>, 1950.11.20.

62. 「<어린이 새소식> 원자탄보다 더 무서운 무기」, 『주간 소학생』 36호, 1947.1.1.

63. 「<어린이 새소식> 평화를 위해 사용하자—쏘련에서도 원자력을 연구–」, 『주간 소학생』 46호, 1947.5.

64. 「신교육의 이념」, <동아일보>, 1945.12.15.

65. 「일본은 왜 망했나?」, 『주간 소학생』 1호, 창간호, 1946.2.11, 2쪽.

기술의 발전은 인류문화에 공헌할 것이 요청되었다.

해방기 조선의 과학기술 문제는 "조선독립이 실질적으로 완성하는지 우又는 형식상의 자주인지를 명확히 구분규정하는"[66] 핵심 사항으로 인식됐다. 그러나 사실상 해방 후 조선의 과학기술 분야는 독자적인 운영 체계를 갖추지 못한 상태였다. 미국 배상조사 사절단의 말을 통해 보자면 "조선은 38도선이 없어져서 하로 바삐 통일되지 않는다면 독립국가로 다시 일어날 기회를 잃고 말게 된다. 이번에 크게 느낀 것은 원료와 공장은 있으나 기계 설비가 없다는 것이다."[67] 해방기 조선의 독립에는 산업시설과 공업생산력의 매개가 되는 '과학기술력'의 보유가 매우 중요함을 인식시키는 말이었다. 무엇보다 과학기술 교육 재건은 조선의 자주독립을 위해 시급한 문제였다. 따라서 미디어와 정부는 조선이 처한 모든 난관을 돌파하고 국가 건설의 원동력이 되어 인류문화발전에 추진력이 되는 과학기술의 앙양을 위하여 전 국민이 총력을 기울여야 한다고 선전했다. 미디어는 세계에서 경제적으로 후진국의 반열에 올라 있는 조선의 현실을 거론하며 "이러한 도탄에서 헤매고 있는 우리 민족을 구출하여 내는 조선의 보살"은 오직 '과학'임을 인지하라고 대중을 설득했다. 산업 공업국가의 역량을 키워 선진국의 반열에 오르는 과학조선의 신화를 창조하기 시작했던 것이다. 그리고 조국의 미래를 책임질 나라의 표상인 어린이들의 과학교육에 관심이 모아졌다. 정책적으로는 이과교원을 적극 양성하기 시작했으며,[68] 지식인들은 "지금 우리나라에는 큰 과학자가 필요합니다. 화학자, 물리학자, 의학자, 수학자, 박물학자

• • •

66. 안동혁, 「해방조선의 과학기술문제」, <동아일보>, 1945.12.2.

67. 「<어린이 새소식> 기계를 얻도록 하라—조선을 시찰한 포오레씨의 말−」, 『주간 소학생』 20호, 1946.6.24.

68. 「과학의 민중화 추진, 理數敎員年三百名養成」, <동아일보>, 1949.10.7.

가 필요합니다"라며 "큰 나라, 잘 사는 나라, 돈 많고 힘세인 나라가 되려면, 무엇에고 어느 점에고, 남의 나라 사람보다 뛰어나게 잘하는 사람이 많이 나와야 합니다. 여러분들은 이런 잘난 사람들이 되어야 합니다"[69]라는 설교를 아동들에게 전달했다. 궁극적으로 "우리나라의 자원이 되는 생물을 바로 알라며는, 그들이 생겨난 그들의 조상부터 잘 알아야 할 것입니다. 아메리카, 독일, 영국 같은 외국에서는, 자기 나라 자원을 위해서 화석을 통하여 예전 생물을 열심히 연구하고 있습니다. 우리들도 남에게 지지 않도록 공부해 봅시다"[70] 라는 세계경쟁주의 구도 속에 아동의 과학교육이 자리매김해 갔던 것이다. 세계의 여러 과학자처럼 "조선의 여러분도 빨리 과학공부를 많이 하여, 물건을 태우지 않고 뜨겁지 않은 등불을 발명하여, 삼천리 강산을, 아니 온 세계를 밝게 만들어 주십시오"[71]라는 간청이 미디어를 통해 폭발적으로 쏟아지면서 어린이들은 과학공부를 통해 국가의 발전을 책임질 사람이 되었다.

그런데 해방기 아동과학 담론에서는 '빈곤'의 문제가 아동의 현실 인식을 구조화하는 중요한 매개 역할을 한다. 일본의 지배에서 벗어난 우리 민족이 곧바로 맞부딪힌 경제적 파탄은 사회 혼란을 더욱 가중시켰다. 기아와 빈곤으로 점철된 해방기의 열악한 상황은 "만주로 중국으로 이사를 갔던 우리 동포들은 그 동안 정든 고향으로 돌아온 사람도 많지만 아직까지도 추운 타향에서 조선을 그리워하며 지내는 이가 1백 90만명이나 되"[72]어도 귀환 동포들을 맞이하기 어려운 실정이었다. 『소학생』은 식민지 체험과 전쟁, 그리고 이산이라는 후진적 문제를 통해 집단의

69. 소현, 「어린이날을 맞이하여, 언제나 큰 뜻을 품자」, 『소학생』 67호, 1949.5, 5쪽.
70. 공태훈, 「<동물교실> 고대의 동물」, 『소학생』 70호, 1949.9.
71. 「<과학교실> 도깨비불」, 『주간 소학생』 42호, 1947.3.10.
72. 「<어린이 새소식> 돌아오지 못한 동포 190만명」, 『주간 소학생』 36호, 1947.1.1.

연대감을 고취시키고 모든 아동을 '국민'으로 통합하는 데 기여했다. 그래서 탈빈곤을 향한 민족적/개인적 열망이 과학주의와 쉽게 결합될 수 있었다. 식민지 시기부터 서구의 과학기술은 조선에 결핍된 것으로서, 조선의 '후진성'[73]을 대표하는 영역이었다. 이 후진성을 극복하고 자주독립의 길로 나아가기 위한 수단 역시 과학이었기 때문에 체제가 제시한 민족 재건의 논리와 과학주의가 무리 없이 결합할 수 있었다. 『소학생』의 필진은 어린이들에게 일본과 조선 패망의 원인을 반복해 각인시켰다. "우리가 나라를 망했던 원인, 우리가 약했던 원인, 우리가 남에게 얕잡아 보였던 원인을 우리 몸에서 우리 정신에서 뽑아버리는" 것이 곧 "완전 자주독립국가의 자유로운 국민되는 길"[74]이라는 이유였다. 그리고 "일본은 과학이 미국보다 발달하지 못한 때문"[75]에 항복한 것이라며 과학기술의 부가 곧 국력임을 시사했다. 그들은 "우리는 과학을 배우고, 과학을 알고, 과학을 세워야 한다. 과학을 알고 과학이 발달된 나라만이 오직 잘 살 수 있고 남과 어깨를 같이 할 수 있기 때문"[76]이라며 과학이 곧 한 국가의 부를 키워줄 수 있는 유일한 수단으로 인식게 하였다. 석주명은 "어느 나라든지 자기의 나라를 잘 경영해 가려면 먼저 그 나라의 땅을 잘 조사해 두었다가 어느 때나 또 어떻게든 이용할 수 있도록 준비해두어야 한다"[77]라고 말한다. 국민의 의식주 생활에 원천이 되는 자원의 조사 연구가 국가의 '경영'과 맞물려 있음을 아동들에게

• • •

73. 공임순, 「1960~70년대 후진성 테제와 자립의 반/체제 언설들: 매판과 자립 그리고 '민족문학'의 함의를 둘러싼 헤게모니적 쟁투」, 『상허학보』 45권, 2015, 75쪽 참조.
74. 오기영, 「<조선 어린이들에게> 거짓을 없이 하자」, 『소학생』 61호, 1948.10, 26쪽.
75. 이태규, 「우리 과학 전람회를 열면서」, 『소학생』, 1947.9, 16쪽.
76. 「우리 과학 전람회」, 『소학생』, 1947.10.
77. 석주명, 「소백산맥의 나비」, 『소학생』, 1947.9, 42쪽.

시사했던 것이다. 이처럼 사회적으로 과학기술이 곧 국력과 직결된다는 생각이 팽배해 있었다. 윤석중은 "우리 조선처럼 뒤 떨어진 나라에 있어서는 과학 정신을 북돋아 일으키고 퍼뜨리는 일이 얼마나 시급한가는 다시 말할 나위도 없"[78]다며 어린이들이 실험하고 실습하는 과정에서조차 '과학정신'이 중요함을 지적했다. 『소학생』의 편집인들이 해방기 아동의 정신 속에서 일본 제국을 제거하고 새롭게 민족의식을 불어넣어 건국 주체로 만드는 과정에는 '민족'과 '과학'이라는 키워드가 중요하게 작용했던 것이다. 물론 이때의 과학은 적(외세)으로부터 우리 민족을 지킬 수 있는 강력한 무기이자 가난을 탈피하고 선진국의 반열에 오를 수 있게 만드는 보물상자였다. 따라서 아동문화의 세계 속에서 과학은 약자에서 강자로 우뚝 설 수 있는 도깨비방망이 같은 것이었다. 과학기술 활동을 통해 조국의 발전에 기여해야 한다는 애국주의와 세계경쟁주의를 부채질하는 시대 상황에서 어린이들에게 요구된 '애국자'[79]형은 자연히 '과학자'와 '발명가'의 형상으로 구체화하였다.

이처럼 해방기 아동잡지 『소학생』은 과학주의의 심화 기제로 후진성의 극복이란 강령을 소년대중에게 끊임없이 주입하며 누구나 발명의 주인공이 될 수 있다고 호출하여 국가에 헌신하는 국민으로 만들었다. 새로운 국가 건설을 위해 자주독립국가의 과학 하는 아동상은 미래에 과학으로 국가의 부와 민족의 번영을 성취해 내야 할 책임이 부과된 존재였다. 이와 같이 과학기술의 부는 국가의 부를 끌어낼 수 있다는 인식이 해방기 아동의 정체성을 형성하는 데 긴밀하게 연결되어 있었으며 그 때문에 아동과학 담론은 '후진성'에 대응되는 '미래'라는 희망의 테제와 진보/발전의 수사가 범람할 수밖에 없었다. 점차 발전하는 과학

78. 「우리 과학 좌담회」, 『소학생』, 55호, 1948.3, 4쪽.

79. 윤형모, 「<선생님의 말씀> 정말 애국자가 되자」, 『소학생』 57호, 1948.5, 7쪽.

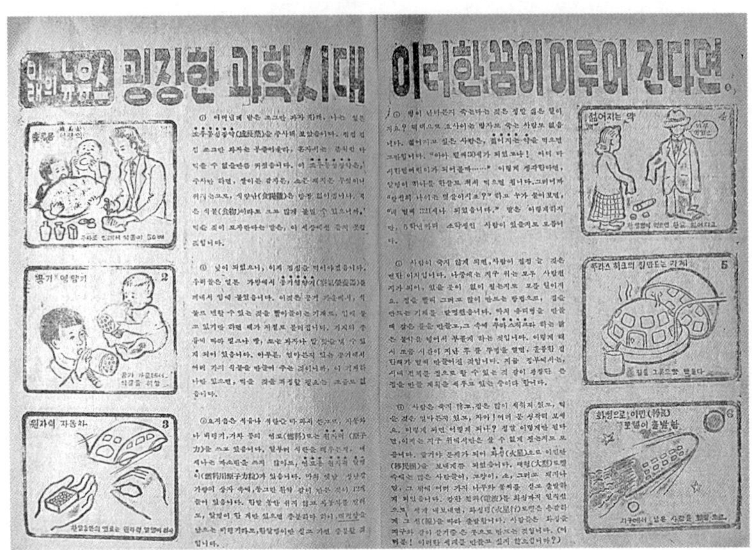

미래의 뉴유스 굉장한 과학시대 이러한 꿈이 이루어진다면

그림 57. 「<미래의 뉴유스> 굉장한 과학시대, 이러한 꿈이 이루어진다면」, 『소학생』 67호, 1949.5, 44쪽.

기술의 세계 속에서 과학자들은 우주 전쟁의 시대를 예견했고, 5~60년 내에 실현될 달나라 여행의 청사진을 그려 보였다.[80] 아동잡지 역시 미래의 소년 과학자에게 과학이 점점 더 발달하여 현재에는 존재하지 않는 "이것이 발명된다면"[81] 가능해질 편리함의 세계를 꿈꿔보도록 하였다. 앞으로 더욱 발전할 과학기술은 "공기에서 여러 가지 식물食物을 만들어 주는"[82] '공기영양기空氣營養器'와 식물이 50배나 커지는 '호르몬 성장약'을 발명하여 "식량난은 당장 없"애고, 대형로켓을 탄 채 "화성으로 이민移民"하여 지구처럼 살기 좋은 곳으로 만들 수 있다는 유토피아적

80. 「<어린이 새소식> 멀지 않아 가게 될 달나라 여행」, 『주간 소학생』 44호, 1947.7.23.
81. 「이것이 발명된다면」, 『소학생』 52호, 1947.11, 40쪽.
82. 최명환, 「<미래의 뉴유스> 굉장한 과학시대, 이러한 꿈이 이루어진다면」, 『소학생』 67호, 1949.5, 44쪽.

상상을 그려내며, "여러분! 이러한 세계를 만들고 싶지 않으십니까?"라고 어린 독자들을 상상과 수행의 주체로 호출하였다. 신기하게도 이들의 상상은 "공중질소를 고정하여 인조비료를 제조하며 목재섬유를 사용하여 지류와 인조견계를 제조하며 석탄을 액화하여 중유를 생산할 수 있는 기적적인 기술이야말로 자연 생산력이 빈약한 우리의 국토를 구하는 유일한 聖者가 될 것"[83]이라며 과학기술자의 숭고한 사명을 강조하는 문교부 과학교육 국장의 이상과 겹쳐지고 있다. 과학에 의해 국가의 미래가 보다 나은 진보의 도정을 밟을 것이라는 과학주의적 믿음이 '국민의 희망'이라는 이름으로 대중성을 확보한 채 통속적 세계관으로 자리 잡아 시대의 심성을 지배하고 있었던 것이다.

• • •

83. 최규남, 「과학기술진흥책의 요체」, <경향신문> 1948.9.19.

제2장

냉전의 과학과 아동의 미스터리 문화

— 1950~70년대 『소년세계』

1. 왜 근대인들은 이상한 것을 믿었는가

기이한 이야기와 원인을 알 수 없는 현상에 대한 대중의 호기심과 흥미는 과거로부터 꾸준히 지속하여 온 것이다. 그렇다면 신비하고 불가사의한 미스터리물을 통해 생산된 유령 같은 것들이 근대인에게는 무엇이었겠는가. 또 지금의 우리에게는 어떤 형상으로 다가오는가. 미신과 마찬가지로 초자연적, 수수께끼 같은 현상이 오늘날에 터무니없어 보인다고 해서 과학자와 여타 학문 분야 연구자들이 이를 외면하는 것은 온당치 않아 보인다. 그 결과 인류 역사상 지속하여 온 미스터리 담론들을 환원론적으로 '과학이 아닌 것', 그러면서도 과학이 해결하지 못한 수수께끼 정도로만 정리해 온 것이 사회 전반의 흐름이었다.

이 글은 귀신이나 유령, 괴물, 외계인, UFO 등 신비하고 불가사의한 것들을 보는 근대 대중의 경험과 관련된 미스터리 문화를 연구의 토대로 삼는다. 근대 과학과 문명의 발전에도 불구하고 초현실적인 것들이 어떻게 역동적으로 문화적 위상을 차지했으며, 근대인의 경험과 심리적 반응을 상징하는 것이었는가를 해명할 필요가 있어 보이기 때문이다.

게다가 미스터리물은 초현실적인 세계를 재현하고 있지만, 현실 속 인간의 본성과 욕망을 다루는 시대 담론이라 할 수 있기에 근대 대중의 인식을 이해하는 중요한 실마리가 될 수 있다. 따라서 이 글은 근대 과학문화의 한 특징으로 대두되었던 미스터리물을 분석하여 과학에 대한 당대 대중의 인식 및 아동 과학교육의 특징을 밝히는 데 연구 목적이 있다.

수수께끼와 비밀에 싸여 있는 미스터리는 육하원칙에 입각한 질문들을 환기하게 하며 해결을 목표로 추리하는 과정을 수반하기 때문에 대중적인 과학교육의 방편이 될 수 있다. 따라서 미스터리물은 근대 아동의 과학관 형성 경로를 살펴볼 수 있게 할 중요한 자료이다. 또한, 인간 경험의 중심에 있는 불가사의하고 이상한 미스터리는 아동문화에서 특히 강한 존재감을 드러낸다. 어린이가 성장 과정에 있어서 마술적 단계를 거친다는 발달심리학상의 근거처럼, 아동은 미스터리물 향유의 주요 원천이라 할 수 있다. 그래서 아동문학 작가들은 이상야릇한 작품을 지속해서 발전시켜 왔다. 그러나 이런 존재감에도 불구하고, 아동문학과 미스터리의 상관성에 관한 연구 성과는 희박한 상태이다.

최근 문학계에서는 그동안 외면했던 식민지 시기 그로테스크의 감각과 개념, 귀신 · 요괴의 비교문화사적 연구, 공포 장르의 역사적 기원 등 공포물 연구가 진행되어 고무적이라 할 수 있다.[1] 그리고 현대 아동의 미스터리물인 학교 괴담의 사회 문화적 의의를 성찰하고[2] 공포 서적과 게임을 분석하며 초등학생들의 귀신관이 형성되는 과정을

• • •

1. 김지영, 「'기괴'에서 '괴기'로, 식민지 대중문화와 환멸의 모더니티」, 『개념과 소통』 5호, 2010.6; 이주라, 「일제강점기 괴담의 특징과 한국 공포물의 장르적 관습: <매일신보> 소재 괴담을 중심으로」, 『우리문학연구』 45호, 2015.

2. 김종대, 『한국의 학교 괴담』, 다른세상, 2002.

살펴보았다.[3] 또한, 현대 아동 추리 소설의 분석을 통해 수수께끼 추리 및 해결 과정의 교육적 효과를 밝힌 논의가 있다.[4] 하지만 이러한 연구들은 공포적 감각의 정착과 장르적 특징들만을 분석하고 정리하는 데 그쳤다는 아쉬움이 남는다. 따라서 이글은 앞선 선행연구를 바탕으로 하면서, 근대 아동 대상의 미스터리물이 단순한 유희를 넘어 당대 대중의 과학관과 정치적 무의식을 재현하고 있다는 점에 주목해 보려 한다.

이 글은 1950~70년대 발간된 아동잡지 『소년세계』를 대상 텍스트로 삼아, 냉전 시기의 아동 매체가 기획한 미스터리물들이 아동의 과학 정체성 형성에 관여한 특징을 살핀다. 『소년세계』는 1952년 7월 창간호 취지에서도 밝히듯 "아동의 과학지식보급과 정서교육상에 이바지하고자" 했던 소년 · 소녀 월간잡지이다. 이 글에서 다루는 두 개의 『소년세계』는 1952년 휴전 중에 창간되어 1956년 종간된 것과 1966년 창간되어 1978년 종간된 것으로, 1950년대 한국전쟁 시기부터 1960~70년대 냉전 체제기 아동과학의 특성을 통시적으로 살필 수 있게 해주는 의의를 지녔다. 1950년대 고려서적주식회사 발행의 『소년세계』에 대한 기존 논의는 한국전쟁기의 시대상과 작가 의식,[5] 아동문학의 위상과 동심,[6] 문학 창작 교육[7] 및 독자투고란 분석을 통한 독자 전략과 교육적 의미

• • •

3. 김정숙, 「초등학생의 요괴 · 귀신관 형성 경로 탐색」, 『우리문학연구』, 40호, 2013.
4. 오세은, 「한국 어린이 미스터리 문학의 주제학적 특성 연구: 「어린이 과학 형사대 CSI」를 중심으로」, 『어린이 문학교육 연구』 13권 제2호, 2012.
5. 박성애, 「『소년세계』에 나타나는 죄의식과 윤리적 주체의 연관성」, 『아동청소년문학연구』 9호, 2011; 한정호, 「이원수와 한국전쟁기 『소년세계』 연구」, 『현대문학이론연구』 76집, 2019.
6. 김종헌, 「『소년세계』지 연구—『소년세계』 창간정신을 중심으로」, 『아동문학평론』 31권 2호, 2006; 문선영, 「1950년대 전쟁기 피난문단과 경남· 부산지역 아동문학 매체 연구」, 『한국문학논총』 37집, 2004.8.

분석[8]으로 나눌 수 있다. 하지만 이들 연구는 『소년세계』의 매체적 특성을 살피거나 전후 아동문학의 특징을 살핀 성과일 뿐 아동과학과 문학, 문화의 상관성을 밝히는 연구와는 동떨어진 작업이라 할 수 있다. 게다가 1960~70년대 소년세계사에서 발행한 『소년세계』에 대한 논의는 현재까지 전혀 없는 상태이다. 그러나 해당 텍스트는 미스터리담들을 '과학기사'로 분류하여 소개하고 있을 뿐만 아니라 세계의 괴사건과 수수께끼들, 사건 실화, 모험 실화 등을 기획 연재하고 있어서 과학과 미스터리의 상관성을 연구할 중요한 자료이다.

따라서 이 글은 불가사의하고 초자연적인 공포 미스터리물에서부터, 탐정소설, 첩보소설, SF에 이르기까지 연구 대상을 광범위하게 설정하고, 1950년대 남북분단 이후 1960 · 70년대 냉전체제기까지 발행된 두 아동잡지 『소년세계』에 실린 미스터리물을 분석하여 근대 아동문화에 나타난 과학과 미스터리의 특징을 밝혀 볼 것이다. 그러기 위해서 이 글은 먼저 잡지에 수록된 미스터리물들의 특징을 분석한 뒤, 냉전체제기 아동 독자들의 과학적 정체성 형성의 함의를 탐구하는 방향으로 논의를 전개할 것이다. 이러한 연구는 근현대 문화가 왜 유령 같은 것에 대한 관념을 확산시켰으며, 아동의 과학 정체성을 형성하는 데 이바지했는지 이해하는 계기가 될 것이다.

2. 공포와 초자연의 도상들

• • •

7. 황혜순, 「『소년세계』지 연구 — 효용론적 관점에서」, 건국대학교 석사논문, 2007. 장수경, 「1950년대 소년잡지에 나타난 문학 창작 교육과 의의」, 『한민족문화연구』 40집, 2012.
8. 박종순, 「전쟁기 아동매체 『소년세계』의 독자 전략과 작문 교육의 의의」, 『한국아동문학연구』 30호, 2016.

냉전체제기 문화는 표면적으로 급진적인 과학발전의 도정에 놓인 것으로 보이지만, 그 문화 이면은 다른 성향을 드러내고 있었다. 대중매체는 연일 죽은 사람이 살아 있는 사람들과 이야기하고 불가사의한 일로 가득한 세계를 재현하는 데 몰두하고 있었던 것이다. 당대의 대중이 세계를 미스터리한 것으로 인식했다는 것은 그 세계가 대중에게 불안을 조성할만한 요인이 분명 있었음을 의미한다. 따라서 당대 미스터리물의 공포는 어찌 보면 대중들이 느꼈던 사회적 공포와 불안의 표상들을 재현한 것이라 여길 수 있다. 대중매체는 그 공포의 표상들을 양식화하고 상투적인 방식으로 대중에게 제시하였다.[9] 이 글에서는 『소년세계』에 수록된 미스터리물을 괴사건, 유령, 괴수, UFO라는 네 가지 대상으로 유형 분류하여 그 특징을 살필 것이다. 공포와 불안을 일으키는 이 도상들은 규명되어야 할 미지의 개척 대상이자 과학적 탐구대상이다. 즉 과학적 증명 가능성을 묻는 미스터리물에서 추적하고 파헤쳐야 할 비밀스러운 대상들이다.

2.1. 괴사건, 불확정의 세계

불가사의한 수수께끼들을 향한 근대인들의 관심과 호기심은 영역이 확장되어 '세계 7대 불가사의' 같은 소재로 미디어에 자주 노출되곤 하였다. 『소년세계』는 '모험실화'와 '사건실화'들을 통해 '세계의 괴사건들'을 소개하며 "풀리지 않는 기적, 세계의 수수께끼"[10]들은 결코 먼 곳에 있는 것이 아님을 상기시켰고 주체와 미스터리 사건의 시공간적 거리를 좁혀 이해하도록 하였다. 내 이웃과 일상의 범주로 미스터리를 이끌어 왔다. 그런데 수수께끼와 비밀에 싸여 있는 고대 유물이나 유적,

9. 마이클 셔머, 『왜 사람들은 이상한 것을 믿는가』, 류운 옮김, 바다, 2007, 200쪽.
10. 「정말로 있었던 세계의 괴사건들」, 『소년세계』, 1973.2, 86쪽.

신비한 현상들은 상식적으로 설명할 수도 이해할 수도 없는 불가사의한 대상들이다. 따라서 인류가 남긴 지난 시대의 흔적을 추적하고 발굴하는 고고학자들의 탐험이 중요하게 주목받았다. 고고학자들은 몇십 년 동안 치열하게 헤매다가 고대 왕들의 묘나 폼페이처럼 사라진 도시, 신화 속 궁전들의 흔적을 찾아낸다. 이 같은 고고학자들의 모험 실화는 "길고 긴 세월 땅속에서 잠자고 있던 오랜 역사의 흔적을 발굴한 사람들의 기록"[11]으로 평가됐다. 따라서 역사를 바꿀 수 있을 만큼 위대한 발굴 서사의 주인공인 문명국의 인류학자나 고고학자들은 지금까지 수많은 학자가 찾고 있었지만 찾아낼 수가 없었던 숨겨진 역사적 보물을 찾기 위해서 세계 각지로 발굴작업에 나선다.

불가사의한 수수께끼로 남아 있는 옛 기록을 찾아 조사하는 고고학적 발굴 탐험은 미스터리의 해결을 목적으로 한 과학적 행위와 유사하다. 탐험가들의 고고학적 발굴작업에는 반드시 특정 근거가 존재하기 때문이다. 갑작스럽게 발견된 수수께끼의 지하 부락은 "아주 오랜 옛날 죽으려 하는 사람을 땅속에 생매장하여 미이라 부락을 만들었다는 기록이 있는 것을 비추어 보아"[12] 추정한 것이다. 또한, 고고학적 탐구행위는 반드시 과거와 연루된 미스터리 사건을 모험대상으로 삼는다. 그리스 신화나 전설을 근거로 발굴을 시작한 사람들은 역사적 기록에 기대어 오랜 시간 추적을 거친 뒤 마침내 유물을 찾게 된다.[13] 마치 1980년대 영화 <인디아나 존스>의 모험 서사에 근간이 되었을 법한 이 미스터리담들은 황금과 보석에 깃든 악마의 저주처럼, 각종 미신과 전설에 기반하고 있다.[14] 그런데 이 실화들은 수수께끼를 찾아 해결하려는 탐험대와 과학

11. 「수수께끼의 소년 왕, 츠단카멘의 왕묘」, 『소년세계』, 1973.10, 60쪽.
12. 「세계의 괴사건 추적」, 『소년세계』, 1976.8, 229쪽.
13. 「수수께끼의 소년 왕, 츠단카멘의 왕묘」, 『소년세계』, 1973.10, 60쪽.

자, 지질조사대 등의 노력에도 불구하고 여전히 밝혀지지 않은 것이 무수히 많다는 것으로 귀결된다. 미스터리담의 서사 구조가 미스터리의 해결보다 미해결로 수렴되면서 전설, 미신, 저주 등 비과학적 영역의 것들을 여전히 수수께끼로 남겨 두고 있다. 중요한 것은 인간이 이 믿을 수 없는 사건들과 함께 공존하고 있다는 것이다.

『소년세계』는 '마의 삼각지대'로 대표되는, 눈 깜박할 사이에 사람, 동물, 탈 것 등이 사라져 버린 60년대 사건들을 특집으로 엮어 보이며 예측불허의 세계를 보여준다.[15] 그리고 이 같은 '인간증발 사건 특집' 연재에서 지금도 여전히 규명되지 않는 원인에 대해 "과학자들은 모두 '4차원의 장난에 의한 것일거다'라고 하지만 수수께끼는 아직 풀리지 않고 있다"[16]는 잠정적 결론을 내리며 과학으로 증명할 수 없는 불확정의 세계 속에서 여전히 사람들이 "불안한 매일을 보내고" 있음을 알린다. 세계는 확정적이고 안정적이기보다 오히려 불확정의 세계라는 회의론이 반영된 것이다. 게다가 미스터리담은 "현대과학으로도 풀 수 없는" 이상한 괴사건들이 우리 주위에 만연하다는 인식을 확산시키고 있다. 한마디로, 세상은 믿기지 않는 일들이 일어나는 무한한 가능성의 세계임을 대중에게 인지시키는 것이다.

'세계의 괴사건들'로 분류되어 연재되는 미스터리 서사들은 "정말로 있었던" 실제 '사실성'을 강조한다. 그래서 미스터리담들은 구체적인 날짜와 장소, 대상을 특정하여 밝히며 세계 곳곳의 사건을 전달하는 형식을 취하고 있다. "실지로 이 지구상에 살고 있는 사람들"[17]의 일로

• • •

14. 「<모험실화> 황금을 찾아서」, 『소년세계』, 1973.4, 108쪽.
15. 「세계의 괴사건 추적」, 『소년세계』, 1975.12, 48쪽.
16. 「세계의 괴사건 추적」, 『소년세계』, 1976.4, 62쪽.
17. 「세계의 괴사건 추적」, 『소년세계』, 1976.11, 133쪽.

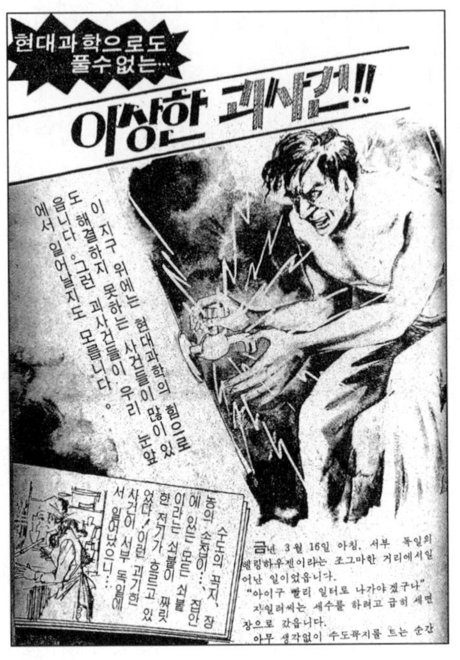

그림 58. 「이상한 괴사건」, 『소년세계』, 1973.12.

보고되는 사건들은 가슴에 칼을 맞고도 죽지 않은 불사신의 소년, 그리고 한밤중이면 박쥐처럼 어둠을 헤치고 다니는 사나이, 긴 코를 가진 원시인들, 동물과 말을 하는 소년이나 갓난아기가 된 사나이, 지진을 예언하는 여자 같이 "사람의 능력으로는 도저히 풀 수 없는 사건들이다."[18] 이 기묘한 현상들은 설명할 수가 없어 과학자들을 난처한 처지에 놓이게 하고 '풀 수 없는 수수께끼'로 남는다. 이처럼 미스터리담은 세계의 이상한 괴사건을 "현대과학으로도 해결할 수 없다"[19]는 상투적 문구를 반복한다. 중요한 것은 "우리들 주위에서는 분명히 전문가들을 혼란시키는 이런 종류의 일이 일어나고 있다"[20]는 사실이다. 이같이 과학자들조차 해결하지 못하는 괴사건들은 현대과학의 능력을 증명하는 하나의 지표가 된다.

현대과학의 힘으로도 해결하지 못하는 괴사건들이 지구 위에 만연하고, 그런 사건들이 "우리 눈앞에서 일어날지도 모"[21]른다는 공포감의

• • •

18. 「정말로 있었던 세계의 괴사건들」, 『소년세계』, 1973.2, 86쪽.
19. 「세계의 이상한 괴사건」, 『소년세계』, 1974.10, 69쪽.
20. 「정말로 있었던 세계의 괴사건들」, 『소년세계』, 1973.7, 256쪽.
21. 「현대과학으로도 풀 수 없는…, 이상한 괴사건!!」, 『소년세계』 1973.12, 58쪽.

편재성은 합리와 이성으로 포장된 근대성을 상징하는 과학의 권위를 흔들며 대중을 동요케 한다. 사라진 저주의 거울이 내 집에 있을 수 있다는 열린 가능성[22]처럼 그 저주의 대상은 익명의 불특정 다수로 확장되기 때문이다. 더욱이 현대과학으로도 해결되지 못하는 것들이 불러일으키는 공포는 저주, 죽은 영혼들의 원한과 복수에 뒤얽히며 더 가중된다. 전쟁의 상흔으로 남아 있는 시쳇더미의 저주는 '악마의 호수'처럼 죽음을 부르는 호수를 만들고, 악독한 왕에게 참혹한 죽임을 당한 신하나 노예의 혼들은 사막의 여행자를 괴롭힌다.[23] 또 20세기 문명의 시대에 젊은 여자의 얼굴이 '마魔의 거울'에 비치면 반드시 일주일 이내에 이상한 죽임을 당한다는 포르투갈의 전설이 실제 사건으로 발생한다. 그런데 조사에 착수한 경찰이나 과학자들은 저주와 원한 서린 사건들의 원인이 무엇인지 밝히지 못하고 대중의 불안감만 조성한다.

괴이한 사건들을 다루는 미스터리담의 특이한 점은 미스터리한 사건 해결을 위해 투입된 공권력이 실패하는 것에 비해 오히려 마음의 한을 풀어주는 주술적 방식이 더 유효한 결과를 초래한다는 것이다.[24] 미스터리 해결에 실패하는 '과학자'와 '경찰'의 등장은 과학의 권위와 공권력을 무력화시키고 있음을 알 수 있다. 미스터리는 현실의 안정적이고 매끄러운 구조에 일종의 흠집을 남기며 의문을 제기하기 때문에 권력을 폭로하고 약화시킬 수 있는 주요 수단이다. 따라서 "세계 각지에서는 우리가 알지 못하는 수수께끼와 같은 일들이 끊임없이 일어나고 있다"라는 의심을 퍼뜨리고 사회 전체에 불화를 조장하며 은폐된 것을 폭로할 수 있다.

• • •

22. 「정말로 있었던 무서운 이야기」, 『소년세계』 1973.9, 175쪽.
23. 「정말로 있었던 세계의 괴사건들」, 『소년세계』 1973.7, 256쪽.
24. 「정말로 있었던 무서운 이야기」, 『소년세계』 1973.9, 175쪽.

2.2. 유령, 애도 그리고 심령과학

"미스테리·존이란 이상한 세계이다. 그곳에는 유령의 세계가! 이차원의 세계가! 상상하기 어려운 세계가 있는 것이다. 그러기에 이 세상에는 믿어지지 않는 괴상한 사건이 정말로 생기는 것이다"[25]라는 논평에서 알 수 있듯이 '미스테리·존'이라는 불가사의한 영역의 설정은 유령, 죽은 자를 소환하여 산 자와 죽은 자의 영역을 하나의 세계에 배치한다. 자연이나 인간세계에서 벌어지는 기이한 현상들에 대한 이해는 죽은 자의 영역이 세계를 구성하는 일부분으로 포섭될 때만이 가능하다는 것이다. 과연 영혼이 정말 존재할까? 『소년세계』에는 끊임없이 영혼의 존재 여부에 의문을 제기하는 목격담들이 게재되었다. 일본의 한 사찰에서는 소녀의 영혼이 깃든 인형의 머리카락이 계속 자라난다.[26] 그리고 자살한 죽은 언니의 영혼이 밤바다에서 수영하는 동생의 발을 잡아당긴다.[27] 이처럼 사연과 원한 많은 영혼의 출몰담은 독자에게 영혼의 존재 여부에 대한 의문을 품게 만든다. 또한 "꿈은 현실의 재현이며, 예견"이라 진술하고 이 "우연한 꿈의 사건이 현실화되는"[28] 실화들을 소개한다. "어떤 사람은 꿈을 믿지 않고, 어떤 사람은 너무도 이 꿈의 해몽에 억매"이는 간극에는 '믿음'의 문제가 중요하게 작용하고 있다. 이처럼 불가사의한 세계에 얽힌 사건 실화들은 진정 있을 수 있는 일인가 하는 대중의 '믿음'과 깊이 연결되어 있다.

그리고 『소년세계』의 필진은 외국의 공포스러운 유령담을 지속해서

• • •

25. 「<괴기사건> 유령선」, 『소년세계』, 1973.1, 110쪽.
26. 「<정말로 있었던 무서운 이야기> 저주받은 인형」, 『소년세계』, 1973.9, 191쪽.
27. 「유령의 바다」, 『소년세계』, 1973.11, 64쪽.
28. 「<불가사의한 세계의 사건실화> 믿어지지 않는 세계」, 『소년세계』, 1974.5, 76쪽.

번역 연재하였다.[29] 그 가운데 대표적인 것은 '유령선'에 관한 것이다. 이 미스터리담은 제2차 세계대전 중의 일을 전달한다. 미 해군병이 격심한 전투를 끝내고 기지로 귀항 중 레이더에 잡히지 않는 유령선이 지나쳐 사라지는 것을 목격한다. 이는 다시 1970년 8월 8일, 멕시코 남동부에 있는 유카탄반도 해안에서 목격된다. 그리고 녹슨 배와 유령 같은 사나이가 보낸 표류 병 속 통신문으로 그가 제2차 세계대전 중 행방불명된 해병임을 알게 된다.[30] '유령선' 미스터리담은 제2차 세계대전 중 행방불명되어 돌아오지 못한 자들에 대한 전쟁 상흔이자 집단적 기억으로 이해할 수 있다. 냉전 시대는 이러한 집단적 기억과 무관할 수 없는 시기였다. 따라서 물소리와 함께 안개 속에서 다가오는 검고 큰 그림자인 유령선의 정체에 대한 의문이 담긴 미스터리담은 이후에도 계속 『소년세계』에 반복 게재된다. 이는 과거와의 지속적인 소통을 꿈꾸는 산 자들의 환상으로 이해할 수 있다. 산 자의 환상과 공포심을 반영한 이야기로 돌아온 유령들은

그림 59. 「수수께끼 유령선」, 『소년세계』 4권 12호, 1969.12, 144쪽.

29. 백재철 엮음, 「<무서운 이야기> 옛 성의 유령들」, 『소년세계』, 1977.11, 174쪽.
30. 「<미스테리 극장> ①안개속의 유령선」, 『소년세계』, 1973.10, 68쪽.

남아 있는 자들이 청산해야 할 '과거'가 되돌아오는 것이다. 즉, 유령은 살아남은 자들이 청산해야 할 과거를 상징한다. 이때 영적 세계, 유령, 초자연적인 것 등은 현 사회를 도발하게 만드는 다른 세계를 지시한다. 따라서 유령은 진실을 말하는 존재로 은유화되기도 한다. 또한 "전사한 아들의 유령"이 출몰하는 미스터리담을 보면, 월남전에서 죽어 전사 통지서를 받은 아들의 발소리가 집에서 가끔 들린다고 부모들은 말한다.[31] 이처럼 유령에 대한 믿음은 이별의 고통스러운 작업인 애도와 메모리아를 산 자들이 다시 마주하게 한다.[32] 전쟁에 수반된 엄청난 파괴와 상실, 그리고 슬픔은 새로운 형태의 의사소통과 위로를 요구할 수 있다. 따라서 전쟁의 상흔을 애도하려는 문화적 기획은 영성주의를 정립한 후 집단적 기억으로 연결된 슬픔의 공동체'[33]를 형성하고 산 자의 삶에 새로운 가능성을 제공한다.

그런데 미스터리담의 일부에서 유령은 산 자들에게 두렵고 불길하기 짝이 없는 존재로 재현된다. 오싹한 공포의 유령은 "친한 친구가 저승에서 부르는" 가까운 관계일 수도 있고, 때로는 복수와 저주의 화신일 수도 있다. 루마니아의 흑해에서 "나는 복수한다"라며 살아 있는 사람을 바다로 끌어들이는 물은 세계대전 같은 참사로 "이 바다에서 죽은 사람들의 저주"[34]일지 모른다고 해석된다. 그리고 교회에 10년 이상이나 계속해서 출몰하는 유령은 아버지에게 학대당하여 죽은 모자의 유령으로 밝혀진다. 이처럼 복수와 저주에 얽힌 유령은 산 자들의 공동체를 위험에

31. 「실제로 있었던 이야기, 전사한 아들의 유령」, 『소년세계』, 1974.5, 216쪽.
32. 장클로드 슈미트, 『유령의 역사; 중세 사회의 산 자와 죽은 자』, 주나미 옮김, 오롯, 2015, 93쪽.
33. Molly McGarry, *Ghosts of Futures Past: Spiritualism and the Cultural Politics of Nineteenth-Century America*, Berkeley, 2008, 9쪽.
34. 「공포의 유령들」, 『소년세계』, 1973.11, 130쪽.

빠트릴 불길한 존재이다. 죽은 자의 귀환에 대한 인류학적 분석을 참고하면, 대개 죽은 자는 장례와 애도 작업이 제대로 완수되지 못했을 때 산 자에게 다시 나타나 떠나지 못하는 모습을 보인다.[35] 따라서 죽은 자의 목소리를 듣는 소녀는 "나는 사람이다. 죽은 사람인데 학교 부근 숲속에 버려져 있으니 나를 구해달라"[36]는 꿈속의 목소리가 일러준 곳에 가 시체를 발견한다. 그리고 그 주검이 발견되지 않아 관습에 따라 매장되지 못한 이 시체는 마을 공동체에 의해 정중히 매장된다. 결국 독자들은 죽은 자들이 살아 있는 사람들과 계속 연결되어 있다는 불가사의한 사건 실화들을 접하며 영혼에 대한 믿음을 재고할 가능성이 커진다.

이 같은 문화적 현상에 유령을 과학 연구의 주제로 바꾸려는 영국 심령학회Society for Psychical Research의 영향이 컸던 것은 일반화된 사실이다. 『소년세계』에 실린 유령 미스터리담은 목격자의 증언에 기초해 전해 들은 이야기의 형태를 띠고 있다. 이때 유령을 본 목격자의 증언을 감정적 히스테리성으로 이해하는 경향이 지배적이었기 때문에 그 존재를 입증하기 위해 과학적 방법을 모색하려는 노력이 있었다.[37] 이러한 흐름은 국내에도 영향을 끼쳤다. 1960년대 한국 대중문화는 '심리연구학회SPR'의 출현에 주목하고 그를 소개하는데 열을 올렸다.[38] 서구 심령연구자들의 연구가 유령을 측정, 분석할 수 있는 과학적 주제로 변환시키면서 유령은 새롭게 재정의되기 시작했으며 탐정소설이나 영화 등 다른 장르에서도 영향을 받았다. 국내에 심령연구자의 심령과학이 소개되기

• • •

35. 장클로드 슈미트, 같은 책, 13쪽.
36. 「<불가사의한 세계의 사건실화> 믿어지지 않는 세계」, 『소년세계』, 1974.5, 76쪽.
37. 로저 클라크, 『유령의 자연사』, 김빛나 옮김, 글항아리, 2017, 351~362쪽.
38. 「심리학회 집단적인 운동을」, <경향신문>, 1961.1.6.

시작하여 심령영화도 제작되는 등 유령과의 소통에 관한 담론들이 생성됐다.[39]

따라서 대중문화에는 영적인 것에 대한 과학적 분석이 시도되고 있는 흔적들을 쉽게 찾을 수 있다. 『소년세계』는 '해외실화'라며 초능력의 인간들을 소개한다.[40] 미국에서 열린 투시력 및 초감각에 관한 학술회의에서는 인체가 라디오 수신기나 송신기의 안테나처럼 사용될 수 있다는 것을 증명하기 위해 초능력을 겸비한 안테나 사나이의 정체를 분석하였다.[41] 영靈의 과학을 확립하려는 일부 심령학자들과 과학자들은 텔레파시 같은 초능력적인 전송 방식을 부각하려 했기 때문에 '텔레파시', '최면', '초능력'에 대한 기사들이 자주 실리면서 '심령과학'이 주목받았다. 1960~70년대 미디어에 재현된 미스터리물들의 특징을 살펴보면 <육백만불의 사나이>, <소머즈>, <원더우먼>, <전자인간> 등, 초능력을 가진 주인공들이 첩보 활동을 펼치는 미국영화가 방영되며 대중의 흥미를 자극하고 있었다. 이에 발맞춰 '초능력 개발서'들이 출간되기 시작하였다. 스웨덴 보그의 『나는 영계를 보고 왔다』가 번역 · 출간된 시기도 바로 이때였다.[42]

『소년세계』는 화재를 척척 알아내는 투시透視 소년이나 3,200킬로나 떨어진 곳에 있는 카드의 모양을 읽는 능력을 지닌 남자, 대지진을 예고하고 유명인의 죽음을 예언하는 자매, 상대방의 마음을 독파하는 여성, 아주 강한 염력念力을 가지고 시간을 멈추거나 분신分身 이동을 하고, 물건을 움직일 수 있는 초능력 인간들의 이야기를 지속해서 전달한

• • •

39. 「한국에도 '무당'식 공포영화」, <동아일보>, 1975.3.8.

40. 「<해외실화> 초능력의 인간들」, 『소년세계』, 1973.7, 103쪽.

41. 「<괴기실화> 안테나 사나이의 정체」, 『소년세계』, 4권 4호, 1969.4, 121쪽.

42. 「나는 영계를 보고왔다」, <조선일보>, 1975.8.22.

다.[43] 이때 과학으로 해결할 수 없는 인간의 신비한 초능력으로 '텔레파시'가 조명됐다.[44] "인간은 누구나 잠재적으로 영감 능력을 갖추고는 있으나 이 불가사의한 힘을 의지의 힘으로써 자유스럽게 발휘하는데 가능한 사람도 꽤 많다"라며 소개되는 텔레파시 세계 일인자들은 놀랄 만한 투시 능력을 갖추고 세계 각지에서 활약한다. 그리고 심령心靈으로 병을 고치는 소년이나 비행기의 추락을 예언한 소녀처럼 "믿을 수 없을 만한 일들이 지금도 세계 어느 곳에선가 일어나고"[45] 있음을 환기하며 과학보다 우월한 인간의 잠재능력을 강조한다. 물론 과학자들의 입회하에 진행된 다양한 텔레파시 실험의 사례들이 소개되지만 그들의 다양한 과학적 해설에도 불구하고 "'인간의 신비한 초능력'은 보통 사람의 머리로는 이해할 수 없는 불가사의한 것임에는 틀림없다"라는 결론에 이르렀다.

그림 60. 「이것이 초능력이다」, 『소년세계』 8권 10호, 1973.10, 51쪽.

43. 「현대의 불가사의, 이것이 초능력이다!」, 『소년세계』, 1973.10, 51쪽.
44. 「과학에의 도전, 사람의 신비한 초능력」, 『소년세계』, 1973.9, 136쪽.
45. 「세계의 수수께끼, 초능력의 인간들」, 『소년세계』, 1973.7, 103쪽.

2.3. 괴수, 문명 속의 불만

『소년세계』에 실린 미스터리담의 세 번째 유형은 기존의 동·식물학적 상식을 깨고 되살려낸 온갖 괴물들이다. 기획 연재된 <세계의 수수께끼 괴수들>에서는 지구상에 잠들어 있던 괴물들을 깨워 독자들에게 전시하였다. 우간다나 세네갈 같은 아프리카나 시베리아 지역에서 출몰한 쌍두 괴수, 외뿔 괴수, 철판 괴수, 식인괴수, 자폭 괴수, 사막의 흡혈개미, 뇌수雷獸, 지네 괴수 등 괴력을 지닌 괴수들에서부터 환상의 고대 괴수들까지 소환하여 제시하고 있던 것이다. "지금부터 1억 년 정도 전에 올티아오라는 공룡의 떼들이 온 하늘을 돌며 날았었다. 만약에 그러면 올티아오의 떼가, 아직 아프리카 정글의 깊은 속에 살아남아 있는건지 모르지"[46]라는 학자들의 추정을 소개하며 설인雪人이나 공룡처럼 아직도 풀리지 않은 세계의 수수께끼를 찾도록 독자를 자극하였다. 그 비밀이 밝혀지면 세상을 경이롭게 만들 전설 속 대괴수들은 "꿈에

그림 61. 「세계의 수수께끼 괴수들」, 『소년세계』, 1975.9.

46. 「이것이 설인(雪人)이다」, 『소년세계』, 1974.9, 152쪽.

서도 상상할 수 없는"[47] 상상의 존재가 아니라 실제로 존재한다는 것을 강조했다.

이상한 괴수들은 주로 문명국 동물학자와 수렵인들에 의해 탐색되고 있다. 대부분 영국과 미국의 식물학자와 동물학자들이 1960~70년대에 경험했다는 이 탐험 이야기들은 알제리, 나이지리아, 기니, 케냐 등 문명국과 대립하는 아프리카 정글 지대 같은 미개지에서 있었던 일이다.[48] "몸 길이가 1미터 8, 9십 센티나 될 것 같은 거대한 몸에, 전신이 타원형의 커다란 비늘 같은 것으로 덮여 있으며 코끼리 같이 굵고 짧은 네 개의 발을 가진 무섭고 기분 나쁜" 철판 괴수를 발견했다는 보고를 받은 과학자들은 탐험대를 만들고 괴수의 행방을 추적한다. 그리고 미스터리담 속 학자들은 기괴한 괴물의 몸을 과학적으로 정의하려 한다. 과학은 자연 세계를 이해하고 설명하며 통제하기 위한 문화적 관습에 해당하기 때문이다. 그런데 괴물들을 과학적 설명에 귀속시키려는 생물학자들의 행위는 과학적 이론으로는 설명할 수 없는 괴생명체들의 존재성을 증명하는 꼴이 되고 만다. 이들의 조사는 "원주민으로부터 '악마의 숲'이라고 불리는 대 원시림 속에는 아직 많은 괴동물, 괴수가 살고 있기 때문"[49]에 밝혀지지 않은 과학 탐구대상이 무궁무진하다는 것을 독자에게 알려준다.

문명의 세계와 거리를 둔 원주민 마을은 과학적 세계와 대비되는 주술의 세계가 통하는 곳으로서, 아직 전설과 신화가 영향력을 행사하는 악마적인 공간으로 비유된다. 그 속에서는 "옛날부터 뱃사람들 사이에는, 바다에는 뱀 비슷한 굉장한 큰 괴수들이 있다"라는 믿음이나 "낙뢰와

• • •

47. 「세계의 괴사건 추적」, 『소년세계』, 1976.12, 162쪽.

48. 「세계의 수수께끼 괴수들」, 『소년세계』, 1975.7, 62쪽.

49. 「세계의 수수께끼 괴수들」, 『소년세계』, 1975.10, 233쪽.

함께 땅위에 떨어져 사람이나 가축을 해친다"[50]는 상상의 동물 뇌수雷獸의 이야기가 전해지고 현재에도 여전히 유효하다. 따라서 인간에게 위협적인 고대 괴수가 여전히 출몰하고 있는 세계는 바로 문명이 급속도로 발전한 현재에도 여전히 미신을 깊게 믿고 있는 원주민들의 세상으로 지정된다. 그러므로 "과학자들도 의아함을 품지 않을 수 없는" 괴수들의 출현으로 각국의 지질조사단과 동물 연구가들은 아마존 정글 지대 같은 원시림에서 수수께끼 괴물의 조사를 진행한다.[51] 그러나 동물 연구가들의 등장은 과학적 입증과 해결의 완벽함을 보여주기보다 "원주민의 이야기는 거짓말이 아니었던 것"[52]을 증명하려는 방편처럼 보인다. 과학자들은 "레이다로 확인해 본 결과로 분명히 괴수가 있는 것을 알"고 "고대괴수古代怪獸가 살아남아 있는 것이라고 단정"[53]하며 그 존재를 입증한다. 결국 괴물을 목격한 과학자들의 연구는 아직도 미개지에는 상상조차 할 수 없는 괴물이 많이 존재할 가능성을 시사하고 그들이 인간에게 끼칠 위협의 공포를 증대시키는 역할을 한다.

그런데 괴수들을 다루는 미스터리담에서 과학으로 정복되지 않은 원시성과 비과학성을 악마성으로 취급하는 논리가 계속 유지되지는 않는다. 미스터리담에는 문명에 대한 회의적 시각이 지속해서 개입하기 때문이다. 동물과 말을 하는 소년의 예화를 소개하는 글에서는 "아마 8세란 나이는 이러한 종류의 기적을 일으키기에는 너무 나이를 먹었기 때문이었을까"[54]라며 소년이 학습 사고력이 발달하는 8세가 되자 동물과

50. 「세계의 수수께끼 괴수들」, 『소년세계』, 1975.7, 62쪽.
51. 「세계의 수수께끼 괴수들」, 『소년세계』, 1975.11, 187쪽.
52. 「세계의 수수께끼 괴수들」, 『소년세계』, 1975.9, 81쪽.
53. 「세계의 괴사건 추적」, 『소년세계』, 1976.12, 162쪽.
54. 「정말로 있었던 세계의 괴사건들」, 『소년세계』, 1973.7, 256쪽.

얘기를 할 수 없게 되었다고 한다. 아프리카 탄자니아의 한 마을에 사는 13세 소녀들이 겪은 괴이한 웃음병의 유행은 "지금껏 조용히 살고 있던 미개한 마을에 새로운 문명이 들어오게 되면 생활방식이 빗나가게 됩니다. 특히 모든 일에 감수성이 빠른 나이인 소녀들에게는 이것이 원인이 되어 마음이 불안정하게 될 것"[55]이라는 의사의 진단이 첨부된다. 문명이 질병으로 은유화되어 반문명성, 반과학성을 드러내기도 하는 것이다. 반문명적 서사는 "서식처를 사수하려는 곰과 이주민 개척자들과의 투쟁기"[56]로 재현된다. 개척이라는 이름으로 "유명한 사냥꾼들, 최신형 라이플, 잘 훈련된 사냥개들, 게다가 헬리콥터까지 동원하여 짐승을 수색"하면서 동물들의 삶의 터전을 무자비하게 침략하는 인간의 폭력성을 지적하는 것이다. 이러한 문명 비판적 시선은 인간을 향한 동물들의 복수에 어느 정도 공감하는 태도를 보이기까지 한다.[57]

더 나아가 반문명성을 극명하게 드러내는 미스터리담들은 역습으로 보이는 동물들의 대행진을 재현한다. 도마뱀과 뱀 같은 파충류 무리의 이동이나 몇십만 마리나 되는 들쥐 떼가 아프리카의 한 마을을 덮친 것이다. 혹은 갑자기 습격해온 야생원숭이들의 습격에 부락민들은 사투를 벌인다.[58] 고기떼들이 습격하여 해변에서 놀던 어린이들을 중경상 입혔고, 히말라야의 카트만두 부근 산속에서는 한 목동이 갑자기 털북숭이 설인에 습격을 당한다.[59] 전문가들은 이런 사건을 들은 적도 본 적도 없다고 고개를 저었다.[60] 『소년세계』는 이러한 미스터리담의 특성에

55. 「현대과학으로도 풀 수 없는…, 이상한 괴사건!!」, 『소년세계』, 1973.12, 58쪽.
56. 「<모험 실화> 유령곰과의 싸움」, 『소년세계』, 1973.11, 112쪽.
57. 추교원, 「감동 이색 동물만화, 회색곰의 복수(1)」, 『소년세계』, 1974.7, 55쪽.
58. 「세계의 괴사건 추적」, 『소년세계』, 1976.6, 261쪽.
59. 「세계의 괴사건 추적」, 『소년세계』, 1975.9, 130쪽.
60. 「보우트를 습격한 고래」, 『소년세계』, 1977.12, 143쪽.

부응하기 위해, 남아프리카 하천에 사는 피라냐 떼에게 주민과 가축이 희생을 당하거나[61] 미지의 수중 동굴에서 스쿠버다이버들이 식인 물고기 떼의 습격으로 사투를 벌이는[62] 생존자들의 실화를 번역해 실었다. 또한 동물들의 '습격', '침략'에 대한 공포를 반영한 외국소설의 번역 각색도 지속해서 게재하여 문명에 대한 불만을 주제화하였다.[63]

2.4. UFO, 공산주의의 침공

우주 과학 개발에 경주하던 냉전체제기 미스터리한 인간의 경험과 관련된 서사의 주요 소재는 UFO이다. 우주 시대를 선언한 20세기의 수수께끼인 UFO의 정체를 밝히려는 과학적인 노력이 시도되었다. 1952년 미국공군이 목격담 전수조사에 나섰고 목격담 대부분은 시각적, 정신병리학적 착각에 의한 것으로 규명되면서 외계 비행체가 존재하지 않는다는 결론에 이르렀다. 국내에서도 1950년대부터 지속해서 UFO에 관한 관심이 지속적으로 표명되었고, 그에 따라 세계 여러 곳에서 일어난 괴비행물체 목격담들이 소개되었다.[64] 『소년세계』에서 1952년 미국 워싱턴 상공에 출몰한 UFO 편대 사건을 다룬 글을 보면, "요즈음 서울 상공을 비롯하여 세계의 각 도시 상공에 나타나고 있는 소위 '비행접시'에 대해서 사람들은 많은 관심이 있는 동시 과연 무엇인가에 대해서 무척 궁금하게 생각"[65]하고 있음을 알 수 있다. 미국 하버드대학의 천체물

• • •

61. 박병균, 「피라나떼의 습격」, 『소년세계』, 1973.6, 160쪽.
박병균, 「제2차 세계대전의 숨은 이야기, 파충류떼의 습격」, 『소년세계』, 1973.8, 98쪽.
62. 톰 크리스토퍼, 박병규 역, 「스쿠버다이버의 모험」, 『소년세계』, 1973.12, 230쪽.
63. 오영훈 역, 「<홍미모험소설> 지하철의 검은 표범」, 『소년세계』, 1977.12, 226쪽.
64. 「<특별기사> 나는 접시비행기를 보았다」, 『소년세계』 7권 9호, 1972.9, 25쪽.
65. 「비행접시」, 『소년세계』 3호, 1952.9, 30쪽.

리학 교수는 '비행접시'란 비행하는 신기루 같은 것으로 일종의 자연현상에 불과하다는 견해를 취하지만 이를 전달하는 서술자는 "아직 이에 관해서 확실한 입증을 세운 사람은 아무도 없"다며 미국 정부를 주축으로 한 과학적 해설에 객관적 거리를 유지한다. "세계 각국에서 이 이상스러운 비행하는 물체를 발견하고 그 정체를 알지 못하여 궁금히 생각하는 한편, 그것은 사람들의 눈이 잘못 본 것이지 실제로 비행접시란 것이 있을 리 없다고 부정하는 사람도 있어 과학계에서 확실한 판단을 내리지 못 하는 중이다"[66]라는 판단유보의 상태가 우세했다. 과학자 대부분은 비행접시가 착각이라고 주장하지만 해마다 수많은 목격자가 속출했고[67] 어쩌면 완전히 가공된 것은 아닐지도 모른다는 모호성, 즉 범주화의 어려움이 UFO에 대한 사실판단을 보류하도록 했을 가능성이 크다.

그림 62. 레슬리, 아담스키 공저, 『우주인과의 회견기』, 자유신문사, 1954.

따라서 "두명의 노르웨이 여자는 자기들이 비행접시를 가까이 보았을 뿐 아니라 그 비행접시에 탄 검은 빛깔의 피부를 가진 머리가 긴 조종사를

66. 「우주인을 만나보고—비행접시의 정체-」, 『소년세계』, 1954.11, 40쪽.
67. 「우주에서 온 난장이」, 『소년세계』, 1973.4, 246쪽.

만나 보았다"[68]라는 식의 국외 목격담들은 지속적인 관심거리로 소개되었다. 그리고 『소년세계』 1954년 11월호에는 저술형태의 목격담집인 『우주인과의 회견기會見記』가 소개된다.[69] '실화'임을 강조하는 『우주인과의 회견기』는 "세기의 괴물"로 인지하고 있는 비행접시의 정체가 결코 가공된 것이 아닐뿐더러 세간의 여러 목격담에 대한 과학적 해명이 잘못되었음을 지적하고 있다. 그리고 직접 '우주인'과 접촉한 경험담을 제시하며 저자가 목격한 금성인 사진을 게재하였다. 이 저서에 대한 <동아일보> 신간 평을 보면 "세기의 수수께끼를 풀지 못하고 미지의 외포畏怖 속에서 살아가는 우리 인간은 어찌하면 그 괴물의 정체를 밝힐 수 있을까 하고 부심腐心들하고 있다. 이 인류사상 일찍이 못 보던 괴물을 해명 못하는 한, 원폭原爆도 수폭水爆도 현대과학은 맥을 못추고 무색할밖에 없다"[70]며 현대 과학의 위력으로도 해결하지 못하는 비행접시에 대비해야 한다고 경고한다.

한편, 1950~70년대 냉전체제기 UFO와 외계인 목격담은 이데올로기적인 도구로 전유 된다. 노르웨이 공군이 붙잡은 원자 비행접시는 "무선장치로 운전되고 있었고 쏘련 마크가 붙은 장치가 있었다"[71]며 냉전체제 이데올로기를 반영하였다. 또한 스위스 제네바에 사는 한 소녀가 겪는 경험담에서는 "동양 사람들이 찾아와서는 자동차와 말도 없는 특수한 운반기구로 다른 유성으로 여행하지 않겠느냐 권유하면서 그들 동양

• • •

68. 「소년세계 뉴우스」, 『소년세계』 1954.10, 44쪽.

69. 1954년 아담스키와 레슬리가 공동 저술한 『우주인과의 회견기』는 자유신문사에서 번역 발행하였고, 소년세계 잡지부는 이 책이 미국과 국내에서 선풍적인 인기를 끌고 있다며 일부분을 발췌하여 게재하였다.(「우주인을 만나보고 — 비행접시의 정체 – 」, 『소년세계』, 1954.11, 40쪽)

70. 나절로, 「우주인과의 회견기」, <동아일보>, 1954.11.14.

71. 「비행접시」, 『소년세계』 3호, 1952.9, 30쪽.

신사는 어떻게 해서든지 지구 밖의 새로운 나라로 데려가 주겠다고 말했다는 것이다."[72] 이처럼 미국통신사 UPI가 보도하는 목격담들이 그대로 번역 전달되는 가운데, "대체로 외계인들의 대부분은 청동빛이나 연분홍 빛깔의 모양을 하고 있으며 커다란 광대뼈와 동양인의 눈, 그리고 긴 손가락을 하고 있었다는데 의견을 같이 하고 있다"라는 식의 이데올로기적 성향을 드러낸다. 그런데 미국 서부의 인디언들이나 아메리카 지방에 사는 인디언 종족의 대부분은 이들 목격자가 이야기하는 것과는 의견이 다르다. 그들 인디언의 말을 들어보면 "외계에서 온 이방인들은 키가 크고 깨끗한 피부와 길다란 갈색머리를 하고 있다"라고 주장하는 것이다. 이처럼 외계인은 각자의 이데올로기와 목적에 의해 주조되는 타자성을 반영하고 있었다. 특히 소련 마크의 UFO를 탄 외계인이 침략할 수 있다는 생각은 정치적인 영향을 받은 것으로 이해할 수 있다. 비록 인류가 외계 침략자들에 대항하는 것으로 묘사되었다 하더라도 공산주의 무리의 위협에서 조국을 지켜야 한다는 냉전 시대의 불안이 반영되어 있었던 것이다.

그리고 1970년대에 이르면 외계인 납치담이 우세를 보인다. "비행접시에 끌려 우주로"[73] 갔었다는 경험자들의 증언이 실렸다. 그 이야기들은 괴우주인과의 갑작스러운 대면에서 불러일으키는 공포감을 생생하게 묘사하려 노력했다. 우주 문제 연구소의 한 전문가는 목장을 습격한 비행접시 괴사건을 조사한 후 "농장을 습격한 것은 비행접시가 틀림없다. 비행접시는 맨처음 농장의 동태를 살피고 있던 것이었겠지만, 작업원이 발포를 하였으므로 선제공격을 한 것일 거다"[74]라는 분석을 내놓기도

72. 「우주에서 온 난장이」, 『소년세계』, 1973.4, 246쪽.
73. 「세계의 괴사건 추적」, 『소년세계』, 1975.9, 130쪽.
74. 「세계의 괴사건 추적」, 『소년세계』, 1976.2, 142쪽.

그림 63. 「습격을 받은 농장」, 『소년세계』 7권 9호, 1972.9, 29쪽.

한다. 1950 · 60년대 아동잡지에서 보였던 우주에 대한 호기심과 관심 표명은[75] 1970년대 이르러 우주의 침입자들에 대한 불안을 표명하는[76] 것으로 전환된다. 화성침공을 다루고 있는 김왕근의 SF 만화에서는 어느 날 갑자기 서울 상공에 나타난 비행접시가 한국 전역의 상공을 뒤덮는다. 이 비행접시에서 내린 괴물들은 파괴되어버린 거리를 거닐며 도망치는 사람들에게 사정없이 붉은 가스를 뿜어내었다. 그리고 한 달 뒤 모든 사람이 괴물들에게 지배되어 버린다.[77]

융은 UFO를 보았다는 목격자들의 이야기가 대중들의 집단적인 정치적 무의식을 반영한다고 보았다.[78] UFO 출현에 얽힌 소문들은 하늘에

• • •

75. 「화성에서 온 소년」, 『소년세계』 3권 2호, 1966.2.
「화성탐험대 출발하라」, 『소년세계』 4권 4호, 1969.4, 168쪽.
76. 진일평, 「<과학공상> 우주에서 온 괴인」, 『소년세계』 6권 4호, 1971.4, 218쪽.
서상훈, 「<과학만화> 지구의 종말」, 『소년세계』 6권 8호, 1971.8, 207쪽.
「<공상우주 모험> 우주의 평화를 지켜라」, 『소년세계』 7권 1호, 1972.1, 257쪽.
추교원, 「<공상과학> 비극의 우주 탐험대」, 『소년세계』 7권 2호, 1972.2, 298쪽.
77. 김왕근, 「<공상과학 만화> 안개 우주인(1)~(3)」, 『소년세계』, 1977.10~12.

투사된 대중 내면의 심리상태를 의미한다는 것이다. '우주 시대'에 대중이 느꼈을 불안의 표상이 UFO와 외계인이었다. 더욱이 이러한 우주과학 시대의 경쟁대열에 참여하지 못하는 국가나 민족의 처지에서는 그 두려움과 공포가 극대화되었을 것으로 미루어 짐작된다. "우리가 살고 있는 지구상에는 우주로부터 날아 온 물체가 빚어낸 수많은 수수께끼같은 일이 깔려 있다. 이번 호에는 세계의 괴기한 이야기를 좇아 그 흑막을 밝혀보자"[79]라며 지구 밖 우주에서 날아온 유성이나 커다란 암석, 이상한 사건의 발생들을 과학적으로 유추해 보지만 여전히 미스터리로 남는다. 그야말로 미지의 우주는 그 개발 시대에 들어선 근대인에게 두려움과 공포의 대상이었음이 틀림없다.

3. 재난의 상상, 안보과학의 소국민 만들기 프로젝트

앞선 장에서 살핀 네 가지 유형의 미스터리물은 과학의 권위를 무력화시키는 반과학의 특성을 보였을 뿐만 아니라 냉전의 공포와 불안을 반영한 당대 대중의 심리적 산물로 이해할 수 있다. 그렇다면 근대 아동의 과학교육을 표방하는 『소년세계』에서 아동의 과학적 정체성 형성은 어떻게 도모되었을까. 이에 대한 해답을 찾아가기 위해서는 우선 냉전체제하 과학과 국가의 관계가 어린 대중의 삶에 어떤 영향을 끼쳤는가 살펴볼 필요가 있다. 그것은 냉전체제에서 과학기술이 차지했던 핵심적인 역할이 아동의 정체성 형성에 긴밀히 관여하고 있었기

• • •

78. 융은 UFO를 시각적 소문(visionary rumours)이라고 칭하고 정신 심리 현상으로 해석하며 현대 대중이 만들어가고 있는 '신화'라 지시하였다.(융, 『현대의 신화』, 이부영 옮김, 삼성출판, 1992 참조.)

79. 「지구에 남아 있는 우주의 비밀」, 『소년세계』, 1977.11, 170쪽.

때문이다. 1950년대 초에 발행된 『소년세계』는 1946년 비키니섬에서의 제2회 원자폭탄 실험 광경을 '과학화보'라는 카테고리 안에 제시하며 어린 독자들에게 보여준다. 물속을 뚫고 치솟은 폭발 기둥은 앞서 일본의 히로시마와 나가사키에서 피어올랐던 버섯구름의 상징성을 다시 한번 떠올리게 하는 장면이었다. "폭격기가 날아가서 단추 하나만 누르면 떨어지는 원자폭탄으로 해서 이 땅위에 벌어지는 그 처참 가혹한 인간 세상의 비극을 상상해 보라"[80]는 편집자의 논평처럼 전 인류가 전율을 일으킬만한 역사적인 사건이었다. 이같이 처참한 광경을 자아냈던 원자 폭탄은 가공할만한 위력을 지닌 과학이 얼마나 두려운 무기가 될 수 있는가를 확인시켜주는 증거였다.

하지만 과학의 효용론적 측면에 입각할 때 인류문명의 발전을 이끄는 원자력의 순기능은 개발도상국의 입장에서 무시 못 할 것이었다. 따라서 '아동과학란'에서 원자력 발전소가 세워지면 산업혁명을 일으켜 인류 생활에 놀랄만한 이익을 안겨줄 것이라는 장밋빛 미래의 희망론을 제시하며 원자력의 효용성은 다양하게 예찬 되고 있었다. 게다가 제2차 세계대전이 끝남과 동시에 형성된 냉전체제는 원자무기를 포기하지 못하는 형편이었다. 미국과 소련은 전쟁에 사용하기 위해 더욱 강력한 원자폭탄과 그 외의 각종 무기를 만드는 데 주력하고 있었다.[81] 그로 인해 계속 전 세계 공중에는 무시무시한 원자 구름이 떠돌고 있다는 소문이 자자했다.[82] "자기만의 행복을 위하여 수십, 수백만의 생명을 희생시키려는 불순한 인간들이 없어져야 정말로 행복스런 원자력의 시대가 올 수 있을 것이다. 우리들은 그러한 세계를 만들 가장 옳은

• • •

80. 「<과학> 원자력의 세계」, 『소년세계』 4호, 1952.10, 20~25쪽.
81. 오드라 J. 울프, 『냉전의 과학』, 김명진·이종민 옮김, 궁리, 2017, 16쪽 참조.
82. 「'휴맨이슴'의 모순과 긍정」, <동아일보>, 1957.6.2.

사람이 되자"[83]라는 신조 속에는 인류 평화주의적 사상 아래 자국의 안보에 대한 걱정이 녹아 있었다. 따라서 민주주의적 평화 생활에 어긋나는, "남의 나라를 침략하는 욕심 많은 국가"는 인류 평화를 위해 처단해야 할 대상으로 지목되었다. 그런데 이때 선과 악으로 이분화된 세계에서 평화를 수호하는 선한 나라를 미국으로 표상하며 냉전 이데올로기를 반영하였다. 이러한 프레임은 남과 북으로 분단된 한국의 경우 반공 이데올로기로 극명하게 드러났다. 『소년세계』의 경우, 매호 '우리의 맹세'라는 강령이 잡지에 실리면서 아동들에게 반공 이데올로기가 주입되었다.[84]

이러한 시대적 흐름에 맞추어, 미디어는 미국을 이미지화하는 작업에 동참하고 있었다. 『소년세계』 역시 미국을 이상화하는 과학화보들의 잦은 게재와 더불어 아동에게 미국에 대한 정보를 긍정적 이미지로 포장하여 제공하였다. 제2차 세계대전 이후 한국과 가장 가까운 나라로 생각하게 된 미국은 "세계에서 제일 풍부하고" "강한 나라"[85]라는 점이 부각되었다. 미국은 물질적으로 부유한 나라이며 우리가 본받아야 할 선진국 모델로서 제시되었다. 특히 미국의 과학기술을 보여주는 이미지들은 과학적 우월성을 강조하였다. 냉전 시기 각국 정부의 과학적 기획은 국가안보 유지를 위해 매우 중요한 요건이었기 때문에 미국과 소련 양측 모두 국제적 세력 확장을 위한 방법으로 자국의 과학기술을 과시하는 데 주력했다.[86] 따라서 원자폭탄으로 은유되는 군사과학이나 우주 경쟁은 국가의 우위를 보여주고 유지하도록 설계되었다. 과학은 인류

• • •

83. 「원자력이 무기가 되면」, 『소년세계』 4호, 1952.10, 2~3쪽.
84. 「우리의 맹세」, 『소년세계』 6호, 1952.12, 39쪽 1.
85. 「세계1을 자랑하는 아메리까」, 『소년세계』, 1953.1, 24쪽.
86. 오드라 J. 울프, 앞의 책, 22쪽.

파멸의 상징이면서 동시에 자국을 보호할 수 있는 국가 안보력을 상징하기도 했다.

이처럼 과학의 가공할 힘에 대한 확보는 냉전체제기 남한에서도 중요한 국책 사안으로 받아들여졌다. 1960년대 박정희 정권의 발전주의는 과학 분야에서도 작동하며 과학주의를 촉진하였다. 과학기술력 확보와 국가의 경제발전을 같은 선상에서 이해했기 때문에 어린이를 위한 과학교육 역시 이러한 방향으로 진행될 수밖에 없었다. 해방과 남북분단 이후 부모를 잃은 고아들의 가난한 경제생활을 조명하며 "불행한 시대에 태어난 우리들. 온갖 난관을 박차고 참된 인물이 되기 위하여 어떠한 일에도 낙망하지 말고 노력해야 할 우리들. 진실로 우리는 남의 나라 소년들의 몇 갑절의 열성과 노력으로 공부에 힘 써야 할 것"[87]이 강조되었다. 그리고 세계의 최강대국으로 성장한 "미국이 갖는 과학과 기술, 미국이 갖는 창의력"[88]을 전수하여 부강한 나라를 이루도록 요청하였다. 근대 아동에게 과학교육은 '후진성의 테제'[89]로 기능하며 아동을 국민으로 호출하는 중요한 방식이 되었다.

그렇다면 아동에게 요구되는 과학교육은 어떻게 서사화되었는가. 초등학교 6학년생의 납치와 탈출을 만화로 재현한 「수남이의 모험여행」(김용환, 『소년세계』, 1952.7~1953.1, 7회 연재)에서는 "세계의 위업이 될 수 있는 국가의 명예를 위해서" "바다와 육지와 공중을 나를 수 있는 태극호"를 연구 중인 과학자 아버지가 등장한다. 수남은 아버지의 연구 때문에 괴잠수함에 납치되어 고초를 겪지만 무사 귀환한다. 이들에

87. 「원자력이 무기가 되면」, 『소년세계』 4호, 1952.10, 2~3쪽.
88. 「독립 200년 빛나는 아메리카의 발자취」, 『소년세계』 1976.4, 42쪽.
89. 공임순, 「1960~70년대 후진성 테제와 자립의 반/체제 언설들: 매판과 자립 그리고 '민족문학'의 함의를 둘러싼 헤게모니적 쟁투」, 『상허학보』 45권, 2015, 75쪽.

게 과학기술의 비밀을 지키는 일은 국가의 운명과 동일 선상에서 이해되고 있다. 2차 세계대전 이후 원자폭탄에 얽힌 미국과 소련의 불신이 강화되면서 냉전체제를 유지하기 위한 전략들은 각종 신무기의 개발을 둘러싼 군사과학의 비밀을 캐려는 스파이 활동으로 점철되었다.[90] 이처럼 냉전체제하 과학은 자국의 안전을 담당하는 안보과학으로 기능하였으며, 과학기술에 대한 비밀 유지가 매우 중요해졌다. 그 결과 비밀을 밝히고 유지하기 위한 전략으로 스파이의 역할이 강조되었다. 이로 인해 잡지에는 첩보원들의 맹훈련 장면이 화보로 제시되고, 첩보원의 최첨단 비밀 무기들이 소개되었다.[91] 그뿐만 아니라 문학 역시 스파이가 등장하는 첩보물이 대세를 이루었다. '국가를 위하여'라는 대의명분 아래 펼쳐지는 첩보 활동은 "자기 한 몸을 버리고라도 나라와 민족을 건진 영웅들의 이야기"[92]로 평가되었다.

따라서 '독수리 요새'의 철통같은 방어를 뚫고 비밀을 파헤치는 소년 스파이들의 활약이나,[93] 미국 비밀첩보부의 한국인 대원 부르스장이 비밀작전 임무를 맡고 인류의 평화에 위협을 가하는 비밀조직 '검은 나비'에 침투하여 소탕 작전을 펼치는 이야기[94]처럼 『소년세계』에 재현된 스파이 대작전은 애국 활동으로 평가받았고, 국가에 대한 충성심을 드러낼 수 있는 중요한 수단이 되었다. 탐정모험소설 「녹색 태극기의 비밀」에서 저자는 아동에게 "참다운 사상지식과 선진과학지식을 높여줌으로써 북한 괴뢰집단과 용감히 싸워 장차 이 나라의 초석이 될 훌륭한

• • •

90. 존 루이스 개디스, 『냉전의 역사 : 거래, 스파이, 거짓말, 그리고 진실』, 정철·강규형 옮김, 에코리브르, 2010, 44쪽 참조.
91. 「<홍미기사> 첩보원이 되려면」, 『소년세계』, 1973.1, 84쪽.
92. 「세계를 무대로 한 스파이 사건」, 『소년세계』, 1974.12, 96쪽.
93. 남지수, 「<모험활극만화> 독수리 요새(10)」, 『소년세계』, 1973.1, 349쪽.
94. 이낙구, 「<첩보활극만화> 부르스장(7)」, 『소년세계』, 1975.9, 97쪽.

인재를 키워주기 위하여 흥미있게 꾸민 이야기"[95]라고 창작 목적을 밝히며 '녹색태극기'라는 비밀 집단의 음모를 파헤치는 두 중학생의 모험을 재현하고 있다. 냉전 이데올로기와 과학은 근대 아동의 성장에 동시적으로 연동해야 할 요소였던 것이다.

그런데 이 두 요소가 연동하는 데는 '비밀'이 중요하게 기능한다. 세상의 음모를 파헤치는 아이들은 스파이를 찾는 탐정 놀이와 수수께끼 암호 풀이, 추리에 몰두한다. 라디오 수신기 때문에 이웃을 간첩으로 오해하여 신고하는 어린이들[96]처럼 방첩 사상을 재현하는 동화들이 게재되었다. 어린이들은 줄곧 주위에 간첩이 있다고 생각하며 수상한 간첩을 찾아다닌다. 그런데 "증거도 없이 판단하는 게 아냐. 수상하면 더욱더 살피는 거야"[97]라며 간첩을 찾기 위해 계속 하숙생을 미행하는 소녀 탐정의 조사 방법은 과학적이다. 이들의 수단은 탐정, 추리, 증거 수집의 사회조사 방식을 따르고 있기 때문이다. 이처럼 어린이들은 미스터리와 과학의 결합으로 이루어진 탐정소설이나 추리소설, 모험소설 같은 장르 서사 속에서 안보과학의 실현을 위한 행위 주체가 되도록 요청받았고, 그 결과 비밀과 음모를 파헤치는 조사단처럼 증거를 모으고 추리하여 밝히는 탐보적 주체가 되어야 했다.

4. 명탐정이 될 수 있다

이 글은 초현실적인 미스터리물들이 냉전체제라는 사회, 정치적 변화에 따라 재전유된 양상과 그 문화적 특성 및 의미를 점검하였다. 초자연적

95. 박우보, 「<탐정모험소설> 녹색 태극기의 비밀」, 『소년세계』, 1955.11, 12쪽.
96. 윤정모, 「<우수창작동화> 오해」, 『소년세계』, 1973.12, 238쪽.
97. 이남구, 「<순정명랑만화> 소녀탐정(3)」, 『소년세계』, 1977.4, 127쪽.

인 것들을 대면하는 문화적 현상은 근·현대를 이어가며 지속해서 재전유 되고 있다. "과학은 유령과 마녀를 우리의 믿음으로부터 쫓아냈지만, 곧바로 똑같은 기능을 갖는 외계인이 빈자리를 채웠다"[98]라는 칼 세이건의 말처럼 과학은 탈마법화의 정화작업을 통해 그 존재성을 입증해 왔다. 그러므로 근대 과학문화사에 관한 연구의 시원은 이 영역에서 출발해야 하는 것이 마땅해 보인다. 따라서 이 글은 한국 근대 아동잡지인 『소년세계』를 중심 대상으로 삼아, 해당 잡지에 수록된 미스터리물들과 당대 냉전 과학의 특성이 결합하여 아동의 과학적 정체성 형성에 이바지한 바를 살폈다.

『소년세계』에 실린 미스터리물들을 분석해 본 결과 근대 과학 담론이 초자연적이고 이상한 것들을 다루는 미스터리 담론의 대척점에 위치하는 것이 아니라 오히려 길항하는 가운데 형성되었으며, 이것이 당대 사회의 정치, 사회, 문화, 문학의 각 장에서 합리성이라는 실천적 권력을 발휘했음을 알 수 있었다. 그리고 문화적 산물인 미스터리는 지배 현실에 균열을 가하고 과학에 도전할 수 있는 전복성을 지녔다. 우주 시대를 선언하고 과학의 급진적 발전을 꾀하던 시대 정신과 배리되는 비과학성, 반과학성의 미스터리 문화가 공존하는 세계는 분명 과학과 미스터리의 양립 속에 구축된 것이다. 이는 근대 아동의 과학적 정체성 형성을 미스터리라는 비합리적인 사유 측면에서 조명할 타당한 이유가 된다.

『소년세계』는 냉전체제기 안보 철학 아래 과학주의의 부흥과 아동을 비롯한 대중의 욕구에 미스터리물이 깊게 관여하고 있었음을 보여준다. 당대 부흥했던 미스터리 담론들은 전쟁에의 환멸과 과학기술로 자국의 승리를 이끄는 냉전 시대의 공포감에서 비롯된 것으로 이해할 수 있다.

98. 칼 세이건, 『악령이 출몰하는 세상』, 이상헌 옮김, 김영사, 2001, 153쪽.

미스터리물들은 가공할 우주 시대의 불안과 공포를 조명하면서 과학에 대한 냉소주의를 반영했다. 그래서 각종 SF 시나리오들은 "지금의 과학으로 생각되고 있는 여러 가지 지구의 최후"[99]를 인류가 사용하고 있는 것들이 모두 누적되어 맞게 될 재앙으로 설계하며 인류의 미래를 대부분 디스토피아의 세계로 재현했다. 급격하게 발전하는 과학에 대결하는 인간상은 나약하고 불안하기 짝이 없었다. 반대로, 미스터리담들은 초자연적인 현상과 유령이나 대괴수, UFO, 외계인처럼 과학과 대척되는 자리에 있는 공포의 대상들을 상정해 놓고 과학에 균열을 가했다. 과학기술이 지배하는 세계에서 이상한 사건들은 매끄럽고 합리적인 이성의 세계에 구멍을 내기 위해 떠도는 유령적인 것들이라 할 수 있다. 인공위성이 날고, 달나라 여행을 한다지만 "우리들 주위에서는 아직도 현대과학으로는 해결할 수 없는 많은 수수께끼같은 일들이 일어나고 있다"[100]는 명제의 반복은 과학의 권위를 무력화시키는 작업이었다.

한편, 시각 중심주의가 지배적이었던 근대의 이성적 사유에 균열이 생기기 시작했음을 확인할 수 있다. 미스터리한 이야기들은 '목격담'의 형식을 취하고 있다. '사람들이 잘못 본 것인지, 실제 존재하는 것인지' 분간하기 모호한 이 영역은 시각과 경험론적 사유가 지배하는 세계를 거스르고 있다. 미스터리담들은 유령을 본다는 사람의 눈, 즉 시지각에 대한 신뢰성을 거론하며 인간의 시각은 착시현상이라는 개념을 분명히 적시하고 있다. 유령이란 잘못된 추론의 산물일 수 있다는 것이다. 『소년세계』 필자들의 유령에 얽힌 경험담을 살펴보자.[101] 소설가 조흔파는 달빛에 진 나뭇가지의 그림자를 도깨비로 알았던 것이 "착각"이었다고

99. 「<공상과학기사> 지구의 최후」, 『소년세계』, 1973.8, 55쪽.
100. 「정말로 있었던 세계의 괴사건들」, 『소년세계』, 1973.2, 86쪽.
101. 「내가 본 유령」, 『소년세계』, 1975.9, 187쪽.

말한다. 만화가 신동우 역시 고목에서 나는 인의 빛을 도깨비로 착각했다고 말한다. 이들이 본 것은 유령이 아니라 자연의 실체인 것이다. 그에 반하여 소설가 장수철과 만화가 손창복은 그들이 본 것이 분명 유령이며 죽은 자의 혼령이 귀환한 것이라고 주장한다. 필진들의 경험담은 주체의 중심이었던 시각의 착시현상을 독자에게 전달하고 있다. 사진에 찍힌 유령의 수수께끼를 전달하는 미스터리담에서 사진에 찍힌 검은 그림자는 "소년들이 말하듯이 영혼일지도 모르고" 또는 "사진을 찍을 때나 또 사진을 현상할 때에 빛이 들어가"[102] 생긴 얼룩일 수도 있다는 것이다. 이처럼 미스터리담들은 이성 중심주의로 무장했던 근대시각 중심주의에서 벗어나 탈근대로 향하는 사상적 발아가 시작되었음을 보였다.

하지만 미스터리물은 과학과 근대성에 대한 불신과 회의를 보여주는 동시에 과학의 존재성을 강화하는 역할을 하였다. 균열과 전복을 통해 냉전 과학에 대한 당대 대중의 불안과 공포를 일시적으로 해소해주면서 추리와 합리라는 과학적 사유를 학습할 수 있는 도구이기도 했기 때문이다. 따라서 『소년세계』에 미스터리담을 소개하는 필자들은 어린 독자들에게 "이 책에 적힌 이야기가 과연 옳은지 아닌지는 장래에 그 판단을 보게 되겠지만 우리는 그 얘기의 몇토막이라도 들어서 새로운 눈을 넓히고"[103] "지식의 한 보탬"[104]이 되길 바란다며 그 교육적 목적을 분명히 하였다. 그들은 미스터리물들을 통해 오락적 기능 이외에 한편으로 아동의 과학적 성장을 도모하고 싶었던 것이다. 일반적으로 미스터리 속 비밀은 생산적이고, 의미 있는 자아 인식을 창출하는 수단으로 기능한다. 미스터리물에 사용되는 수수께끼는 아동을 추리 과정에 개입시켜

102. 「믿어지지 않는 세계의 수수께끼」, 『소년세계』, 1977.11, 167쪽.
103. 「우주인을 만나보고 — 비행접시의 정체 —」, 『소년세계』, 1954.11, 40쪽.
104. 유승근, 「세계의 기문괴담(1)」, 『소년세계』, 1978.3, 162쪽.

즐거움과 동시에 성장할 수 있는 계기를 마련한다. 독자가 비밀에 대한 단서와 암호를 찾고 마침내 문제를 해결해가는 노력 가운데서 성장을 꾀할 수 있기 때문이다.[105] 그래서 『마징거 Z』와 『울트라맨』이 활약하는 공상과학의 세계와 아동 독자들의 추리와 수수께끼 풀이를 훈련할 만한 추리 퀴즈, 탐정물, 초자연적 미스터리물들을 나란히 게재하며 "나도 명탐정이 될 수 있다"[106]는 희망찬 구호를 내걸고 있었다.

• • •

105. Gavin Adrienne E, *Mystery in Children's Literature*, Palgrave Macmillan, 2001, 42쪽.

106. 황경태, 「단막추리만화, 나도 명탐정이 될 수 있다」, 『소년세계』, 1976.8, 144쪽.

| 에필로그 |

마법의 문턱

무대 위의 과학

아이들은 '이상야릇'한 것들을 보며 과학을 배운다. 아동문학가이자 희곡작가이기도 했던 신고송의 아동극 「요술모자」는 1920년대의 『어린이』, 일제 말기의 『소년』, 해방기의 『주간 소학생』에 연속 재수록 되며 근현대 아동 과학문화사의 한 특징을 보여주고 있다. 「요술모자」는 어느 날 갑자기 숲속에 떨어진 큰 모자에 대한 궁금증을 풀어가는 아동극이다. 막이 열리자 등장한 토끼 한 마리는 무대 중앙의 커다란 모자를 보고 "놀라며" 한 바퀴 둘러본 뒤 "이게 뭘까" 궁금해하는 동시에 "아주 재미"[1]있어 한다. 그리고 그가 부른 비둘기는 "(놀라며) 아니 이것이 뭘까" 두려움에 모자 곁으로 가까이 가지도 못한다. 비둘기 역시 "이상야릇한 것"이 하늘에서 떨어졌다며 또 다른 친구인 다람쥐를 부른다. 그런데, 모자를 이상하게 여긴 다람쥐는 "이것 재미있다"라며 모자의 구석구석을 살핀다. 이렇게 한자리에 모인 숲속의 동물들은 제각기

1. 신고송, 「요술모자(1막)」, 『주간 소학생』 22호, 1946.7.8, 16쪽.

兒童劇

요술모자 (一幕)

申鼓頌

어떤森속 좌우로 한아름씩되는 나무들이 [illegible]차있고 대는 잔디밭입니다. 바른편 나무가지에는 산비둘기집 고, 왼편나무중지에 다람쥐사는 집이있습니다. [illegible] 청나게 큰 신고햇(山高帽)이 놓여있는데 모자안이 [illegible]로 향해있고 모자높이는 거이 아이키나 됩니다.

나온사람

토끼 한마리

비둘기 한마리

다람쥐 한마리

요술쟁이 한사람

막이열리면 숲의 한낮이고 숲의새들의 재잘거리는 소 들립니다. 토끼가 바른편에서 나옵니다.

비둘기 (놀라며) 아니 이것이 뭘까(길에 가[illegible]

[illegible]지도 못읍니다) 아주 어마어마 한집!

토끼 이사람 겁날것없어 (무섭게보이면) 이것봐 [illegible]

들겨봐도 아모러치 않어

비둘기 (그래도 [illegible]) 대관절 이게 무엇일[illegible]

그림 64. 신고송, 「요술모자(1막)」, 『소년』 1권 1호, 1937.4, 70쪽.

군함, 도토리 껍질, 술잔, 사람들의 목간통으로 모자의 쓰임새에 대한 합리적 추정과 의심을 시도하여 궁금증을 증폭시킨다. 바로 그때 요술쟁이가 등장하여 모자의 정체가 '요술모자'임을 밝히고, 신기한 요술들을 보여준다. 요술쟁이는 모자 속에서 달걀이 나오게 하고, 직접 모자 안에 들어가 사라졌다가 나타나기도 한다. 그리고 모자를 탄 채, 공중으로 천천히 올라가며 오색종이 테이프를 뿌린다. 이 마술쇼를 지켜보며 경이에 찬 숲속 동물들이 환호하고 손뼉을 치는 사이, 무대의 막은

그림 65. 신고송, 「요술모자(1막)」, 『주간 소학생』 22호, 1946.7.8, 16쪽.

내린다.

「요술모자」는 '요술'을 통해 어린이의 판타지와 호기심을 자극하고 있을 뿐만 아니라, '아동극'이라는 공연 행위를 마법 과학의 이미지로 프레임화하고 있다. 이 연극을 관람하는 어린이들은 마술사의 지시대로 호령을 따라 하며 마술을 실천하는 공모자가 된다. 이처럼 아이들을 위한 교육에 있어서 '마술적 코드'를 사용하는 일은 매우 중요하다. 자칭 '요술학교'를 설시設施 했다고 선전하던 근대 아동잡지의 과학 코너들을 떠올려 보라. 또한, 근대 시기 연극 무대가 정치적 선동과 대중 교육에 큰 역할을 했던 바도 전혀 무관하지 않다. 1920~30년대는 프롤레타리아 운동의 실천 방법으로 연극운동이 제기되었고, 극단의 순회공연으로써 프롤레타리아 예술운동이 활발히 진행되고 있던 상태였다. 프롤레타리아 예술운동은 "관객 대중을 조직하라"라는 강령 아래, 대중을 끌기 위해 "요술 가튼 것도 연습 수득해 노흐"[2]라는 세부적인 교육지침을 갖고 있었다. 집단이나 공동체를 변화시키기 위해 무대 공연을 활용하는 연극의 정치성은 근현대를 아우르는 문화정치의 특징

2. 신고송, 「연극운동의 출발(5)」, <조선일보>, 1931.8.4.

이다. 따라서 관객 대중과의 공감 속에 구성되는 연극 무대는 현실의 세계 속에 세워진 '요술학교'였던 것이다. "하나의 지위(장소)를 떠남과 다른 하나의 지위(장소)를 얻음 '사이'에 있는"[3] '전이적' 특성으로 무대를 바라본다면, 무대 위에 펼쳐진 요술은 인류학자 터너가 관심을 가졌던 '제의적 공연ritual performance'으로 이해할 수 있다.

각종 박람회의 과학적 오락에서부터 단체의 여흥에 이르기까지, 대로의 상설 무대에서 펼쳐진 곡마단의 마술쇼는 마술과 대중 과학이 뒤섞여 경이로움을 유발하고, 현실을 넘어서는 환상과 재미를 끌어냈다. 이 책의 앞부분에서 살폈듯이, 근대의 아이들은 과학실험을 마술 극장의 무대에서 그들의 눈 앞에 펼쳐지는 마술쇼의 형식으로 배웠다. 근대 과학문화의 장場 안에 배치된 마술사들의 신기한 무대 마술은 대중에게 과학을 소개하고 과학적 열정을 끌어내는 중요한 통로 역할을 했다. 마술사들은 과학 이론과 기술적 혁신을 이용해 환상을 만들고, 경이로움을 유발하게 했다. 「요술모자」 삽화에서 볼 수 있듯이, 마법사의 예복과 뾰족한 모자를 걸친 현대적인 마술사들은 근대성의 구현자였다. 『소년』의 「요술모자」 무대 삽화가 근대적인 마술사에 집중하고 있다면, 『주간 소학생』에 수록된 무대 삽화는 오색 테이프와 공중 부양하는 과학기술 장치에 초점을 맞추고 있다. 마술사는 속임수를 '실험'으로 지시하며, 광학기술처럼 착시 효과를 불러일으킬 수 있는 최첨단 과학기술을 활용하여 과학을 마술쇼 일부가 되도록 만들었다. 그들은 경이로움을 불러일으키고 창조하는 도구로 과학을 사용하면서 과학의 대중화를 꾀하였다. 혁신적인 과학기술 장비들이 만들어 내는 거대한 환상과 과학적 원리의 재미있는 응용은 마술적인 오락이 과학적으로 보이고,

• • •

3. 빅터 터너, 『제의에서 연극으로』, 이기우 · 김익두 옮김, 현대미학사, 1996, 43쪽.

과학이 신기하고 마술적으로 보이게 만들었다. 그로 인해 무대 위는 마술의 시간이 흐른다.

아동문화의 세계는 현실과 초현실, 실제와 환상, 삶과 죽음, 가능한 것과 불가능한 것들이 공존하고 있다. 또한, 환상과 과학의 결합은 새로운 가능의 세계들을 만들어 내기 쉬우므로 다양한 시공간들이 등장한다. 이때 아이들은 두 세계 사이를 연결하는 '상징적 문'[4]인 마술 통로를 통해 다른 세계로 들어간다. 이 책 앞부분에서도 다루었지만, 『이상한 나라의 앨리스』(캐럴) 와 상호텍스트성을 지닌 「웅철이의 모험」(주요섭)은 토끼굴이라는 상징적 문을 통해 마술의 세계에 진입하고 땅속 나라, 달나라, 해나라, 별나라, 꿈나라를 모험한 뒤, 잠에서 깨며 현실로 무사히 돌아온다. 이 소설은 터너의 리미널리티liminality 개념처럼 일상과 일상 사이의 문지방 같은 경계선적, 마법적인 상태, 즉 '문턱에 있음'[5]의 상태인 '마법의 문턱'을 통과하는 어린이의 성장 과정을 잘 드러내 준다. 아이들은 이 환상과 마법의 문지방들을 밟고 넘어가며 경이로 포장된 과학을

長篇童話
제일편 · 땅속나라구경 (2)

四

오늘까지 웅철이 생각에는 토끼장 뒤는 높은 언덕으로 꽉 막혀 있는줄로만 생각 되었는데 지금 웅철이가 그 안엘 들어가 보니까 그뒤는 아주 막힌것이 아니고 뒤로 통하는 문이 있었습니다. 토끼 하나이 그 문을 열어제치자 그뒤로 컴컴한 굴속이 디려다 보였습니다.

「자, 어서와요」하면서 그 장안에 있던 네마리 토끼는 모두 우루루 그 굴속으로 들어갔습니다」 웅철이는

그림 66. 주요섭, 「웅철이의 모험」, 『소년』 1권 2호, 1937.5, 50쪽.

4. 마리아 니콜라예바, 『용의 아이들: 아동 문학 이론의 새로운 지평』, 김서정 옮김, 문학과지성사, 1998, 187쪽.
5. 빅터 터너, 『제의에서 연극으로』, 이기우 · 김익두 옮김, 현대미학사, 1996, 208쪽.

배운다. 그리고 그들은 이러한 이행 과정에서 더욱 공동체의 목표에 맞는 사회화가 이루어진다. 따라서 무대 위의 요술모자는 근현대 어린이에게 '마법의 문턱'으로 진입하는 마술 통로로 작용하고 있었음을 유추할 수 있다. 아이들은 요술모자나 토끼굴 같은 매개를 통해 이상한 나라로 진입하고, 그곳에서 환상과 결합한 과학을 경험한 뒤에 현실로 무사히 귀환하며 이전과는 다른 아이가 된다.

1946년 『주간 소학생』에 게재한 신고송의 또 다른 아동극에서, 온종일 놀던 아이들은 해 질 무렵 동네 어귀에 있는 조그만 언덕을 지나다가 지는 해를 보며 해가 지는 까닭으로 논쟁을 펼친다.[6] 이 책 『이상한 나라의 과학』 프롤로그에 언급했던 시라노의 『달나라』에서 젊은이들이 달에 대해 서로 다른 정의를 내렸던 것처럼 말이다. 아이들은 아버지의 출퇴근 시간을 알려주는 것이라는 둥, 해님이 서쪽 산 너머에 있는 어머니 품에 날마다 안겨 자기 위해 간다는 둥, 해님과 달님의 숨바꼭질 놀이라는 둥, 서로 다른 이유를 제시한다. 그러자 한 아이는 자신의 언니가 학교에서 배운 대로 "땅이 돌기 때문"이라는 사실을 알려준다. 그러나 다른 친구들은 "땅이 돌면 우리는 어지러워 서 있지도 못"할 거라며 그 아이의 발언을 "새빨간 거짓말"로 치부한다. 게다가 "땅이 도는걸" "보지도 못"했다는 점을 지적한다. 결국, 아이들은 이를 확인하기 위해 높은 곳에 올라가서 땅이 도는지를 확인해 보자 약속하고 헤어진다. "해가 지는 까닭을 누가 알아, 땅이 돌기 때문에 해가 진다고, 그것도 그것도, 고지 안 들려. 내일은 뒷산에 올라가 보자"라는 해설과 함께 연극의 막이 내리지만, 관객들은 여전히 경이로운 대상을 앞에 두고 궁금증에 휩싸인다.

• • •

6. 신고송, 「해가 지는 까닭」, 『주간 소학생』 6호, 1946.3.18, 2~3쪽.

그림 67. 신고송, 「해가 지는 까닭」, 『주간 소학생』 6호, 1946.3.18, 2쪽.

이 아동극 「해가 지는 까닭」은 땅이 도는 것을 확인하겠다는 실증적인 경험의 중요성이나 말한 사실을 곧이듣지 않는 아동의 세계를 풍자하는 것으로 비칠 수도 있다. 하지만 이 아동극의 핵심은 '경이'와 '의심'에 있다고 생각한다. 아이들은 해가 지고 뜨는 것처럼 자연의 일부로 받아들여졌던 대상이 기묘하고 신기하게 여겨진다. 그리고 낯설거나 예상치 못한 것에서 야기되는 놀라움은 의심과 호기심으로 연결된다. 이 과정에서 아이들에게 세상은 점점 더 넓어지고 아직 배울 것이 많다는 것을 깨닫게 한다. 따라서 아이들은 연극이 끝난 후에도 계속 의심 중이다. 결국, 신고송은 이 아동극을 통해 궁금증을 유발하는 대상에 대한 끊임없는 의심의 중요성을 강조하고 있다. 1920년대 아동잡지 『신소년』에서 발췌한 아래의 인용문은 조선의 소년 · 소녀들에게 '의심을 가지라'고 도움말을 하고 있다.

보라 저 영국의 유명한 학자 뉴-톤은 나무에서 사과 한 개가 떨어지는 것을 보고 새삼스러이 이상하다는 의심이 생겨서 궁금한 것을 참지못하얏다. 저 사과가 떨어지면 웨 한울로 올라가지 안코 땅으로 떨어질가.

또 땅으로 떨어지면 빗두로 떨어저도 조흘터인데 무슨까닭으로 꼭 똑바로 떨어질가 이러한 의심을 가진 뉴-톤은 이 의심을 물어보랴고 자긔가 일부러 사과를 떨어트려도 보고 이런책 저런책도 일거도 보고 남에게 물어도 보아 이리궁리 저리궁리를 해서 마침내 이 의심을 풀엇다. 의심을 풀뿐아니라 이런 이치를 발견하얏다. 우리가 사는 지구 한가운데에는 인력引力이라는 잡아다니는 힘이 잇서서 모든 물건은 땅속으로 끄는 까닭에 물건이 떨어지면 땅으로 떨어지고 또 똑바로 떨어지는 것을 알앗다. 이것이 저 유명한 만유인력萬有引力이다. 저 증긔관을 발명한 와트는 주전자에서 끌는 물이 그 뚜껑 여는 것을 보고 의심이 나서 그 의심을 풀고보니 오날 긔차를 끌고다니는 긔관이 생기게 되엿다. (雲齊學人, 「<訓辭> 공부에 의심을 가지라」, 『신소년』 3권 12호, 1925.12, 2~3쪽.)

인용문에서도 확인할 수 있듯이, "이상하다"는 기존의 현상에 "의심"을 품고 제기되는 지적 호기심의 발현이다. 그래서 '의심공부'는 '이상하다'라는 의심이 생겨서 궁금함을 참지 못하고 이리저리 "궁리"를 하며 의심을 풀고 이치를 발견하는 단계로 나아가는 추진 방향이 설정된다. 사과 떨어지는 데에 의심을 가진 뉴턴이나 난로 위에 올려놓은 주전자 뚜껑이 들썩거리는 데에 의심을 가진 와트의 의심공부는 "조고만 일이라도 이상한 일이 잇스면 그것을 심상이 보지안코 의심을 가지는 까닭으로" "무엇을 발명하고 발견"하여 "공을 일우는 것이다." 따라서 "조선소년소녀들아!" "그대들도 책밧게서 의심공부를 좀 하여보아라"라는 훈화로 이어졌다.

마술로 배우는 과학실험인 '이과요술'과 뱀을 잡아먹는 개구리처럼 변칙적인 사건을 다루는 '과학 기담奇談'류가 환기하는 '이상야릇'함은 기묘하고 이상해서 놀라움을 일으키며 아이들의 호기심을 자극하고 궁금증을 유발하게 한다. 여기에서 '과학-지식'의 속성 자체가 '비밀'과 연루되어 있으며, 불가사의한 것들을 해명하려는 의지가 포함되어 있다는 점을 상기할 필요가 있다. 우리가 맞닥뜨린 경이의 대상은 단순히 두려움과 공포의 쾌감을 전달하는데 그치는 것이 아니라 다양한 증거를 모아 합리적 의심과 판단하려는 의지를 불태우게 한다. 이토록 놀랍고 이상한 세계의 비밀을 파헤쳐 나가는 쾌감이 아이들을 과학 속에 머물게 한다. 『주간 소학생』의 '이상도하다' 코너가 "정말 이상하지요?", "그 이유를 말하면 이러합니다"[7]의 형식을 취하고 있는 것 역시 이와 무관하지 않다. 아이들이 이상도 하다고 여길 대규모 폼페이 도시의 화석들도 결국 화산활동에 의한 것이며, 기선을 가라앉히는 괴물의 정체는 빙산[8]이고, 사해死海에 아무것도 살 수 없는 이유도 "별것이 아"[9]니라 너무 짜기 때문이라는 것. 놀랍고 이상한 것들은 반드시 과학적, 합리적 설명으로 이어진다. 결국, 아동문화의 세계 속에서 제공되는 경이담들은 궁금증을 해결하는 과정이 최종 목표라 할 수 있다. 아이들이 기묘하고 신기한 '마법의 문턱'을 밟고 넘어서도록 시나리오는 이미 구성되어 있던 것이다. 따라서 한국 근대 아동잡지의 '궁금풀이' 코너들은 잠은 왜 오는지, 하품은 왜 나는지, 무궁무진한 아이들의 궁금증을 촉발시키고 해결하려 노력한다. 밀물과 썰물의 변화는 "참으로 이상한 일이라고 아니할 수가 없[10]"지만 원심력의 "그

• • •

7. 「<이상도하다> 땅속의 도시」, 『주간 소학생』 46호, 1947.5, 26쪽.
8. 「<이상도하다> 기선을 가라앉히는 괴물」, 『주간 소학생』 43호, 1947.3.17, 1쪽.
9. 「<이상도하다> 죽어버린 호수」, 『주간 소학생』 41호, 1947.3.3, 1쪽.
10. 심형필, 「<궁금풀이> 바닷물은 왜 하루에 두 번씩 밀었다 졌다 하나?」, 『소년』 2권 6호, 1938.6, 28쪽.

이치를 알고 보면 아무것도 아"니라는 구조의 과학담들은 계속 생산되었다. 지적 호기심으로 충만한 아이들이 수많은 마법의 문턱을 밟아가며 과학적 성장을 추구할 수 있도록 말이다.

'과학조선'의 아이들

교육자들은 아이들이 타고난 경이로움의 감각을 계속 유지하면서 매미의 껍질에서 흥분을 찾는 법이나 풀잎에 맺힌 이슬에서 영감을 찾는 법을 훈련 시키려 노력했다. 그 바람에 아이들은 경이와 함께 과학을 배운다. 자연계에는 우리가 아직 풀어내지 못하는 여러 가지 이상한 것이 많다. 캄캄한 밤에 길가는 사람이 도깨비불로 착각하기도 하는 반딧불에 대한 의문을 해결하는 데도 오랜 시간이 흘렀다. 여름밤 반짝이는 반딧불을 발견한 아이들은 왜 빛이 나는지, 그 발광체는 무엇인지, 그리고 왜 불을 켜고 다니는 것인지, 열띤 대화를 나누며 그들이 찾은 대상에 대해 경이로움으로 가득 찬다. 아이들이 "불빛이면서도 뜨겁지 않은 인광燐光을 발하는 참말 묘하고 신기하게 생긴 벌레"[11]에서 찾은 경이로움은 추정과 가설로 이루어진 오랜 연구들의 흔적을 검토하고, 빛은 있으나 열이 없는 반딧불의 특색이 이상적인 조명광선으로 적합하여 세계 여러 나라 과학자들이 열심히 연구 중이라는 소식으로 이어진다. 그리고 "어린이 여러분! 여러분도 빨리 과학공부를 많이 하여 물건을 태우지 않고 뜨겁지 않은 등불을 발명하여 삼천리 강산을 아니 온 세계를 밝게 만들어주십시오"[12]라는 기대가 따라붙는다. 이처럼 근대 시기 어린이들은 애국심과 인류애라는 대의명분과 함께 과학을 배웠다.

• • •

11. 「여름밤의 재주꾼, 반딧불 이야기」, 『주간 소학생』 19호, 1946.6.17, 4쪽.
12. 이헌구, 「<소년이과> 여름과 곤충」, 『소년』 4권 8호, 1940.8, 59쪽.

실상, 아동의 과학적 성장은 민족/국가의 발전과 동궤에 놓여 있다는 인식이 강하게 자리하고 있었다.

그렇다면, 왜 근대 아동 과학문화사를 연구하는 데 있어서 비과학성으로 배척되었던 이상하고 유령 같은 것들에 주목해야 하는가. 근대국가의 지식인들은 과학을 선봉에 세워 전근대의 기반이 되는 기이담론을 무너뜨리고 새로운 정치, 사회, 문화체제를 구축하려 했다. 1920년대 <동아일보>에 게재된 만화에서도 유추할 수 있듯이, 그것은 '미신'으로 표상되는 요술과 마법의 세계에 대한 믿음을 "한껍질 벗"고 '과학조선'으로 새롭게 태어나는 것이었다. 따라서 근대 조선은 근대적인 세계관에 입각한 새로운 문화를 형성하기 위해 먼저 유교적 관습과 무속을 이단으로 몰아내고 과학적 체계에 맞춰 사회 전반을 혁신하려 하였다. 물론 이 혁신의 주체는 '청년青年'이자 미래의 담지자인 '아동'으로 지시되었다. 과학으로 부흥하는 신흥 '과학조선'의 건립 목표는 '과학과 친해지자'라는 모토 아래 아동과 일반 대중에게 '과학의 대중화'를 꾀하는 수단을 취해야 했다.

그림 68. 「동아만화」, <동아일보>, 1924.2.29.

그런데, 근대 미디어의 발달과 더불어 기담이나 괴담이 오히려 더 가시화되기 시작했다. 1920년대 신문에는 '괴담' 코너가 생기기까지

그림 69. 최영수, 「<도회가 그리는 만화 풍경>, 탑동공원에서 고담, 괴담, 만담에 씽긋뺑긋」, <동아일보>, 1933.9.6.

하였다. 또한, 근대적인 범죄의 발생과 더불어 범죄기사와 범죄 문학이 등장한다. 이와 동시에 야담계열에는 송사형訟事型의 기담들이 폭발적으로 유행했다. 1930년대 만문만화가 최영수는 근대 도시 경성의 대중이 "고담, 괴담, 만담에 씽긋뺑긋"[13] 하는 모습을 재현하고 있다. 근대인들은 "노파들의 입에서 풀려 나오는 신화괴담神話怪談에 귀를 기우리게 되엿"던 것이다. 당대인들은 이를 "현대 과학의 끊임없는 자극刺戟에 극도로 첨예화한 그들의 신경이 밟은 반동적 경향"[14]으로 이해하였다. 즉, 근대의 합리적 이성으로 설명할 수 없는 괴담들은 '현대 과학'으로 표상되는 근대성의 산물이라는 것이었다. 이 만화가 문제로 삼고 있는 지점은 미신, 이교도, 비합리성으로 분류되는 괴담이 식민지 조선인들에게 대중화되고 있는 현상이었다. 과학주의가 국가 이데올로기로 표명되던 1960

• • •

13. 최영수, 「<도회가 그리는 만화 풍경> 탑동공원에서 고담, 괴담, 만담에 씽긋뺑긋」, <동아일보>, 1933.9.6.

14. 一記者, 「巨人金富貴를 料理햇소」, 『별건곤』 32호, 1930.9, 124쪽.

·70년대에도 괴기하고 초현실주의적인 담론들이 팽배하며 "우리들 주위에서는 아직도 현대과학으로는 해결할 수 없는 많은 일들이 일어나고 있다"라는 미디어의 선전포고가 계속 이어지며 미스터리물이 유행했다. 하지만 원인을 알 수 없는 괴담은 '과학'이라는 근대 지식 체계와 당대 지배 체제의 허점을 드러내는 장치이기도 했다. 또한, 근대의 합리적 이성으로도 설명되지 않는 불가사의한 문제들은 미지에 대한 대중의 불안과 공포를 낳았기 때문에 어떤 여과 장치가 필요했던 것으로 여겨진다. 근대의 대중문화가 기이한 일들과 수수께끼 같은 현상들을 근대적 취미로 선전하며 동시에 과학 탐구의 대상으로 만들었던 것도 같은 목적으로 이해할 수 있다.

이제까지 과학과 마술의 이분법은 한국의 과학사 논쟁을 틀 짓는 주요한 관점이 되어 왔다. 그렇지만 사이비 과학의 범주로 추락한 최면술과 심령 연구 같은 분야가 근대 대중의 상상력을 사로잡았다. 또한, 근대 식물학은 약초나 민간 치료 의술을 종종 비정통적 탐구 방법으로 치부하였지만, 민간에서는 비술秘術로 꾸준히 그 명맥을 유지해왔다. 궁극적으로 이러한 담론들이 정통 과학에 어긋나는 의사과학, 초과학, 반과학 등으로 분류되면서 근대 사회에서 논란을 불러일으켜 과학의 경계가 지닌 모호성을 환기해 왔던 것이다. '미신=비과학성'이라는 공식의 작용 기제도 이와 비슷한 사정이다. 특히 귀신, 도깨비, 유령같이 초현실적 현상은 일반적이고 정상적인 것을 벗어나는 것을 지칭하며 전근대적 특성으로 지시되어 왔다. 그것들은 근대라는 합리적인 세계를 구축하기 위해서 비합리, 비정상으로 규정되어야 할 것이었다. 따라서 마술적, 초자연적인 힘이 지배하는 세계이자 과학 문명의 세례를 받지 못한 전근대와 야만을 표상하는, 지극히 초현상적인 것들은 근대 과학과 합리적 이성으로 파악되지 못하는 잉여적인 것으로 이해할 수 있다.

그림 70. 「시사희평」, <경향신문>, 1958.4.23.

게다가 1950년대 <경향신문>에 실린 시사만화에서도 확인할 수 있듯이, "도처到處에 유령인구幽靈人口"[15]가 발생하는 기이한 정치 사회적 현상은 근대 과학이 추구했던 통치적 합리성에 문제가 있음을 지적한다. 근대 통계학의 기반은 질서화하고자 하는 통치 대상을 '셀 수 있는 것'으로 만들어야 하는 것이었다. 그러므로 "'셀 수 없는 상태'는 그 통계와 통치의 '틈'을 보여주는 역할을 한다."[16] 이 과정에서 과학은 합리적 통치성에 개입하여 셀 수 없는 것들을 헤아리며 현실의 움푹 파인 곳을 들여다볼 수 있게 만들고 있다. 이처럼 과학은 문화 속에서 은폐와 폭로의 이중적인 기능을 담당하고 있다.

이상한 나라라는 마법의 문턱을 넘어선 아이들이 모험과 탐험을 즐기고, 사회조사에 적극적인 아이들로 변화하면서 명탐정이 되고 발명가가 되라는 국민 육성프로젝트를 실현하는 가운데도, 아동 과학문화의 세계는 귀신이나 도깨비의 정체를 해부하고 괴기담이나 전설이 전용되

15. 「시사희평」, <경향신문>, 1958.4.23.
16. 졸저, 「해방 전후 '유령인구'의 존재론」, 황종연 편, 『문학과 과학 Ⅲ : 영혼 · 생명 · 통치』, 소명, 2015, 591쪽.

기 다반사였다. 아동잡지나 문학 속에는 합리적인 설명을 선호하는 탐정소설에서부터 심리학적 유령 소설, 과학이 접목된 SF, 초자연 혹은 미스터리적이고 설명할 수 없는 사건들에 관한 문화가 적극적으로 반영되어 있다. 이처럼 근대 아동잡지나 과학 담론들에서 확인할 수 있듯이 미스터리적인 비유는 근원적으로 아동문학과 과학의 핵심이었다. 따라서 정통 과학 담론 이외에도 초현실적이며 불가사의한 사건들, 악마와 유령, 외계로부터 침입한 UFO와 외계인 같은 기이한 형상들이 만들어내는 괴기스러움과 수수께끼, 비밀이 어떻게 아동문학과 과학 속에 투영되고 있는가를 연구할 가치는 충분하다. 분명 아동문학과 과학은 이상한 나라에 토대를 두고 있기 때문이다. 한 마디로, 아동 과학문화의 세계는 '경이의 상자wonder-box'라 칭해도 좋다.

| 발표지면 |

이 책에 실린 글들은 학술지에 실렸던 논문들을 다년간 대폭 수정·보완하였음을 밝힌다.

제1부

1장 「어린 혁명가들을 위한 과학: 마르크시즘, 진화론, 프롤레타리아 아동문학(1920~1935)」, 2015년 『한국과학사학회지』 37권 1호.

2장 「스펙터클한 마술과 공감의 과학이 갖는 의미: 1920~30년대 『어린이』를 중심으로」, 2022년 『동아시아문화연구』 90집.

3장 「근대 과학수사와 탐정소설의 정치학」, 2013년 『한국문학연구』 45호.

제2부

1장 「이상한 나라의 과학적 글쓰기: 1930년 후반 아동잡지 『소년』을 중심으로」, 2017년 『한국문학연구』 55호.

2장 「불온한 등록자들: 근대 통계학, 사회위생학, 그리고 문학의 정치성」, 2014년 『한국문학연구』 46호.

제3부

1장 「해방기 아동의 과학교양과 발명의 정치학: 아동잡지 『소학생』을 중심으로」, 2018년 『동아시아문화연구』 75집.

2장 「냉전의 과학과 근대 아동의 미스터리 문화 연구」, 2021년 『동아시아문화연구』 87집.

이상한 나라의 과학

초판 1쇄 발행 | 2022년 10월 31일

지은이 한민주 | 펴낸이 조기조

펴낸곳 도서출판 b | 등록 2003년 2월 24일 제2006-000054호
주소 08772 서울특별시 관악구 난곡로 288 남진빌딩 302호 | 전화 02-6293-7070(대)
팩시밀리 02-6293-8080 | 홈페이지 b-book.co.kr | 이메일 bbooks@naver.com

ISBN 979-11-89898-83-0 03810
값 20,000원